Staread
星文文化

锦衣行

扶兰 著

江苏凤凰文艺出版社
JIANGSU PHOENIX LITERATURE AND
ART PUBLISHING

图书在版编目（CIP）数据
锦衣行 / 扶兰著. -- 南京 : 江苏凤凰文艺出版社, 2025. 8. -- ISBN 978-7-5594-9885-4
Ⅰ. I247.5
中国国家版本馆CIP数据核字第20259HJ251号

锦衣行

扶兰 著

选题策划 澜 亭
责任编辑 汪玉玲
特约编辑 澜 亭
责任印制 杨 丹
出版发行 江苏凤凰文艺出版社
南京市中央路 165 号，邮编：210009
网 址 http://www.jswenyi.com
印 刷 三河市嘉科万达彩色印刷有限公司
开 本 700mm × 1000mm 1/16
印 张 18.5
字 数 360 千字
版 次 2025 年 8 月第 1 版
印 次 2025 年 8 月第 1 次印刷
书 号 ISBN 978-7-5594-9885-4
定 价 49.80 元

目录

第四卷　追梦人

第五卷　借东风

第六卷　战城南

第一卷　少年郎

前传 惊梦

晚钟响了。

成峤身子一震，停下了脚步，抬起头望着前方的山林。

苍茫暮色中，层层叠叠依着山势而建的天台寺，笼罩在越来越浓的雾气之中，迷蒙不清。

钟声穿透迷雾，一声声如敲在他的胸口一般，令他心神震荡。

他想，这可能是因为自己过于紧张也过于激动了。

毕竟，他升任弥勒教右护法座下的奉贤使者才不过两年，而今天要见的人，又是当年赫赫有名的明教伏魔使者严五与严七。

自从光明之教一夕之间变为邪魔之教，他们在这天台寺已经蛰居多年，这世上，究竟还有多少人记得他们，还有多少人知道，在明心与明性这两个法号之下，隐藏着的是两个什么样的人？

钟声已响，天台寺的僧人，包括浙东各地送到天台寺教养的那些少年，此时应该都聚集在大雄宝殿中做晚课了吧。

没有人会知道达摩崖上曾经出现过他这样一位客人——也许要等到严五与严七重新叱咤风云的那一天，才会有人疑惑震惊，究竟是谁有这个本事与能耐，找到他们并且说服他们出山。

一念及此，成峤的心跳得更快，不由自主地伸手按了按胸口，深吸一口气，让自己平静下来。

他静静地等了片刻，直至诵经声一波波地越过殿宇传向山林，方才再次举步。

秋高月小，霜一般清冷洁白的月色下，达摩崖出现在似乎伸手可及的左前方。

成峤忽然伏低了身子。

一个少年正从达摩崖上飞一般地纵身而下，想来是这条路已走得极熟，左弯右拐，不假思索。他去的方向并不是天台寺，而是达摩崖左侧的那片枫林。成峤屏息静气地看着他掠入枫林，也不见如何动作，右手中已多了一柄解腕尖刀，左手在一株老枫树的树干上一拍，借力蓦地纵起，仿佛利箭破空，尖刀刺入右前方一株枫树之际，左手与左脚忽地又钩住了一根横过头顶的树枝，去势陡然停住，尖刀收了回来，刀尖上似乎挑着一个极小的黑点。

那少年审视了一下方才被刺中的树干，满意地向自己点一点头，轻轻吹掉刀尖上那个黑点，转身掠向山林更深处。

成峤略一迟疑，便奔向那株枫树。

他已将方位记得很清楚，但是方才那少年落刀之处，并无半点儿刀痕。

地上只见一片尘埃，根本无法找到方才吹落的那个黑点。

那少年能够在夜色中刺中那般细小的目标，更能够在疾冲之中将刀势控制得如此精确，丝毫不差，只怕绝非一朝一夕之功。

天台寺传授的刀法向来大开大阖，讲求的是稳如山岳动如江潮，哪有这么凌厉的刀势和这么精细准确的劲道？

这么说，严五与严七，终究还是耐不住寂寞，一直在暗中教授弟子？

成峤觉得自己的胜算又多了几分。

只不知这少年是山中住户，还是天台寺的那群少年中的一个？这个时候，那些少年不是都在诵经吗？

成峤终于攀上了达摩崖。

月色之下，严五与严七——或者说明心与明性，闭目盘坐在窄小的石窟中，毫不在意他这位不速之客。

成峤怔怔地望着面前这两名枯瘦的、苍老的僧人。严五与严七纵横江湖时，他还只是伏魔殿中的一名小小侍童，只能远远仰望这些传奇般的风云人物。但是流年如水，似乎转眼之间，他便已在俯视这老去的英雄了。

然而严五与严七的威名仍然震撼四方，以至一提起来便会风云变色。

成峤慢慢地跪了下去，低声说道："不动明王座下奉贤使者成峤，奉请严五先生与严七先生移驾严州。弥勒出世，还有赖二位先生匡扶。"

他双手奉上一面铜镜，手指拂过镜面时如微风拂过花丛般，细微的嗡嗡之声令严五与严七都睁开眼来。

成峤将铜镜斜斜对准明月。

那面看似平淡无奇的铜镜，将月光反射到石壁之上时，光晕中影影绰绰竟似有一簇火焰在燃烧跳动。

严五与严七望着那簇火焰，平静的面容上此刻不由得掠过种种无法言说的复杂心绪。

望着那簇熊熊燃烧的火焰，就像是望着他们意气风发的青春年华，无法不让人生出太多的感慨。寂静的山林，这一刻仿佛已经变成了隐退的、淡去的背景，留下的只有那如火焰般燃烧的热血与激情。

良久，成峤收起铜镜，再次伏下身去，缓慢而坚定地重新说出自己的来意："不动明王座下奉贤使者成峤，奉请严五先生与严七先生移驾严州，匡扶弥勒。"

可是，严五与严七的面容已然平静下来，两人对望一眼，长长地叹息一声。

成峤心中一沉。

严五慢慢说道："我们曾经在弥勒佛祖面前立下誓言，今生今世不会离开达摩崖。"

不论严五这番话是真是假，他既然这样说，就绝没有毁誓的可能。

严五与严七又闭上了眼。

成峤怔了许久，忽而说道："五先生与七先生虽然不能下山，不过，师长有事，弟子服其劳，二位先生的弟子是否可以代劳？"

严五与严七似乎吃了一惊，蓦地睁开眼来。

成峤微笑道："方才从达摩崖上下来的那位小兄弟，身手真是不错，难怪世人常说'名师出高徒'。以那位小兄弟的功底，若二位先生肯放他入世，不出三年，定可光大严家刀法。"

无论谁听到这番夸奖自己弟子的话，都应该高兴的吧？

严五默然，严七却隐隐一笑，注视着成峤，目光闪烁不定，过一会儿才道："他若愿去，那也由他，你自己去同他说吧——下了达摩崖，往左转，沿着枫林外的那条山沟往上山的方向走，你自然会遇到他。"

成峤站起身来，临走时又想起一事："那位小兄弟叫什么名字？哪里人氏？是否知道二位先生的身份？"

这最后一点，至关重要。

严七淡淡答道："他姓孟，知道我们是什么人。其他的你自己问他吧。"

成峤深深一揖，转身下崖。

他没有看见身后严五那怜悯的目光，以及严七诡异的微笑。

他只想着，无论如何，入宝山不可空手而归。

再次见到那名在月下练刀的少年时，成峤的心中大是振奋，隔了数丈远便叫道："孟兄弟！"

那少年一惊，霍然收刀，转过身来。

秋月下奔过来的那名三十多岁、外表谦和的中年人，他并不认识，却能找到这个地方来叫他一声“孟兄弟”。

成峤靠得太近，立刻感到了扑面而来的凛冽寒霜之气，他后退一步，站定之后，拱手行了一礼，微笑道：“在下刚从达摩崖上下来，令师指点在下到这儿来见一见孟兄弟，顺便商量一件大事。”

他审视着面前这个看上去不过十七八岁却异常镇定冷静的俊朗少年。他方才的一番话，包含着太多的意味——我知道你们的师徒关系，我与令师的关系不同寻常，令师默许了我的来意——但是这少年只是不动声色地等着他的下文。

成峤心中大是赞许。不愧是严家弟子，真有大将之风，果然不同凡响。

他字斟句酌地说明自己的来意。

那少年静静地听完，既不吃惊也不兴奋。成峤渐渐觉得有些不对了。这样大的事，为什么少年会是这样的反应？

但是他心中的警觉已经晚了一步。

那少年的右手动了一动，月下恍惚见到白光闪动，成峤觉得心口一凉，他过了一会儿才恍然大悟地低下头来看着胸前插着的那柄尖刀。

那少年怜悯地看着他，就如同看着一个傻瓜：“明心与明性两位师父不能杀生，他们叫你来找我，就是叫我杀你的。”

成峤觉得全身的血液正在慢慢凝固，他喃喃地道：“就算五先生与七先生不愿出山，为什么……”

那少年看着他一点点苍白下来的脸，忽而微微一笑：“我叫孟剑卿，家父是台州宁海卫百户。”

台州宁海卫百户……这样的家庭出来的子弟，如果真是忠于朝廷，怎么可能会跟着他投身于弥勒教，怎么可能让他窥见自己与严五和严七不可告人的师徒关系？而如果是别有用意，又怎么可能让人轻易窥破自己的家族潜身军中的秘密？

原来如此……

原来在他见到那练刀的少年以及向严五和严七提起那练刀的少年时，他的命运就已经注定了。曾经的豪情壮志，两年来的踌躇满怀，却结束在这样一个静默的山林之中，结束在一个他做梦也想不到的时刻。

倒下去之前，他隐隐听见孟剑卿在他耳边的叹息：“你这个人，怎么就这么倒霉，偏偏要把我扯进来？”

严五与严七毫不意外地等到了孟剑卿。

孟剑卿坐下来，这秋夜之中，他只穿了一身单衣，身上却还腾腾地冒着热气。

严五只问了一句：“办好了？”

孟剑卿答道：“办好了，尸体扔在野狼峪，这会儿估计已经变成残骸了。至于他的衣服和所有随身物件，我全扔到黑风洞里去了。”

这么说，这一个时辰里孟剑卿已经来回奔走了五十里山地了，其中一半路程还得背着那具尸体，难怪这么热汗腾腾的。

严七笑眯眯地看着他：“不错，不错，够机灵够果断，不枉咱们兄弟花了这几年心血。成峤跟你都说了些什么？有没有吓到你？”

他调教孟剑卿好几年，怎能看不出这少年此刻的镇定背后暗藏的焦虑不安？

孟剑卿脸上不觉绷紧了，暗自咬一咬牙，答道：“自从知道两位师父的俗家名字之后，剑卿觉得再没有什么更让人吃惊的事情了。”

即使是向来严肃沉默的严五，也忍不住笑了一下。

三天前孟剑卿才知道，五年前他一不小心踏进了一个什么样的陷阱。

轮流送饭上达摩崖的一群青涩少年中，严五与严七独独选中了他来传授刀法。见识过那如流星般斩落空中飞鸟、霹雳般劈开地上巨石的刀法后，那时的他，心中只觉得兴奋，万万想不到这背后还有如此复杂的故事。若是早知道……若是早知道……他能不能抵挡住那样的刀法的诱惑？

其实他早应该发觉其中的蹊跷的。为什么他不能告诉任何人这件事情？为什么他只能在夜晚的山林中独自练刀？为什么连他用刀杀死的野兽也得毁尸灭迹，只为了不让任何人看出他的刀法？

可是他只一味沉迷于自己刀法的飞速进步，沉迷于每一柄刀在自己手中运转自如、有如自己身体一部分的迷人感觉。握着一柄控制自如的刀时，就如同能够自由自在地握着自己的命运一般，这种感觉真是让他沉醉。

直到三天前……

为什么严五与严七突然告诉他真相？是不是因为听到了严州弥勒教起兵的消息，觉得那些旧日的同伴迟早会找到这儿来？

严七忽地说道：“拿成峤这样的人物来开杀戒，倒也不错。不过看起来你似乎做得太干净，连我也要自愧不如了。”

孟剑卿只一怔便道：“来天台寺前，我随家父剿匪时已经开过杀戒了。”

严五与严七都是一怔，严七闷闷地挥手道：“去吧，去吧。”

他们至此才明白，为什么这么多年，在这么多人中，他们就独独选中了孟剑卿。

那个初次上山的少年，原来早已经尝过鲜血的滋味，看惯了你死我活的厮杀。

孟剑卿刚刚将剥皮剔骨、抹好椒盐的一头野狼、两只野兔架到火上，十几个同伴便已从林中跳了出来，压低了声音说笑着，围住了火堆，一个个垂涎欲滴地等着烤肉的香味飘散出来。

孟剑卿之所以会在晚课时分还留在寺外，原因很简单——今天轮到他打猎。

天台寺不许杀生，但是默许了这群胃口太大的俗家少年在寺外猎食飞禽走兽。

孟剑卿随着他们一道笑笑闹闹，心中的焦虑却越来越深。

他得尽快找个借口回家一趟。

剥下成峤的衣服时，他看到了成峤胸口上的火焰刺青，也看到了那面古朴的铜镜，看到了铜镜反射出来的隐秘火焰。

曾经的光明之教，奉祀的正是这熊熊烈火。

还是一个幼童的时候，他曾经在自己家中见过同样的一面铜镜，在把玩铜镜时见到了日光中反射出来的那簇火焰；也曾经在父亲不经意的一刻，见过父亲胸口上同样的火焰刺青。

那时他本能地觉得，父亲这秘不示人的刺青与铜镜中，潜藏着不能示人的秘密。于是他也将这秘密藏在了心中。但是那匆匆一瞥的火焰，已如此深刻地印在他的记忆之中。

孩子的记忆，往往好得令人吃惊。

严五与严七，仅仅因为看中他的资质才传他刀法吗？

虽然父亲从未来过天台寺，但严五与严七真的就从未下过达摩崖？或者说，虽然严五与严七从未下过达摩崖，父亲真的就从未来过天台寺？他们之间，真的就全无联系？严五与严七自出家之日起就打定了主意不再入世，那么父亲潜身军中究竟又是为了什么？

最坏的可能是……

孟剑卿暗自咬牙。

无论如何，他要赶快回家一趟。如果真有另一个成峤去找父亲……

一个少年不无艳羡地向孟剑卿说道：“剑卿，晚课时听刚刚回寺的几位师傅说，讲武堂在浙江的招生已经开始了。你已经满了十八岁了吧？什么时候回家报名？我想你一定没有问题的。”

孟剑卿在他们之中，年纪并不算大，但是这几年下来，无形之中已经成了众星捧月式的人物。

孟剑卿心头一松，笑了起来：“考场如战场，哪有必胜的事情？”

是了，算算时间，也该到了。

他的运气还不坏，这是一个现成的借口。

也就在这时，他听见了寺中传来的隐约喧闹，不觉一怔，警觉地转过头去，吩咐两个少年去看看究竟是怎么回事。

不多时，那两人回来，一脸兴奋地道："是锦衣卫查案子查到我们这儿来了。"

大名鼎鼎的锦衣卫，所查的不知是什么惊天大案，也难怪这些好事少年如此兴奋。

孟剑卿心中不觉一沉。

锦衣卫的无孔不入，他早有耳闻。这些人很有可能就是追踪成峤来到天台寺的。如果查到严五与严七头上，他是不是也难以脱身？

这一刻他真是痛恨严五与严七，为什么非要选中他来跳这个陷阱？

肉香四溢，一群少年很快忘了身外之事。

执法僧引着五名锦衣卫和一名蒙面人往达摩崖去，经过他们烤肉的地方，望见这遍地狼藉，忍不住皱了眉头合掌暗诵往生咒。一个少年笑嘻嘻地道："明光师傅，酒肉穿肠过，佛祖心中坐，你这么紧张干什么！"

明光的眉头皱得更紧，转眼看见孟剑卿，便招手叫他过来。

孟剑卿暗自提着一颗心，镇定地走过去，那领队的樊力士摊开了成峤的画像，询问他打猎时可否看见过这个人。孟剑卿只瞥了一眼画像便笑道："我什么人也没碰到，哪里见过这家伙！"一边说着一边招呼同伴们都过来，"大家都看一看，就算以前没见过，以后也留点儿神！"

那樊力士不由得看了一眼孟剑卿。孟剑卿很显然是这一群少年的头儿，他的身上似乎有些很特别的东西，十分引人注目。

不过他很快记起自己要做的事，将孟剑卿暂且放到了脑后。

孟剑卿望着他们一行人攀上达摩崖，只过得片刻，崖上忽然传来严五与严七苍劲清朗有如金石相激的诵经声，那篇经文是孟剑卿他们从未读过的，站在崖下，只有四句听得最真："现世黑暗，邪魔横行；浴火重生，来世光明。"

短短一篇经文，才刚读完，便听见明光惊惶的叫声："剑卿，快通知住持，明心和明性圆寂了！"

孟剑卿霍地站起。

他向寺中奔去之际，心中的种种念头却在转个不停。

严五与严七死了。

他们死前应该不会说出什么不该说的话吧？

国初群雄争霸天下的那些年，严家子弟死伤惨重，光明之教变为邪魔之教的这些年，严家子弟更是死伤殆尽。

严五与严七应该没道理毁掉自己这个他们精心培养、很可能也是严家唯一传人的弟子——后继无人可不是一件开玩笑的事情。

现在他们已经死了，这世上再没有人知道自己与他们的关系了。

如释重负的同时，孟剑卿却又感到难以言状的惆怅与孤独。

严家出了名地护犊子，所以常常被人骂不明是非、不分黑白。当年严七与他纵谈旧日江湖风云时，就曾经戴着局外人的假面，似笑非笑地这样评点严家。

严五与严七一定知道这些天来，尤其是今晚，他心中的焦虑与担忧。锦衣卫一找上门，他们便圆寂了——这样精心计算的死亡，为的其实不过是掐断这条线索，让世人无法追查到他的身上。

他能够好好地活下去，便代表了严家刀法的延续。

这一刻孟剑卿无比真切地感受到了严五与严七圆寂前的想法。

住持赶来之后，指挥众人在达摩崖下架起火堆，将严五与严七枯瘦的躯体放了上去。点火之前，樊力士回头问那蒙面人："你看清楚了？确定没有认错？"

那蒙面人肯定地点头，只是不吭声，也许是怕别人记住他的声音。

火堆点燃。

樊力士一直守在火堆旁，亲眼见到严五与严七的躯体化为灰烬，埋入骨灰塔中，这才带着那蒙面人离去，留下不明就里的众人议论纷纷。

但是樊力士去而复还，将孟剑卿叫过去问道："听说你是宁海卫百户孟知远的儿子，从这儿去宁海卫，除了驿道，还有没有更近的路？"

孟剑卿的心突地一跳，答道："还有一条小路，我回家时常走，一天就可以到。"这时他听见了马嘶声，即刻想到这些锦衣卫必定都是骑马来的，当下抱歉地笑道，"不过那条路走不了马，骑马还是走驿道快一些。"

樊力士点一点头，不再停留。

孟剑卿望着那群锦衣卫还有那名蒙面人牵着马在晨曦中下山去。山路崎岖，他们本走不惯，又牵着马，至少得一两个时辰才能走到驿道。驿道在崇山峻岭中盘绕，极是曲折，即使是走惯这条道、不会拐错弯的驿马也得三四个时辰才能从台州城赶到宁海卫。

其实他上一次回家只花了五个时辰，大概能抢在他们前面——也必须抢在他们前面。

讲武堂招生的消息来得再及时不过，让住持十分理解地同意他立刻启程回家，以免误了报考期限。

夕阳已西沉，满山的白茅如湖波般随风摇曳，远处的村庄中，炊烟袅袅升起，令苍凉暮色平添了几分温馨。而暮色之中，村庄外的演武场上，宁海卫的驻军还在操练。这深秋季节，正是练兵的大好时候。

孟剑卿伏在驿道旁的白茅丛中，远望着蜿蜒流水环绕着的宁海卫，静静地等候着。他确定自己已经赶在了锦衣卫的前面，如果他们抢在前面，宁海卫此刻不会这么平静。

山风浩浩，暮色渐浓，操练的驻军已经散去。

夜色慢慢地笼罩下来，田野如此寂静，只听见村庄中隐约飘出的喧笑声，这会儿想必家家户户都在吃晚饭了。

驿道那头，突然传来急促的马铃声。孟剑卿咬一咬牙，飞快地取出一条白汗巾蒙住了大半张面孔。

在驿道那头出现的六骑，正是樊力士率领的锦衣卫以及那名负责认人的蒙面人。

几乎在看清骑者的同时，孟剑卿已经反手抽出了背负的短刀。

六骑疾驰过驿道之际，白茅丛中蓦地里滚出一片刀光。

刀光取的是目标显著、更易击中的马，而非人。

一轮刀光过后，六匹马痛声长嘶着倒了下去，被斩断的蹄子鲜血四溅。那名蒙面人似乎年纪已老，跌落在地后，一时间挣扎着爬不起来，被两匹马一压，痛得惨叫起来，而更叫他魂飞魄散的，还是贴地滚来的刀光。

樊力士拔刀不及，飞起一脚踹了出去。孟剑卿拼着被他踢中后背，终究抢在其他几名锦衣卫赶来救援之前，反手一刀割断了那蒙面人的脖子。

五名锦衣卫怒喝，抽刀扑向孟剑卿，孟剑卿却已顺着斜坡滚了下去。

驿道之下，便是一湾流水，一条小石桥横过水流，桥边的古树枝丫横生，足有二人环抱之粗。孟剑卿抓住一根枝丫，纵身没入了密密枝叶中。

两名率先追来的锦衣卫抢到石桥对面，拦住孟剑卿的去路，另三名锦衣卫则自后方截断了他的退路，将他困在了树上。

秋夜星光冷冷，映着河中泛起的波光，水流潺潺，在这静夜中听得分外清晰。

枝丫丛生的古树中，既不见人，也不闻声。

敌暗我明，五名锦衣卫一时不敢贸然进攻。对峙了片刻，樊力士喝令放箭。

箭矢交叉着穿透树枝。树上躲藏的即便是一只猫儿，只怕也避不过这训练有素的箭网。

但是树丛中寂无人声。

樊力士叫了一声“不好”，却已迟了一步。在他身边的两名锦衣卫射出第五支箭，气势将衰之际，老树树根处的泥土中突然爆起一个人影，贴地舞起一片刀光，刀光之中，两名锦衣卫惨叫起来，一边掷去长弓，拔刀向地下插去。

孟剑卿已经消失在树根下的地洞中，两柄长刀都插了一个空，堪堪支撑住两名锦衣卫摇摇欲坠的身子。他们的双腿已然血肉模糊，筋脉尽断，再不能移动分毫。

樊力士暴怒，一刀劈向那株盘根错节、包庇凶犯的老树。

老树根株已朽，当不得他这力拔山兮气盖世的一劈，轰然而倒，露出树干当中一个深黑不见底的大洞。

树洞中突然掷出两个黑乎乎的物件。

樊力士只当是暗器来也，横刀一格，不料来者并非暗器，而是两只肥硕的黄鼠狼，偏偏又狡猾灵活得很，一遇刀锋，立刻扭转身躯吱吱乱叫着跳上了他握刀的右臂，虽然不曾一口咬下去，但这毛茸茸臭烘烘的怪物缠上身来，也足以令人手忙脚乱。

樊力士用力挥动右臂，想将这讨厌的东西摔出去。

小石桥对面奔过来的两名锦衣卫突然叫道："樊力士当心！"

他身后的泥土中刀光再现，樊力士顾不得缠在手臂上的两只黄鼠狼，拧腰转身，一刀劈下。孟剑卿奋力架住了他这一劈，左足在地上扫起一片尘土与细沙，樊力士不由得眯起了眼睛，更用力地压住孟剑卿的刀，以免他趁此机会抽手反击。

但是樊力士的小腹突然一痛。

旋转着插入他小腹的，是一柄小尖刀，小刀入腹，去势未消，五脏六腑仿佛要被搅碎一般，剧痛难当。

樊力士一座小铁塔似的身躯不由得一僵，孟剑卿已纵身攻来，樊力士只觉得喉头一凉，赶过来的两名锦衣卫眼睁睁地看着他轰然倒地，砸起一片尘土，喉头迸出的血洒在草地上。

孟剑卿向侧旁一退，避开那摊血，右手斜斜挥起，短刀勒过两名腿伤之后动弹不得的锦衣卫的后颈。

那两人也轰然倒地。

余下的两名锦衣卫悚然心惊。他们是该继续攻杀这名气势凌厉的蒙面人，还是该回去报信？

其实他们已经没有犹豫的机会了。

孟剑卿低喝一声，旋转着扑了过来。

刀光闪闪，寒气森森。

两名锦衣卫无论如何也得先挡住这一轮快刀，才能后退。

两人同时跨前两步，并肩迎上这片刀光。

孟剑卿手中的短刀突然脱手飞出，带着尖厉的怪哨声，旋转着击向两名锦衣卫的腰刀，双刀交错一挡，却判断错了短刀的飞行方向，旋转的刀叶绕着他们两人执刀的右臂急飞了一圈，扑的一声插入了小河对岸的老橘树中。

两人的右臂齐肘而断。腰刀砸在他们自己的脚背上时，两人才感到断臂处痛彻骨髓，惨叫着跳了起来。

孟剑卿飞脚踢起地上的两柄腰刀，将他们两人当胸钉似的钉在了身后的山坡上。

秋月已升起，冷森森地照着横倒在驿道上、已被割断了喉管再不能嘶鸣的六匹马和散落在白茅丛中的六具尸体。

孟剑卿长长地出了一口气，这才觉得自己后背已经渗出了一层冷汗。

他总算可以赶在锦衣卫到宁海卫之前办好一切。

孟剑卿转过身来，他得将自己的刀取回来再走。

一转过身，孟剑卿便震惊得呆了一呆。

一个乱发蓬蓬、赤裸着上身的男子，正从河流中慢慢站起身来。

最初的震惊稍纵即逝，孟剑卿身子一伏，右手挥出，一柄小刀破空斩向那水中突然出现的男子。

那男子右手扬起，手中握的是一柄破旧的砍柴刀，堪堪来得及挡下这迅疾如闪电的一刀。小刀被格得发出尖哨声飞向河岸，也插入了那株老橘树中，刀柄乱颤。

孟剑卿心中大是震动，右脚随即踏上了地上的一柄腰刀，一踩刀柄，腰刀跳了起来，被他飞脚一踢，急速盘旋着飞向那男子。

那男子若再用柴刀来挡，这盘旋飞翔的腰刀，足以绕着他的柴刀斩断他的右半边身子。

但是在孟剑卿出刀的同时，那男子也大喝一声挥出了柴刀。柴刀急旋的方向是自上而下，恰与腰刀十字交错。

两柄刀在空中相遇，哐当声中，火星四溅，同时掉入河岸边的草丛中。

孟剑卿的手已经摸到腰间的另一柄小尖刀，总算及时停了下来——

他不确定地低声问道：“十字斩？”

那男子苍老嘶哑的声音传了过来：“旋风斩、破空斩、十字斩——教你的人是严五还是严七？十三斩你究竟学了多少？”

他这一开口说话，孟剑卿总算认出来这男子是谁，更为震惊：“根伯？”

根伯五年前漂泊到宁海卫时，曾是宁海卫那群少年人最喜欢捉弄的对象，因为没有人比根伯更老实糊涂、更无可无不可。宁海卫百户孟知远委实看不过去了，将为首的自家正室所生的次子孟剑臣狠狠揍了一顿，此后众少年略略收敛了一些。不过直到某次根伯偶然将孟知远的小女儿从池塘里救了出来，看在孟百户的面子上，大家才不敢再去肆意捉弄根伯。

孟剑卿长年在外，论起来只见过根伯几次，但不知为何，对这唯唯诺诺、迷迷糊糊的老人，印象极为深刻。也许是因为根伯挥舞柴刀时的专心与娴熟，曾经让他产生过错觉，似乎那柄刀在根伯手中是有生命的活物，使他在不知不觉中对根伯生出几分敬意。

孟剑卿脱口叫出了根伯的名字，心中立刻大觉不妙——他就算仍旧蒙着面，根伯也猜得出他的身份了。

根伯惊讶地瞪着他。

这个蒙面的年轻男子，这样熟悉小石桥边这株老树的地洞，又能认出自己来——必定是宁海卫本地的少年。宁海卫送往外地习武的少年好像并不多啊。根伯已经猜到这蒙面人会是谁了，他咧开嘴笑起来。这一笑之间，那个宁海人熟悉的好根伯又回来了。

他咧着嘴笑道："少年仔，真想不到你老子那么焉焉乎乎的性子，居然生得出你这种儿子来！当机立断，心狠手辣——如今可真是你们少年仔的天下了！"

孟剑卿直觉地感到，他给自己下这八字评语时，可是赞许得很。年轻时的根伯，是不是也是这样的人物?

然而驿道那头，突然又传来了马蹄声。

根伯当即喝道："带上你的刀快走！"

孟剑卿探手接住根伯掷过来的自己的短刀与那柄小刀，回望根伯湿淋淋的、苍老而瘦劲的身躯如猿猴般蹿上驿道，不觉略一迟疑。

根伯仿佛背后长了一只眼睛般看得到他的迟疑，低声喝道："快走！"

孟剑卿不再迟疑，飞快地蹿入驿道下斜坡中的白茅丛中。但是他并没有走远，料定根伯已经迎上了来人，他们无暇注意他之时，他又自白茅中小心地探出头来。

他清楚自己为什么一定得留下来。根伯已经认出他，如果根伯被锦衣卫擒获……他要保证这件事情没有后患。

他要光明正大地踏入那令万千人妒羡的讲武堂，绝不要在这穷乡僻壤中消磨一生年华；他要功成名就、衣锦还乡，绝不要沦为惶惶不可终日的亡命之徒。

冷月之下，疾驰而来的又是五名锦衣卫。

根伯叱咤一声，纵身扑上去。

若非亲耳听到，那几名锦衣卫几乎不敢相信，一个如此瘦劲的身躯，居然能够迸发出这样如惊雷般的叱咤声，震得耳鼓嗡嗡作响，眼前金花乱冒。

就在这叱咤声中，根伯的身躯与他的柴刀仿佛合为一体，急旋着攻向几乎成一条直线在狭窄的驿道上奔驰的五名锦衣卫。

首当其冲的那名锦衣卫甚至刀都来不及拔出，便被撞下了马；第二人在飞出去之前，总算将刀拔出了一半；第三人的刀倒是完全拔了出来，却被撞得嵌入了自己的胸膛；第四人挡了一刀，却被旋转的刀光绞断了右臂，惨叫着掉下马来；最后一人见机得快，一翻身滚下了鞍，借坐骑的掩护将刀光挡得一挡，自己贴地自山坳拐角处滚了出去。

孟剑卿暗自吸了一口凉气。

根伯使出来的，才是真正的旋风斩吧——如此一往无前、势不可挡，一如大海上呼啸而来的旋风。

根伯去势太急太快，几乎冲出山道去，硬生生收住刀折转身来，此时那名锦衣卫已经奔到另一道山坳处了。根伯却没有挥刀，由着他拐过山坳逃去。

孟剑卿皱起了眉。根伯是有意放走那个人，还是力不从心？

五匹马中，最后一匹做了主人的替死鬼，另外四匹马长嘶着掉转头跟着那名锦衣卫跑掉了。根伯没有理会它们，折转身来，给跌落在地上的四名锦衣卫全都补了一刀，确定已无活口之后，直起腰来长长地吁了一口气。

但这一口气尚未吐完全，他的身躯便已僵硬了。

他在原地僵立片刻，蓦地叱喝一声，纵身投入驿道下冰冷的河水之中。月光泠泠，照着他赤红如火的面孔，额上青筋急遽地跳动着。

孟剑卿向河边疾奔过去。根伯觉到有人靠近，本能地挥起了柴刀，但是肩膀才刚抬起，便又垂了下去。

孟剑卿在岸边蹲下，低声说道："是我。"

根伯勉强睁开眼来，认出是他，精神一松，整个人几乎沉入水中去。

孟剑卿伸手按在他头顶百会穴上，慢慢地输入真气。

孟剑卿知道自己本应该趁这个机会离开此地的，逃走的那名锦衣卫想必已经将根伯恶鬼般的形容记得一清二楚，绝不会连累到他。而根伯既然做下这等引火烧身之事，便已明白表示他绝不会说出自己来。

然而，孟剑卿仍然留了下来。

因为他已经知道根伯是谁。

在这世上，只有一个人使得出那样的旋风斩——严二先生。

严二先生……孟剑卿心中无限感慨。

这曾经是一个如雷贯耳的名字！十三斩号称天下无人能接得住——除非他两个弟弟严五与严七联手。

在卧虎藏龙的明教之中，伏魔殿长老严二先生凭着这一手十三斩，笑傲天下十余年——直到洪武帝一道诏令，将昨日还有襄助大功的光明之教一夜之间变为危害大明的邪魔之教。

严二先生自围剿的大军中杀出一条血路逃走，多年来无人知道他的生死。

片刻之后，严二先生的情况略略稳定下来，孟剑卿收回了手掌，低声说道："传我刀法的是五先生和七先生，他们在天台寺中的法号是明心与明性，两位先生已经在昨夜坐化。"

严二先生的身躯震动了一下，脸上的神情似乎是茫然，又似乎是解脱，怅怅许久，喃喃说道："好了好了，他们两个倒先好了。少年仔，你必定已经知道我是谁了吧？嘿，想不到英雄一世的严二，今晚要死在这无名小河之中了。少年仔，我那间破草房的东头柱子下面埋着的东西，就送给你吧。十三斩若是像你那样使法，生怕沾了对手的血，还能叫十三斩？没得给我严二丢脸！"

最后一句话，他说得声色俱厉，令孟剑卿心头一凛。

严二先生又喝道："少年仔，快走，有心的话，将来按规矩葬了我，便算你报答我兄弟三人传你十三斩了！"

孟剑卿慢慢后退。

严二先生不再看他，艰难地爬到岸边草地上盘膝坐下，闭目合掌，念念有词。

孟剑卿又听到了那令他心惊胆寒的四句偈语："现世黑暗，邪魔横行；浴火重生，来世光明。"

月光下，严二先生胸前的火焰刺青隐约可见，却又与成峤胸前的略有不同。成峤胸前的火焰只有四簇火苗，严二先生却有五簇。

孟剑卿怔了一怔，掉转头飞奔而去。

严二先生本已清明如镜的心中，突然掠过一个问题：

孟百户这个非同寻常的儿子，究竟为什么要蒙了面来劫杀一群锦衣卫？

但是严二先生又立刻放弃了这个疑问。

一切都已与他无关，他已看到来世的烈火之光。

孟剑卿重新绕回那条从天台寺通往宁海卫的小道，先到村庄外严二先生住的那间破草房去转了一圈，之后才踏进村庄。游荡在街道上的几条狗立刻狂吠起来，不过只叫得一两声便认出了孟剑卿，一个个讨好地围过来大摇其尾。孟剑卿揉揉它们的头，心里不免觉得好笑。这些欺软怕硬的家伙，被他狠揍过一次又喂了一堆肉骨头之后，即使他常年不在家，也将他的气味记得清清楚楚，每次遇到他都是这么一副急于巴结的可笑模样。

他将肩头挂着的两只野兔扯了一只下来，丢给了这群狗。

如果他那般小心仍是沾了对手的血，这两只猎获的野兔应该可以将他身上几点血迹的真正来历遮掩过去了吧。

他踏上石阶，才刚举起手，门就开了。

孟剑卿低低地叫了一声"娘"。

于氏抬手揉了一下眼睛，低声说道："我听到那些狗叫了两声就不叫了，猜着就是你回来了。上次也是这个时候……饿了吧？我去给你做饭。"

孟剑卿一言不发地将野兔递了过去，于氏接过来，急急走入厨房。

正房的灯光亮了起来。孟剑卿略一踌躇，走到窗下说道："父亲，大娘，我回来了。"

窗内有窸窸窣窣的穿衣声，同时传来孟知远的声音："我正有话跟你说，到你屋里等着。"

孟剑卿点起油灯时，孟知远笨拙肥大的身躯已挤了进来，坐下后说道："讲武堂在浙江开始招生了，我给你和剑臣都报了名，正打算捎信到天台寺去叫你尽快回来准备，你回来得正好。来，来，我先给你说说前两年的考试情形。"

孟剑卿关上门，回过身来，看着笑眯眯的父亲："你真希望我们进讲武堂？你希望我们进去之后做些什么？"

孟知远搔搔头："你这小子，说些什么混话？这不是明知故问吗？别是被天台寺的和尚教坏脑袋了吧？"

孟剑卿懒得再跟这老狐狸绕来绕去，径直问道："父亲，你胸前的火焰刺青还在吗？那面铜镜还在吗？"

孟知远大受冲击，张口结舌地呆在那儿。

孟剑卿的眼睛一瞬不瞬地盯着他。

好一会儿，孟知远回过神来，苦笑道："你这混小子，一定要亲眼看过才肯放心，是吧？"

孟剑卿不语。

孟知远只好继续无可奈何地苦笑，一边在心里想，他两个儿子，都是这副不肯饶人的德性，真不知像了哪位祖先。他自己可是宁海卫有名的弥勒佛老好孟。

他略略转过身子，拉开胸前衣襟。

孟剑卿儿时偶然间见过一次的火焰刺青，已经被满绽的肥厚胸肌挤得完全变了形，变成了一般军士之中最爱刺的黄额虎纹——只需要略略加几针便成了。

孟知远自嘲般说道："你老爹我这些年老是闲着，一放了膘，当真是势不可挡。剑卿啊，再过两年，老爹我只怕连刀都提不动了。至于那面破铜镜嘛，我早说了就是一面破铜镜，都不知碎成几十片了，哪里还找得到？"

孟剑卿暗自吁了口气，但是紧接着又问："你那时是什么职位？"

其实他想问的是：有多少人认识你？

他猜想是不是每一个教徒都能有那样的铜镜，火焰的形状是不是也与各人的职位有关。如果孟知远当年已经有成峤如今的地位，认识他的人只怕很多。即使这么多年过去，要找出一个人证来也不会太难。

如果真是那样，他怎么做才能保住这个要命的秘密？

孟知远叹了口气："我做的都是一些上不了台面的事情，哪里敢抛头露面？更不要说什么职位了。”

严五与严七曾经说，明教中有一个专司各地眼线与暗哨的传香殿，殿中十八使者，分掌十八行省的事务，除了传香长老与教主之外，没有任何人知道使者的身份。

孟剑卿狐疑不定地打量着父亲。

如果是这样……明教教主与传香长老早已死去，各省传香使者与传香人据说也在群雄争霸之际死伤殆尽，明教耳目不灵，所以才会被大军成功围剿，传香殿就此废弃，久无继任者。这么说没有人知道父亲的身份了？难怪他会大意到将铜镜和刺青留了那么些年，以至于让自己发现。

他将自己送到天台寺去习武，究竟是因为浙东风气如此，还是因为他在耳目通灵的传香殿待了那么些年，清楚地知道明心与明性的身份？不过，也许他拿定主意要与明教脱离关系，是不会有意将自己送到严五与严七身边去的，严五与严七选中自己，不过是巧合而已。

孟知远也在打量他，一边啧啧摇头：“想当年你老爹没放膘之前，也算是个英俊少年，你们两兄弟，倒比老爹我还强很多，只是这脾气可就大大地讨人嫌了。”

孟知远这些年少说也长了三十斤膘，即使是当年的熟人，只怕也无法将现在这个笨拙肥重的百户与当年那个英俊少年联系到一起。

孟剑卿至此也想到了这一点，嘴角露出一丝不自觉的笑意。

这只老狐狸！

但随之而来的是无可名状的愤怒。

如果他早知道这回事，他就会猜到，那个蒙面人认识的是严二先生而不是父亲。锦衣卫兼程赶往宁海卫，要找的也是严二先生而不是父亲。

在天台寺的五年，他习文学武，日夜苦修，期望着终有一日，他将如宝剑出匣，万人瞩目。然而他所做的一切努力，几乎都在转眼间化为灰烬。

到现在他才醒悟过来，拦路劫杀那些锦衣卫时，自己是冒了多大的风险。哪怕逃走一个……

于氏在外面敲门，送进一碟熏鱼、一碗青菜和一大碗白饭来，又默然退了出去，带上了门。

孟剑卿这会儿感到自己确实也饿得很了。

孟知远仍是笑眯眯的，看着他埋头苦吃。

孟剑卿忽地闷闷地说道：“这些事你应该早告诉我。”

孟知远这一回的叹息倒是发自肺腑：“那些都是年轻时不知天高地厚才干的事情，又早已过去了，上头的人和下头的人都死得一干二净了，我还提它做甚？不但是你，就连你大娘和你娘，我也从没提过半个字。你也该忘得干干净净。这都不关你的事。”

孟知远猜想孟剑卿问起这件事，不过是因为严州弥勒教起兵的消息让他担心了——谁都知道弥勒教其实就是明教的分支与变身，奉祀的同样是那涤除黑暗与邪魔的烈火。

孟知远又叹了口气，站起身来：“明天剑臣也该回来了，到那时我再和你们说讲武堂的事吧。”

他临走之时，孟剑卿低声说道：“父亲，我以前不明白，为什么你不肯让我和剑臣像其他人一样刺青，不过现在我明白了。”

在孟知远心中，只怕没有一种刺青比得上那簇火焰美丽，然而那又是一簇只会给他的儿子带来灾难的火焰。新的王朝，容不下这簇离经叛道的火焰。

与其刺一个令他无法释怀的替代品，不如留一片空白。

让他的儿子们从这片空白中开始他们的一生。

但是孟知远很快知道了，孟剑卿再也不可能从空白中开始他的一生。

锦衣卫是第二天凌晨到宁海卫的，得知驿道上出的这桩大案，孟知远的脸色立时煞白，冷汗当时便下来了——不用想，这个事就算不是孟剑卿干的，也和他脱不了关系，否则怎么会突然间问起那些事？

天地良心，他可做梦也没想到孟剑卿那混小子会卷进这么要命的大案里去，早知道他就该告诉那混小子这些秘密，现在可好……

主办此案的沈千户看上去十分文秀和气，他让孟知远在对面坐下，打量着他冷汗涔涔的脸，倒也很能理解他的心情。这也难怪，宁海卫境内死了九名锦衣卫，这是多大的事！更何况那死在现场的疑犯还是在宁海卫住了五年的根伯，而且这个根伯还救过孟知远小女儿的命。

孟剑卿也被叫去问话。他回家的时间，使他被怀疑有可能见过那场厮杀。

这是他第一次见到沈光礼。这一次见面在他看来并没有什么特别之处。虽然心中不无紧张，不过他表现出来的震惊与不安都在情理之中。他也很坦然地回答说，自己走的小路与驿道相隔甚远，即使时间上恰好吻合，只怕也看不见隔了两道山梁的厮杀。至于马嘶声，这在驿道上是常事，他也许听到了，但是并没有在意。

他自信自己的言行毫无破绽。

直到几年以后他才知道，不了解沈光礼的人，初见沈光礼时都会大大低估这位沈大人的眼光与手段——他也不例外。

沈光礼平静而淡然地听完他的话，不置可否，只转头向孟知远说道：“你说的根伯，其实是严二先生。他在宁海卫住了五年，你居然未曾察觉？”

孟知远头上的冷汗冒得更快，只能一迭声地自称失职该死。

沈光礼没有再追究下去，只淡淡说道，严二先生也算是一代宗师，不可轻慢，既然于孟知远有救女之恩，那就由他负责安葬。

下葬之时，孟剑卿悄然将一尊小小的木雕弥勒佛放入了严二先生的头颅之下。

就让他膜拜了一生的弥勒，引导他的重生之路吧。

泥土推入坑中，掩盖了裹着白布的人体。

冬去春来，这片泥土上很快便会长出青草，再也看不到墓地的痕迹。

而孟剑卿，即将踏入一个新的世界。

正传　少年郎

时当深冬，庭外大雪纷飞，颇有呵气成冰之势，杭州都指挥使司的指挥使胡愈的额上，却已渗出了一层细密的汗珠。他半躬着身子，拱手而立，满脸堆笑地望着面前正慢慢翻阅名册的应天府左军都督同知、南乡伯邓南庭。

良久，南乡伯合上名册，略略“唔”了一声，说道：“看来此次的候选子弟都是身家清白的青年才俊，浙江省不会再有方国珍的旧部子弟被推选进讲武堂了吧。”

胡都司连忙道：“那是，那是。”

南乡伯沉吟一会儿，又道：“既然如此，选拔明日便可开始。”

胡都司忙道：“那下官立刻去布置，还请大人明示，明日如何比试。”

南乡伯盯他一眼：“这个本官自有安排，胡大人只管照办便是。”

胡都司不敢再问，告退出来，一直退到二门之外才敢直起腰，被飞雪一扑，觉得背上凉飕飕的，才知道自己已是出了一身冷汗。

胡都司自问去年浙江省的选拔，自己并未敢徇私舞弊，虽有失察之处，终究还是不曾真个将那名方国珍旧部子弟选送入京城讲武堂，不曾惊动洪武帝。但是当着南乡伯那张胜似包公的面孔，便是心中无鬼，被南乡伯盯贼似的盯上这么许久，也难免心惊胆寒了，无怪乎军中私下里都将南乡伯叫作“南阎王”。

胡都司麾下杭州卫所的将官们都候在大厅之中。他们也早闻得南乡伯的严厉之名，是以都战战兢兢，早已担心了半天。

胡都司清清喉咙，提足了劲说道：“邓大人亲自坐镇杭州府，今年的选拔，咱们上上下，都得十二分小心才是。各位务必打点精神，不畏严寒，好歹办完这件大事，也给咱们浙江各卫所挣个体面。”

一名参将谨慎地问道：“明日便要开始选拔，请问胡大人，我等应该做何准备才是？”

这可问倒了胡都司。胡都司只能干咳几声，含糊答道："这个嘛，邓大人自有示下，我等只管照章办事便是。"

众人茫然相顾，都不知南乡伯究竟要如何主持今年的选拔，心中难免忐忑不安。

大雪下了一夜，次日雪住了，一轮红日鲜亮地挂在碧空之中，映着演武场四面房舍山林的银装素裹，煞是令人赏心悦目。

演武场上的雪已扫净。

南乡伯登上点将台，听着旗牌官唱名，浙江各府卫所选送的青年子弟自台下鱼贯而过，向他行礼。

浙江省共十一府，除杭州为首府、特设六卫之外，其余各府均设二卫所、立二千户，共计二十六卫所，二万六千驻军，另有军户十三万余口，平日里屯田练军，概由杭州都司负责。

二十六卫所，每所选子弟五人，再加上杭州都司保选的额外五人，共有一百三十五人。南乡伯不曾透露今年浙江省有多少名额，但以去年选拔的情形来看，入选者不会超过十人。

各卫所护送子弟考选的将校与老军围在演武场外，心中虽然紧张，慑于南乡伯的威名，无人敢低声议论。

唱名完毕，一百三十五人列队于点将台下，静候南乡伯公布今日考选项目。

南乡伯环视着台下一张张兴奋而紧张的年轻面孔，慢慢说道："今日下官代国家选将，一禀公心，务要选得良材美质，以担大任，天地鬼神，均是见证！"

南乡伯身材不甚高大，嗓音却洪亮如铜钟，震得树上积雪簌簌而落，演武场场内场外诸人都悚然动容，肃然起敬。

南乡伯挥一挥手说道："今日第一场考试，默写《孙子兵法》十三篇，限一个时辰完成！"

《孙子兵法》原是兵家必读之书，听得南乡伯的这头场考试如此容易，众人不免都松了一口气。

但是南乡伯继续说道："考场不在此处，而在城隍庙外！"

众人哗然。杭州府城隍生日，正是今天，各地善男信女自百十里外赶来替城隍祝寿，兼采办年货，所以这一天成了一个小小庙会。即便在演武场上，也隐约可以听见城隍庙那边传来的鼓吹之声。

惶然之际，一名考生越队而出，向南乡伯单膝跪下，行了一礼之后，站起来高声说道："大人，城隍庙外百姓聚集，设为考场恐有扰民不便之处。再者，要驱散那些小民虽不难，终究也大费时间，恐怕有所贻误。"

众人心中深有同感，只是不敢这么大胆地说出来而已。

南乡伯注视着这个年轻俊秀、英气外露的考生："你是哪一府的考生？"

那年轻考生昂头答道："台州府孟剑臣。"

一名亲兵已将名册翻到那一页递了过来，南乡伯匆匆瞥了一眼。

孟剑臣，台州府下辖宁海卫所百户孟知远嫡子。

南乡伯注意到，孟剑臣的名字之前，还有一个名叫孟剑卿的考生，宁海卫所百户孟知远庶出长子。这孟百户倒不简单，居然能将两个儿子都送来杭州府考选。

亲兵收起名册。

南乡伯黑森森的面孔上看不出什么表情，让人猜不透他对孟剑臣的大胆陈词是喜是怒。

胡都司暗自捏了一把冷汗，正想着如何斡旋，南乡伯已开了口："年轻人，你大概想着，如此一来，本官将对你印象深刻、另眼相看，是吧？"

孟剑臣一怔，脱口答道："属下不敢有此等想法。"

南乡伯面色一沉，喝道："不服将令，乃军中大忌！叉出去！"

孟剑臣脸色微变，一时间不知该如何为自己辩解，身后已有另一人越队而出，高声说道："大人请且慢处置！属下有话要说！"

孟剑臣的脸色更是变得明显，嘴角挑起讥诮的隐隐冷笑。

那考生已在他身边单膝跪下，拱手说道："邓大人，属下以为，舍弟虽有性急鲁莽之处，但是对将令有疑，不能视同于不遵将令。属下读《皇诰》，圣上追忆当年龙兴之际的大小诸战，提及战前诸将之陈词，于帅令或有不解，或有异议，皆是常见之事。唯其战前能开解众人的疑虑，战事之中，才不会有因误解而不遵将令之事。"

演武场上一片静寂。这名考生居然拿洪武帝亲撰的《皇诰》来指责南乡伯的将令？

南乡伯打量着孟剑卿。

孟剑卿抬起头来迎着他的注视。

这两兄弟，料来是因为异母的缘故，并不太相像。孟剑卿不如其弟俊秀，看起来较为沉着稳健，比名册上所写的年纪——十八岁——要更老成一些。

南乡伯看得出，孟剑卿心中虽然紧张，面上仍是在努力把持住。

他原以为这两兄弟在演戏给他看，但是一旁的孟剑臣的态度很值得玩味。

似乎过了足有两个时辰那么久，南乡伯方才慢慢说道："这么说，你对这道将令并无疑问？"

孟剑卿答道："属下以为，大人对考选一事必定早已深思熟虑，将考场移往城隍庙，定有用意。"

南乡伯紧盯着他问道："你以为本官用意何在？"

他若答不上来，无疑会被视为首鼠两端之人。

孟剑卿定定神，答道："属下以为，大人是要在城隍庙那个热闹非凡之地，考一考我们的定力。"

默然良久，南乡伯嘴角严苛的线条略略缓和了一点儿，算是给他一点儿嘉许的笑意，挥一挥手，孟剑卿会意，站起身来，转过头看看孟剑臣。孟剑臣狠狠瞪他一眼，率先归队，孟剑卿不动声色地跟在他后面归入大队。

众人都松了一口气。

南乡伯说道："城隍庙外，考场已经设好。点将台上一声炮响，城隍庙的考场便开始计时，一炷香的时间，不能徒步赶到考场者，视同弃权！"

演武场通往城隍庙的大道上，人群如潮水般向两边涌去，立时让开一条路来。

一声炮响，头场考试正式开始。

平整的官道，转眼间已被积雪与黄泥盖满。落在后面的考生，被雪泥溅得满身满脸，只是不敢停下来清理。

前方狂奔的人群突然间放慢了速度。

横跨城隍庙外西水河的大石桥前，二十八名军士执棍而立，一旦有冲过去的，便是数条长棍同时敲来，已有十余人被打入了西水河中。虽是隆冬季节，河水不甚深，但是冰冷刺骨，河底淤泥又厚，一时间哪里爬得起来，一个个狼狈不堪。

杭州卫所的考生熟悉地形，一见这阵势，就觉得一时半会儿肯定冲不破这二十八名军士结成的棍阵，再者也心有顾虑，不愿意与这些南乡伯派出来考验他们的军士大打出手，略一商议，已调转方向，沿河而上，狂奔向上游三里开外的虹影桥。

就算那一处也有人把守，毕竟河道比这里狭窄得多，兴许可以另想办法过河。

孟剑卿停住了脚步，打量着那二十八名军士以及混乱的人群。

另一名台州考生、台州千户的次子公孙义，喘息着道："剑卿，怎么办？"

赶到桥头的另两名台州考生，一边挥袖抹着脸上的泥点，一边等着孟剑卿说话。

论年纪，孟剑卿并不比他们大，只是在台州集训的那段日子里，三个月相处下来，不知不觉之中，三人便将孟剑卿视为可拿主意的人了。

孟剑臣冷冷地看了他们一眼，说道："你们慢慢商量吧。"

他已经打算硬闯过去了。

孟剑卿喝道："且慢！单凭我们五个人是闯不过去的！"

他转向混乱之中开始涌向上游的人群，高声叫道："我们若是不战而逃，必定会让邓大人瞧不起！"

他运足了气喊出的这句话，正中各人心中最关切的事情，改道的心思，顷刻间便淡了下来。

孟剑臣已扯下外袍，一言不发地冲向棍阵，三条长棍立刻自上中下三路扫了过来。

孟剑臣挥动外袍裹住了攻向上路的长棍，左手下探扣住了中路长棍，借助长棍疾扫之势，纵身跃起，躲过扫向膝盖的长棍，随即扑入了棍阵之中。

孟剑卿与另三名台州考生紧随着他杀入了棍阵。

他们这一带头，涌动的人群很快改变了方向。

不断有绞入棍阵的考生被叉出来掼入西水河中，但是混战之势已成，二十八名军士，终究还是没能挡住这大队人群。

孟剑卿在自己的座位上刚刚坐定，还来不及喘一口气，便听得一声锣响，考场的大门已经关了起来，后到的考生被迎面泼来的墨汁洒在脸上，便是想混进去，也是不能了。

他转过头看看身边。

台州的五名考生都冲了过来。

孟剑卿吁了口气，搓一搓手和脸，定下心来准备应考。

头场考试，未能及时赶到考场者二十三人，默写《孙子兵法》漏字错字被贴出者十八人。下午站在点将台下的，还余下九十四人。旗牌官点数之后，令单数者均左跨一步出队。

南乡伯环顾四周说道：“这第二场，便是要看你们的拳脚与刀枪本事了！”

旗牌官宣布此场规矩：每二人为一组步战，当场比试，一炷香的时间内，跌出所画白圈者为败；若是一炷香时间之内，无人跌出，则两人皆被淘汰。

这后一条规则一宣布，诸考生都是暗自心惊。

首先上场的是杭州卫所的五组。

孟剑卿与孟剑臣分别站在台州卫所五人的一头一尾，孟剑卿的对手是宁波卫所的考生。

他们两人，还有台州卫所千户的次子公孙义，都轻松胜出。

演武场上，只留下了四十一人。孟剑卿和孟剑臣之间，只隔了一个公孙义。

公孙义的脸色自然是不太好看，暗自点数，想弄清楚接下来自己会对上孟剑卿还是孟剑臣。然而前队人头乱晃，如何数得清楚？

第二轮旗牌官没有再单双数分组，而是传令他们到点将台下抽签。

公孙义抽到四十一号，轮空。

公孙义大大松了一口气，忍不住暗自咧嘴偷笑——这样的好运气，可不是每个人都碰得上的。

孟剑臣抽到的对手是严州千户的儿子，孟剑卿抽到的对手则是胡都司的侄儿胡进勇。

他们两人对视一眼。

孟剑臣的嘴角浮上讥讽的微笑："大哥，祝你好运气，能够巴结上胡都司啊。"

孟剑卿淡淡答道："彼此彼此。"

孟剑臣道："于我而言，战场无父子，但对大哥你，恐怕就不是这样了。大哥心中，此时一定矛盾得很吧，既想赢这一局，又想着赢了之后开罪胡都司怎么办。毕竟我们即使再过十年也升不到胡都司现在这个位置，总有从他手下过的时候。也许大哥今年识时务，胡都司明年会给大哥一个更好的机会。"

孟剑卿微微一笑："胡都司不是那种人。"

孟剑臣看看毕恭毕敬站在南乡伯身后的胡都司，啧啧叹道："大哥倒真是对胡都司景仰得很啊，但愿这句话能传到胡都司耳中去。"

孟剑卿笑而不答。

红日已西斜。

第二轮为马战，落马者或是兵器脱手者为败。两匹马一跑开来，整个演武场也不过堪堪够用，是以一次只能有一组上场。

孟剑臣的对手用的是流星锤，孟剑臣则选了钩镰枪。那炷香只燃得一小半，孟剑臣已钩住了流星锤，大喝一声，干脆利落地将对手拖下了马。

演武场上一片喝彩声。

对方满面羞愧地爬起来。孟剑臣却不还他兵器，在喝彩声中，反臂一掷，钩镰枪带着流星锤插入兵器架中，撞得兵器架摇摇欲坠。

孟剑卿暗自皱了皱眉。这是什么场合，还这般任性招摇，连带得他也成了众人侧目的对象。

很快便已轮到他上场。

胡进勇身高臂长力大，故此选的是一柄九环大刀。

孟剑卿略一忖度，选了一杆长枪。

暮色四起，演武场四周已燃起数十枝松明，映着雪光，照得演武场中仍是一片通亮。

胡进勇催动马匹，呐喊着冲杀过来。

孟剑卿带马迎了上去，看看将要接近，忽地拐向右侧。他虽是避让，但是避得如此敏捷，倒也赢得一阵喝彩。

九环刀堪堪自他左侧掠过。

两人错马而过之际，孟剑卿在马上扭转身来，长枪回刺。

胡进勇仓促间回刀一挡，一身力气一时使不上，竟被孟剑卿这一枪压住了气势。

胡进勇盘马回头，孟剑卿也回过马来。

这一回胡进勇加倍小心，没有让孟剑卿再从侧面进击，九环刀当头劈下，逼得孟剑卿结结实实接了这一刀，连人带马，后退了十几步才稳住。

公孙义担心地道：“剑臣，你大哥会不会输啊？胡进勇可是杭州卫所有名的勇士。”

孟剑臣冷冷道：“你放心，那只老狐狸有的是法子取胜。”

胡进勇策马疾驰而来，大有一刀定乾坤之势。

孟剑卿居然也拍马迎了上去。

演武场内外，众人不免叹息。

胡进勇大叫着，九环刀挥了起来。

孟剑卿忽地自马背上纵身跃起，长枪在刀上一点，借力翻到了胡进勇右侧，凌空飞起连环腿，踢在胡进勇的腋下。

胡进勇正全力向前冲去，被孟剑卿在他腋下这一踢，立时失去平衡，跌下马来。

孟剑卿手中长枪在地上一点，托起了自己下坠的身形，再次腾起，翻回到自己的马上。

胡进勇一跃而起，满脸通红，大叫道：“你使诈！邓大人规定这一场是马战，你这根本就不是马战！”

孟剑卿收枪在手，镇定自如地答道：“兵不厌诈。至于说不是马战，在下几时踏过地面？”

点将台上，胡都司满心不自在，转向南乡伯，期期艾艾地道：“这个，大人，你意下如何？”

南乡伯的面上，照例看不出什么，只不置可否地“唔”了一声。旗牌官不得指令，于是按规矩判定胡进勇落马为败。

杭州卫所的考生哗然，若非慑于南乡伯的威名，只怕早已鼓噪起来。

孟剑臣抱臂胸前，冷眼看着这一幕，喃喃自语般道：“若是有了南乡伯的赏识，的确是用不着去顾虑胡都司怎么看了。”

孟剑卿心中，想必早已算好这一点了吧，怪不得对胡进勇毫不留情。

但是在孟剑臣心中，总觉得还有哪个地方有点儿不妥。

这有点儿不像孟剑卿一贯的作风。他这个人，做人做事一向是八面玲珑、滴水不漏，就算拿得准南乡伯的态度，也不会这样不留情面地开罪胡都司。须知他们的父亲可还是胡都司辖下的一名百户。

孟剑卿这一回，是想置之死地而后生吗？讲武堂对于他真的就这么重要？所以拿定了主意之后，才会全力一搏，甚至于毫不留情地切断自己的后路？

一念及此，孟剑臣悚然心惊，同时又隐约生出一点儿不情不愿的敬意来。

直闹到半夜时分，演武场的人群才慢慢散去。

顺利过关的考生，还留下二十一人。其中台州卫所占了三名，杭州卫所也只考过三名。剃了光头的几个卫所很是不服气，回城的路上，眼见得南乡伯阎王似的视线已经不再盯着他们这群人，严州卫所的考生率先起哄，吵嚷着要孟剑卿拿真本事出来和胡进勇比试，服一服大家的心，否则便是告到洪武帝面前去也要将他拉下来。

胡进勇憋了一肚子气，被那几名严州考生一激，当下便暴跳起来。

孟剑卿隔着人群不动声色地听着对面的叫骂声，孟剑臣冷笑着道："大哥，你现在是不是有悔不当初之感呢？"

孟剑卿看他一眼："再给我一次机会，我也只能尽力而为。你让一步，尚有退路，我让一步，便退无可退。"

他们的父亲所担任的百户一职，虽然是个小职位，却也是一个可以传之子孙的世职。

孟剑臣嗤之以鼻："那个世职啊——食之无味，弃之可惜，谁要一辈子待在那穷乡僻壤？若是承你看得上，我拱手相送还来不及……"一语未完，那边叫骂的人已经骂到他们两人的父母头上了，孟剑臣脸色铁青，咬着牙道，"这群混蛋，骂得太难听！待我去教训教训他们！"

他拔刀的手却被孟剑卿按了下来，孟剑卿注视着躲在人群之中叫骂的那几名严州考生说道："我们若是同胡进勇打起来，私相斗殴，肯定会被邓大人除名。"

孟剑臣不耐烦地挥开了他的手："这也不行那也不行，你到底想怎么样？"

孟剑卿不答，转向胡进勇和他身后那群帮腔的杭州考生，提高了声音说道："校场比武，无非是为了选出能够在战场上克敌制胜的将官。军中禁私斗，如果胡兄一定要再分个高下，有没有兴趣与我打一个赌？"

胡进勇那边立刻叫道："赌便赌，怕你怎的？"

孟剑卿道："此去严州，快马来回不过三个时辰。严州贼兵退守桐庐山中已经一月有余。年关将近，围剿桐庐山的严州驻军都已停下了攻势准备过年去了，山中贼兵必定防守松懈。胡兄就近从杭州都司处借两匹好马来如何？明早邓大人开考最后一场之前，谁从桐庐山中提回的贼兵人头最多，便算谁胜。我若胜了，自无话说；我若输了，我这个名额，自当拱手让与胡兄！"

这群年轻子弟，哪一个不好事？听孟剑卿如此一说，都哄然叫好。趁着胡进勇去借马之际，孟剑卿又分派了各个卫所考生把守路口，以免有人往严州方向去给贼兵通风报信，又或者是打乱他们两人之间的比试。

山路积雪，又陡又滑。

孟剑卿与胡进勇互相看看，都在山坳处翻身下鞍，将马系在一株矮树下，紧一紧腰带，踏着积雪分头向山上攀去。

孟剑卿长在浙东，惯走山路，胡进勇是淮北人，随叔父到杭州不过三年，攀到半山已是落后不少，心急之中，一不小心踩落了一块松动的石头，石头滚落山崖，轰然作响。

山上惊动，松明亮起，哨音尖锐，几片乱石飞了下来。

孟剑卿纵身向斜地里一掠，几个转折，已扑上了那个哨台，胡进勇望见哨台上刀光闪动，奋力赶上，不过相差片刻，哨台上四名哨丁已横倒在地，孟剑卿不及割下首级，已经头也不回地向亮起松明的第二个哨台飞奔而去。

胡进勇这一回赶得快一些，来得及抢在孟剑卿收拾掉三名哨丁之前，挥刀砍倒另外一名哨丁。

山中贼兵大营已被惊动，人喊马嘶听得分明。

胡进勇与孟剑卿本应当趁大队敌兵未到之际退走，但是胡进勇不退，孟剑卿自然也不能退。

待他们杀到第四处哨台时，已被两队贼兵围在了哨台之上。

孟剑卿在积雪上抹去刀上血迹，伏在石块后躲避箭只，打量着胡进勇道："胡兄倒是好气概，换一个人，说不定便会趁我在前面冲杀的机会，割下人头先走一步了。"

胡进勇"呸"了一声："我胡某岂是那种小人！我砍了五个，你呢？"

孟剑卿略一计算，答道："十一个。"

胡进勇恼火地道："若在平地之上，你休想占我的先！好，现在咱们再来比过！"

孟剑卿自乱石丛中小心地探出头来打量着哨台周围的乱兵。黑夜之中，对方不知道他们究竟来了多少人马，暂且围住了哨台，又分兵在四处搜索，只等天一放亮，便大举进攻。

让他们这么搜索下去，迟早会搜到那两匹马，发现偷袭的只不过两个人。

孟剑卿低声说道："那好，咱们就再来比过！这一局，谁最先冲出去便算谁胜！"

他反手摸到了地上的一柄厚背大砍刀。

使这柄刀的那名小头目有一身蛮力，刀又沉重，若非他刀法委实太差，孟剑卿一时间还真是收拾不了他。

胡进勇率先大喝一声挥刀冲了下去。

孟剑卿提起那柄厚背大砍刀，左手轻轻滑过刀身。

这样一柄刀，在那蛮夫手中，不过是一柄砍刀罢了。

但是到了他的手中……

孟剑卿长啸一声，人随刀起，自哨台上纵身扑下，身随刀转，卷起山林间层层积雪，砍刀自泥尘飞雪、枯枝败叶中凌空劈下。

正当其锋的那一队贼兵，手中长矛纷纷断裂，最前面两人被刀锋撞开，山崩地裂般的力量将他们撞得身不由己地压向背后的同伴，一连倒下了十余人，最后勉强挡住刀锋的，是一名中年贼将，却也被逼得连退十余步，背靠住山崖才接下这一刀。

他这拼命一挡，孟剑卿又被围了起来。

孟剑卿纵身跃上那片山崖，借助凌空跃下的力量，再次出刀。

这一次的刀势更为凌厉霸道，倒下去的人也更多。雪地上鲜血斑斑，断臂残躯，令人悚然心惊。其余的人，一时间不敢再围过来。

孟剑卿横刀胸前，打量着对面正苦战破围的胡进勇。他是否应该助胡进勇一臂之力？

但是背后传来那中年贼将低沉的声音："想不到今夜又能见到严二先生的劈山斩！"

孟剑卿的脸色不由得微微一变，霍地转身。

那中年贼将正凝视着他。

刚才勉强接下这一刀，那贼将显然已经受了重伤，乌血不停地自嘴角渗出。

他倚着山崖慢慢滑坐在地上，脸上的神情若喜若悲："唉，多年不见，严二先生教出来的弟子，居然能够一连使出两次劈山斩——只可惜他见不到这劈山斩斩落的是谁的人头了。"

他的脸色渐转灰白，合掌闭目，喃喃念着经文，孟剑卿只听得懂其中四句："现世黑暗，邪魔横行；浴火重生，来世光明。"

孟剑卿默然注视着那中年人。他在得到严二先生那本刀诀之后，才知严家十三斩重意不重式之奥秘，出刀之际，渐渐已有存神去式之势。但是这个中年人，仍然认出了劈山斩，想必当年对严家刀法极为熟悉。

严二先生若知道这一切，是否会后悔当初的选择？

念到后来，那中年人的声音越来越低，渐渐地已了无声息。

贼兵之中，突然爆发出一阵痛哭，显见这人在他们之中极受爱戴。

孟剑卿心知不妙。这群人虽然一时间为自己的刀势所慑服，不敢贸然进攻，但是如此悲痛，所谓哀兵必胜，又道是一人拼命，十人难挡，让他们再攻过来，要想冲出去便难了。

他当机立断，横刀挑起那中年人的尸体掷了出去，以扰乱贼兵的心神视线，趁此机会，挥臂甩出了手中沉重的大砍刀，砍刀呼啸着打横急旋出去，正当刀锋的数名贼兵惨叫着滚下了山坡，让开一条通道来。孟剑卿腰间的短刀已握在手中，随着他身形掠起，斜斜划过退让不及的两名贼兵的腋下，急冲向兀自苦战的胡进勇。

胡进勇杀得性起，却被孟剑卿顺了他刀势一带，身不由已地向山坡下冲去。

待到冲出重围，东方已透白。

孟剑卿与胡进勇一个人头都未带回，但是胡进勇公开宣称，他输得心服口服。

演武场上的各州考生很想知道其中详情，但胡进勇并不是一个好的说书人，翻来覆去，不外乎那么几句，孟剑卿自是含糊其辞。

也有仍是不服气的考生叫嚷道："孟剑卿若真有一身好刀法，昨日里在演武场上为何不使出来？只怕这一局也赢得有古怪。"

胡进勇觉得这话不但是在质疑孟剑卿，也是在质疑他自己，当下恼怒地道："孟兄弟就给这小子一点儿教训看看！"

一旁的孟剑臣暗自冷笑。胡进勇让孟剑卿这么一打一拉，看样子死心塌地成了他的又一个追随者了。

孟剑卿看了那考生一眼，淡淡答道："我的刀是用来杀敌的，不是用来比武的。"

那考生被噎了回去，脸上青一阵白一阵，一时找不到话来应答。

喧闹之中，南乡伯已登上点将台，演武场立时安静下来。

这是最后一场考试，谁也不知道余下的二十一人会淘汰多少。

南乡伯的亲兵端出来一个大纸箱，箱上开了一个仅容一只手伸入的小孔。

旗牌官宣布规则，要求二十一名考生每人抽出一个问题当众回答，限一炷香的时间。

公孙义抽中的是：大明何以取天下？

这么简单的题目，可难不倒公孙义。当下站得笔直，《皇诰》中洪武帝追述蒙元何以失天下、群雄何以不成功、大明何以一统天下的大段诏书，滚滚而流，滔滔不绝。若非香烛燃尽，打断了他，只怕他一整天都可以这么背下去。

公孙义自觉答得不错，站在那儿顾盼自得。

南乡伯峻冷的目光扫了过来，公孙义只觉身上一寒，不由得收敛起扬扬得意的神气。

南乡伯慢慢地说道："大明何以取天下？是大明的军队一刀一枪打出来的天下，明白吗？"

不但是公孙义，演武场上所有人等，都不由得都热血沸腾，齐声答道："属下明白！"

南乡伯挥一挥手，令公孙义站到一边去。

公孙义不知道自己是过了关还是没有过关，又不敢贸然询问，心神不宁地站在台下，眼巴巴地看着各位考生被旗牌官发放到自己身边或是发放到点将台的另一侧——直到孟剑卿兄弟也被发放到他这一边，方才放下心来。

孟剑臣抽到的是评点蒙元骑兵之特点。

孟剑卿听他侃侃而谈蒙元骑兵的来去如风、骠悍勇猛，暗自皱眉。

果然，南乡伯冷不防问道：“蒙元骑兵既然如此善战，为何仍是丢了天下？”

孟剑臣怔了一下才答道：“强中更有强中手。”

南乡伯半眯着眼，不置可否。

孟剑臣定定神，又补充道：“江南水乡之地，林密草深，骑兵无用武之地。至于北方平原，蒙元可用骑兵，我亦可用骑兵。”

南乡伯追问：“何故百年前汉人骑兵丧师失地，百年后却能将鞑虏逐出中原？不要拿颂圣的话来敷衍！”

孟剑臣本意是想答洪武帝天纵英明之类的话，料想也没人敢说这话不对，被南乡伯后一句话一堵，心中一急，脱口答道：“寇为我仇，亦为我师！”

南乡伯这才满意地微微露出一丝嘉许的笑意，挥手令他退往一边。

孟剑卿抽中的是简述历代兵制之得失，繁杂得很，一炷香的时间里，要一边想一边说，大是不易。孟剑卿一边暗自屈指计算已说了几段，一边用眼角余光度量那炷香烛燃烧的速度，删繁就简，香烛燃尽之际，恰恰评完蒙元兵制。

众人都以为南乡伯会追问孟剑卿如何评论当今的兵制。

但是南乡伯眯着眼听完，突然说道：“你们兄弟二人，也算是一时瑜亮了。倘若哪一日在战场上狭路相逢，你当如何自处？”

孟剑卿不由得一怔。

南乡伯是不是给他设了一个陷阱？

如果他的回答铁面无私，道理上虽然不错，但只怕所有人，包括南乡伯本人都会觉得他这个人太过凉薄。自古忠臣必出于孝子，同理，不能友爱于兄弟，又何能友爱于士卒同僚？

而如果他的回答顾及兄弟手足，只怕所有人也都会认为，他不是一个合格的军人。

南乡伯眯缝的眼中，看不出什么神情。

孟剑臣完全猜想得到孟剑卿心中急速转过的种种念头，讥讽的笑意不觉又浮上了嘴角。

他倒要看看孟剑卿怎么面对这个绝无模糊可能的问题。

似乎过了良久，孟剑卿终于答道：“家父常说，战场无父子。战场尚无父子，又何况兄弟？”

既是父亲的垂训，为人子者，谨遵力行，似乎也不算不对吧？

南乡伯沉吟了一会儿，才挥手打发他退到一边。

孟剑卿与孟剑臣的视线碰在一处。

孟剑臣转过目光望着点将台，一连低声说道："大哥倒真不愧是家里那老滑头一手教出来的好儿子，这一回又让你滑过去了！"

孟剑卿的声音更低："你在家中这样没大没小倒也罢了，在外面，用这种口气提起父亲，只怕会引人侧目。"

孟剑臣哼了一声，别过头不再理他。

南乡伯的目光扫过他们兄弟两人。

昨天晚上，二十一名考生的详细资料已经送到他手中，孟剑卿兄弟是他尤为关注的两人。

孟剑卿，宁海卫百户孟知远庶出长子，其母为孟知远正室、台州千户段德之女的陪嫁丫头于氏。孟知远三十无子，以于氏有宜男相而收房，生孟剑卿。其母却至今仍是无名无分的灶下婢。同年段氏生孟剑臣，段德武艺精熟，战功赫赫，只因为嗜酒误事，所以才一直不曾升迁，孟剑臣自幼便是由他教授，孟剑卿则由孟知远亲自教导，十三岁才被送往天台寺习武。这本非一母所生的两兄弟，自小聚少离多，感情并不深厚，加之孟知远一则有惧内之名，二则有袒护长子之嫌，是以屡屡为此生出风波，连带着这本就个性不合、彼此不以为然的两兄弟，关系更是不佳。

南乡伯暗自沉吟。

孟剑臣虽然傲岸，但是比较简单，易于看透；孟剑卿却令他感到一种莫名的不安。

天台寺向来是讲求习武强身，但是昨天晚上孟剑卿与胡进勇去偷袭桐庐山的贼寇，虽然胡进勇对经过情形说得颠三倒四，南乡伯也暗自惊异于孟剑卿的斩获——这并不像天台寺僧人教得出来的弟子。

不过这兄弟两人的身上，都有着一种勃勃求进、睥睨众生的气象。

孟知远不过是一个无名小卒，居然教得出这样两个儿子来！

也许只不过是应了那句老话：寒家出英才。正是那籍籍无名、沉沦下潦的家庭，才逼迫他们兄弟两人如此奋发求进。就像南乡伯自己，又何尝不是起于田亩之中？

南乡伯暗自喟叹，朱笔落下。

南乡伯主持的浙江省的考选，共选得十名考生，孟剑卿兄弟均名列其中。开年之后，便要由杭州都指挥使司送往应天讲武堂。

一班得志少年，是杭州府的骄傲，也是他们家族的骄傲。

送行的人，祝愿他们这三年中都不会返乡——一入讲武堂，除非伤残或是被淘汰，否则，三年之中，哪怕是应天府的学生，也不得回家。

以身许国，便不得再言家。

后记：关于讲武堂

讲武堂，这个大明王朝的最高军事学堂，纯属虚构。虚构的基础，是洪武朝的国子监。

洪武朝时，一度未曾举行科举，而考察官员又极为严苛，失职丢命者众多，未免有青黄不接之虞。故此洪武帝曾经大量选用国子监的学生去担任各种官职、承办各种行政事务，如土地丈量、水利设施建设等等。

那么，在军事上呢？不妨假设，洪武帝很有可能开办了一个类似的国立学堂，专门培养既忠诚（在新王朝新时代中成长起来）又有活力的年轻军官，以填补大清洗之后的诸多空缺。

讲武堂学员的选拔，就像国子监的一样，自然是极为严格。因为他们是大明的希望。

第二卷　讲武堂

正传　讲武堂（一）

三年前才出现在玄武湖畔的讲武堂，规制宏大，看上去颇有几分金碧辉煌的气派，但是房舍太过簇新，围墙又太过高耸——这是为了防备讲武堂中那些很有可能会在半夜里偷偷越墙而出、惹是生非的学生，一般的围墙只怕拦不住这些家伙——而且为了安全起见，沿墙所有的大树都已砍掉，墙内墙外，几乎是寸草不生，更显得那一道高墙咄咄逼人。

这样的讲武堂，突兀地立在风光如画的玄武湖畔，相比之下，隔湖相望的国子监绿荫掩映、白墙黑瓦、曲径通幽，前者未免让人想到……暴发户。

粗鄙不文、满身铜臭的暴发户。

国子监的学生临湖而坐，遥望对岸新一期的学员由应天都督府的兵马送入讲武堂的大门，互相望望，一个个面露微笑。

又有好戏看了。

孟剑卿没有想到，在讲武堂的第一门课，会是“挨打”。

一百二十名三期新生站在演武场上，面对着马教习挑选出来的二十名二期生。

旗牌官高声宣布规则。每名新生以一炷香为限，与一名二期生对阵，但是只许招架闪避，不许还手，能在石灰线画成的圈子里撑过一炷香而不倒，便算过了这第一关，下一次可以换对手。

旗牌官说到此处，底下已掀起了一阵骚乱。照这样说起来，岂不是他们每个人，都得被这二十名二期生轮番揍上一顿？眼见得那二十人打量着他们，一个个得意之情见于形色，想必他们去年都是这样挨过来的，这一口气，忍了一年才能一吐为快，自是开心得很。

点将台上的马教习扫了他们一眼，慢慢说道：“要学打人，先学挨打，这点儿道理都不懂，你们这群蠢材是怎么进讲武堂的？”

马教习看上去只是一个瘦小的、毫不起眼的中年人，一张满是皱纹的面孔仿佛风干的橘子皮一般，走在街道上，绝不会有人多看他一眼。

但是他居然毫无顾忌地在第一堂课上如此尖刻、不屑地嘲笑这些天之骄子。

新生们虽然不敢刚进讲武堂便顶撞教习，但脸上都已有了愤愤之色，一边在心里暗骂，一边闭上自己的嘴。

他们很快就知道了，马教习的绰号是“马蜂”。

听到这个绰号，大家你看我，我看你，哗然一声，哄堂大笑。

可不正是一只专爱刺人的马蜂？

虽然知道马教习就这个脾气——所以才在军中待不下去，上司同僚都处不好，只能调往讲武堂，横竖被刺的学生是敢怒而不敢言——但是马教习每回伸出来的刺还是激得他们在心中跳脚乱骂，逐个问候马教习的祖宗十八代。

话说远了，还是拉回来看演武场上孟剑卿他们的第一堂课。

孟剑卿对上的是一名十分魁伟、一双手掌张开来足有蒲扇大小的二期生，后来知道他名叫关西。

在他前面与关西交手的三名新生，都被他用擒拿手法卸了关节摔出石灰圈来，场外监守的郎医官走过来，拎起其中一人的右手，面无表情地说道：“记住了，我只给你们接一回关节，以后就要靠你们自己。”“啪啪啪”一连数声轻响，手法快得不容人看清，转眼间已接上了关节。

留下那名新生苦着脸站在那儿。这么快，他要怎么记得住？

孟剑卿才刚踏入石灰圈中，轻轻松松连取三局的关西已一脚踢了过来，其意竟是不屑于再近身搏击，要趁孟剑卿立足未稳之际将他踹出去。

孟剑卿向后一仰，关西厚实的牛皮靴贴着他胸腹上方踢过，孟剑卿已从他脚底滑了出去，左手在地上一撑，霍然翻身立起，站在石灰圈的正中。关西一脚踢空，即刻旋身，收左脚起右脚，借了旋身之力顺势扫来，孟剑卿一个空翻让开这一踢，落下来仍是站在原地。

他这两下避得干脆利落，关西不免暗自“咦”了一声，收了飞踢之势，欺近身来，右掌张开，径直扣向孟剑卿左肩，左臂却暗地里徐徐运气伸展，只待孟剑卿向侧旁闪避时便要抓个正着。

孟剑卿向后急退数步，虽然避过了关西这暗含后招的一抓，却被关西瞅准机会突地一脚扫来，孟剑卿本能地向侧旁跃出。

这一跃之间，他的左脚已然踏到了圈外，将要落地之际，忽然听到观战的孟剑臣一声冷笑，孟剑卿惊悟，左脚迅即收回，只这一迟缓间，关西又是一脚结结实实扫在他左肩。孟剑卿没有运气硬抗，顺势向前扑倒，虽说摔得灰头土脸的不好看，到底消去了大半脚力，而且脱开了与关西近身搏击的险境。

一炷香的时间里，孟剑卿挨了十几脚，也有几次险些被关西扣住肩臂关节，但总算撑到了最后，全身而退。

关西稍事休息之际，孟剑卿微微转过头向孟剑臣低声说道："我该谢谢你才是。"

孟剑臣冷冷地答道："不必谢。你被摔出来，我也没什么面子。"

关西的下一个对手便是孟剑臣。受挫一局，关西的火气大得很，志在必得，孟剑臣的筋骨再坚牢，也被他抓住机会扭脱了左手拇指关节。不过孟剑臣到底也咬牙撑到了最后。

退下来之后，郎医官正在诊治另一个被踢得爬不起来的新生，孟剑卿便替他接上了关节。

一旁狼狈败出的公孙义大是不解地打量着这兄弟二人。什么时候变得这般兄友弟恭了？倒真是稀奇。

孟剑卿兄弟突然抬头望向远处。

公孙义的眼力不如孟剑卿兄弟，隔着足有三人高的围墙，只远远望见一座被古树遮掩的高台，高台上隐约有人影在晃动。

郎医官正从他们身边经过，抬头扫了一眼，没说什么，倒是他身边的药童喃喃骂了起来："国子监那群酸秀才，又在看热闹了！"

公孙义惊讶道："隔这么远，那群酸秀才居然看得清？"

他还看不清呢，真是打击人。

药童一撇嘴："还不是仗着从钦天监借来的千里镜？花那么多银子替国子监修一座观星台，没看到几个秀才观星，倒三天两头趴在上头看我们操练！迟早有一天要拆了他们的观星台！"

到晚间就寝之时，大家解开衣服，一个个浑身青紫，互相帮忙往伤处抹上药酒——郎医官发给每人一大瓶跌打药酒、一大盒金创药，还有一捆干净布带。不过今天大家只用上了药酒。看着这些金创药和布带，未免心中都有大大不妙之感。郎医官不会平白无故给他们准备这些东西吧？

查房的两名二期生探头进来一看，便嘿嘿笑了起来："黄鼠狼今年出手大方不少了嘛，去年我们是一间房才得一瓶药酒、一盒金创药。"

一间房住了六名新生。

孟剑卿六人这才知道郎医官的绰号是"黄鼠狼"，不过也难怪，郎医官那尖尖下颌、一副稀疏黄须的模样，的确有几分神似。

不待孟剑卿等人说话，那两名二期生又笑道："怕只怕这是马蜂叫他给你们准备的。马蜂嫌去年整倒的人不够多，一心想在你们身上再试试刀锋呢！"

他们压低了声音哈哈笑着关上了门。

果然，过了二十名二期生的拳脚这一关，接下来便是兵器。

三个月的时间里，孟剑卿受的伤比他在天台寺那五年受的伤还要多。

与马教习冷言冷语的嘲讽一样可恨的，是对岸观星台上国子监那帮酸秀才幸灾乐祸的指指点点。

直到这门课结束之际。

最后一堂课时，观星台上的人影比往日更多，显见得也知道这个热闹今日不看，要到明年才有得看。

但是今天演武场上多了一个人。

马教习介绍道，这位是他们的射术教习孔玄。

一群新生脸上都显出满不在乎的神气。像他们这样的军中子弟，从会走路时就开始骑马射箭，还用得着专门教？更何况这位年轻的孔教习，衣饰华丽，面貌俊美，生就一双惯会拈花惹草的桃花眼，所过之处，居然飘来阵阵香风，熏得最前排的学生不得不屏住呼吸。

孔教习想必已看惯初次见面时他们脸上的这种神色，微微露齿一笑，反手抓过身后一名亲兵背负的那张铁胎犀角硬背大弓，回手之际，已张弓搭箭，沉身旋臂，一箭射向对岸远远的观星台。

正举着千里镜看得不亦乐乎的一名国子监学生"哎呀"一声，千里镜被射得粉碎，连带他握着镜筒的双手虎口也被震裂，鲜血直流。那学生惊叫起来，举着手不知所措。

眼力好的十几名新生看得清楚，相顾而笑，只觉胸中这股闷气一口吐尽，对那纨绔子弟一般的孔教习大生好感。而自问并无这等臂力与眼力能够射掉观星台上那支讨厌的千里镜的诸多新生，望向孔教习的眼神更多了几分钦佩——人不可貌相，海水不可斗量，孔教习便是明证。

马教习居高临下，自是将这些新生的表情变化看得一清二楚，冷哼了一声，向孔教习说道："又来收买人心！"

孔教习笑眯眯地道："无妨无妨，三年之后，感激你的人会远远超过感激我的人。"

孟剑卿诸人，一直要到三年之后，分赴军中效力、真正上阵厮杀时，才会明白马教习那一门课对他们的重要性——当身陷重围、杀敌同时必然会被敌所杀之际，能够挨得住来自四面八方的攻击，能够在避无可避、刀枪箭矛刺入身体的那一瞬间本能地收缩或是放松肌肉、将身体调整到受伤害最少的状态，对他们来说，是生死攸关的大事。

正如孔教习所预言，几乎每个人都对马教习心存感激。

但是现在，他们喜欢和钦佩的，却是孔雀般招摇卖弄、惯会蛊惑人心的孔教习。

孟剑卿没有想到的第二件事是，讲武堂的伙食居然会如此之差。

饭堂的条凳又窄又硬，只能勉强支撑，好像存心不让他们坐下来好好吃一顿。坑坑洼洼的长桌上，粗窑土碗和竹筷一溜排开，不过是每人一碗糙米饭和一碟咸菜。

新生们难免嗡嗡议论开来。

讲武堂的副总教习蔡本踱了进来。

不少新生也听说过这位以严苛著称的蔡总教习。据说蔡本原是洪武帝的贴身小校，屡建大功而封千户，驻苏州卫所——那可是张士诚的老巢，足见洪武帝对蔡本的信任。前几年轰动一时的高启案，便是由蔡本揭发，弄得那位被誉为当今第一诗人的高启被腰斩，好像还牵扯到其他一些颇为棘手的事情，蔡本由此被调回应天，奉诏筹建讲武堂，以避开外面的麻烦。论职位，蔡本只是副总教习，但是总教习挂的是太子朱标之名，太子政务繁忙，一应事体，全都交给蔡本管理，是以他这副总教习权大无比，讲武堂中，人人都知道蔡总教习才是真正的总教习。

蔡本一进来，便有一种阴沉沉的压力，新生们不由得都静了下来。

蔡本环视四周，慢慢说道：“孟子有言，天将降大任于是人也，必先苦其心志，劳其筋骨。正如俗语所说，嚼得菜根，百事可为。若是连口腹之欲这一关都挨不过，算什么好男儿！”

新生们互相看看，一个个在心中会意而笑。“嚼得菜根，百事可为”是蔡总教习最爱说的训词，于是顺理成章成了蔡总教习的绰号，也有刻薄人在前头另加一个“苦”字——苦菜根。

一片寂静之中，有人怯怯地发问：“请问蔡总教习，我们要挨多长时间才算过关？”

蔡本犀利的目光刺了过去，那名发问的新生不觉瑟缩了一下。

蔡本慢慢答道：“挨到我认为可以过关的时候。”

饭堂中几乎所有新生都倒抽了一口凉气。

蔡本坐了下来。

后来大家都知道了，这两年多来，蔡总教习一直坚持与学生共同进餐，好让他们没有理由抱怨。

新生们不免更是连连抽气。想想以后的三年，都要在这样一位总教习的眼皮底下度过，这也太可怕了。

钟声一响，诸生齐齐举箸，风卷残云，转眼间已收拾得干干净净，你看我，我看你，都觉得吃下去之后肚里更饿得难受，但是谁也不敢再当着蔡总教习的面抱怨。

孟剑卿半夜里被饿醒了。

同屋除了孟剑臣和公孙义之外，另有三名浙江的新生，此时也都已醒来，肚中的咕咕声此起彼伏，公孙义嘀咕道：“真不是人过的日子。”

他饭量向来极大，进讲武堂这三个月来，忍了又忍，到今晚终究忍无可忍，爬起来道：“你们怎么样？我是非得要找点儿吃的才行，否则真会饿死在这里！”

大家立时来了精神，一人问道：“你打算去哪儿找吃的？”

公孙义理所当然地道：“自然是厨房喽！”

虽然半夜溜出去若被发现会挨十军棍，但是比起饿得猫抓似的滋味，公孙义宁可挨那十军棍——何况还不一定会被发现。

公孙义去了小半个时辰便灰溜溜地回来，悻悻地道：“真邪了，厨房里除了油盐和柴火，连一把青菜一把米都没有！”

想必厨房早已吃尽各样食物不翼而飞的苦头，所以才什么也不留给他们。

高墙外的蛙声一阵接一阵，叫得他们更是烦躁。

孟剑臣忽然说道：“去厨房拿点儿盐巴，咱们抓几只青蛙来烤。”

这倒是个办法。当下商定还是由公孙义去偷盐巴——他已走过一回，熟门熟路了——孟剑卿兄弟两人带了盐巴翻出围墙去烤青蛙。

足有三人高的围墙，拦不住孟剑臣。孟剑臣自演武场边上的兵器架上抽出一杆长枪，擎着长枪奔向高墙，将近围墙时，枪尖在地上一点，人随枪起，弹向墙头，一个翻滚，落到了墙外。

孟剑卿将那杆枪扔了出去。

他知道孟剑臣不见得愿意用他的法子翻墙回来。

孟剑卿一扬手摔出了密密缠在腰间的细绳，绳头五爪钩扣住了墙头，他沿着细绳攀了出去。

孟剑臣打量着他，撇撇嘴道：“这种下三滥的小贼用的家伙，亏你还宝贝一般藏在身边。你身边不会还藏着迷香吧？”

孟剑卿不以为意地道：“迷香我没敢带在身上，万一让教习们看见，会有麻烦。至于绳钩嘛，只要有用，什么人爱用的兵器，又有什么关系？”

尤其是在捉青蛙时有用。

不过片刻，已捉得满满一袋。孟剑臣生起了火，瞅着孟剑卿熟练地剥皮抹盐，架在火上翻烤，心中不免有些异样的感觉。他是从来不做这些事情的。

孟剑卿抬起头来，看了他一眼：“你得学着做，将来到了外头，可不见得总有厨子跟着。”

孟剑臣自然知道这话很对，但是由孟剑卿嘴里说出来，怎么听怎么让人窝火。正寻思着怎么挖苦几句，夜风中隐隐飘来烤鱼的香味。两人不由得吸吸鼻子，这半夜里还有什么人在野外烤鱼？

待到他们吃饱喝足、带着一袋烤好的青蛙往回溜时，赫然撞见关西和另一个二期生，关西手中还拎着一个布袋，袋口露着一截鱼头。

四人面面相觑，良久，相顾失笑。

蔡总教习如果知道他们是怎么填饱肚子的，会不会气得七窍生烟？

由于每晚临睡前琢磨的是今晚如何溜出去、到何处寻食物、如何溜回来，孟剑卿居然不再梦见一直困扰着他的严二先生了。

半夜里溜出去的人越来越多，终于有一晚被巡夜的兵丁逮住两个，两人各挨了十棍，查房由一次变为三次，墙头则插上了一尺多高的铁蒺藜。

不过道高一尺，魔高一丈，很快有人开始挖地道。进出者每次留下带回的食物一份。只是这地道后来生意太过兴隆，守卫者未免有些得意忘形，一疏忽，便被巡夜兵丁发现，这条路也就此废了。

也有家中颇富的学生，暗地里吩咐讲武堂附近的店家，约好时间地点，半夜里抛入食物来，他们接住了包裹，再抛出银两去。如是多次，直到最终被发现——上得山多终遇虎，这也是难免的事。

孟剑卿他们六人冷眼看着这一场场猫捉老鼠的游戏。他们用的还是老办法——翻墙。围墙虽高，要拦住孟剑卿兄弟，却也不能。俗语说最危险的地方便是最安全的地方，人人都以为这围墙防守严密、已成禁地，连巡夜的兵丁也懈怠了，倒正方便他们进出。

虽说进进出出不成问题，孟剑卿兄弟却遇上了另一个问题——这附近的青蛙已经越来越稀少、越来越不够他们填肚子了。

本来这玄武湖是放生湖，大大小小的鱼儿众多，但是关西他们在湖中抓鱼的次数太多，终于被湖畔鸡鸣寺的僧人发现，阻拦之际双方打了起来，那伙僧人自然不是对手，又苦于抓不住偷鱼贼，于是夜夜巡逻，一有动静便敲锣打鼓，关西他们担心被巡检司截住惹出大麻烦，只能转移阵地。鸡鸣寺的僧人不放心，这巡逻竟是一夜也未曾停过，孟剑卿这些人只能望鱼兴叹，暗骂这群僧人怎么会如此认真。

于是孟剑卿两人搜寻食物的范围越来越大，从讲武堂方圆五里之内，扩大到十里之内、二十里之内……从青蛙到野兔、野鸡、鱼、虾、蛇、蟹……到后来，方圆三十里内，天上飞的，地上爬的，水里游的，一闻到他们的气息便会逃之夭夭。这话一说出来，便惹得公孙义那四人狂笑。

孔教习这时开设的射术课给了他们启发，孟剑卿两人开始射鱼。在箭尾绑上细长的钓丝，伏在鸡鸣寺僧人巡逻路线之外，那些僧人稍一错眼便有两条鱼被射中，并被飞快地拖进树丛。孟剑臣提着一袋子鱼，跟在孟剑卿后面，伏低了身子，在矮矮的树丛中屏息奔逃，直到远离玄武湖，才坐下来烤鱼。心中竟觉得大是有趣好玩，同时又很不舒服地想到，如果将他和孟剑卿两人同时被扔到荒山野岭，孟剑卿肯定是更容易活下来的那一个。

孔教习要是知道他们这样练习射术，是气得七窍生烟还是付诸一笑？

孟剑卿却不由得想到，在讲武堂还能填饱肚皮的这些家伙，将来只怕个个都是偷营劫寨的行家里手，不管被丢到哪儿都能活下去。

夜里如此辛苦奔波，难免会觉得睡眠不足。幸亏这段时间又开了一门历代兵制与战例的课程。

初见归有年归教习，讲堂中哗然一片抽气声。大家开始明白二期生的感叹，高山仰止啊……

这么大一座肉山矗立在讲堂中，想不仰止也难。

归教习脸上的笑容一天到晚恒久不变有如弥勒佛祖，每次上课，照例要先谆谆叮嘱一番“熟读唐诗三百首，不会作诗也会吟”的道理，之后发下满满一大张纸叫大家背诵，之后他老先生便舒舒服服地仰躺在讲案后那张硕大无朋的罗汉榻上呼呼大睡，直到晚饭钟声敲响前一个时辰，准时醒来，叫大家依次背诵，背得出来的先走，背不出来的留下来。归教习只有一个时辰的清醒时候，过了这一个时辰，又要呼呼大睡，两个时辰后才会醒来——那些留下来的学生，就得饿着肚子在讲堂中待两个时辰。

孟剑卿和孟剑臣于是抓紧时间在归教习大睡的时候也睡他一个时辰，再用一个时辰背熟那张密密麻麻的大纸，一举两得，对这位颇有尸位素餐之嫌的归教习当真是感激不尽。

二期生背地里给归教习取的绰号本是“归山”——一座肉山，有读书多一点儿的新生悄悄笑道，当年东坡学士嘲笑一位善睡的同僚是六眼龟——一口气能睡三只普通乌龟的觉，归教习正巧又姓“归”，可不正是一只六眼龟？话虽刻薄，但最贴切不过，新生们哄笑之余，“六眼龟”的绰号也就此传扬开来。

孟剑卿原本以为，在讲武堂的三年会一直这样紧张而热闹地过下去。

秋高草肥，分赴各卫所实习的三期生归来，一年一度的演习将要开始，讲武堂的空气中立时溢满了兴奋。

一百二十名新生，九十六名二期生，七十二名一期生，抽签分为两队，一黑一白，黑主攻，白主守，给每队三天时间准备，三天后开拔至秣陵关正式演习。

秣陵关东临秦淮河，扼应天府东南门户，地势险要。孟剑卿原以为会让讲武堂的两队学生分别攻守秣陵关，但是集训之际才发觉自己想岔了。

白队的主帅和各级将佐都由一期生担任，主帅是大名鼎鼎的高才生郭瑛。郭瑛出身显贵，为人处世极是练达，天姿又杰出，是以一入讲武堂便卓然于众人之上。抽签之后，郭瑛便将队伍拉到二期生专用的东演武场，一一唱名编队，五人为伍，伍有伍长；二伍为什，什有什长。全军分为左中右三队，各立队长。队长之下有队副，若队长受伤不能指挥，则队副递补，队副受伤则从第一什什长开始递补，以此类推。

孟剑卿与另一名浙江生公孙义及一名一期陕西生编在一伍，另两人是二期陕西生、有名能打的关西和一名二期江西生，关西被点为伍长。孟剑臣被编在黑队。

郭瑛在台上宣读军纪与演习事项。黑白两队，将在秣陵关前野战。太子殿下与燕王将亲临观战。

封于太原的晋王、封于大同的宁王与封于北平的燕王，统领重兵扼守边塞，都被称为“塞王”，仅宁王便辖有精骑十五万，以抵御来自塞外的蒙古的侵扰。三位塞王，每年轮流南下朝见。秋高草肥，正是蒙古骑兵大举犯边之际，燕王近几日也要返回防地了。

孟剑卿即刻明白，讲武堂的演习为什么会选择野战。

大明的主要敌人，是在塞北与西南一隅之地盘桓的蒙古人。讲武堂的学生将来要面临的不是攻城略地之战，而是如何击溃来去如风的蒙古骑兵。

演习之日，天气晴好，自秣陵关上望去，只见两队人马，盔甲鲜明，井然有序。燕王点头道：“虽然只是一群学生，看起来气势还真是不坏，还是大哥费心调教得好啊！”

挂着讲武堂总教习之名的太子微笑着看向一旁的蔡本：“这番话应该说给蔡总教习听才是。”

副总教习蔡本拱手道不敢当。本来他是想再谦让几句，但转念想到，讲武堂毕竟挂在太子名下，自己实在不便替太子谦逊，也便就此打住，不曾再说下去。

第一通鼓声响起，演习正式开始。

黑队率先进攻。黑队主帅是郭瑛的老对头凌峰，明争暗斗三年，一心想将郭瑛打下马来。鼓声一响，黑队径直以全军直冲白队的中军，立意要将郭瑛先挑落马下。

一见凌峰冲阵的气势，秣陵关上观战的教习们便已明白他的战术。燕王微微笑了起来。一旁的王府随从中，有人替燕王说出了他未曾说出口的话：“擒贼先擒王，黑队的战术倒也不错。只不过这种不要命的打法，未免有杀敌一千，自损八百之弊。”

战术教习司马岫躬身答道：“如果白队能够顶得住这一轮攻击并有余力反击，或可造成这样的伤亡。”

无论贬损哪一方，都为司马教习所不乐见。

郭瑛并没有像凌峰那样亲自率队，而是稳稳守在中军，挥动帅旗，调长枪手拦截凌峰的前锋，左右两队骑兵自侧翼插入，将他的人马断为两截，自秣陵关上望去，白队的左右两翼有如一双巨手，慢慢将黑队的后军围住，包围圈越收越紧，有如正在绞杀猎物的长蛇。

凌峰弃后军不顾，呐喊着挥刀劈下。

他们用的都是未曾开锋的长刀与枪矛。饶是如此，也有两名白队士兵被凌峰这当头一劈砍下马来。护翼郭瑛的中军，已经被慢慢撕开了一个裂口。

如果郭瑛的左右两队绞杀了凌峰的后军之后，来得及向凌峰的背后发起攻击，前后夹击，他必败无疑。但如果凌峰抢在这之前砍掉了郭瑛和他的帅旗，白队恐怕会一败涂地。

现在只看谁能抢先一步。

挡在郭瑛前面的那个伍，最终被凌峰和他的副将砍落马下。

郭瑛伸手握住了长刀。但是他身侧有人更快地冲了出去，是关西和孟剑卿。关西身长力大，抢先一刀，劈向刚刚冲近的凌峰，刀风霍霍，凌峰虽然勇猛，也不敢轻视，全力迎战。

孟剑卿拍马冲出之际，突地自马背上蹿出，迎向他的那名副将一刀劈空，孟剑卿已自那副将马前掠过，反手一刀，敲中了马儿的一条前腿，马失前蹄，将那副将栽倒下来之际，孟剑卿左手在马肚上一拍，借力跃起，翻身又是一刀，那名副将被凌空而下的长刀正砍中腰部，痛呼一声，一时间再也爬不起来。

孟剑卿左足在地上一点，纵身掠出，直取凌峰的坐骑。

燕王不觉喟叹道：“射人先射马，擒贼先擒王。司马教习，看来你的学生都学得很好啊！”

司马教习面有得色，欠身答道：“承蒙王爷夸奖了。”

凌峰正与关西激战，不料有人偷袭他的坐骑，冷眼瞥见，却一时腾不出手来。

但是孟剑卿这一刀被人拦了下来。

孟剑臣斜斜刺出一枪拦下了孟剑卿，似笑非笑地道：“我就猜到你会偷袭。”

孟剑臣的长枪一抖开来，红缨乱点，寒气扑面，孟剑卿一连几个后空翻方才退出长枪罩住的空间，一伍自两侧插进来护卫郭瑛的白队士兵迎上了孟剑臣的长枪，而孟剑卿则跃回马背，挥刀截击杀进来的几名黑队士兵。

郭瑛突然一挥帅旗，他身后的司鼓手击响了大鼓。

自秣陵关上望去，夹击凌峰后军的白军左右两队突地散开来，有如两片花瓣徐徐开放，自顶部合向蒂部，将混战的双方人马全包裹在里面。

郭瑛抽出了长刀，反击的时刻已到。

也就在这时，小山包后突然冲出了一队着红色盔甲的人马。

郭瑛和凌峰大感意外。今日讲武堂演习是何等郑重的大事，关防严密，方圆数里内，连居民都已暂时迁走，如何会冒出这样一队人马来？

那队人马一出现，也不分黑队白队，一概冲杀过来。仓促之中，郭瑛令司鼓手击鼓传令，将围困黑队的左右两队散开来先挡住这队不知从何而来的人马，凌峰以号角收拢本部人马，正赶得上迎战冲破白队人马杀近的红队的先锋。

至此大家都已发现，红队所用的刀枪也均是未曾开锋的。

再迟钝的人也该明白，这仍是演习，不过对手换了而已。

秣陵关上，讲武堂的教习们原以为这场突袭是太子的安排，但见太子的错愕神色，已经明白，这必定是燕王的安排，要看看讲武堂的学生临场应变的本事究竟如何。至此，观战诸人满意地看到，郭瑛与凌峰的两队人马，面对这场遭遇战，经过最初的混乱之后，很快镇定下来。郭瑛集拢队伍稳守中军，凌峰自侧翼冲杀出去，截击红队的后军——正是郭瑛刚刚用过的战术。

燕王举起了左手，身后随从吹响号角。

红队开始后退，讲武堂的收兵锣声也已响起。

燕王笑着向太子道："大哥，我看中了几个人，问你要成不成？"

太子摆手道："别问我，只问蔡本。"

蔡本躬身答道："能够得到王爷赞许，是讲武堂的荣幸。除了兵部已发出任职令的学生，其余都可任王爷挑选。"

燕王大笑："讲武堂的一期生还得到岁末才毕业呢，兵部这么早就看中的人，想必也正是本王看中的吧！好，本王不让你为难，自去与兵部打官司。你只管派一名教习随本王去点人！"

燕王一边说一边举步。太子也随之准备动身。

但是阶下一名扈卫的军官伸手一拦，微微弯腰，轻声说道："太子殿下，王爷，请稍候。"

那军官居然伸手拦路，太子和燕王诧异地扬起了眉，用询问的眼神看向蔡本。蔡本摇头表示不识。太子的一名属官赶紧过来解释道，这是兵部派过来的观战军官中的一个。

那中年军官淡眉秀目，气度闲雅，换一身衣服，旁人绝看不出他的身份。太子属官解释之际，他微微弯腰的姿势始终未变，重复说道："太子殿下，王爷，请稍候。"

秣陵关下，讲武堂的杂役正在将受伤的学生移出战场，观战的各位教习已陆续下了秣陵关前去探询，看不出有什么异样的情形。

太子与燕王打量着这名军官，等着他说出稍候的理由。

那军官低垂的袖口中略略滑出一张腰牌，虽然转眼间便已收了回去，太子与燕王心中仍是大为震动。

这军官原来是锦衣卫千户。

论官职，这名千户在他们面前算不得什么，但是锦衣卫……

即使是太子与燕王，也不能不对洪武帝譬之为护家恶犬的锦衣卫另眼相看。

那千户仍是微微弯着腰，轻声说道："卑职沈光礼，奉皇爷诏令并受指挥使陆谦之命，扈卫太子殿下与王爷检阅演习。请殿下和王爷最好不要下秣陵关，要见何人，由卑职去传唤。"

太子与燕王互相看看，转过头打量着秣陵关下的战场。

没有什么异样啊。

但是孟剑卿转身看见两名杂役去抬倒在地上的公孙义之际，突然觉得其中一名杂役的手上有什么东西在日光下闪耀了一下，他心念一动，大喝一声："慢着！"

那两名杂役之中，一名茫茫然抬起头来看着他，另一人却仍是将手伸向了公孙义。

孟剑卿心念方动，真气已流转至刀上，手中长刀呼啸而出，破空急旋，飞向那名杂役。

那名杂役的右手刚刚触到公孙义的衣服，便被破空而来的长刀吓了一跳，本能地向侧旁一跳，但仍是被长刀撞中右肩，幸喜刀未曾开锋，否则他这条膀子只怕就要被卸下来了。

孟剑卿脸色不觉一变，他这一刀之力，便是关西这样的大汉，若无提防，只怕也要被撞翻在地，但这杂役看似毛手毛脚地一跳，居然消去了大半刀力，不过一个踉跄，便稳住了脚步。

那名杂役退开之际，孟剑卿带马冲到了公孙义身边，打量着对方。

那杂役此时正像同伴一样带着那种茫茫然的神气望着高踞马上的孟剑卿。

若非孟剑卿深知自己刀上的力量，只怕怎么也不会疑心这一脸蠢相的杂役有何不妥。

孟剑卿心中，一个个念头飞也似的转过。他是该盯住这可疑的杂役，还是该禀报郭瑛或某位教习？也许他禀报的时候，这杂役会将身上的可疑之物藏得不见踪影。

但是转眼望见那些受伤的学生全无防备地被杂役抬出战场，孟剑卿心中一跳，一个念头突地闪入心中，大声喝道："郎医官有令，不要移动受伤者；司马教习有令，所有杂役等无关人员一律离开！"

他运足了气喝出这一句话，讲武堂的学生服从命令已成习性，来不及思考这命令究竟是由什么人发出来的，未受伤者一个个本能地出手阻止杂役抬人，并将那些杂役赶离战场。

孟剑卿紧盯着那名可疑的杂役。讲武堂中的杂役，都是由兵部遴选，并由可靠人担保才派进来的，他原不应起疑，但是……

那名杂役将要混入人群。

孟剑卿左手一扬，细绳悄无声息地荡出，索头五爪钩抓向那杂役可疑的右前臂。“铛”的一声轻响，铁钩碰上的似是铁器，只这一碰之间，又荡了回来。

孟剑卿再不迟疑，喝道：“拦住那名身上有刀的杂役！”

孟剑卿矫命传令之际，孟剑臣已听出他的声音，大是诧异，拍马过来看个究竟，一见孟剑卿试探那名杂役，喝出这句话来，已然明白他的意思，挺身一枪搠出，但那杂役已钻入了人群，所有杂役全是一样衣服，那人一混入人群，竟是一时认不出来。借着众人的掩护，那人大叫道：“有刺客，快跑啊！”

那些杂役一惊之下，身不由己地乱跑起来。

孟剑臣啐了一口：“见鬼了，居然来这一招浑水摸鱼！”一边长枪横扫，将乱跑过来的两名杂役拍了出去。

混乱中蓦地里有人惨叫起来。

战场之外，射术教习孔玄又是连珠三箭射出。

转眼之间，已有十余名杂役被孔教习射穿脚板钉在了地上，捧着脚痛嚎。

其余人都不敢再跑，僵在原地。

孔教习这才悠悠闲闲地放下弓箭。

每名杂役都被叫出来，依次搜身。孟剑卿找到了方才那名杂役，但是他的右前臂上并无兵刃。那柄锋利的短刀静静地躺在地上，不会有任何人承认自己是它的主人。孟剑卿脸色发白，他想自己只怕犯了一个大错。假传将令，这是军中大忌——尤其是他没能抓住对手。

而且，演习明令不许自带兵器，他却一时大意，没有解下日日缠在腰间的绳钩。

总算查出了一柄短刀，证明这战场上的确有人私带兵器，有行刺之嫌，才不至于让孟剑卿方才的那番作为显得太过离谱。

郎医官突然叫了起来：“怎么回事？”

有三名受伤的学生，被人不知不觉地刺中了要害，同伴发觉不对劲时，已经无法救治。

消息报上来，太子的脸色很不好看。一次演习居然死了三名学生，就在他的眼底下，有这样胆大狠辣的刺客……

沈光礼不知何时已到了太子与燕王身边，轻声说道：“太子殿下，王爷，刺客的目标只怕原本是殿下与王爷。”

在这种场合，以太子体恤下属的性情及其讲武堂总教习的挂名，以燕王的知兵好武、招揽人才之心，他俩必定会亲自抚慰讲武堂的学生、大明未来的各级将领。即使是杂役，也会有机会接近他们。

眼见得太子与燕王被劝阻，不会走下秣陵关，混在杂役中的刺客也只能退而求其次了，在这重大的演习场合，杀几名学生来示威，折挫军心。

说起来，那几名学生其实是替死鬼。

想通了这一层，太子的神情不觉郁悒起来。

那三名学生，都曾是国家寄予厚望的天之骄子。

燕王恼怒地道："杀人杀到讲武堂的演习场来了！沈光礼，朝廷养你们这些人干什么！"

沈光礼的脸上仍是淡淡的，看不出什么表情，他微微弯腰低头答道："卑职会查出刺客来历，将背后的指使者揪出来。"

燕王哼了一声："三日后本王就要离京。希望在本王离京之前，能够等到你的消息。"

正传 讲武堂（二）

孟剑卿原以为，自己无凭无据，那名可疑的杂役又有可靠的担保人，只怕是定不了他的罪。但是锦衣卫办案，竟全不是他想的那样，不管有无证据，只要与案子相关，一概先抓起来再说。是以当天在场的讲武堂的所有杂役，全被带走受审。锦衣卫的诏狱久享大名，半路上那名可疑的杂役终于按捺不住，夺路逃跑——他若不逃，一入诏狱，不论有罪无罪，不死也要脱层皮。他这一逃，正中沈光礼下怀，连夜将他的担保人和兵部经手人的全家及亲族全都扣了起来，顺藤摸瓜，宁枉毋纵，三日之内，果然让沈光礼查出了端倪——那名可疑的杂役，与张士诚旧部有关。

这个案子一掀开来，受牵连的何止数十人？担保人和经手人全族中十六岁以上男子均被处死，其余人口发卖为奴，兵部负责为讲武堂派杂役的两名吏目及五名差吏被发往凤阳服苦役。讲武堂其他的杂役均被看管起来，以查清是否有余党。

于是各种杂务都落到了三期新生头上。

这群年轻人，劈柴烧火、洒扫庭院、洗碗撞钟乃至浇灌花木，都还做得下来，至于炒菜做饭，这可真叫他们无可奈何了。

勉强接掌大勺的，是从演习场上侥幸逃得一条命的公孙义。大家都说公孙义福大命大，运气好得出奇，想来这大厨，也将不学自会。于是联手将他推上了灶台，现如今想下来也下不来了。

公孙义将切得大大小小的老南瓜一把丢进油锅，忙不迭地跳开，但溅起的油花还是烫得他捧着手连连嘘气，一边嘟囔着抱怨锦衣卫那种瓜蔓抄式的办案法，害得他们也要遭池鱼之殃。

正抱怨着，厨房门口突然有人叫道："公孙义，蔡总教习叫你！"

公孙义吓了一跳，急忙脱去油腻腻的外袍，没忘了洗一洗手再冲往蔡总教习召见学生的小厅。

小厅中先有十来人了，公孙义认得其中有孟剑臣和关西。

料来不会是坏事吧。

公孙义忐忑不安地站到了队尾。

蔡本清一清嗓子，宣布了召集他们这些学生的原因。原来是燕王亲自点将，要将他们直接调往北平军中任职。

这自然是一件好事，即便是三年之后正儿八经毕业，也不见得能有这样的机会。

公孙义兴奋之余，不免还有些困惑。凌峰和郭瑛这两位最拔尖的燕王怎么没选，倒选上了他这么一个门门课成绩平平、在演习时还差点儿送命的学生。

与他有同样困惑的学生不在少数，不敢问其他教习，只敢悄悄地去问与他们混得最熟的孔教习。孔教习眯眯笑道："凌峰和郭瑛早就被蓝玉大将军看中，要调往云南的，燕王爷怎么会夺人所好呢？至于公孙义你嘛，王爷说了，你大难不死，必有后福，想来会是一员福将，自古福将如名将，都是可遇而不可求啊！"

一群新生哄堂大笑，公孙义也摸着头嘿嘿笑。

好运气要砸到谁的头上来，那是挡也挡不住的事情。

另一人道："怎么燕王爷选了孟剑臣，却没有选孟剑卿？"

按理说当日演习，孟剑卿揭露刺客有功，应该比孟剑臣更有入选的资格啊。

孔教习耸耸肩道："王爷大度，怎么会去夺人所好？"

人人都猜，看中孟剑卿的多半也是哪位大将，所以燕王才不愿多事。

但是孟剑卿自己心中有数。

他虽然不曾见过本人，但是已经打听到，主办刺客案的那位沈千户，正是去年秋天到宁海卫调查严二先生一案的沈光礼。

现在他已经听过很多关于沈光礼的传说，知道这位沈大人的神秘与可怕了。

沈光礼是不是已经对他起了疑心，才阻止燕王挑选他？

在讲武堂中，他从来没有让人看过他真正的刀法——除了演习场上那凌空一斩。

他不知道沈光礼有无看到、有无疑心，但是他宁可先做这样的打算。

锦衣卫的瓜蔓抄，有一天会不会也落到他的头上来？

他现在已站在一片随时会裂开的薄冰之上，别无出路，只能咬紧牙走下去，直到薄冰最终裂开，又或者他终于踏上坚实的土地。

两年后。

隆冬之夜的玄武湖畔，风寒如冰，讲武堂黑沉沉的庭院中，湖面安静得寂无声息。

孟剑卿蓦地里自睡梦中翻身坐起，额上冷汗涔涔。

他又梦见了严二先生自青草覆盖的地下冒出来，咧着嘴向他笑，那笑意仿佛在说：“少年仔，你的秘密，终有一天会让人知道的。”

青纱帐外，同室的晏福平例外地并没有鼻息如雷，一听见他翻身坐起，立刻也坐了起来：“孟兄，你也睡不着是吧？唉，想着咱们三年苦学，前程如何，明天马上就可见分晓了，也难怪叫人睡不着觉。”

孟剑卿微微一笑：“晏兄福泽深厚，自是不必担心出路问题。”

晏福平的岳父，据说是军中手眼通天的人物。

晏福平闷闷地道：“话虽如此，焉知不会有变数？倒是孟兄你，才是真正不需担心的人。咱们讲武堂，前两年出来的头三名，哪一个不是让圣上另眼相看、委以重任？听说升得最快的郭瑛，现在已经是贵阳卫副都司，再过两三年，说不定便可博得一个千户世职了。”

孟剑卿是他们这一届的第三名。

晏福平随即又兴致勃勃地道：“孟兄，你觉得你会被派往何处？你是从浙江来的，想必不会被派回浙江吧？听说你兄弟孟剑臣在燕王处很受重用，燕王说不定也会将你要过去。”

孟剑卿与晏福平就着他们所有人关心的这个话题有一句没一句地闲聊着，直到晨练的号角吹响。

早饭后有半个时辰的休息。

一名杂役端着茶盘自孟剑卿身边经过时低声说道：“孟舍人，冷教习请你到他房中一叙。”

主管兵器库的冷教习，因为也是识刀爱刀之人，故此对与他谈得来的孟剑卿一向关爱有加，此时找他说话，想必是关于前程一事。孟剑卿悄然退出吵吵嚷嚷的饭堂，转向东监三舍兵器库。冷教习的房间，就在兵器库左侧。

冷教习不在，一名佝偻着身子的老年杂役正在收拾房间，听见孟剑卿在门口问冷教习安，那名杂役转过身咧着嘴笑道：“冷教习请孟舍人暂且等一等。”

那老年杂役转过身来时，孟剑卿脸色不觉陡然一变，本能地后退一步，伸手摸向腰间，但是他摸了一个空。自从去年饭堂斗殴造成三死七伤之后，讲武堂已经禁止学生在演武场之外的任何地方携带兵器。

那老年杂役浑然不觉孟剑卿脸上那好似见了活鬼一般的怪异神气和刹那间升腾而起的杀机，兀自点头哈腰地说道：“孟舍人，请进来坐。”

他抓着抹布慢慢离去。

孟剑卿凝视着那佝偻的背影。

讲武堂中从来没有这样一个杂役。

他转过头看着面前这间熟悉的房间，里面究竟还有些什么东西在等着自己？

一个他永远也不会忘记的声音已经自内间传了出来："孟剑卿，你进来吧。"

孟剑卿暗自咬咬牙，踏了进去。

两道房门在他身后关闭。

东窗之下，背光坐着一名颇为文秀的中年男子，穿的是今日讲武堂中处处可见的职方司吏员服色——他们这些讲武堂的学生，首先要由兵部职方司接收、发给授状，才能分赴各地正式上任。

但是孟剑卿单膝跪了下去："见过沈指挥使。"

他面前这个看似温和甚至有些慵懒的中年人，正是三年前的沈千户，如今应天府中人人敬畏的锦衣卫指挥使沈光礼。

沈光礼微笑道："你的记性很好，三年前见过我一次，居然还能认出我。也难怪你会被我那个老奴吓一大跳，想必你从来就不会忘记任何一个人的面孔，尤其是严二先生这种人的面孔吧。"

那名老杂役与严二先生一般无二的面孔，蓦地又跳到孟剑卿面前。

他脸色不觉微微苍白，定一定神，答道："沈大人明察秋毫。"

沈光礼深思地看他一眼。孟剑卿这话，看似恭维，仔细一想，却大有深意。

沈光礼沉吟一会儿，转而说道："当年我亲手检查过严二先生的尸体。他十几年前便已受了重伤，数处经脉皆废，能够活到那个时候，已属不易，最后一击，更是耗尽精气。他所余的力量，也不过就是那一击罢了。更何况其中几个人的死法，并不太像严二先生一贯的雷霆手段，出手的人用的虽然也是十三斩，却比严二先生谨慎精细得多。"

孟剑卿心中突突直跳。

沈光礼的目光落在他的身上，如有实质一般沉重，压得他呼吸艰难，徐徐的话语，一字一句直打入他心底深处去："我一直在想，一定还有另一个人。不过这另一个人，又会是谁呢？严五和严七那时早已经化成灰烬了，自然不会是他们。严大先生嘛，我知道也不是他。或者这另一个人是严家兄弟的弟子？"

孟剑卿的后背上悄然渗出了细密的冷汗。

沈光礼又道："你说呢？"

孟剑卿猛然抬起头道："不知沈大人在三年之后重提旧案，有何用意？属下年轻无知，还请大人示下。"

他一瞬不瞬地迎着沈光礼意味深长的注视。

窗外日影悄然移上了树梢。

恍惚间似乎已过了好几个时辰，沈光礼微微笑了起来："年轻人，你是在威胁我吗？三年前的案子，是我经手办的，若是现在查出有误，岂不是连我也要受挂累？是这样吧？"

孟剑卿低下头答道："属下不敢。"

沈光礼仿佛漫不经心地说道："年轻人，没有任何事情可以瞒得过锦衣卫、瞒得过圣上。如果有人保有秘密，那不过是因为有人不想揭开这个秘密罢了。你是愿意做一个因为保有秘密而日夜提心吊胆的人，还是愿意做一个让别人提心吊胆的人？"

孟剑卿一怔，立刻明白了沈光礼的意思。

他为了保守一个秘密，结果不得不制造了一个又一个致命的秘密，每一个都足以令他身败名裂、永无出头之日。

他要做出选择，是带着这一个个沉重的秘密去兵部，还是去锦衣卫归于沈光礼麾下，将他这沉重的负担卸在沈光礼的手中，也将自己的命运交到沈光礼的手中？

沈光礼站起身来："我要先告诉你，年轻人，我已经看了你三年，也许还要再看你三年，甚至更长时间。如果你不能让我满意，你将一无所有。"

孟剑卿心中一寒。他开始明白，这三年来，为什么自己会频频梦见严二先生，因为他内心深处，其实对自己受到的监视是有所察觉的，所以才会因担心秘密泄露而生出如此怪梦。

他绝不想再重复这三年的诡怪梦境。

他迎上了沈光礼的目光："既蒙沈大人抬爱，属下自当誓死效劳。"

沈光礼打量着他，良久，又是一笑："年轻人，你很懂得审时度势、当机立断。锦衣卫中，的确需要你这样的人。好，你且去吧，我会安排你的职务的。"

孟剑卿临去之时，本想问一问，那名老杂役，仅仅是长得与严二先生相像，还是与严二先生有何关系，或者干脆就是严大先生本人。虽然他觉得早在诸雄争霸之初便已退隐的严大先生肯屈身为奴是一件不可思议的事情，但是他一触到沈光礼淡淡的却又居高临下的目光，便已明白，他已没有发问的资格。

因为从此刻起，他已真正成为沈光礼的属下。

孟剑卿离去之后，冷教习自内室走出，冷冷说道："沈大人，你的手也伸得太长了，居然到讲武堂来挖人了。"

沈光礼微微一笑："我若不将孟剑卿接管过来，那可真是可惜材料了。换一个人，哪里沉得住这三年的气来等着我掀牌？"

孟剑卿被职方司——确切地说是沈光礼——分发至云南军中任一名小校。云南虽是瘴雾之地，但大明军队与蒙古梁王的战事尚未结束，此处正是讲武堂这一班血气方刚的青年将官渴望建功立业的地方，一期生中的佼佼者如郭瑛和凌峰，如今都在云贵，是以大家对孟剑卿的去向大都艳羡不已。

按讲武堂的旧例，学生毕业之前，允许他们到兵器库挑一件兵器作为纪念。

孟剑卿第三个进入兵器库。

在他前面的两人，分别挑了一柄短剑和一柄长剑。

在这暗沉沉凉森森的兵器库中，孟剑卿不知消磨过多少个夜晚。

他的手慢慢滑过一排排形制各异的长刀短刀。明军中士兵所用刀的已经统一改成最简单实用的单环大刀。然而兵器库中，保留着自有战刀以来的各式刀样。

他只能挑一件。

门外已有不耐烦的催促声。

孟剑卿终于挑了一柄极为轻薄的短刀，刀身上刻着两个梅花篆字：百折。不知是说这刀经过了百次折叠锻打，还是寓意着百折不回。

才走出兵器库，便有人哄笑起来："孟兄怎的挑一柄如此秀气的短刀？与蒙古人对阵，这样的刀只怕连一招都挡不了！孟兄不会是怕冷教习心痛才不敢挑好刀吧？"

孟剑卿淡然一笑，不置可否。

他的对手并不是战场上的蒙古人。

另一名同窗笑道："孟兄这柄刀，用来剃胡须倒挺不错，哈哈！"

哄笑声更是一浪高过一浪。

孟剑卿踌躇了一下，他是应该继续一笑置之，还是该还以颜色？哪一种做法更明智更正确？

他转过目光看看那些同窗，一直以来，他们中的很多人都认为，这个来自浙东贫寒之地的一个小小百户的庶子，能够挤进藏龙卧虎的讲武堂，而且居然拿到第三，不过是因为他谨慎小心、善于钻营、从不让上司或教习们失望不快而已。

他已经如履薄冰地过了三年。

如果他不能让他们明白他是什么样的人，在他今后的生涯中，将不能指望这些必将飞黄腾达的同窗的尊重与帮助。

孟剑卿拔出了短刀，轻轻摩挲着刀身——虽然过去三年他已经将这柄刀抚摸了无数次。

他的神气中，有一种不同于往日的狂狷与自傲。

同窗们的笑声渐渐停了下来，不无困惑地打量着他。

孟剑卿等的就是这一刻。

他右手一扬，短刀盘旋着横飞向庭中，在阳光下，划出一道光芒刺眼的弧线，刀锋掠过庭院那头一株手臂粗的丹桂树时，被桂树一挡，不再向前飞行，而是绕着树干转了一圈之后又飞了回来。

孟剑卿伸手抓住刀柄，插入鞘中，左脚踢起一粒碎石，击中了桂树。

那株手臂粗的丹桂树，被这颗碎石一击，轰然一声，拦腰倒下，现出树干上一圈整齐的刀痕。

同窗们倒抽一口凉气，面面相觑。

孟剑卿微笑着说道："任何一种刀，都有它的可敬之处。"

他将自己的命运交到沈光礼手中，让自己套上一条无形的铰链，但是从此以后，他可以在日光下练刀和用刀。

那个噩梦，将一去不复返。

后传 暗战

虽然已是四月，一整天的雨下来，仍旧有几分寒意。

天色已晚，安顺府镇宁州的驿站中灯火通明，里外三进院落挤满了人和马，那愁眉苦脸的老驿丞忙得脚不点地，眉头皱得更紧，后到的过路官员只能挤在前厅中将就一夜。

一名驿卒往火塘中加了几大块木炭，火势立时更旺，烧得架在火塘边铁栏杆上的十几双湿透的牛皮靴滋滋作响，水雾蒙蒙，臭气熏人。

一名左颊上带着道长长刀疤的军官，操着山东口音，骂骂咧咧地抱怨着这蛮荒瘴雾之地的鬼天气。旁边有一名自云南前线过来的中年副将说道，这儿还算好的，这个季节，云南丛林中，一场雨下来，腐叶败草浮土足以在转眼间埋没一名壮汉。还有大如拳头的雷蚊，一出动便是一大群，哪怕叮上一头牛，也不消片刻工夫便能吸干那头牛的血。

那副将说得口沫飞溅，听得那群从未去过云南的北方军官目瞪口呆。

窝在灶下煮茶的一名瘦小驿卒突然间失声笑了一笑。

这笑声虽不大，却刺耳得很。那副将自是知道他在笑什么，酒气上涌，面红耳赤，摇摇晃晃地站起身来，瞪着那瘦小驿卒道："笑什么笑！老子在前线出生入死，你小子躲在这地方吃安稳饭，倒还有脸笑！"

那驿卒不紧不慢地道："我不过是想起前些日子从这儿经过的几位大人的话，觉得好笑而已，怎么敢取笑军爷你呢！不过听那几位大人提起云南的天气和水土来，可是赞个不停呢，说是这样一块宝地，难怪那蒙古梁王拼死不肯让出来。"

声音清脆，是个少年。

副将被他这番不冷不热的话一激，霍地拔出了腰刀，指向那驿卒喝道："你这臭小子，敢取笑老子！"

一边喝骂，一边大步奔了过去，冷不防一柄短刀斜刺里伸出，那副将收不住脚步，膝盖撞在刀上，整个人立时向前栽倒下去，却被那柄短刀轻轻一扶一带，又稳稳当当地站了起来。

斜倚在墙角的孟剑卿收起短刀，淡淡说道：“将军，你喝多了。”

副将打了一个酒嗝，愣怔着瞪眼看这个陌生的年轻小校——居然敢出手管教穿着副将服色的自己？

他的腰刀指向了孟剑卿：“你这小子，是谁的属下？”

孟剑卿立直了答道：“卑职隶属沐元帅后军粮草督办齐将军麾下，奉命回京公干。”

那副将哈哈一笑：“是齐天赐吗？他见了我老罗，还得尊一声‘老叔’，你这乳臭未干的小子，倒敢来管教我老罗了！”

他倚老卖老，又带着几分醉意，叱喝一声，腰刀已劈了下来，孟剑卿没料到他居然会在驿站中挥刀砍人，吃了一惊，本能地向侧旁一跳，腰刀砍了一个空，那罗副将气咻咻地又追了过来。

孟剑卿皱起了眉。

他是否应该拔刀？对方究竟是借酒装疯，还是另有用意？

一连避过三刀，前厅中挤满了人，他已是避无可避。

灶下烧火的那名驿卒突然挥起烧得通红的火钳敲向那罗副将的大腿。罗副将大叫一声向后退去，饶是他退得快，大腿上还是被烧焦了一块。他的几名亲兵一见主将吃亏，哪敢不奋力来救，纷纷拔刀围了过来。

眼下这情势，孟剑卿只能拔刀，向后一退，背靠墙壁，格开砍过来的乱刀。

那驿卒挥舞着通红的火钳，一时倒无人敢去惹他，他倒有闲心且笑且道：“哟，胆敢打砸驿站，当心洪武爷知道后剥了你们这群军爷的皮！”

那罗副将充耳不闻，高声喝道：“这臭小子以下犯上，我老罗是在整顿军纪，各位同仁都闪开一点儿！”

孟剑卿骤然惊悟，罗副将根本就是醉翁之意不在酒。

他必须速战速决，不能留给对方再召集人手的机会。

孟剑卿挥刀格开一柄单刀的同时，左脚勾起，踢向那挥刀士兵的胯下，那士兵惨叫一声栽倒在地，痛得蜷缩着身子抱成一团；孟剑卿落足之际已向左侧斜斜跨出一步，刀随身转，撞开两柄腰刀，旋身的同时，右足飞起，腾空踢中了一名士兵的左颈脖处，那士兵连叫都没能叫出来，便软倒在地。孟剑卿顺势伏低了身子，两柄腰刀自他头顶掠过，他右手短刀抽回，划过两只握刀的右腕，人已就地滚出数尺。

腰刀当啷落地，两名士兵捧着鲜血淋漓的手腕惨叫，罗副将怒号着挥刀扑了过来。

孟剑卿向侧旁一闪，让过刀锋，注视着罗副将，轻轻转动着手中短刀。

但是门外有人喝道："罗老吉还不住手！"

罗副将听出了来人是谁，迟疑了一下，终究还是不情不愿地停住了手。

厅中众人勉强挤到一边，让来人挤过来。

挤进来的是孟剑卿曾在沐元帅帐下见过的参将毛贵。毛贵身边跟着两名亲兵，还有一名年轻的军官。

罗副将收刀回鞘，指着孟剑卿道："毛参将，你可看清楚，这回可不是我罗老吉发酒疯，齐天赐属下的这名小校，打伤我手下这么多人，你看着办吧！"

毛参将尚未开口，他身边那名年轻军官冷说道："罗副将，你搅扰驿站在先，纵容属下群殴在后，人家以一敌五，再不还手岂不是任人宰割？讲武堂教出来的天子门生，若是这么窝囊，岂不是将圣上的颜面全都丢光了！"

罗副将这才知道自己惹上的是什么人，呆了一呆，仍是满心不服气："讲武堂又怎么着？打伤我手下这么多人……"

那年轻军官打断了他的话："讲武堂只教杀敌制胜的招数，人家这已经是手下留情了！"

毛参将咳了一声，说道："罗老吉，别吵了，带着你的人退出去吧。"

前厅中安静下来，孟剑卿收起刀，先向毛参将行礼，再转向那年轻军官，拱手说道："在下孟剑卿，多谢郭学长仗义执言。"

那年轻军官拍拍他的肩，笑道："原来你还认得我，我也认得你。两年前的那次演习，不就是你和关西冲在我前面拦住凌峰的吗？早听说你也分到云南来了，只是一直没有机会见面。这一次也凑巧了。"

出身名门的郭瑛，文武双全，少有英名，自入讲武堂之际，便被寄予了厚望。其父郭桓两年前升任户部侍郎，尚书年老不理事，国家财政实际上全由郭桓操持。郭桓虽深受洪武帝倚重，却还是将爱子送往战事紧急的云南前线，虽说是历练，到底还是真刀真枪的历练，是以讲武堂的教习们更是常以郭瑛为榜样来激励他的学弟们。据说郭瑛对人对事有过目不忘的本事，当年演习时分给他指挥的一百四十余人，他只需检阅一遍，便能记住每个人的名字和面孔。这项本事带到了云南军中，也是大受士卒欢迎，使得在他军中的威望远超脾气暴躁的凌峰。

孟剑卿没有想到会在这个蛮荒之地的驿站遇上讲武堂的传奇人物，心中不由得生出一种奇异的感触。

他转而问道："郭学长如何会在此地？"

郭瑛道："我随毛将军回京公干，你一个人，就到我的房里挤一挤吧。"见孟剑卿略有迟疑，郭瑛笑道，"来吧，我又不是没有和别人挤过。讲武堂三年，哪天夜里不是这样过？”

再推辞就不好了，孟剑卿也是一笑，收拾行李与郭瑛一同离开前厅。

郭瑛问起他与罗副将冲突的缘由，不免有些惊讶：“你有公务在身，为何要多管闲事？”

这不是讲武堂允许学生做的事情。

孟剑卿踌躇一会儿才答道：“我有一个总爱扮成小子去跟人打架的妹妹。”

郭瑛即刻明白，哈哈笑了起来：“原来你已看出那烧火的驿卒是个姑娘！那是麻驿丞的孙女儿，名叫艾艾。别以为你不出手她就会吃亏，我上回住在镇宁驿时，手下两名亲兵招惹了她，好险没被她的吹火筒打折了腿。听说她父母双亡，一直跟在麻驿丞身边，南来北往的大兵见得多了，养就这么个泼辣性子。你可小心了，别以为自己刚才帮过她的忙就敢招惹她。”

孟剑卿好笑地道：“我招惹她做什么？”

郭瑛笑而不答。

孟剑卿很快便知道了其中原因。

郭瑛房中只有一张床。孟剑卿才刚放下小小的行李卷，房门“啪”的一声被人踢开，仍旧穿着驿卒衣服的麻艾艾抱着一床草垫和一张草席进来，往地上一扔，说道：“姓郭的，你要的东西来了！”

她已洗净了脸上的烟灰，肤色虽然略黑，但是俏生生的眉眼仿佛雨水洗过的山花一般清新而又娇艳，带着扑面而来的淡淡暗香。

孟剑卿不由得怔了一怔，难怪那些南来北往的大兵要去招惹艾艾，也难怪艾艾要扮成那么一个灰头土脸的男孩的模样。

郭瑛笑着说道：“艾艾，你还没有谢过我这位学弟呢。”

艾艾斜了孟剑卿一眼：“哦？又不是我叫他多管闲事，他还得先谢过你才是呢。”

说完，一扭腰肢径自走掉了。

孟剑卿心中突然一怔。

听艾艾的语气，与郭瑛好像极是熟络。郭瑛是个比较热情随和的人，艾艾却怎么看都好像满身是刺。

那晚孟剑卿睡在草席上，郭瑛没有勉强他来睡床。他们之间并非主宾，无须这般客套。

郭瑛颇为健谈，问起自他走后讲武堂的各位教习与各项事体，两人直谈到半夜方才睡下。

奔波了一天，孟剑卿已颇为劳累。

迷蒙之中，孟剑卿霍地惊醒，睁开眼的同时，藏在草枕下的短刀已握在手中，一跃而起。

郭瑛刚刚穿鞋下床，诧异地道：“你还没睡着？怎么这么紧张，如临大敌似的？”

孟剑卿自嘲般笑一笑，重新躺了下去。

郭瑛出恭回来也安然躺下，房中又是一片静寂。

次日起来，雨仍旧下个不住。郭瑛皱着眉头说道：“这个鬼地方，天无三日晴，地无三里平！”

突然远远地传来一阵闷闷的轰隆声，郭瑛和孟剑卿互相看看，都觉得大事不妙，这个声音，好像是——

果然，传来的消息说，前面有一段山崖被雨水泡得松软滑坡，崖下的整个驿道全被埋了进去，人马都无法通行，估计没有一两天时间，是清不出那条驿道的。

毛参将大为恼怒，沐元帅还在等着他到贵阳办完军务后即刻回营复命——他要是在这儿拖上个一两天，误了日程，沐元帅不砍他的头也会打他八十军棍，再将他撤职查办。

但是山崖陡峭，四面无路可通。

郭瑛和孟剑卿都赶时间，孟剑卿打量着左前方尚未崩塌的石崖，寻思着道：“这片石崖想必比较坚牢，应该可以攀爬上去吧？”

郭瑛摇摇头：“别去冒这个险。此地石质不同于别处，大多比较松脆，何况就算我们能够爬过去，毛将军过不去，也还是不行。”

艾艾绕着手站在后面，似笑非笑地看着他们苦苦寻思。

郭瑛笑道：“艾艾，你笑成这个样子，想必是有好办法，等着我们来求你吧？”

艾艾一扬头道：“我一个烧火的小丫头，能有什么好办法值得你来求呢！”

郭瑛走过去低声和她商量，艾艾一会儿绷着脸一问摇头三不知，一会儿又与他讨价还价纠缠不休，孟剑卿站在一旁看着他们，嘴角不觉浮上一丝笑意。

他已明白一身是刺的艾艾为何会与郭瑛如此熟络。

良久，郭瑛走回来，说道：“艾艾知道一条小道，可以绕过这个地方，这样的天气，大约走上两个时辰，就可以重新回到驿道上。她答应带路，你走不走？”

孟剑卿看看雨雾蒙蒙的山岭：“好，艾艾姑娘给郭学长你指的路肯定不会有错，我走！”

郭瑛怔了一下，摇头笑笑：“这儿不是讲武堂，别拿姑娘家的名节乱开玩笑。”

艾艾将驿站中仅有的三套油布雨衣全搜了出来，麻驿丞老大不情愿，却也无法可想。毛参将一套，艾艾自己一套，余下一套孟剑卿知趣地请郭瑛披上，自己只在肩上裹了一张油布，与毛参将的几名亲兵一起，跟在后面爬上了驿站对面的山岭。

艾艾似一头小鹿般在山林中钻来钻去，不多时，走在后面的孟剑卿已经看不见她的身影。雨水不断地流到脸上，孟剑卿挥手抹去，同时跨过又一道沟坎。

密林之中，突然传来艾艾的一声惊叫，紧接着郭瑛大叫起来：“艾艾！艾艾！”

孟剑卿一惊，提气纵身，飞奔向前方。

郭瑛趴在一道山崖边沿向下张望，脸色苍白。

孟剑卿的目光落在山崖上方的小道上，小道的草丛中有艾艾失足滑过的痕迹。崖下则云雾弥漫，不知深浅。

毛参将懊恼地搔着头皮：“这可怎么办？这可怎么办？”

郭瑛即刻答道：“我下去找她。”

好在山间多的是藤蔓，郭瑛与孟剑卿很快已砍下一堆长藤，连接起来，紧紧绑在两株大树上。郭瑛攀着长藤慢慢滑下了山崖，不过片刻，云雾已淹没了他的身影。

毛参将的四名亲兵也赶了上来，围在毛参将身边，静候消息。阴雨绵绵，孟剑卿和那四名亲兵的身上，简直拧得出水来。山林中寂静无声，这样的天气，连鸟儿都不肯出来。

良久，山崖深处，隐约传来一声惊呼，立刻又被淹没。

孟剑卿心中觉得不妙，郭瑛是不是也出事了？他是应该掉头回镇宁驿，还是应该沿着这条依稀可辨的小路赶往前方驿道，或者……

但是他蓦地一咬牙，甩掉裹在肩头的油布，走到了崖边。

在崖下的是郭瑛，他绝不能袖手旁观。

他攀着长藤慢慢地滑下山崖，自崖底透上来的，除了重重湿气，还是重重湿气。

脚下突然一空，他踏中的是一个洞口。

孟剑卿小心翼翼地下滑，想看清楚这个洞口究竟有多大。

洞中蓦地撞出一根木棍，拦腰击向孟剑卿的腹部。他双手握着长藤，无从防范，洞中又阴黑不见人影，听到风声时，已是躲闪不及，整个人被撞得飞了出去。幸得他手中仍是紧抓着长藤，在半空中荡了一个大圈，又荡了回来。

洞中那根木棍正蓄势待发，瞄准了他荡回来的路线，再次拦腰击出。

孟剑卿一缩身子，双脚提上钩住长藤，倒翻下来，左手仍旧攀着藤蔓，右手已拔出了短刀。

短刀自下而上斜斜挥出，格开了木棍，孟剑卿随之又荡了开去。

郭瑛的失踪，是不是因为洞中的袭击？

无论如何，他不能就此逃上山崖，一定要探个究竟。

几个来回，孟剑卿已看清，那洞口足够他钻进去。

再次荡回洞口，面对一心要将他打下崖底的木棍时，孟剑卿突然甩掉了长藤，身随刀转，绕着木棍来势，旋转着钻入了阴黑的山洞。

洞中那人一感受到扑面而来的刀气，立刻弃了木棍，退入了更深更黑处。

孟剑卿紧追不舍，他不能留给那人从容反击的时间。

出乎意料，山洞并不狭窄，也不算长，转过两个弯已见光线透入。

一个黑影飞快地闪出了前方的洞口。

孟剑卿急冲向洞口。

但是在他冲出洞口之际，一张绳网当头罩下，孟剑卿猝不及防，滚倒在草地上。

绳网收紧，一柄刀架在了他的脖子上。

白雾之中，孟剑卿过了一会儿才看清，握刀的人竟是艾艾！

郭瑛站在一旁，神色复杂地看着他。

初时的震惊过后，孟剑卿很快定住了心神，说道："郭学长，有什么事情，我们就不能好好谈一谈？为什么一定要这样做？"

郭瑛脸上带着淡淡的苦笑："你若站在我的位置，也会觉得别无选择。"

他慢慢走过来，凝视孟剑卿许久，说道："我很抱歉。你要怪就去怪杨参将吧，为什么一定要将那个任务交给你。"

孟剑卿恍然明了。

督办粮草的杨参将，交给他的是一本事关倒卖军粮的要案的账册。给他的命令是，直接交到锦衣卫指挥使沈光礼的手中。

郭瑛为什么会卷进来？郭瑛家中豪富，前途无量，根本用不着犯这样的贪赃之罪，甚至冒这样的风险设局谋杀他呀！

孟剑卿心念飞转，眼见得郭瑛倒转刀柄向他头顶敲来，料想是打算打晕他之后再解开绳网将他扔下山崖去，好制造一个他失足落崖的假象。孟剑卿人在网中，无法挥刀抵挡，颈中更架着艾艾随时会勒下来的刀锋。

郭瑛挥刀之际，不觉暗自叹息一声。他并不想这么做，可是他别无选择。

叹息未落，郭瑛突然觉得小腹一寒，随之而来的是剧烈的绞痛。

艾艾尖叫起来。

郭瑛不敢置信地低下头，看着插在自己小腹之上的那柄小刀，小刀入腹极深，只留下刀柄在外，旋转之势未止，兀自轻轻颤抖着。

艾艾的眼睛离开了自己架在孟剑卿颈中的刀。

只这一刻，孟剑卿已滚了开去，困在网中的右手再度转动，袖中小刀贴地射出，自下而上，透入艾艾心口。

艾艾身子一颤，仍是支撑着向郭瑛伸出手去。

郭瑛抓住了她的手。

老藤结成的网结实得很，但是孟剑卿从讲武堂中带出来的那柄百折刀锋利无比，容得他片刻从容，已割断藤网脱困而出。

他将藤网掷下了深谷，背靠着山崖，横刀而立，望着郭瑛两人，心中说不出是何滋味。

他们两人中了他的刀，腑脏皆碎，已无生还的机会。

孟剑卿不由得说道："郭学长，很抱歉，我别无选择。"

他不下杀手，死的便是他自己。

郭瑛脸上的笑容，又似惨痛，又似解脱，喃喃说道："没什么好抱歉的。"

孟剑卿忍不住问道："你为什么要这样做？"

郭瑛不答，只看向艾艾："艾艾，倒是我害了你了。"

艾艾眼圈一红，将他的手抓得更紧。

她其实想说，自己从未后悔，从不认为郭瑛在害她，但是她已无力气开口。

她原是生长在这深山老驿中的野荆棘，娇艳的花朵带着满身的尖刺，每日里所见的也都是如那蛮荒山野一般粗粝的兵士，又或者是趾高气扬的将官。

但是郭瑛与他们所有人都不一样。他走进驿站时，就像那穿透重重瘴雾的阳光一般耀眼夺目、高高在上，然而他的两名属下被她打伤，他却很过意不去地向她道歉。艾艾本能地感到郭瑛并不是在做戏，他也没有必要向她这么一个小小驿丞的孙女儿做戏。

也许就在那一刻，她便已毫无保留地交出了自己的心，从此将更多的刺留给了其他人，将俏丽的脸抹上一层烟灰——直到郭瑛返程时再次来到驿站。

她也知道郭瑛那样的出身，那样的家庭，是绝不会容许她走进去的，可是这些她都不管了。她只要帮郭瑛做一切事情，看着他永远那样高贵耀眼。

艾艾的眼神开始迷蒙，但是一直没有离开郭瑛的面孔。

郭瑛感慨万千地看着她，似乎还有很多话想说，终究什么也没有说出来，便突然拼尽最后一点儿力气，握着艾艾的手跃下了深谷。

孟剑卿眼看着他们的身影消失在深谷的迷雾之中。这不是他想看到的结局，可是他只能这样做。他猜得到郭瑛和艾艾之间有着什么样的故事。闭锁深山的少女，突然间遇上郭瑛这样一个极其出色的年轻人，对她又别具深情，如何能不飞蛾扑火般地投入整个生命？他只希望郭瑛对那个满身是刺的少女并不只是利用而已，否则他会觉得，即使他们都已死去，也有一根刺横梗在自己的心头，难以平舒。

默然许久，孟剑卿才打起精神，沿着来路，回到刚才那个洞口。

他只能向毛参将回报说，找不到郭瑛和艾艾的踪影。

那条长藤，静静地垂在洞口。

孟剑卿握住长藤时，心中忽地一寒。

他从来没有想到，郭瑛会设局杀他。昨天夜里，郭瑛是不是就想下手了，只不过因为他太过警觉，才不曾动手呢？

毛参将虽然没有在他下来时砍断长藤，但是又真的值得信任吗？

如果毛参将在他攀住藤蔓向上爬时砍断这长藤……

但如果不依靠这条长藤，他也许永远也上不去。

孟剑卿握着长藤，一时间无法决断。

山崖上久等不见动静，伏在崖边向下大喊。

孟剑卿的目光触到了洞口下方一排斜斜生长的石缝中的矮松，松枝已被踩断几根细枝，他猜想这一定是艾艾滑下来时踩断的。

冒这样的风险，为的不过是帮郭瑛来除掉他。

郭瑛伏在山崖边大叫“艾艾”时，那苍白的脸色和焦急的神情，原来并不是假装的。这样的风险，的确是九死一生。那一刻郭瑛心中有没有后悔？

孟剑卿心中感慨不已，一个念头忽地生出。

他将长藤的下端牢牢缚在两株矮松上。

即使毛参将砍断长藤的上端，这根有所附着的长藤，也能保证他不至于摔到谷底去。

毛参将并没有砍断长藤。

孟剑卿一踏上实地，禁不住长长地吐了一口气。

因为失去艾艾这个向导，毛参将与孟剑卿只能原路返回镇宁驿。毛参将固然是因痛失爱将而沮丧不快，麻驿丞更是急痛攻心，昏倒在自己房中不省人事。昨天寻是生非的罗副将见孟剑卿平安回来，而郭瑛与艾艾却不见踪影，脸上青黄不定，大是不安，只是昨日里已经试探过孟剑卿，自知不是对手，隐忍不敢再多事。

孟剑卿在镇宁驿等了一天一夜，才等到驿道疏通。这一天一夜，他便是睡梦中也睁着一只眼，刀不离手。

在他的前路，也许还有另一个郭瑛，或者另一个罗副将。

一个月后，孟剑卿将那本至关重要的账册交到了沈光礼手中。沈光礼批了他三个月的假，让他回宁海卫去探亲。孟剑卿回来销假时，正遇上郭桓案发。

户部侍郎郭桓，会同各省官吏与地方巨室，勾通军中将佐，私卖官粮乃至军粮，追赃粮七百万石，洪武帝震怒，下诏彻查，供词牵连，死者数万，中产以上富室，破产者十之三四。

一将功成万骨枯，孟剑卿终于明白这句话并不只适用于战场。

他也终于明白郭瑛临死前那又似惨痛又似解脱的苦笑。

无论郭瑛曾经有过什么样的雄心壮志，面对这样一个父亲，他都别无选择，唯有尽一切力量来阻止事情的败露。

否则，覆巢之下，安有完卵？

孟剑卿不由得想到自己，想到宁海卫驿道上那场无人知晓的恶战以及自己这几年的噩梦——啊不，那场恶战，并不是无人知晓。

因为他的父亲，也因为他的师承，他将永远不能摆脱沈光礼居高临下的控制。

孟剑卿握紧了刀柄。

沈光礼只淡淡地看着他，说道："这件案子办下来，你在军中待不下了。"

孟剑卿默然不语。

虽然郭桓案首发之地在北平，但是知道孟剑卿所作所为的人，并不算少。

在北平首先揭发倒卖军粮案的，是孟剑臣、公孙义那一批讲武堂分发过去的年轻军官，他们不受贿赂，揭破黑幕，掀倒了一大批贪渎无能的旧将，令得讲武堂精忠报国的名声大振，不论是洪武帝、太子、燕王还是一般士卒，对此都是乐见其成，大加赞赏。

然而孟剑卿在云南掀出来的黑幕，将新旧两个系统的人马全都卷了进来，讲武堂树为楷模的郭瑛更是死在他手中，而且身败名裂，以至太子和蔡总教习知道这个消息时，脸都绿了。

他得罪的人太多。

沉吟一会儿，沈光礼又道："你正式到锦衣卫任职吧。"

孟剑卿拱手领命。

沈光礼的目光已转向了窗纸上那只徒劳挣扎的飞蛾，自言自语般地说道："大明的敌人，在明处，更在暗处。"

孟剑卿心中微微一怔。沈光礼这句话，倒好似在告诉他，无论他是在军中还是在锦衣卫中，都不曾违背讲武堂的训词——精忠报国。

然而，一将功成万骨枯。

第三卷　海上花

前传 追捕（一）

孟剑卿悄然穿过铺满黄叶的庭院，深秋的夜风寒意袭人，夜风中远远传来更夫的梆子声。

池塘中枯败的荷叶在风中萧瑟摇摆。

孟剑卿深吸一口气，踏上了横贯荷塘的曲折竹桥。

沈光礼就在竹桥尽头的荷香居等着他。

孟剑卿一直不明白，沈光礼这位权势熏天的锦衣卫指挥使，为什么会选择住在这样一个僻静得近乎荒凉的地方。

正如他也不明白，向来忌讳“光”“秃”之类字眼的洪武帝，为什么会容忍沈光礼经常在御前出现。

锦衣卫中上上下下各色人等对沈光礼的敬畏，并不仅仅因为他的职位，更因为他总似笼在云雾之中的神秘莫测。

灯光摇曳，沈光礼靠在椅中，面容在灯光中忽隐忽现，捉摸不定。

孟剑卿单膝跪下行礼。

沈光礼抬手示意他坐下，打量他片刻，说道：“你到我手下快三年了吧？”

孟剑卿拱手答道：“是。”

沈光礼出了一会儿神，接着说道：“你如今是校尉，也算升得很快了。这三年来，你好像没有出过一次差错吧？”

孟剑卿迅速在心中忖度了一下，才谨慎地答道：“属下不敢说从没有出过差错，只不过不曾耽搁公事而已。”

沈光礼微微一笑，拈起桌上的一张薄纸，孟剑卿急忙趋前，双手接过。

纸上是一个年轻男子的画像，年轻得几乎只能称之为一个少年，眉宇之间，英气飞扬，令人一见便很难忘记。

沈光礼慢慢说道："这个人名叫江无极。给你三个月时间，将他带来见我——记住了，我要一个活生生的江无极。他若死了，不论是你杀的还是别人杀的，你都等着给他陪葬吧。"

孟剑卿心中凛然一惊。沈光礼不是不知道，他的刀法向来重在杀敌。

但是他没有质疑，将画像小心地收入怀中，想了一想，说道："属下斗胆问一声，此次行动属下可以调用哪些人马？"

沈光礼掷给他一面金牌："锦衣卫中，千户以下凭此牌可以任意调动！"

孟剑卿握住那面沉甸甸的金牌，深知此次行动事关重大，告退出来，仰望夜空，长长地吁了一口气，希望这寒冷夜风能够令自己这颗灼热的心平静下来。

沈光礼在窗后遥遥打量着他。

那名酷似严二先生的老奴为沈光礼斟上一杯热茶，退立在一旁，探询地说道："沈大人，你怎么不告诉孟剑卿江无极是什么人？"

沈光礼淡淡道："他自然会去打听明白。若是连江无极的出身来历都不知道如何查，他也不必去办这个案子了。"

停一停，他又道："老严，你还是关心他的，对吧？"

那名老奴低下头来："无论如何，他总是我二弟和五弟、七弟的弟子，恐怕也是我们严家十三斩的唯一传人。"

那样的刀法，并不是每一个人都能够学成的。

沈光礼看他一眼："那么这一回，你亲自出马如何？免得他一不小心将江无极给斩了，我只好杀了他来向小西天交代。"

那老奴踌躇一下才答道："孟剑卿若是连这点子本事都没有，也不值得我们严家挑他当传人。"

沈光礼微笑着向后一仰，靠在椅中："不错。那么我们就在这儿等他的消息吧，但愿这一回他也不会让我们大家失望。"

如沈光礼所料，孟剑卿很快便从掌管锦衣卫档案的百户秦有名口中查出了江无极的出身来历。

江无极出身于秦岭小西天。

小西天论起来也曾是明教分支，不过很早便已另立门户，洪武帝立国之后，以西北民风强悍，各族杂居，羁縻不易，对小西天多有借重之处。小西天现在的主事人是个女人，西北一带都称其为"西王母"。江无极便是西王母的师弟欧阳不修的关门弟子，据说与西王母也有亲缘关系。三个月前，不知什么缘故，江无极被欧阳不修逐出了师门，流浪在外。

知道消息的各路人马，不免都动了心思。

孟剑卿大略猜到了自己此次的任务目的何在。客客气气地仰赖小西天去羁縻西北，终究不如居高临下地驱使它统驭西北来得方便灵活。而自幼生长在小西天的江无极，会是对付它的最有力的武器。

秦百户将小西天的各种情况说得很详细，等到他讲完，东方已发白。秦百户吐一口长气，这才有工夫捧起早已凉透的茶水来润润喉咙。

孟剑卿暗自记诵着这些资料，忽地想起一件事，问道："有西王母必定便有东王公，秦千户怎么不提东王公是谁？"

秦百户呆了一呆，犹豫着不知该不该回答这个问题。但是孟剑卿一见他的神色，已知其中必有缘故，一言不发地取出了那面金牌。

秦百户吃惊地放下了茶碗，明白眼前这名年轻校尉已不是从前那个恭恭敬敬请求他说出脑中资料的孟剑卿，当下端正脸容说道："既然如此，下官自当知无不言。孟校尉可曾听说过一句话，'忽闻海上有仙山，山在虚无缥缈间'？"

孟剑卿凛然一惊："东王公居然是海上仙山的人？"

海上有仙山……百年前中原沦亡，一群遗民避居海上，代代相承，以恢复中华衣冠为毕生使命。洪武帝取天下，多得他们的襄助之功，据说当年鄱阳湖大战，射中陈友谅、一举扭转战局的那支箭，便出自他们之手。天下既定，那些人大多已散归海上，不过也有一些子弟留下来效力于新朝，现任前军都督同知章大盛便是其中之一。

秦百户说道："江无极与东王公据说也有极密切的亲缘关系，他是极少数可以出入海上仙山的人之一。"

难怪沈光礼警告他，一定要带回一个活生生的江无极。

逍遥化外的海上仙山，只怕也一直是洪武帝的一块心病，能够找一个机会将其拉拢，自然再好不过。

沈光礼这一回交给他的，的确是一个至关重要的任务。

孟剑卿沉吟许久，收起金牌，看着秦百户，微笑着道："秦百户可有兴趣与我一同去办这件案子？"

脑中装着锦衣卫所有档案资料的秦百户，会是他最好的帮手。

秦百户一怔，说道："孟校尉有令，卑职怎敢不从。"

孟剑卿摇摇头："我并不是用沈大人的金牌来勒令秦百户随我办案，而是请秦百户帮我这个忙。何况，秦百户难道就真的想一辈子坐在这间库房中熬成白头百户？"

秦百户心念暗动，转而又犹豫着道："我都这么一大把年纪了，只怕是没有那个力气去跟着你们年轻人一道拼杀了。"

孟剑卿一笑："秦百户还用得着动手和人拼命吗？如何？"

秦百户踌躇良久，终究下定了决心："好，我就跟着你们走这一趟！"

在他的记忆中，孟剑卿还没有办砸过一件案子，跟着孟剑卿去办事，应当不会出问题。

一件这么重大的任务，必定可以让垂垂将老的自己抓住最后一个机会。

当天夜里沈光礼已接到报告，看着手中孟剑卿调集的那些人的名册，沈光礼微微笑起来，向身边的老奴说道："如果让我去选，只怕也会选中这些人。看起来孟剑卿已经可以独当一面了。"

老奴谨慎地道："大人就不怕他跑得太快，离大人你太近了？"

沈光礼淡淡答道："猎鹰飞得再高，也不过是一只猎鹰。"

精通各种药物与毒物的栗百户一一检查过茶水饭菜之后，孟剑卿一行人才坐下来进食。

坐在对面的两名校尉讥讽道："孟校尉真是个仔细人啊，难怪沈大人如此器重！"

孟剑卿不以为意地道："不敢当。"

秦百户不明白孟剑卿为什么要调用这两名左右不听他差遣的校尉连同他们属下的十名卫士。见孟剑卿不计较，他自是不便说什么，只在心里嘀咕，一旦有事，这两人会不会不听号令，乱了大局。

这路边小店，房舍狭窄，孟剑卿这些锦衣卫一来，其他食客都赶紧结账让路。店家神色紧张，亲自出来招呼，生恐有什么差错。

孟剑卿打量着店外官道侧旁那座界碑，再往前就是庐州地界了。接到的探报说，江无极自下秦岭之后，三次露面，一次比一次接近应天府。他最后一次露面，是在庐州西北方的潜山。从潜山到应天，庐州是必经之地。

江无极为什么要往应天府方向走？他不应该不清楚小西天和朝廷之间的那种微妙关系。

官道上一骑飞驰而来，孟剑卿呼哨一声，那骑者看清小店中坐着的人，急勒住马，滚下鞍来，向孟剑卿单膝跪下，喘着气道："回孟校尉，你要找的人没有进庐州城，绕道往昭明寺方向去了！"

孟剑卿令他带路，当下整队出发。

昭明寺在庐州西南二十里，原是南朝梁武帝为纪念昭明太子而建。所谓"南朝四百八十寺"，仅昭明寺便有数处。

秋色已晚，官道两侧黄叶乱飞，远远地望见白湖上波光闪烁，令人目眩神迷。

孟剑卿突然勒住了马。

奔在最前面的带路者勒马不及，被尘土中弹起的绊马索绊个正着，亏得他反应够快，及时跳下鞍来，滚入路边的草丛中。

绊马索不止这一条，跟在孟剑卿后面的十数骑都被绊住，狼狈不堪地滚下鞍来。

密林中随之射出一蓬蓬乱箭，转眼之间，已有四名卫士中箭倒下。

两名校尉喝令手下抽出刀与盾，就地围成一圈，抵挡乱箭。

孟剑卿由得他们牵制住密林中的伏兵，他和秦百户、栗百户则各自带着手下卫士，跟着那带路人，继续向昭明寺方向疾奔。

那两名校尉气得直骂，但是乱箭不停，他们手下也不敢停。

转过一片松林时，他们遇到了第二波截杀，孟剑卿留下了八名卫士断后。

昭明寺已在望。

但是官道正中，一名铁塔似的黑和尚当道而立，拄着根手腕粗细的禅杖，其胸前念珠，仔细一看，竟是由人骨磨成。

官道两侧，都是淤泥没足的稻田。

孟剑卿一行人勒住了马。

秦百户一路疾奔，累得上气不接下气，赶到孟剑卿身边，喘息着说道："这和尚姓鲁，人称鲁金刚，也是欧阳不修的弟子。"

孟剑卿微异："就是洞庭湖上的南大王鲁金刚？"

秦百户叹道："可不正是！"

洞庭湖上，有南北两大头领，南大王鲁金刚，北大王铁罗汉，都是欧阳不修的弟子，一度也是陈友谅的旧部。陈友谅败后，这两人退居洞庭湖上，虽然俯首称臣，但是一直不肯上岸归降。因为这两人平日里也只不过做些打劫来往客商的勾当，并不曾有其他不轨，加之边疆多事，朝中也就对他们睁一只眼闭一只眼，留待日后再来处理。

鲁金刚在此，那么铁罗汉呢？他们两人，是不是担心江无极进入应天府后会有倒戈之举动而赶来拦截？

孟剑卿转过头看向栗百户："栗百户，这一阵交给你。"

鲁金刚向来以一身横练功夫闻名，孟剑卿估计自己这些人当面硬拼，短时间内很难收拾下这莽和尚。

栗百户默然戴上了鹿皮手套，他手下的四名卫士则在同时张弓搭箭。

孟剑卿与其他人都向后退出数丈。

栗百户一声令下，四名卫士同时放箭。

鲁金刚不屑地迎箭而立，甚至懒得挥动禅杖来格挡，箭头的铁镞射在他身上，铮铮有声。

栗百户又是一声号令，四名卫士的四张长弓叠为两张，以脚踏开弓，一发三箭。

箭只破空的尖厉呼哨声，令得鲁金刚的神色略略郑重了一些，不敢再托大，禅杖挥起，将箭只格了开去。

夹杂在箭只中射出的，是一簇子母铁棘环，被禅杖一挡，裂为九枚，乱旋着击在鲁金刚身上，环上铁刺乌青泛黑，若非鲁金刚皮粗肉厚，只要让这铁刺划破一点儿，就会见血封喉。

那些强劲的箭只倒也罢了，只这夹杂在箭只中的淬毒暗器委实刁钻，鲁金刚怒骂道："你们这群胆小鬼，只敢躲在后面放箭！趁早滚回你老娘怀里去好啦！"

栗百户突然向后疾退。

他打出的一枚飞蝗石，击中的不是鲁金刚，而是另一枚飞蝗石，两石相撞，其中一枚立时炸开来，冒出一片耀眼的火光与浓烟，夹杂着刺鼻的辛辣之气，刹那间弥漫了整个官道。

烟雾中传来鲁金刚剧烈的呛咳声，离得近的两名卫士也咳了起来。

栗百户双手不停，又是两枚药石打出。这一回炸裂出来的，是一股浓香。

孟剑卿诸人已机智地取出面罩捂住了口鼻。

孟剑卿喝道："出发！"

他与秦百户率先冲了过去。临近那团浓烟时，孟剑卿忽地一扯秦百户，纵身腾起，左手长绳挥出，缠住了官道那头的一株老槐树，带着秦百户飞掠过去。鲁金刚怒吼着挥下来的禅杖，将两匹马儿砸得骨节碎裂，惨嘶着倒在稻田之中。

孟剑卿不理会栗百户等人如何对付中了迷香之后一时还不曾倒下却狂性大发的鲁金刚，只拖着秦百户向近在眼前的昭明寺疾奔。

秦百户觉得自己的一把老骨头都要裂开了。

孟剑卿突然停下了脚步，几乎要将秦百户摔到道旁水沟里去。

前方不到一里，便是昭明寺的后院高墙。草木丛生，流水潺潺。草地之中，横倒着十几具尸体。一面断碑前，左右两侧各有两人：右侧两人，其中一个是手提铁棍的虬髯大汉，秦百户低声说这便是铁罗汉，另一个瘦长汉子是铁罗汉最得力的帮手何七；左侧执狼牙棒的两人，一眼便知是孪生兄弟，秦百户说这两人原是山陕道上的剧盗，自称焦大、焦二，想来不是真名，只不过人人如此称呼，也就无人去追究真名了。

孟剑卿终于见到了这两个月来他在睡梦中也念念不忘要找到的江无极。

江无极站在这虎视眈眈的四人当中，倚碑而立，握一对银钩，身上血迹斑斑，很显然受伤不轻。

他本人比画像上要略为消瘦一些，不过这也是情理之中的事情。一双眼睛布满红丝，想必自离开秦岭以来，都不曾好好睡过一觉。

一见孟剑卿两人出现，江无极五人的视线都投向了他们。

孟剑卿不理会其他人，先向江无极拱手行礼，说道："江兄，在下孟剑卿。奉锦衣卫指挥使沈光礼沈大人之命，请江兄入京一叙。"

铁罗汉的神色立时大变："小师弟，你和他们是约好的？"

那焦大怪笑道："铁罗汉，谁是你的小师弟？你家那老妖怪，放着这么好的弟子不要，还要管着别人不准要？江兄弟，锦衣卫那个老虎窝，可不是你该去的地方。家师久闻江兄弟青年才俊，想请江兄弟到他老人家那儿做做客，不知江兄弟意下如何？"

他虽外表鄙俗，出言吐字却颇有教养，孟剑卿心中暗自惊异，不知道这两名剧盗的师父，究竟是何等人物。

铁罗汉喝道："少放屁！小师弟，别和这帮混人说话，咱们先到洞庭湖住几天，过些日子，师父他老人家气消了，自然会回心转意，我和你鲁师兄再求求他，师父和师姑那般疼你，断不肯让你这么流落在外的。来——"

他伸手欲拉江无极，江无极却横钩一拦，冷冷说道："我不敢高攀，请你让开路！"

铁罗汉一呆，脸上可下不来了。

孟剑卿在一旁说道："江兄是打算去哪儿？在下若有帮得上忙的地方，自当尽力。"

铁罗汉立刻叫道："小师弟，你可别忘了师父的交代，别跟这些人来往！"

孟剑卿暗自好笑。他就不知道，这个当口，不管他说什么，江无极一定会对着干？

果然，江无极转向孟剑卿说道："很好，我要去昭信庵。"

秦百户小声道："昭信庵就在昭明寺正东三里。"

孟剑卿打量着江无极道："江兄好像已经受了伤？如果江兄不反对，在下愿意代你跑一趟。"

江无极脸色大变，孟剑卿却已转身向昭信庵方向奔去。

江无极急道："铁师兄，你放不放我走？"

他这声"师兄"一叫，铁罗汉立时眉开眼笑："行，你要去哪儿，我就送你去哪儿！"

焦大和焦二一见风势不对，立时也拱手笑道："江兄弟请，请！"

孟剑卿回过头来向江无极一笑。

江无极急怒之中，仍是感到了孟剑卿这一笑之中的意味深长。他过了一会儿才回过味来。

若非孟剑卿这一招逼着他们打破了僵局，他就算站到明天，也过不了铁罗汉和焦大、焦二这两关，去不了昭信庵。

昭信庵隐在竹林深处，一湾流水，小桥玲珑。

孟剑卿率先奔到小桥前，但是他有意放慢了脚步，让江无极抢到了前面。

他们一行人都跟着江无极闯入了昭信庵。

庵中老尼拉着两名小尼慌忙避入大殿内，将殿门关得牢牢实实。

江无极一脚不曾踹开殿门，铁罗汉两人和焦大、焦二马上替他出手，刀棍齐下，殿门上立时被砸出几个大洞，眼看便要粉身碎骨。

殿中一个年轻女子怒道："无极，你在胡闹什么！"

江无极脸上神色立刻大是欢喜，高声叫起来："慕尘，你出来！"

孟剑卿已然明白江无极为什么会被逐出师门，必定是因为庵中这个名叫慕尘的女子。

铁罗汉也明白过来，铁棍不由得便缓了下来，不敢确定地向江无极说道："小师弟，这个'慕尘'，是不是大师兄家里的那个小'慕尘'？"

江无极奇怪地看他一眼："难道还有第二个'慕尘'？"

铁罗汉的脸垮了下来。

这下可麻烦了，原来小师弟是因为这个缘故被赶出来的。

孟剑卿不知何时悄然站到了他身边，小声问道："铁前辈，请问这'慕尘'是何等人物？"

铁罗汉烦恼地答道："是我大师兄的养女。"

论起来该是江无极的师侄了，难怪江无极会被赶出来。

殿门轰然倒塌，烟尘之中，一个着浅蓝衣裙的女子飘然而出。

出乎孟剑卿意料的是，这慕尘姑娘并不见得如何美貌，他原以为江无极这样的少年人，不顾一切喜欢上的必定是一个难得一见的美人。慕尘虽然身形苗条、眉目清秀，也不过中上之姿罢了，而且看上去要比江无极年长几岁。

江无极抢前一步，想要握住慕尘的手，被她瞪了一眼，于是笑着缩回手站在她身边。

铁罗汉尴尬地搔搔头皮，干咳一声说道："慕尘师侄，好久不见了啊！"

慕尘对其他人倒是斯文温柔得很，弯一弯腰轻声答道："铁前辈，慕尘已被逐出师门，不敢再当'师侄'这两个字。"

铁罗汉平日里在洞庭湖上，也算是叱咤风云的一方霸主，但此时此刻，却不知如何是好了。

焦大、焦二深知铁罗汉的为难，自是开心，满面堆笑地向江无极道："江兄弟，慕尘姑娘，二位……"

话音未落，已被慕尘客客气气地截断："二位不必将我与这个人相提并论。刚才是哪几位施主打破了这殿门？还请照价赔偿，以免菩萨怪罪。"

江无极笑道："慕尘，你怎么一副出家人的口气？你还在生气？"

慕尘淡淡答道："我一个知母不知父的孤身女子，何德何能，敢生欧阳前辈的气？"

江无极心中大感不妥。慕尘若是对着他发怒，也还好办，但是眼下看她的神色，竟不是一般的生气，而是衔恨在心、切齿入骨了，所以反而会这样淡若无事。

师父赶慕尘走时，想来的确是气急了，才会那么口不择言，连慕尘已死去的母亲也连带骂上了，也难怪慕尘如此记恨。

孟剑卿却暗自一怔。

慕尘这种淡淡的神情，他曾在哪儿见过来着？

他看向身边的秦百户，秦百户打量着慕尘，神情困惑，似乎与他颇有同感。

前传 追捕（二）

秋阳西沉，天色已渐渐暗下来。

远远地突然有一道蓝焰火箭冲天而起，随之又是一道赤焰火箭。

孟剑卿一扬手打出一道赤焰火箭，却见那焦大放出了一道蓝焰火箭，不由得暗自皱眉。

原来双方都有援兵在后。

昭信寺离白湖不远，铁罗汉和鲁金刚的人马，只怕就隐藏在白湖之上。

果然，不多时三方人马都已赶到昭信庵外，只是互相牵制，一时间谁也动弹不得。

被孟剑卿留在后面对付鲁金刚的栗百户比其他人先一步赶了过来。铁罗汉神情不安，不知鲁金刚究竟如何了，才会让他们这些人都通过了那条官道。栗百户俯身向孟剑卿略微致意，说道："鲁金刚中毒之后狂性大发，四处乱奔，陷在淤泥中了。三个时辰后毒性渐解，他自会恢复正常。"

仔细听去，隐约可以听见鲁金刚的狂叫之声。

铁罗汉这才松一口气。

孟剑卿向栗百户点一点头，赞许地一笑。

临出发之际，他已经严令栗百户不得携带致命毒物与暗器。栗百户看来还是很明白他的用意的，做得很好。

孟剑卿心念转了数转，低声道："我们想办法带走那慕尘姑娘，你拦住其他人。"

他原本应该自己动手拦住其他人的，毕竟他的刀法重在杀敌而非擒敌，栗百户要制服慕尘，可能更顺利一些。

但是孟剑卿不想将慕尘交到别人手中。

在任何时候，最能信任的，始终是自己。

栗百户默然领命。

与孟剑卿有同样想法的，显然不止一个。

焦大兄弟，铁罗汉两人，都在不着痕迹地一边劝说江无极，一边向他们两人靠近，目光有意无意地停留在慕尘身上。

她去哪儿，江无极必定会跟去哪儿。

孟剑卿蓦地大喝一声，拔刀斩向离他最近的焦氏兄弟。

焦氏兄弟同时挥起狼牙棒，一人架住孟剑卿的刀，另一人则横扫向孟剑卿腰间。

铁罗汉立刻趁这个机会攻向了江无极，他的副手何七则自侧面攻向了慕尘。

孟剑卿一旋身让开狼牙棒，喝道："你们光拦我有什么用！"

焦氏兄弟龇牙咧嘴地笑道："先打发了你们这群锦衣卫再说！"

别看铁罗汉和江无极两方打得热闹，若是有外人加入进去，只怕他们双方会先联手收拾掉外人，再回过头去料理家务事。不如先让他们自己打一打再说。

孟剑卿明白这个道理，焦氏兄弟又何尝不明白？

焦氏兄弟力大棒沉，孟剑卿不愿与他们硬拼，连退数步，贴地一滚，换成了栗百户打头阵。栗百户双手连扬，一片梅花钉打出，焦氏兄弟同时向对方靠拢，狼牙棒舞得虎虎生风，将两人的身子护得滴水不漏。梅花钉打完，紧接着又是一把金刚砂。焦氏兄弟手下丝毫不敢松懈，倒也挡得周到。

孟剑卿微微一笑，由得焦氏兄弟继续舞下去。

他们两人这打法可是最耗力的。

孟剑卿掠过铁罗汉身边时，右手短刀忽地自下而上斜斜划过，铁罗汉闪避不及，若非江无极及时替他拦了一拦，多少都会受一点儿伤。

孟剑卿已掠至何七身后。

何七身子一缩，猢狲般跳转过来，手中鹰爪钩迎上了孟剑卿的刀，慕尘并没有趁机反攻，袖手退到了廊下。

孟剑卿右手短刀格开鹰爪钩的同时，左手扬起。

两柄小尖刀交错飞旋而出。

尖厉的刀气破空之声令得何七吃了一惊，仓促间不知该如何来格挡这两柄飞行路线捉摸不定的飞刀，只能一连几个铁板桥翻了出去。小刀呼啸着击中了一堵院墙，那面墙轰然倒了一大片。

小刀一出手，孟剑卿立刻反手握住了腰间那张细如蚕丝的织云网。

这可是他花了三天时间才从锦衣卫堆积如山的库房中翻找出来的。当年大嘴鳄田六七靠着这张网，在长江之中不知坏了多少人性命。不过若不是秦百户提醒，只怕谁也想不起来库房中还有这么一件宝贝。

站在廊下的慕尘一见孟剑卿逼开何七，便知他用意，向后一退，攀着廊柱，游蛇般滑向大殿顶部。江无极与铁罗汉则同时掉转头向这边赶来。

慕尘纵身跃上大殿之际，忽然觉得身上一紧。

透明如蚕丝的织云网已将她缠得牢牢实实，她立脚不住，跌了下来。

孟剑卿抢前一步，正要接住慕尘之时，三枚乌黑发亮的没骨钉突然间飞来，孟剑卿横刀格飞两枚，另一枚却仍是打入了慕尘的左肩。

栗百户分神向慕尘打出这三枚没骨钉，焦氏兄弟即刻抓住机会逼近了他，手起棒落，栗百户当胸中了一棒，倒撞出去，倒在墙脚下，再也爬不起来。

焦氏兄弟舞了半天狼牙棒，最后这一击又用力过度，一时间也只能站在原地喘息。

铁罗汉和江无极只当栗百户打出没骨钉只不过是为了帮孟剑卿制服慕尘，是以虽然恼怒，也还不十分担心。

只有孟剑卿知道栗百户此举绝不是那么简单，他给栗百户的命令，是拦截焦氏兄弟，而不是捕拿慕尘。

他一抖手腕，抽回了织云网。

慕尘颓然坐倒在地上，脸色已见淡淡青色。

一直躲得远远的秦百户此时气急败坏地奔了过来："孟校尉，没骨钉上只怕淬的不是寻常毒药！"

孟剑卿一怔，看向倒在墙脚下的栗百户。

江无极脸色大变，扑过来扶住慕尘，嗅一嗅她肩上伤口，一股甜腥之气，心知秦百户的话果然不错，抬起头向孟剑卿怒喝道："还不快拿解药来！"

铁罗汉则将栗百户提了过来。

栗百户胸骨断裂，口中鲜血直涌，脸上却带着诡秘而得意的笑容。孟剑卿心中忽觉不妙，急喝道："别带他过来！"

但已迟了。

栗百户忽地一张口，三枚黑亮细针自他口中激射而出，全都没入了江无极的前胸。

栗百户勉强提着一口气说道："孟校尉，卑职幸不辱命。"

说完这话，栗百户头一歪，干脆利落地咽了气。

江无极也同时向后倒去。

孟剑卿与铁罗汉同时伸手扶住了他。

铁罗汉扯开江无极前胸衣襟，三枚细针早已钻入体内，哪里还寻得出踪影？

铁罗汉一把抱住江无极，怒极反笑："好，好，锦衣卫端的是好手段，好计算！我铁罗汉但有一个人在，不讨还这笔账，也誓不为人！"

孟剑卿连点慕尘与江无极身上数处大穴，延缓毒性的发作，一边说道："不论你们相不相信，我得告诉你们，沈大人下的指令，只是带江兄去见他。"

他没有说沈光礼下的另一道指令——如果江无极出事，他也得陪葬。

铁罗汉这等粗人，是不会相信这一道指令的。

孟剑卿自怀中取出一个小小的白瓷瓶，倒出瓶中仅余的一粒回春丹。

在挑选栗百户与他一同出发之时，孟剑卿便带上了这一粒可解百毒的回春丹。

他老早已明白，不能绝对信任任何一个人。

但是他没有料到，是江无极而不是自己用上了这粒来之不易的丹药。

孟剑卿将丹药送到江无极嘴边。铁罗汉一伸手便要打飞，孟剑卿早有防范，让开他的手掌，又将丹药递到了江无极嘴边，一边说道："我若要杀他，只需坐视不理，又何必多此一举？"

铁罗汉呆了一呆，可不正是？

江无极已嗅到丹药的清香，神志略略清醒一些，恍惚之间，已被孟剑卿捏住下颌，将丹药硬塞入口中，一拍后颈，便身不由己咽了下去。

秦百户在孟剑卿身后催促道："快给那慕尘姑娘也服一粒啊！"

孟剑卿转过头低声答道："我只有一粒。"

秦百户的脸色变得很是难看。

孟剑卿暗自诧异，正待问个究竟，江无极已坐了起来，握着奄奄欲倒的慕尘的手，转向孟剑卿，焦急地道："你为什么不救她？"

孟剑卿一言不发地将瓷瓶摔碎在地上，瓶中空无一物。

铁罗汉蓦然醒悟，扑过去搜栗百户的身，孟剑卿才叫得一声"不要碰他"，铁罗汉大叫一声，捧着手退了开去，原来栗百户身上处处暗藏着毒针。只不过铁罗汉见机得快，毒针只刺破了一点儿精皮，不曾见血，他当机立断将那一片肉皮削了去，总算阻住了毒性的发作。

何七赶着替铁罗汉包扎伤口，喘过气来的焦氏兄弟则在一旁跃跃欲试。

慕尘的脸色却越来越黯淡，孟剑卿将左掌贴在她后心，替她运气以抵御毒性的蔓延。

江无极抬起头来看着孟剑卿，咬着牙道："你们有本事，最好现在就将我杀了，否则，我一定要你们所有人替慕尘偿命！"

孟剑卿暗自松了一口气。他这样子以一口真气强行护住慕尘的心脉，吃力得很，但又怕江无极不等见到沈光礼便殉情自杀——既然江无极立誓要杀他们，势必不会自杀了。

至于小西天会不会因此而翻脸——这个问题，就留给沈光礼去伤脑筋好了。

孟剑卿已打算收回左掌。

但是秦百户在他耳边低声说道：“孟校尉，一定要想办法救这位慕尘姑娘。要不然，我们这群人全得陪葬。”

孟剑卿心中一凛。秦百户见多识广，他说这番话，一定有他的理由。

孟剑卿的左掌不敢就此收回，而他的额上，已见了汗珠。

江无极此刻觉得自己所中之毒似已解除，当下将自己的左掌按上了孟剑卿的后心。孟剑卿得他相助，压力大减，不由得吁了一口气。

铁罗汉与何七也加入进来。

焦氏兄弟互相看看。现在庭中只留下一个老朽不堪的秦百户，他们是不是该趁这个机会将动弹不得的江无极掳走？

但是怕只怕他们一碰其中任何一个人，所有人都会因此而受重伤。

一时间四方人马又僵持住了。

一片空明之中，孟剑卿突然听见庭外锦衣卫的号角声。

他自然听得懂号角的含义，沈光礼竟然亲自赶来了此地？

与此同时，一个苍老刚劲的声音如惊雷般自远处滚滚而来：“什么人敢拦我的驾？”

孟剑卿看向秦百户，秦百户勉强笑一笑，那笑容却比哭还难看：“欧阳不修也亲自来了。”

焦氏兄弟见势不妙，立刻撤退。

那老魔物，不是他们两兄弟能够惹得起的。

欧阳不修与沈光礼几乎同时赶到昭信庵。

秋月已生，庭中团团而坐的几个人，脸上的神色都被秋月照得异常惨白。

欧阳不修须发皆白，身材矮小，因为有意摆出一副趾高气扬的派头，更显得有几分滑稽可笑。

但是他一出手，孟剑卿便知道，每一个觉得这小老头可笑的人，都会后悔。

欧阳不修一掌击在何七后心，一股洪潮般的力量汹涌而来，将所有人都震了开去。个中唯有江无极，被欧阳不修长袖一展，脚不点地般裹了过去，欧阳不修一边替他运气逼出残毒，一边还有余暇破口大骂：“你这混小子，亏我辛辛苦苦养你十八年，翅膀还没硬就要飞啦？骂你两句就要偷跑，还放风说是我老头子赶你出来的——你倒轻快，累得你师父这把白胡子不知道又被你师姑揪掉了多少根去！”

慕尘失去支撑，软软地倒了下去，幸得秦百户赶忙扶住了她。

慕尘的目光转向他身后，眉梢轻扬，似乎是惊疑，又似乎是询问。

沈光礼不知何时已悄然站在了秦百户身后，注视着她。

秦百户一惊，赔着笑让开路来，一边将事情经过简单说了一遍，之后有多远便退多远，不敢站在一旁。

沈光礼将一粒回春丹给慕尘服下之际，俯身在她耳边轻轻说了一句话。慕尘的神情刹那间变得轻松起来，嘴角漾起微微的笑意。

沈光礼转过头看一看大汗淋漓、脸色尚未复原的孟剑卿，淡淡说道：“你可以交差了。”

孟剑卿立刻将怀中金牌取了出来，双手奉上。

沈光礼却没有收，左手一挥，解下了身上披的玄色斗篷，裹住了慕尘，眼见得便要将慕尘就此带走。

江无极被欧阳不修的手掌压得不能动弹，急得大叫：“你要带慕尘去哪儿？慕尘，你别走！师父，你快拦住他！”

欧阳不修哼了一声：“臭小子，安静一点儿，再不将你的毒逼出来，当心变成废人。锦衣卫的手段，当真是毒辣得很，我老头子今天算是领教了！”

沈光礼淡淡答道：“欧阳前辈要将这笔账算到锦衣卫头上，也未尝不可。毕竟栗木是锦衣卫的人。孟剑卿，这件事交给你，务必查出栗木的真实身份。给你三个月时间，希望你这一回不会再犯同样的错误。”

孟剑卿收起了金牌。

他还有一次机会，沈光礼向来只给人一次机会改正错误。

沈光礼扶起了慕尘。

铁罗汉急道：“师父，你不留下她，小师弟迟早又要跑！”

欧阳不修翻翻白眼：“他再跑，我先打断他两条腿！”

话虽如此，他仍是向沈光礼喝道：“姓沈的，留下人再走！”

沈光礼略躬一躬身：“不知欧阳前辈是这位姑娘的什么人呢？”

这句话可将欧阳不修给问倒了。

沈光礼又道：“不如我们问一问这位姑娘她自己的选择如何？”

他看向慕尘：“你叫什么名字？”

慕尘嘴角浮上一丝淡淡的自嘲般的笑意：“慕尘。”

沈光礼似是怔了一瞬，才微笑着道：“哦？为你起名的人，难道真的认为连微尘的命运都值得你羡慕？你要去哪儿？”

慕尘轻轻答道：“我还能去哪儿？”

沈光礼随即道：“也好，那我们走吧。”

见慕尘毫不反抗地要随着沈光礼离去，江无极脱口叫道：“慕尘，你答应嫁给我的，你为什么要反悔？”

沈光礼微微皱起了眉，看着慕尘。

欧阳不修则又暴怒起来，还未发作，慕尘已苦笑着道：“无极，算我说错话了，好不好？想一想那时候我们才多大。我可以拿这些不能当真的话来哄一个孩子，可不能拿来哄一个大人。我走了，你也回小西天去吧。欧阳前辈，今生今世，我不会离开应天城半步，再也不会去勾引你的得意弟子，你现在可放心了？”

沈光礼的眉头皱得更明显：“勾引？”

慕尘嘴角含笑，眼圈却红了起来：“可不是？欧阳前辈还说，有其母必有其女。”

沈光礼的脸色隐隐变得铁青。

不要说孟剑卿，即使是秦百户这样的老锦衣卫，也还从来没有见过沈光礼的这种神色，不由得屏气静声，担心着顶头上司暴怒起来会不会先拿他们这些手下开刀。

但是沈光礼的神色慢慢恢复了正常，语气也淡得仿佛什么也不曾发生过一般：“欧阳前辈，沈某先走一步。”

江无极眼睁睁地看着沈光礼带着慕尘离去，一时急怒攻心，热血上涌，直喷出来，人便倒了下去，唬得欧阳不修急慌慌地救治。

孟剑卿召来四名卫士，用绳索小心地将栗百户的尸体拖到庐州府去，准备先从他的尸体入手，查清这个差点儿害死他们大家的家伙，究竟是什么来历。

他与秦百户退出昭信庵，互相看看，不约而同地出了一口长气。

查案子可比这桩任务轻松多了。

去庐州城的路上，孟剑卿忍不住问道：“秦百户，慕尘究竟是什么人？”

秦百户压低了声音答道：“沈大人刚入锦衣卫时，曾经带着一幅女人的画像来档案库找我，希望找到那个女人的下落。不过他那时候还只是一个小小的无权无势的力士，我虽然同情他，却没有办法调派人手去帮他查。”

他叹息了一声：“我年纪大了，昨天的事情记不住，十几年前的事情倒是记得清清楚楚。唉，那张面孔——一模一样的两张面孔。”

还有那一模一样的淡定神情，他们实在应该早就联想到这一点的。

不是每个女子，都会生具那样的神情气质。

孟剑卿沉思着道：“沈大人后来为什么不再寻找她？”

其实他更想问的是：慕尘落足于小西天，究竟是有意还是无意？

秦百户感喟地道：“谁知道呢，也许是因为后来沈大人职位越来越高，仇家越来越多，不方便再去找这个女人了。否则，只怕走漏一丝半点儿风声，这个女人立刻便有杀身之祸。我只奇怪，沈大人后来名气这么大，那个女人为什么一直没有来找他。”

孟剑卿默然。

沈光礼在慕尘耳边说的那句话，他其实也听见了——他的耳力，一直好得让人吃惊。

沈光礼对慕尘说：“我的原名叫沈白，萧山人氏。”

那个女人只怕从来不知道，权势滔天的锦衣卫指挥使沈光礼，就是沈白。

直到今日，孟剑卿也不清楚，沈光礼究竟有没有家小。他的身边，似乎一直只有那名老奴。

如果沈光礼别无家小，而他们这次行动又害死了慕尘，恐怕他们这些人都会死无葬身之地。

孟剑卿觉得自己背上又开始有冷汗渗出。

秦百户怔怔地道：“我在锦衣卫待得太久，知道得太多，只怕迟早都会送掉这条老命。”

孟剑卿忽然一笑，说道：“秦百户，既然如此，你不介意再告诉我一件事情吧？萧山沈白是什么人？”

秦百户寻思了很久才答道：“萧山沈家，也算是地方望族了。他们家是有一个名叫沈白的小儿子，不过早在蒙元之时便出了家。”

他蓦然醒悟，明白了沈白是谁，瞪着孟剑卿道：“孟校尉，你可别去翻旧案，沈大人翻过脸来，你我都吃不住！”

他与孟剑卿本是泛泛之交，但是一同冒过这一场生死之险，不觉便生出几分亲近之感，不忍坐视这个年轻人去轻捋虎须。

孟剑卿明白秦百户是出于一番好意，当下笑一笑道：“我自然知道，我们这些人，都不是沈大人的对手。”

停了一停，他自言自语般地说道：“难怪圣上一点儿也不见怪沈大人名字中的这个‘光’字。”

想必洪武帝早就知道，沈光礼的的确确做过光头和尚吧。

萧山沈白……

沈光礼的背后，究竟有着什么样的故事？

孟剑卿的心中，种种念头风轮般转个不停。

正传　海上花（一）

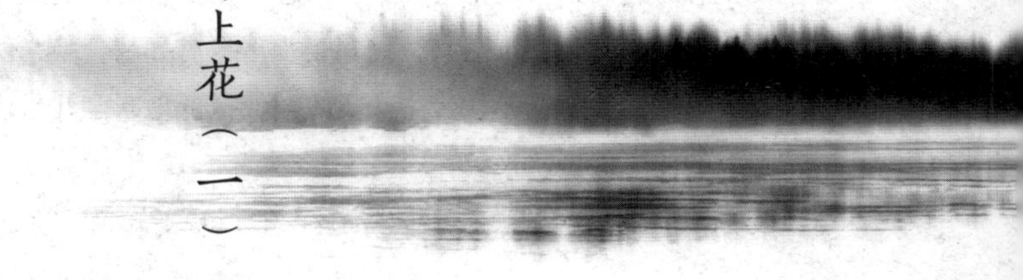

时近年关，营房外远远地不时传来一两声爆竹声响，想必是小儿辈背了家人在偷放。

晏福平又给孟剑卿斟了一碗酒，咧着嘴笑道：“来，孟兄弟，咱们再喝！胡进勇这小子，怎么这会儿还不来？就算不看我老晏的面子，也该看孟兄弟你的面子吧？待会儿要好好罚他十大碗！”

孟剑卿笑一笑，举起了碗。

晏福平自讲武堂毕业后，七调八调，最近刚调到浙江都指挥使司掌管浙江武库，后人有谚：武库武库，又闲又富。浙江富庶，又无战事，这“闲”与“富”二字，当真是名副其实。晏福平借助他那位泰山大人之力，坐上这个缺，心满意足。孟剑卿冷眼看去，晏福平比起去年见面时足足长了一层膘，越发显得圆头圆脑、憨态可掬。

胡进勇晚他们一年进讲武堂，现在已是浙江都司帐前最得力的游击，向来与晏福平气味相投，厮混得熟透，孟剑卿突然来到杭州，晏福平自然要将同在一城的胡进勇叫来一道喝酒。好在时近年关，军中无事，胡进勇一早答应过来，不料迁延到这个时候还不见人影。

正说着，房门一暗，胡进勇已进来了，却不忙坐，立在案前，先自动灌了三大碗，这才向孟剑卿说道：“孟学长，多时不见，我老胡来迟，先罚三碗！外面还有一个人想结交一下孟学长……”

一语未完，孟剑卿已站起来笑道：“胡兄弟何必如此多礼呢？既然带到这儿来，想必是你的朋友，你的朋友也就是我们的朋友，还不快快请进！”

胡进勇转身将他的同伴带了进来，介绍说是浙江巡抚衙门的一位师爷，姓周名正。

那周师爷虽然看起来颇有些獐头鼠目，谈吐倒疏朗，并不惹人厌，且又最能喝酒，胡进勇笑道他们两人拼过三次酒，均不分高下，这倒让孟剑卿与晏福平都对那周师爷刮目相看了——胡进勇的酒量，早在讲武堂时便已闻名。

至于那周师爷的来意，孟剑卿心中雪亮。他虽然只是一名校尉，但锦衣卫中人人皆知沈光礼对他的器重乃至于倚重，官场之中自然消息灵通，想必是浙江巡抚有什么事情，要通过这周师爷与他搭上线，再走沈光礼的门路。否则，地方官向来对锦衣卫敬而远之，绝少主动招惹，这周师爷也不会如此不识趣，硬要来凑他们这帮讲武堂旧友的聚会。

军中饮酒，苦无女乐助兴，好在晏福平自有办法，唤来两名年少文秀的兵丁，一人斟酒布菜，另一人颇解音律，带得一支短笛，低低地吹了几首江浙小调，又换成洞箫，捡了一首舒缓的曲子慢慢吹来。

晏福平满饮一碗，乘着酒兴笑道："喂，知不知道，讲武堂十大恶人的最新排行榜已经出来了？"

讲武堂迄今为止已办到第十期，历届毕业生虽然散处天南海北，但是借助日日更新的邸报与军报，对彼此的近况倒也并无隔膜，于是便有好事者排出个十大恶人榜来，年年更新，口耳相传，军中将士，多有所闻。周师爷耳目灵通，自然也是听说过的，当下凑过来笑道："今年出来得忒早啊！"

晏福平笑嘻嘻地看着孟剑卿："孟兄去年排到第七，今年升到第三了。"

孟剑卿哑然失笑："是吗？恐怕我是借了这身服色的光了！"

锦衣卫今年连办几件大案，朝野之中提起锦衣卫来更是噤若寒蝉，也无怪乎孟剑卿的排名水涨船高了。

胡进勇摇头道："咱们自己人，就别谦虚太过了，有没有锦衣卫这张老虎皮，与你又有何干系？老实说你今年排到第三，我都觉得那些出榜的家伙还是眼力太差！"

孟剑卿笑而不答，心中却突然一怔。

仿佛晴空中突然掠过一片阴云，他的心中也突然掠过一丝阴影。

有什么事情不太对劲吗？

那周师爷紧接着问道："能够排在孟兄前面的，又是哪两位？"

晏福平笑道："第二是关西。那家伙就会打打杀杀，本来连陪居榜末都没资格，不料想一夜成名！"

孟剑卿"哦"了一声："你是说他巡逻时遇到蒙古人伏击，兵刃尽失，徒手撕裂三人一马那件事？"

自这一战后，关西俨然已成了一尊人见人怕的凶神。

晏福平道："可不正是？所以话又说回来，打打杀杀的本事练到高明处，也是能成点儿气候的。"他随即又向孟剑卿笑道，"你猜今年的榜首是谁？"

孟剑卿懒得去和他猜猜猜。

晏福平果然自顾自地接了下来："记不记得第五期里有一个李华？我们总觉得那小子

眼熟，但又说不上来在哪儿见过。”

胡进勇一拍大腿道：“原来你们也觉得那小子似曾相识！”

晏福平叹道：“你们猜那小子是谁的儿子？别想远了，就往讲武堂里面想。”

讲武堂诸位教习甚至是那些杂役的面孔一张张掠过，孟剑卿脱口说道：“不会是——”

胡进勇与晏福平已同时叫了出来：“苦菜根！”

蔡本蔡总教习。

周师爷莫名其妙，不知他们说的究竟是谁，孟剑卿三人已经哄笑起来。晏福平一边笑一边喘着气道：“那家伙毕业后才恢复本姓，分在淮上，据说他挺崇拜他老子的，将他老子那一套全搬到淮上军中，立誓要练一支真正‘嚼得菜根，百事可为’的精兵出来！”

胡进勇哈哈笑道：“我真同情他手下那些兵！”

晏福平又道：“那些兵背地里都叫他什么？猜猜看！”

孟剑卿大笑道：“那还用猜？华者花也——”

胡进勇与晏福平紧接着道：“苦菜花！”

这一回三人更是笑得前仰后合，周师爷约略听懂了一些，也陪着大笑。低低的洞箫在这笑声中细不可闻，终于停了下来。

孟剑卿突然面色一变，心念方动，左手已挥出，那名吹洞箫的小兵冷不防刺过来的一刀，被他手中酒碗挡个正着，瓷碗的碎片飞溅起来，孟剑卿的左手穿过碎片探出去之际，食中二指夹住了一片碎瓷，锋利的瓷片随即划破了那小兵的右手腕脉，小兵痛呼一声，短刀脱手，孟剑卿左手已收回，接住了短刀，手腕一抖，那柄薄薄的剔骨刀自下而上斜斜射入了小兵的咽喉。

小兵喉中咯咯作响，踉跄着倒了下去。

孟剑卿慢慢站了起来。

晏福平与胡进勇面面相觑，周师爷脸色发白。

小兵倒下去的声音惊动了隔壁房中孟剑卿带来的两名正在喝酒的卫士，他们抢了进来，齐声喝道：“什么事？”

孟剑卿示意他们将那小兵的尸体拖出去，淡淡说道：“查一查这个人，晚上来向我报告。”

两名卫士领命退下。

孟剑卿至此才明白，自己心中突如其来的阴影，就是这小兵箫声中隐藏的杀机。

他虽然不通音律，但绝不会感受不到那股杀机。

晏福平喃喃地道：“好家伙，原来孟兄弟你已经有资格成为暗杀的对象了！亏得你我知根知底，要不然我的手下人变成刺客，只怕我也会被锦衣卫扒一层皮下来！”

几巡酒下来，周师爷与孟剑卿也算混熟了，当下婉转说明来意。

原来他为的是钱塘江中猪婆龙（按：即扬子鄂）伤害人畜一事。近一两年，钱塘江中不知何故，猪婆龙极是猖狂，甚至于白昼出现，浙江省请旨发兵捕杀，又碍于洪武帝的忌讳，不敢说是“猪婆龙”，只说是“鼋”。兵部行文下来，调发杭州卫所的驻兵，将钱塘江中的鼋杀得干干净净，猪婆龙仍旧横行，沿江百姓三天两头拥到杭州知府衙门和浙江巡抚衙门去击鼓告状，浙江民风又健讼，一群讼棍在其中挑拨，大有不将知府与巡抚拉下马不肯罢休之势。

周师爷叹道：“若论本心，巡抚大人又何尝不爱惜治下子民，怎能眼睁睁看着这些良善百姓平白无故地死伤？只是……唉，孟兄供职锦衣卫，贴近天颜，是否能赐教一个两全其美之计，使巡抚大人既不必以臣子而触君父之怒，又能全父母官之职？”

胡进勇在一旁悻悻地道：“孟学长可知道今天我为何迟到？只因将要出营之际，士兵们来禀报道，在江边洗菜的两名士兵，被猪婆龙咬断了手脚！”

晏福平一拍桌子说道：“还有更可气可笑的！前些日子我手下一名兵丁在江边出恭，居然被一条猪婆龙幼仔咬掉一块屁股肉下来！”

孟剑卿诸人当真是啼笑皆非。

周师爷又道：“孟兄虽属军籍，到底也算是浙江子弟，若能解决掉这件事情，多少也算是为浙江父老尽一点儿心意，沿江百姓不知该如何感激才是，人人都道公门之中好修行，孟兄说可是？哈哈哈！”

孟剑卿听这周师爷的口气，竟不是希望通过他与沈光礼搭上线，而是希望由他自己来解决掉这件大大为难之事。厚望如此，倒叫他暗自惊异又沉吟，不知这是浙江官场中对他在锦衣卫中的地位多有夸大，还是晏福平和胡进勇大力宣扬的缘故。

但是周师爷那句“公门之中好修行”倒的确是令他心中一动。

在天台寺中五年，日习日见，都是佛家因果之说。无论信与不信，日久天长，心中总跳不出那团阴影。

一将功成万骨枯。锦衣卫中，又何尝不是如此？

若真按佛家因果之说，则地狱之中，不知有多少无头恶鬼在等着他们这些人。

孟剑卿的嘴角隐隐泛起一丝自嘲般的微笑。

周师爷注视着踌躇沉吟的孟剑卿，心中暗自忖度，不知这年轻的校尉究竟是否名不虚传。

胡进勇与晏福平则安然等着孟剑卿的回答，在周师爷看来，显然是对孟剑卿深具信心。

良久，孟剑卿才道："不知巡抚大人是否已向兵部缴令退兵？"

周师爷听他这一问，心知大有文章，立时精神一振，答道："尚未。大人以为此事甚是麻烦，故此迟疑，未曾缴令。"

孟剑卿吁了口气："那就好。"

他看看窗外，时当午后，风和日暖，正是猪婆龙出水觅食之时，当下站了起来："好，我们这就去江边。"

明制以文官领兵，浙江都指挥使司只有练兵之责。巡抚大人拿着兵部的调兵令，先调发了杭州卫所的驻兵到钱塘江边。两岸百姓听说又要去杀鼋，掩口而笑，有受过猪婆龙之害的，则且笑且骂。虽然如此，百姓仍是呼儿唤女，拥到江边看巡抚大人这一次又如何杀鼋。

胡进勇低声向孟剑卿道："这么热闹，猪婆龙不出来可怎么办？"

孟剑卿审视着江面答道："这几年猪婆龙虽然闹得凶，但还是没人敢妄自杀龙吧？"

胡进勇脱口道："那是当然。"

孟剑卿微笑道："你说那些猪婆龙还会怕人吗？"

胡进勇挠挠头，可真是答不上来。

孟剑卿又道："再说了，人多正好做个见证。"

煦暖的冬阳之下，江水滔滔，一队士兵将三头猪各割几刀，投入近岸的江水中，猪血在水中弥漫开来，立时便有十几只猪婆龙浮上水面争食。

孟剑卿"啊"地惊呼一声："好大的鼋啊！"

他这一声惊呼，暗自运足了气，岸上官民听得清清楚楚，正在诧异之际，孟剑卿已取过身后一名卫士捧着的那张神臂弓，抢前数步，张弓搭箭，一支接着一支，射向那十几只猪婆龙。他们的箭术都是孔教习一手教出来的，当真是开弓如满月，箭去似流星，猪婆龙虽然遍身硬甲，也当不得这镞长五寸、箭长三尺的精钢透甲锥穿甲而入，转眼之间便有五只猪婆龙带箭而逃，其中两只游不出数丈，便沉入了水中。

至此大家才回过神来，胡进勇标下的士兵首先奉命跟着孟剑卿发箭，一边大叫"杀大鼋"。岸上看客瞠目结舌，继而大笑，跟着哄叫"杀大鼋"。

胡进勇一边笑一边拍着孟剑卿的肩道："孟兄，这样的主意也亏你想得出来！"但是笑着笑着，他忽然觉得有点儿不对，"且慢，这要有人追究起来，孟学长你可是第一个发箭的人，只怕……"

孟剑卿望着江面淡淡说道："这一次出任务，我都不知道有没有命回来，还管这个？真要有人追究，你们记住，都往我身上推好了。沈大人自然会想办法善后的。"

就让沈光礼去伤脑筋好了。

胡进勇困惑地看着他："什么任务这么艰险，连你都觉得会没命回来？"

孟剑卿笑而不答。

胡进勇也不便多问，只道："要有用得着我们的地方，你尽管开口。"

孟剑卿默然一会儿才道："我的家事，你也略知一二。我若真的回不来，你和晏福平离宁海近，帮着照应一下我母亲吧。"

他的生母只不过是一名灶下婢，全靠着这个儿子，才得以在孟家立足。

胡进勇虽然答应，心中却不好受，转念说道："不过话说回来，孟兄，我倒觉得你吉人天相，不会回不来的。"

孟剑卿一笑："我又不是公孙义。"

胡进勇也失笑。

公孙义的好运气，在讲武堂中是赫赫有名的。最近一次好运，是他和孟剑臣奉命巡边，出塞五百里，迷了路，水尽粮绝之际，居然好死不死地撞到兀良哈部王妃的营帐中，斩关夺将，将王妃抓回了北平。兀良哈部折箭为誓，十年不犯边，这才迎回王妃。燕王口中不说，私底下只怕也不得不以"福将"视之。

日暮回城，孟剑卿仍在晏福平处安歇，派出去调查那名行刺小兵的卫士回来复命，说那小兵原本并非军籍，是今年秋天该当服役的那户人家买来顶替亲生儿子的，再追查下去，这小兵原来是出身大户人家，家中在前几年的郭桓案中败落下来，因为牵连颇深，家中十五岁以上男丁都被处死，女眷及十五岁以下男丁官卖为奴。

这与孟剑卿的猜测相去不远。但是郭桓一案，首发地是北平而非云南，知道他在其中所起的作用的人，并不算太多。这小兵如何知道，将这笔账算到他头上来？

沉吟一会儿，他说道："我听那小兵吹的笛与箫很有些路数，必定是经过教坊名师指点、下过苦功的。十五岁被卖为奴，现在也有十七八岁了吧，这中间的两三年时间都在什么地方？教他的人又是谁？"

晏福平暗自诧异，孟剑卿什么时候又懂得分辨这小兵的笛与箫是否经过教坊中名师指点了？老实说，他可什么也听不出来。

卫士禀报说，当年官卖之后，这小兵辗转经过了几任主人，料来无甚大碍，所以不曾细查。

说这些话时，两名卫士心中忐忑，神色间也有些惶恐。他们应该先将这来龙去脉全查清楚再来禀报的。

孟剑卿又问道；"这小兵的前后几任主人中，可有教坊中人？或者是与教坊来往密切之人？"

两名卫士突然间福至心灵，明白了孟剑卿反复追问的用意，一人说道："听说其中有一名乡绅，人称丁员外，家资巨富，好蓄声色娈童，想必就是他了。不少苏杭名妓以及钱塘江上的船娘，都与他有来往。"

孟剑卿站起身来："那么我们今晚就去拜会这位丁员外。"

临走之际，晏福平忍不住道："孟兄弟何必这么匆忙？那丁员外家大业大，跑不掉的，明日再去也不迟。我和胡进勇又邀了几个人，正打算今晚好好乐一乐的。"

孟剑卿微微一笑："有福之人不用忙。"

晏福平叹了一声："无福之人一腿毛。真说不清到底是谁有福谁没福来着？去吧去吧，回来咱们再喝！"

孟剑卿一笑而去。

留下晏福平苦苦思量着今晚怎么打发他们邀来的那帮狐朋狗友。

孟剑卿一行突然登门拜访，丁员外虽然财雄势大，也禁不住心中惶然，小心翼翼地探问来意，一边暗自检点最近有无行差踏错，仅仅是因为树大招风才惹来锦衣卫，还是另有原因？听得曾在他门下待过的一名小厮今天居然因为行刺孟校尉而被杀，不免惊出了一身冷汗。及至孟剑卿将话题引到教那小兵音律的琴师或是乐工，方才暗自喘一口长气，忙不迭地唤来管家，将近几年自己交往过的教坊中人一一列出清单，同时暗自忖度，要不要送神出门之际再递上一份厚礼，但是又怕弄巧成拙，这孟校尉虽然年轻，但他的喜好的确不好捉摸。

孟剑卿拿了名单，凝神读了良久，这才收入怀中，微笑道："打搅丁员外了。"

送他们出去，丁家上上下下都出了一身冷汗，丁员外忧心忡忡，一时盼望名单上的人个个清白，才好摆脱干系，一时又盼望孟剑卿查出那个真正有干系的家伙，好洗脱他们大家的嫌疑。

冬夜寒凉，圆月初升，月光冷澈如水，直洒下来，照得青石街道一片雪青。

杭州城别处开始寂静下来，而那名单上的人，却正开始他们一天的热闹。

孟剑卿已召来两名杭州府的老捕快——周师爷是刑名师爷，要调两名捕快来听用，方便得很——熟门熟路，领着他们按图索骥。孟剑卿道西湖那边多是官坊，暂且不去惊动，先从船娘查起。

两名捕快互相看看，其中一人低声说道："孟校尉，船娘说起来是比正儿八经的官坊低一等，不过真要论起来，不少贵人喜的就是船娘的风味，咱们贸贸然撞过去，只怕……"

孟剑卿看了他们一眼，两名捕快立时噤声。想想自己也觉得可笑，锦衣卫要查案，又有几位贵人敢多事？更何况他们白天里早已见识过这位孟校尉的敢作敢为，实在是多此一问。

钱塘江畔，船影幢幢，灯光点点，江涛笙歌相和，虽比不得西湖的旖旎风光，但是江天开阔，月色如水，也别有一番风味。

他们在江边停下，等着孟剑卿说出他要找的人。

孟剑卿念出的第一个名字，是“媚红”。

一名捕快脱口说道：“那是柯家第十六船的当家阿姑。”

他指向泊在小湾内一株老柳树下的一艘大船。

“媚红”这名字虽然俗艳，但是灯下的媚红，果然有如枝头最红的一朵花儿，不过正因为最红，红到尽处将成灰，又带了三分酒意，颤巍巍的欲堕未堕，隐隐然透着一股惊心动魄的凄艳。

孟剑卿不由得暗自怔了一怔。

他虽然早已知道媚红十有八九并不是一个普通的当红船娘，但是将媚红的画像与她本人相比，画工未能真正画出这嫣红面貌，画中人更缺了那一种醺人欲醉的流动风韵，与本人相去太远，令他乍见之下，便因为估计有误而大为震撼。

媚红见他们上船，不免也是一怔，四目相接，孟剑卿几乎可以看到她心中的震动。

不过转瞬之间，媚红便已镇定下来，绽开的笑意遮去了她心中的不安，翩翩迎了上来，曼声说道：“孟校尉大驾光临，有失远迎，且莫见怪才是！”一边令小丫头斟茶，一边令老鸨送走客人，好让她专心应付孟剑卿一行。

她居然叫得出孟剑卿的名字，不过孟剑卿转念便已想到原因。白天里他在江边率先射杀猪婆龙时，只怕是万人瞩目，这位媚红姑娘，想必也是其中一个，认得他原也不足为奇。

但也不是没有另外一个可能的。

媚红原本正在招待的客人，本待匆匆告辞，却被两名卫士拦了下来，孟剑卿叫过一名捕快，将这苏州富商的姓名、籍贯和住址都记下来，问清左邻右舍，由那熟悉杭州城的老捕快核对无误之后，孟剑卿吩咐这富商，十天之内不得离开住所，随时听候传问，这才挥手令他离开。

那富商战战兢兢地踏上跳板之际，忽然觉得身后微风飒飒，腿弯处一麻，他惊呼一声，险些摔下江去，幸亏身旁的仆人眼明手快扶住了他。惊魂未定，船上已传来媚红的笑声：“孟校尉呀，这样子试探，弄不好可是要出人命的！”

那富商看上去十分瘦弱，万一摔下去，江水湍急，只怕来不及救援便已没命。

媚红这样无遮无拦地说破孟剑卿的用意，两名捕快既吃惊又担心。孟剑卿微微一笑，说道："既然那富商是苏州人，姑娘又恰好姓柯，在下自然不得不试探一下。"

媚红"哎哟"一声捂住了胸口："孟校尉，这样一顶大帽子，当真要吓煞人了哉！"

她这话似在玩笑，但即便酒意醺得她两颊酡红，孟剑卿也看得出她的脸色已然变了。两名捕快更是心惊胆战。

钱塘江上的柯姓船家，都是陈友谅的旧部。陈友谅败亡后，洪武帝将他的旧部分散至各地居住，贬为贱民，生生世世不得上岸。地方官既有安抚之责，也有监视之责。

苏州却是张士诚的旧都，洪武帝深恨苏州人为张士诚死守不降，破城之后，加苏州赋税，三倍于他处，是以直到如今，苏州人暗地里还在追念张士诚，每逢其冥寿，便烧香礼敬，对外称之为"拜佛"，后世称之为烧"九四香"——盖张士诚小名"九四"。江浙官场中对此也略有耳闻，只是形迹不显，苏州守吏怕掀起大狱连带自己也受牵连，也就装聋作哑由他去了。地方官不肯深究，其他人自然也不愿意多事。

孟剑卿无缘无故将这两件事扯到一起，究竟想做什么？难不成锦衣卫办了几件大案之后，意犹不足，又想掀起更大的案子？国初群雄争霸，张士诚、陈友谅、方国珍、明玉珍的旧部，不知凡几，再加上明教教徒……若锦衣卫真是这般用意，只怕血流成河都不足以形容。

只怕头一个倒霉的就是杭州府乃至整个浙江的官吏。

舱中的气氛立时沉重起来。

媚红定下心神，瞥了两名捕快一眼，满面笑容地说道："孟大人是何等霹雳手段、菩萨心肠，说这番话自然有他的用意，岂是你们想的那样。孟大人，有话不妨直说，我们可都是些土包子呢，没有见过大世面，一句玩笑话也能当真的。"

她这话似捧似讽，孟剑卿一笑道："不敢当'大人'二字，既然姑娘愿有话直说，那也好。"

他挥手令捕快带着两名卫士先行上岸，将名单给了其中一名卫士，命他们去查其他人，自己则坐了下来。摆明了要好好谈一谈。

媚红眼波一转，款款说道："孟校尉，此处嘈杂，咱们要详谈，是不是移舟江心比较清静一些？"

孟剑卿道："客随主便，请。"

他倒要看看媚红究竟想怎样对付自己。

正传　海上花（二）

他们相对而坐，媚红并未勉强敬酒，倒是自顾自又喝了几杯，孟剑卿微笑道：“媚红姑娘，你不是想灌醉自己好躲过这一关吧？”

媚红横他一眼：“我这是借酒壮胆呢，谁见了你们不害怕？白日里我还在想，这位孟校尉倒与其他人大不相同，有胆色有担当，真真叫人敬爱佩服。现在呢，我只怕自己便是那些鼋呢，迟早要被孟校尉你收拾掉的。”

孟剑卿心中清楚她这似嗔似怨、一丝丝勾人心魂的口气，全是平日里练熟了的，熟极而流，本来当不得真，但是媚红想来是平日里做戏做多了，真真假假，自己也有几分糊涂，自然而然地说来，令得他恍然竟有不知是幻是真之感。

灯光摇曳，媚红在灯下絮絮说些闲话，盘问京师风物，又问杭州风光，忽而幽幽叹道：“我想我这一辈子是上不了岸、看不到岸上风光了。下一世我可一定要托生到远远儿离开水的地方——哎哟喂，可不能这样说，万一阎王爷听了我的话，将我发配到那千里不见滴水的荒漠，可不是更为难人嘛！”

她似怨似艾，不过说得轻快婉转，又像是自嘲般的排解。

孟剑卿的心中，轻轻触动了一下。

媚红看似不经意的谈笑，却有一种能够让人如沐春风的轻松惬意，似乎在她面前，无论什么样的人，都能够无拘无束地敞开胸怀。

他想到栗木。栗木已近中年，其貌不扬，郁郁少言，再加上一身暗器与毒物，似乎从来没有人敢与他亲近。

但是在这样的媚红面前，即便在天台寺中习过禅定功夫的自己也会有如此感受，更何况栗木？

他不让自己再想下去，定一定神，说道：“现在我们可以好好谈一谈了吧？”

媚红有些诧异地道："不等船到江心再谈吗？也罢，就随你吧。你想要什么？凡我有的，我一定不会吝啬。"

说到末一句时，媚红似笑非笑地斜睨着孟剑卿，那神情似是在说："你看，我可是认真听你的话的。"

孟剑卿注视着她："我想要你去向小西天的欧阳不修证明，栗木想杀掉他的弟子，是因为你。"

媚红错愕地转过头看着他。

孟剑卿紧接着道："栗木想杀掉欧阳不修的弟子，再嫁祸于锦衣卫，从而挑起小西天对朝廷的仇恨，为陈友谅的旧部出一口气，甚至于激起小西天的反叛，让陈友谅的旧部有可乘之机。我已经说得很明白了，希望你不要再听不懂。"

媚红怔了许久才道："真亏得你会这样想，可是别的不说，就算你说的全是真的，你觉得我会有这么笨，笨到去向小西天做这样的证人？我还要命不要？欧阳不修那老魔头，不拧断我的脖子才怪呢！再说了，我这样的船娘，说什么话还不是依客人的意思，欧阳不修会相信才叫出鬼呢！"

孟剑卿道："他相不相信是我的事，你去不去，才是你的事。"

媚红叹一口气："我怕死。"

孟剑卿神色不动："你不去也会死。"

一边说着，嘴角不由得隐隐浮起一丝笑意。

媚红说得这样坦白，似乎再怎么可怕的话，到了她口中也悠扬婉转，值得一听。

媚红又叹了一口气："这个我自然相信。锦衣卫要罗织一条杀人罪名，可真是容易得很，刚才上船时，你可不是已经拿那个苏州富商做样子给我开眼界了吗？"

她忽而抬起眼："这件案子，你若办不下来会怎么样？你们那位沈大人，会不会砍了你的头去向小西天交代？"

孟剑卿避而不答："那是沈大人的事。"

媚红想了一想，忽然眉开眼笑地靠过来说道："左右不过是一死，要是可以拖了孟校尉你一道走，黄泉路上也不寂寞呢！我若真个拖了你走，这叫不叫同命鸳鸯？有没有哪个女子，会为你伤心一辈子？哦，我想肯定有，而且必定还不止一个，对不对？"

孟剑卿真个是哭笑不得，然而心中不是没有感触的。媚红看准了他别无他路可走吧？所以才这样放肆地拿这件大事和他调笑。

圆月当空，海潮已至，江中船只在潮水中跌宕起伏，倏隐倏现。忽地一个大浪打来，斜斜靠着几案的媚红一个踉跄，扑到了孟剑卿身上。

孟剑卿本可轻易避开，但是媚红扑过来之际，一股细密缠绵的甜香突然间无遮无拦地直钻入他心腑之中，孟剑卿只一恍惚之间，媚红温软芳香的身体已经跌入他胸前。

他本待立即推开媚红，然而媚红在他耳边轻声呢喃："你们那位沈大人，看起来是想借别人的手来杀你呢，你又何必这样自苦？既然到了这儿，为什么不放开怀抱好好过了这一夜？明天的事情咱们明天再说，好不好？"

孟剑卿僵在那儿。

船身轻轻一震，想必是张帆了。

风帆满张，船只迎了潮头驶过去，眼看便要被巨浪吞没，忽地一个转折，借了风力，反而驶到了巨浪之上，又迎上下一个潮头。

媚红口中的酒香与身上的脂香一阵阵地袭来，酡红的面孔近在咫尺，那丝丝甜香不知从何而来，缠绕在孟剑卿身体内，媚红的声音细不可闻："你知不知道，你上船的那一刻，我就明白你真是我的劫数！"

她叹息般低吟："劫数，你可知道？"

也许白天里远远地望见那年轻矫健的校尉在江上连发五箭，射走五只猪婆龙时，媚红便已经见到了她的劫数。

而近在眼前、近在身边时，那隐藏在沉着老练背后的一身抑扬吞吐、喷薄贲张的活力，令得媚红心中忽地燃起一簇小小的、然而又不可泯灭的火焰。

经历过那么多之后，她渴望的原来这样简单。

不过是每一个怀春少女共有的梦想而已，一个年轻、俊朗、矫健、懂得欣赏她的好处、会将她拥入怀中好好珍惜爱抚的男子。

也许孟剑卿不过是适逢其会而已。

但是媚红不愿去想这么多。

她要的不过是现在这一刻。

孟剑卿觉得自己身体内似乎有两股力量在艰难地搏斗，一个自己是如此贪婪地沉迷于媚红那慢慢变得火热的柔软身体，而另一个自己又是如此焦急地想要摆脱这梦魇般的处境。

他的额上已渗出汗珠。

在媚红面前，他实在太高估自己那一点儿粗浅的禅定功夫了。

那一线细细甜香，不知何时已令他的身体内灼热如火。

孟剑卿突然一惊，这是什么香？

他几乎已经提起一口气要伸手推开怀中的这个身体。

但是媚红忽然微微张口咬住了他嘴唇，咬断了他勉强提起的那一口气。

圆月已西斜。

回望杭州湾内，仍是白浪滔天，他们所在之处，已近外湾，反倒平稳。

媚红轻轻抚摸着孟剑卿微微皱起的眉头，低声说道："你后悔吗？"

孟剑卿反垫了手为枕，出神地望着舱顶，过了一会儿才道："我并不是后悔。"停一停，他又道，"那是什么香？"

媚红咬着唇轻声道："还不是我们船上常用的线香。"

孟剑卿一笑："别多心，我只不过在想，我也算是见多识广了，倒还真没见识过这么精致的。"

细密缠绵得仿佛要透入骨髓中去。

然而，也许这只不过是他的幻觉。让他燃烧的，不是这缠绵的线香，而是他自己身体内那沉睡已久抑或捆缚已久的欲望。

媚红莞尔，伏在他胸前，浓密的发丝带着淡淡清香覆在他脸上，含着笑意说道："你这样子公私不分，沈和尚只怕当真要砍你的头呢。"

孟剑卿微异："你们叫他'沈和尚'？"

媚红抿嘴一笑："又不是没人知道你们那位沈大人原来做过和尚，不叫他'沈和尚'又叫什么？"

孟剑卿默然片刻，又道："那你们还知道多少？"

媚红感觉到他微微急促的心跳，诧异地抬起头来看着他："你很在意这件事吗？老实说，关于沈光礼，我们就知道这些。哦，还有，沈光礼身边突然多了个姑娘，应该是他女儿吧，长得那么像，是吧？"

孟剑卿微微笑了起来："你们的消息还真是灵通。"

媚红又伏了下来，轻轻说道："沈光礼将你这位得力助手推出来送死，不会仅仅因为要向小西天交代而丢卒保车吧，是不是还有其他原因？"

孟剑卿微笑："我不该对那位沈姑娘太好奇，去掀她的底也就是沈大人的老底。"

媚红的眉头皱了起来："你喜欢她吗？沈和尚嫌你配不上，所以要变着法子除掉你？"

孟剑卿不知道她话里的醋意是真是假，也许连她自己也分不清。

孟剑卿道："你不是也说过，那位沈姑娘很像沈大人吗？老实说，我们见到她就和见到沈大人差不多。你倒想想，我们这些人有谁还敢去招惹她？"

白天晚上都对着同一张时时让他们如履薄冰、捏着一把冷汗的脸孔，只怕会做噩梦。

媚红轻轻哼了一声："那也难说。"

话虽嗔怪，语气却娇柔婉转得令人心醉。

在黑暗的船舱中，听着窗外的涛声与耳边的呢喃，孟剑卿不由得感到一阵阵茫然。

呵，如果这真是梦，但愿沉醉不愿醒。

媚红忽然说道："潮水快要退了。"

他们的船若不及时靠岸，便会随着潮水漂至外海，直到下一次涨潮才能返回。

然而他们似乎谁都不在乎在外海漂上一天。

孟剑卿转过头，看着黑暗中媚红闪亮的眼睛："你是不会随我去小西天的吧？"

媚红撇撇嘴："真煞风景，老提着这件事不放。沈和尚料来也想得到我不会去，就算你绑了我去，我也绝不会说出你们想听的话，却还要派你来。我才不相信你事先没想到这一点，为什么不推掉？别和我说'人在江湖，身不由己'之类的废话，你背后可还有讲武堂那座大靠山，沈和尚那么精明的人，才不肯轻易得罪讲武堂，绝不会为着你不接这件案子就砍了你的头去。"

孟剑卿默然良久才道："我只是觉得，人生在世，有如逆水行舟，不进则退，所以非得要一步步往前走。"

他不能也不愿后退。

媚红怔了一怔，转而说道："难怪你起名'剑卿'，却不用剑而用刀。十年练剑，五年练刀，你这样的人，肯定是等不及十年的。我现在开始有些明白，你从讲武堂出来后为什么要进锦衣卫了，现在论起职位来，只怕你不如你很多同窗，可是论起权势来，只怕你的同窗中也没几个人及得上你。"

孟剑卿笑了起来："你说话的口气，倒有几分像我们那位沈大人了。他每次打量我们的时候，心里多半也在这么说。"

媚红扑哧一笑："你拿我和你们沈大人比，当心沈大人知道呢！"

孟剑卿知道媚红是在揣摩他，哪一日媚红真正摸透了他的时候，他也许就会像栗木一样，再也逃不过媚红的手，心甘情愿地听从她的要求，不惜一切。

然而袒露自己又是这样愉快的一件事情。

有一个人能够倾听、明白他心底的层层忧虑和胸中振翅欲飞的欲望，是多么危险，又是多么能令人心中生出无名的欢喜。

孟剑卿觉得自己是在玩火，这样美丽的火焰，也许很快便会吞没他。

船身忽地颠簸了一下，料想是一个潮头刚刚自船底越了过去。

开始退潮了。

媚红叹息般说道："我若是不跟你走，又或者是不听你的话，你可怎么办呢？"

甜蜜的呢喃紧裹着的那点儿精钢般冷冰冰不可动摇的信念，如一柄短刀般直刺入人心，却又带着如此诱人的温柔婉转。

孟剑卿注视着她："你要怎样才肯答应？"

媚红嫣然一笑："你若帮我拿到一样东西，我说不定会答应呢。"

孟剑卿就近在杭州湾中征调了一艘海船，按着媚红的指点，驶向外海。

孟剑卿与媚红站在最高一层的船舱中，凭栏远望，只见旭日如洗，海天茫茫，回望海岸，已渐渐隐没在烟波之中。

日光之中，媚红的脸色略略有些苍白，眼角隐约已见细纹，比起夜间来，又另是一种颓废落红、令人叹惋怜惜的憔悴风情。

孟剑卿打量她，却不知媚红也在日光之中暗地里打量着他。

如日光一般喷薄逼人的力量，她也曾经拥有过吗?

良久，媚红心底不由得生出苍凉的叹息。

她喃喃自语般说道："真希望倒回到十年前。"

孟剑卿惊异地道："倒回到十年前？那时候你还是一个小丫头吧。"

媚红嘴角微微一弯，似笑非笑地道："小丫头倒不是，但十年前的我，又怎么是现在的你的对手呢！"

孟剑卿被她这句话一堵，接不上来，只好笑笑。

他想会让他迷惑的，的确不会是十年前的媚红，而只可能是现在这个阅尽世事沧桑、如此玲珑剔透的媚红。

西北风一路劲吹，不过一天一夜，海船已绕过舟山普陀山，转而向南。媚红带过来的十二个家人，神情都开始激动起来。

风向并不太顺，媚红的神情之间，隐隐有些焦躁，那十几个家人更是坐卧不安。

日落时分，船上舵手打发一名水手进舱来说可能会有风暴，请他们做好准备。

远望斜阳，果然是红得异常，东方天空则又黑得不同一般。

船只加快了速度，想赶在风暴来临之前驶入离这最近的韭山岛。但是风暴竟是说来便来，转眼之间，满天黑云挟着狂风呼啸而来，巨浪涌起。海船未载货物，出海之际带的压舱石，因为媚红急于赶路而沿途抛去大半，船身太轻，狂风一吹，摇摆不定，舵手急叫落帆，以免被狂风吹翻。

水手突然气急败坏地大叫起来："缆绳缠住了！"

风帆降不下来。

一名瘦小灵活的水手爬上桅杆去解缆绳，然而风劲船摇，一个失手倒栽下来，幸得被横桅一拦，掉入了海中，同伴急忙抛下绳索将他拉了上来，他冻得哆哆嗦嗦地跑到后舱去换衣服，但幸而无大碍。

一个大浪打来，船身几乎侧翻。

媚红的家人中，一个半百老头脱了鞋子，爬上了桅杆。媚红“哎呀”一声：“怎么让延福伯去爬桅杆！”另几个脸色尴尬：“我们拦都拦不住。”

那延福伯年纪虽老，身手却极敏捷，比起方才那年轻水手，竟还爬得更快更高，盘绕在桅杆上，解开了一道绳结，又向更高处爬去。

但风势委实太大，突然间风帆一侧，缆绳随着风帆转了一圈，竟将延福伯的颈脖缠住了，众人都大惊，媚红更是失声叫了出来。

她身后蓦地飞起一道光影，“当”的一声劈断缆绳嵌入了桅杆，却是一柄短刀。延福伯重重地跌落下来，被横地里飞来的一条长索拦腰缠住，减去了他的下坠之势，落地之际顺势一滚，喘着气站了起来。

孟剑卿挥出长索之际，左手一探，又是一柄短刀掷出，劈断了另一个绳结。

风帆降了下来。

迎面而来的巨浪打上了甲板，船身一侧，甲板上的人都不由自主地滚落在地。孟剑卿向侧旁一闪，沉下身子倚在舱壁上，媚红跌过来，被他一把接住。

又是一个巨浪打过，咸湿的海水灌入了口中。

风浪之中，孟剑卿仍然可以感到媚红急促的心跳和喘息。而他自己，想来也好不到哪儿去。

天黑如墨，急雨如箭，船身跌宕起伏。

在这苍茫大海上，每个人都是如此渺小。这一刹那间，她只有他，他也只有她。

生死与共。

然而孟剑卿的心中，这一刹那间，又是如此茫然。

正传　海上花（三）

三天后，海船终于驶入了猫头洋。

太阳已经西沉，苍茫暮色笼了下来。

媚红转过身看着孟剑卿：“我要做什么，你都会答应吗？”

孟剑卿一笑：“你若要砍我的头，我当然不会答应。”

媚红默然投入他怀中，仿佛要让自己最后下定决心，再一次确认孟剑卿的可靠，好一会儿才道：“这艘船上，除了我带来的人，其他人都不能留。”

孟剑卿心头一跳。

媚红抬起头看着他：“你只需要袖手旁观。”

然而，这艘船是孟剑卿征调的，在杭州市舶司中留有他的签名。

媚红紧盯着他。

孟剑卿只一踌躇，便道：“好，我答应你。”

媚红似乎有些意外，脸上的神情变来变去，不知在想些什么。

他们处置船主和伙计的方式，也让孟剑卿有些意外。

总共十六人，被丢在一个小得只能称之为礁石的岛上，留下了三天的清水和干粮，让他们自生自灭。

孟剑卿原以为他们会将这些人沉入大海。

媚红在一旁默不作声地看着他脸上稍纵即逝的错愕。

她有意让孟剑卿以为自己要杀了这些人灭口。

但是试探的结果一出来，她便觉得莫名地后悔与烦躁。

她低估了孟剑卿的冷血和狠辣。

但是，如果这仅仅是为了她呢？因为他以为这是她的意愿？

在那一个风紧浪高、生死一线的瞬间，也许他的确会这样想这样做吧？

海船在夜色中继续向南驶去。操船的水手显然很熟悉这一片海域，毫不犹豫地选定了方向，在黑暗中穿过一片片礁丛和急流暗漩。

孟剑卿的心中生了疑虑：“你们怎么会熟悉这一片海域？”

这一片海域，原来曾是方国珍兄弟纵横的地盘，可与陈友谅毫无干系。

媚红的脸孔在夜色中如一颗闪亮的珍珠：“我母亲姓方，我带来的这些人中也有方国珍的旧属。”

她的双颊绯红，眼神清亮，心中的紧张与兴奋溢于言表。

孟剑卿暗自吸了一口气，也许前方还有更让他吃惊的在等着他。

媚红忽然转过话题：“我一直没有问你，你究竟掀了沈和尚什么老底，才会让自己落到这样的处境？”

孟剑卿反问：“你们对沈大人又知道多少？”

媚红皱皱眉：“不就是他做过和尚吗？”

孟剑卿的心中一瞬间转过许多念头，他该不该说出来？

媚红是不是还在怀疑他为什么会被置于如此境地？

也许，只有在那一个风紧浪高、生死一线的瞬间，她对他才是没有丝毫怀疑的。

一念及此，孟剑卿迅速下了决断。

他低声说道：“沈大人的原名是沈白，萧山人氏。”

媚红愣了一会儿才轻声惊呼起来：“原来是他！”

萧山沈氏，也算一方望族，不料一夜之间毁于一场大火，若非一个小儿子沈白已经出了家，那就是满门灭绝了。乡间传言道，沈家是伤了阴德，才会招来这样的报应。至于如何伤了阴德，乡野间各种传说都有，钱塘江上的往来人，多多少少都听说过。

媚红转念又道：“那种乱糟糟的世道，和尚生个把私生女儿，也不算什么大不了的事情吧？”

但是见孟剑卿的神色有异，媚红心念一动：“你是说，那场大火与沈白有关？”

孟剑卿道：“放火的不是他，是沈家四太爷的一个小妾，沈姑娘的母亲。”

媚红呆了一呆，脑中转过弯来，不由得倒抽了一口凉气，喃喃地道：“沈和尚的女人，当真是非比寻常，难怪要将女儿带到小西天去养，她若不躲在那个地方，只怕早已被人杀掉了！”

沈白与他那个名分上的叔祖母之间的事情，究竟是在他出家之前还是出家之后呢？那个女人，究竟是什么样的来历，才会有这样的决断和手段？沈光礼这么多年一直没有去找她，是不是因为他终于知道了沈家那场大火的真相？究竟是什么样的遭遇，才会让那个女人放了这么一场疯狂的大火？

媚红冥想着那个女人的模样，不觉恍惚起来。

可怕的沈大人，在他年轻的时候，竟然会有过那样一个女人。而他竟然会爱上那样一个女人。也许直到今日，他也不曾忘记她，不曾放弃她。

有谁，有谁会这样来爱她？无论她是谁？无论她做过什么？

孟剑卿冷冷地又接了一句："不过，这还不是最可怕的秘密。"

媚红悚然心惊。

孟剑卿道："最可怕的秘密是，无论是沈姑娘的母亲，还是沈大人，都没有办法知道，沈姑娘究竟是他的女儿，他的妹妹，他的姑姑，还是他的侄女。"

如果沈光礼知道他说了些什么，只怕他有十个头都不够砍的。

静默许久，媚红轻轻叹了一声："难怪那位沈姑娘就那么不明不白地住在沈光礼那儿，含含糊糊地总也不正式认亲。"

她又转向孟剑卿，低笑道："如果沈光礼知道你说了些什么，只怕你有十个头都不够砍的。"

孟剑卿心中想的，几乎被媚红一字不差地说了出来。

孟剑卿不觉怔了一怔。

晨光渐渐明亮，前方的岛屿轮廓也渐渐清晰。岛上树木葱茏，即使在这严冬季节，也绿得发亮。因为树木笼罩，直至驶近，孟剑卿才发觉这岛上的山势极是陡峭。近岸处礁石嶙峋，海船无法靠近，傍着一方巨礁泊了下来。

一艘小船放了下去。

媚红轻声说道："这艘小船会带你去岛上。十四和十七看船，延福伯会给你带路找到那个地方，瑞安六人只管运货。别的东西，你交给他们，但是有一个上了锁的红檀木小梳妆台，你一定要亲手带回来给我，那是我母亲留给我的。"

孟剑卿已然明白媚红要做什么。

当年方国珍兄弟啸聚一方，自己也知道没有称霸天下的力量，便将搜刮的财宝都装在海船之上，随时准备逃往南洋。却不料洪武帝大兵临境之际，留守海船的部下撇下他率先逃走了。明军追击，船队被打散，想必藏在那座小岛上的，便是其中一部分财宝，媚红的母亲便是知情人。

究竟有多大的数目，才会让媚红这样处心积虑地算计？

她又打算拿它们派什么用场？

小船驶进一条河道，河水湍急，他们又是逆流而上，直到日上东山，方才停泊在延福伯指示的一个小湾处，留下十四和十七看船，另外八人登上了小岛。

延福伯走得很迟疑，时不时停下来四处张望，似乎对路途并无足够把握。黑瘦苍老的脸上，写着万千感慨。

山路崎岖，许多地方根本就没有路，从乱石和老藤中穿过，荆棘丛生，刮破了他们的衣服，手上脸上也被划出一道道浅浅血痕。

近午时分，他们才找到其实离河岸并不远的那一道隐藏在密密竹林中的小小瀑布，延福伯率先钻入了瀑布之后，孟剑卿紧跟进去，瑞安六人就守在小水潭边。不过小半个时辰，孟剑卿与延福伯已找到山洞深处堆放的铁箱，孟剑卿点检数目，铁箱共有六十四个，很显然那艘小船一趟是运不完的。延福伯的意思是，先全部搬到河边，再一趟趟运上海船，孟剑卿却以为，这一来一回费时不少，只怕夜长梦多，于是议定，分出两人伐竹，十四和十七就近在岸边做竹筏，力求一次运完。

饶是大家尽力赶工，也直到冬日西斜时分，才能够装载好铁箱，由小船在前领着六张竹筏，顺流而下。

两岸的山峰倒映在河道中，暗沉沉的近于暮色了。前方河口处蓦地明亮起来，海面上金光点点，远远望见泊在巨礁后的海船上，媚红凭栏而立，正向这边眺望。

延福伯皱起眉头看向孟剑卿。

他自然知道媚红在看什么。

孟剑卿心中一热，仿佛是游子归乡，乍见倚门而待的家人，不禁向媚红挥一挥手。

媚红也轻轻招一招手。

孟剑卿暗自一怔。

媚红现在的表情，是不是太镇定了一点儿？眼见他们满载而归，以她平日里的做派，那是必定要弄出一点儿花样来，向他们表示她的欢喜的。

小船驶近，海船上垂下长绳，孟剑卿背负着媚红嘱托的那个梳妆台，抢在延福伯前面，抓着长绳爬向甲板。

即使是延福伯，也不能不暗自感叹孟剑卿的利落身手。

眼看孟剑卿翻身越过栏杆落向甲板，媚红身后突然滚出一个人影，挥刀砍向孟剑卿刚刚踏上甲板的双脚。

孟剑卿出刀比他更快，沉身反手一撩，引得那柄单环刀斜斜劈向右侧，孟剑卿随即向左侧踏上一步，逼入了那人影的近身处，左膝撞在那人的左肋下，那人影吃痛，向侧后方翻滚出去之际，顺手将媚红扯倒，右手刀回过，架在了媚红的脖子上，厉声喝道：“住手！”

孟剑卿慢慢站直，横刀胸前，注视着对方。

这穿着暗青色鱼皮水靠的中年男子，并不是媚红带来的家人。

延福伯在小船上焦急地叫道："怎么啦，出什么事啦？"

那中年男子拖着媚红，一步步靠近栏杆，站了起来，让延福伯看清楚刀下的媚红，喝道："谁也不许动！"

媚红脸色发白，嘴唇微微颤抖着。

孟剑卿迅速扫视了周围。

船舱中是否还有这男子的同伙？

他放慢了声音，以免刺激那中年男子，说道："你想要什么？"

那中年男子上下打量着他，此时定下心来，看清自己面前的对手居然是一名锦衣卫校尉，不免吃惊，一边暗自忖度着手中的人质对这校尉究竟有多大的威胁力，一边喝道："先放下你的刀！"

船舱中又闪出两名身着水靠的男子，看样子只待孟剑卿一放刀，便要将他制住。

孟剑卿略一迟疑，那中年男子手上加力，刀锋已在媚红的颈脖间划出一道血痕，殷红的血渗了出来。

孟剑卿的目光扫过媚红。两人目光一触，即刻闪了开去，媚红颤声说道："孟校尉，你可不能见死不救啊！"

孟剑卿微微一怔，随即明白了媚红的意思，向后一退，冷冷地说道："我得先救我自己！你就好自为之吧！"

当他后退之际，那中年男子已经发觉情形不妙，但是已来不及叫同伴小心。孟剑卿已在后退的同时旋身出刀，自下而上斜斜划向那两人的下盘，两人仓促间沉刀一格，首当其冲的那人，被孟剑卿借着旋身之力堪堪击中刀身，恰是旧力已近、新力未生的一点，不由得虎口震裂，单刀再握不稳当，也亏得那人见机得快，迅即向侧旁一闪，让同伴迎上了孟剑卿的下一刀。同伴架住了孟剑卿去势将尽的一刀，反腕将他的刀压了下去，那人立刻自后方扑来，连人带刀砍向孟剑卿的后背。

孟剑卿突然撤刀，就地一滚，方才压住他的单刀自他头顶掠了过去，削掉了一片帽檐。而自他身后扑来的那人，收势不住，几乎误伤了自己的同伴。

孟剑卿一脱出两人合围之势，便纵身扑上了船舱，两人只当他要逃走，急追过来，孟剑卿却在舱顶拧腰转身，大喝一声，凌空扑了下来，刀挟风雷，逼得那两人几乎睁不开眼来，面皮生痛，仓皇后退之际，已是迟了一步。

媚红眼看着那两人连叫都未曾叫得一声，便被这凌空一斩当头劈翻在甲板上，身首异处，鲜血如喷泉一般迸射出来，不觉心中一寒。孟剑卿劈倒这两人，落在甲板上，略顿一顿，立时又纵身跃上了舱顶，看样子竟是打算自行离去了。挟持媚红的那中年男子，尚未从刚才的震惊中回过神来，见他欲走，一时失神，脱口叫道："喂，你……"

只这略一分神之际，孟剑卿蓦地拧身挥臂，左手中暗暗握住的一柄短刀激射而出，在夕阳中划出一道新月般的弧线，凌空砍入了那中年男子的右肩，洞见骨髓。

那中年男子惨叫起来，单刀当啷落地，也亏他反应够快，左手迅速扣向媚红的脖子，却不防媚红身手灵活远过于寻常女子，且又镇定，刀一离颈，便飞快地拔出发环上的一支银簪，反手向后乱插，那中年男子大叫一声，本能地伸手捂向被戳中的右眼，踉跄后退，忽地警醒，又探臂抓向媚红，却抓了一个空。

媚红被孟剑卿挥出的长绳拦腰缠住，奋力拖了过去。

孟剑卿也同时跃下船舱，左手接住媚红，右手中短刀掷出，仍取弧线，自侧后斜斜砍入了那中年男子的左腿弯，去势犹自未尽，几乎将整个左腿砍了下来。

中年男子惨叫着扑倒在甲板上。

至此延福伯才攀着绳索爬上甲板，目瞪口呆地看着甲板上的斑斑血迹。

媚红听得到孟剑卿剧烈的心跳，他紧搂住她腰肢的左手，在微微地颤抖。

而她自己也是手足酸软，一颗心怦怦乱跳。

她的心中，忽然涌起一股酸热的、泫然欲泣的欲望。

孟剑卿随身带有金创药，三两下替媚红敷上药、包扎好颈上的伤口，让延福伯守着媚红。接着自己转身走向那名倒在甲板上痛呼挣扎的男子，在离他丈余开外停了下来，冷眼打量他片刻，忽地挥出长绳，缠住了他的脖子，拖了起来，长绳舞动，转眼间已将那中年男子捆得结结实实，左手在前，右腿在后，吊在了桅杆上。

延福伯低声说道："这个姿势，叫'仙人指路'，一捆上了，便是活生生的一个人，也撑不过三个时辰。这小子到底是锦衣卫出身，捆人当真是一把好手。"

他话里不知是赞赏还是讽刺，媚红忍不住微微一笑，心中却又生出丝丝寒意。

被吊起来的中年男子，惨叫已变成了哀号。

孟剑卿手中又多了一柄短刀，他注视着那男子说道："锦衣卫中的大刑小刑，共有一百零八种，不过我只学会了其中一种，你可想知道？"

不待那男子说话，他又道："我是用刀的，所以我学了蓑衣刑。你一定也听说过对不对？所以才会显出那种样子来。"

中年男子的脸上，露出恐惧之色。

媚红与延福伯对视一眼。

他们都听说过这有名的酷刑，皮肉被片片碎割，如蓑衣披身，略一碰触，便痛彻心扉，偏生一时半会儿又死不了。

不是善用刀者，的确施不了这蓑衣刑。

孟剑卿突然纵身而起，掠过那中年男子身边时，短刀挥出，再落下时，那中年男子的左颊之上已经披下三缕面皮，鲜血丝丝，他的号叫声陡然拔高。

孟剑卿收刀至身后，不紧不慢地说道：“我问，你答，我满意了，便会给你一个痛快。”

他左掌中已扣了一粒药丸，弹指射出，送入那男子口中。

药丸入口即化，不过转瞬之间，全身的疼痛已麻木不觉。

中年男子长长地吐了一口气。

孟剑卿又道：“这药的效力，只有一盏茶的工夫。”

但是哪怕只有半盏茶的工夫，也已是洪恩浩荡了。

孟剑卿看那男子的神色，心知已是时候，当下问道：“你们共有多少人？船在什么地方？”

中年男子不敢迟疑，立刻答道：“十三人，船在岛的西面。”

孟剑卿紧盯着他的眼睛：“你们是什么人？”

中年男子一一答来，原来他们的为首者也是方国珍旧部，所以知道岛上藏宝这个秘密，只因方姓者被迁往各地居住，监管严密，所以一直未得机会。直到近几年，时日已久，地方官难免慢慢松懈，这才让他找到一个机会，假死逃亡，费得两年时间，召集了一些人手，无非冒死求财之徒，约定宝藏到手后按人头均分。选定年关时节出海，为的是海上来往船只稀少，不易走漏风声，谁知靠岸后发觉岛的另一侧居然有炊烟……

听到此处，孟剑卿扫了媚红一眼，媚红张张口，心中大是懊恼。她在船上生火，原是准备晚饭来着，谁知会遇上此等事情。

那男子继续招供道，见有炊烟，他们派出四人前去巡视，潜上海船，袭杀了留守的三个媚红的家人，自己这方也死了一人，本待将媚红也杀掉的，只因媚红说还有人在岸上寻宝，这才留下她来诱杀其他人。

媚红已走近，仰望那中年男子，忽而问道：“你们为首的人，叫方什么？”

中年男子只答不知。

媚红又道：“当年负责在这岛上藏宝的，是方国珍的堂弟方国豪，运送宝藏的士兵事后都已被灭口。方国豪那时还未曾娶妻生子，怕万一自己死后再无人知晓这个地方，便又告诉了他的妹妹方国香。方国香死得早，将这秘密还有她的女儿托给了一个信得过的人。方国豪是不是也将这秘密托给了你们？他还在人世吗？”

那中年男子瞪视着媚红，脸上突然显出见了鬼一般的神气：“你……你是国香的女儿！”

媚红心头怦地一跳，定定神才道：“如果你是方国豪，你有什么证据证明你自己的身份？”

那中年男子急忙说道："那个梳妆台！我在藏宝时起了私心，拣了些珠宝都藏在那个梳妆台中，又将那个梳妆台单独藏在石洞的最深处，在上面移栽了一块巴掌大的石钟乳作标记，准备将来找机会拿给国香做嫁妆！"

孟剑卿解下背负的妆台。

中年男子叫道："啊，就是这个，第一层里面装的是……"

媚红尖叫起来，截断了他的话："不用说了，我相信你！"

中年男子，哦，不，应该是方国豪，如释重负地喘了一口气，忽地又惨叫起来。

药效已过。

媚红急道："快给他药，放他下来！"

而此时，一抹残阳最终掉入了西方远远的群山之中，海面上立时昏暗下来，寒风四起。

孟剑卿削掉了方国豪脸上披垂的面皮，给他敷上金创药，看媚红忙碌地为他包扎伤口，时不时投过来埋怨的目光，以及方国豪上下打量他的隐含不善的目光，暗自一沉吟，略略退到一边，说道："方前辈，你们那边还有些什么人？请你简要说明一下。"

方国豪一一说来，九名同伙无非都是闽浙间的山贼水寇，而又以号称"铁线蛇"的武夷山剧盗田三巡最为悍滑难缠。这九人中，至少有三人的水性好到足够他们潜上这艘船，其中就包括那铁线蛇田三巡。

一口气说完这么多话，方国豪已经觉得无法支撑，媚红本有许多话想要与他说，此时也只能由得他沉沉睡去。

孟剑卿看一看舱外。延福伯正在督促手下，用绞盘将铁箱一个个吊上船来，运往底舱中放好，此时只余下最后两个了。

媚红望着舱外的沉沉暮色："那些山贼水寇，见我舅舅久出不回，必定会生疑，我们尽快开船吧。"

她心中不安，仿佛暮色中已有船只迫近。

孟剑卿凝神静听片刻，说道："他们已经来了，灭灯，躲起来不要出声！"

他取过舱壁上挂的角弓和一壶白翎箭。

海上风涛险恶，又有盗贼出没，是以每艘船上都自备有兵器并雇镖客随行。于孟剑卿而言，虽然弓软箭短，也聊胜于无。

延福伯闻得警讯，一边叫手下赶紧垂下绳索将竹筏上的那名同伴吊上来，一边布置人手起锚扬帆，准备开船。

暮色中突然出现的那艘船，鬼魅一般令人心惊。伏在后舱顶篷上的孟剑卿居高临下，见这船并不高大，但是速度极快，在丛丛暗礁中转折自如，显然操舟者不是泛泛之辈。

他们的船总算抢在贼船迫近之前开动了，西北风盛，风帆高扬，转眼间已离岛而去，但那贼船轻捷，速度比他们满载金银珠宝的双层海船要快上许多，不过小半个时辰，已经迫近。贼船上蓦地射出一篷乱箭，被风一吹，当空燃烧起来，直奔风帆而去。孟剑卿见势不妙，纵身扬起长绳，将火箭抽落入海中，只是他自己的身形也在火光中暴露无遗。

贼船已在这一刻撞上了他们的船，数支挠钩搭了上来，两名贼人在后发箭阻挡拦截的人，另几人很快爬上了海船，伏在后舱门内的延福伯大喝一声，太平斧挥出，堪堪爬上甲板的一名贼人猝然遇袭，被砍掉了左臂，却悍不畏痛，怪叫着横刀削向延福伯下盘，跟在他身后的另一名贼人，趁机越过他们两人，敌住了从另一边攻来的方十四和方十七，身后的其他同伙，得他们缓得一缓，立刻都抢上了甲板。

孟剑卿在舱顶略一审度，已知延福伯这几人还能暂时敌住攻上来的几名贼人，便不急于插手甲板上的混战，挥出长绳，套住贼船上的桅杆，纵身掠上了贼船。船上留守的两个贼人，正待爬上这边船来厮杀，见他过来，即刻退了回来，孟剑卿凌空扑下，两名贼人见他来势，不敢硬接，向侧旁滚了开去。孟剑卿却不跟他们缠斗，径自扑入舱中。

两名贼人紧跟着追了进来，倒大出孟剑卿意外。他只不过是想查看一下这艘贼船，以防万一，按方国豪所说，这船上总共只得九人，现在舱中不应有人了，这两人紧张什么？

舱中昏暗，星光依稀透入窗来。

孟剑卿一踏入舱中，便感到了暗中有急促的呼吸声。

两名贼人自他身后一左一右攻了过来。

孟剑卿猛一拧腰，左侧一刀贴着他后背刺了过去，右手短刀斜斜削出，划断了右侧那贼人的腕脉，判官铁笔当啷落地。孟剑卿手中刀势未停，反手挑帘，几乎将右侧那人的整个下颌削掉，逼得那人惨叫着捧着下颌仰倒在舱门处。另一人一刀走空，已知不妥，立刻反腕，变直捅为侧击，刀锋在孟剑卿后背上划出一道长长血痕，孟剑卿已同时向侧后一退，短刀反插入他小腹之中，迅即拔出，跃至一旁，那贼人砰然倒地，腹中喷出的血柱溅满了舱顶。

孟剑卿一刀挑飞了角落处的那张短木榻。

短木榻下，蜷缩着一个中年汉子，全身被捆得结结实实，口中塞着布条，瞪大了眼看着孟剑卿。舱中虽然昏暗，借了那一点儿星光，约略也认得出他身着的锦衣卫服色，那中年汉子脸上不觉露出惊惧之色，孟剑卿一挑掉他嘴中布条，他便连声叫道："大人，大人，这不关我的事，是他们将我绑来的！"

孟剑卿盯着他："你是什么人？"

那中年汉子带着哭腔道："我叫方国豪！大人，大人，天地良心，我可从来没想过从清江卫逃跑，全是他们绑我来的！”

孟剑卿心中一跳。

对方并不知道媚红与方国豪的关系，想来也没有必要在这个时候冒充他。要知道，方国珍的旧部移居各地，编入军籍，若有私逃，那是死罪。这汉子想必以为他是来追捕他的人。

如果这汉子才是方国豪，那么，留在媚红身边的那人又该是谁？

孟剑卿悚然心惊，挥刀挑断了这自称方国豪的汉子身上的麻绳：“你留在舱中，没听到我叫你，不许出声，更不许露面！”

他转身奔了出去。

媚红悄悄躲在舱中，突然听到孟剑卿的叫声：“媚红，给我拿金创药出来！”

媚红一惊，孟剑卿受伤了？

但她随即觉到了异样，孟剑卿自己身上不是也有金创药吗？

她想到了这一点，她身边榻上的方国豪也想到了这一点，意识到孟剑卿只不过是想找个借口将媚红叫出去，急忙伸手抓向媚红。只是媚红心中虽然觉得孟剑卿这话有些不太对劲，但身子在听得他要拿药之时，已经不由自主地有了行动，方国豪这一抓，抓了个空，媚红已然警觉，急退往舱门处。方国豪大叫一声，一把抓过小方几上的油灯掷了出去，媚红一时躲不及，幸得舱门外的孟剑卿突然伸手将她拖了出去，反过刀背一拍，油灯被击了回去，正中方国豪面门。方国豪闷哼一声，晕了过去。

媚红惊愕地道：“你已确定他是假冒的？”

孟剑卿反问：“你早已怀疑他是假冒的？”

媚红轻轻说道：“他居然认不出我——延福伯他们都说，我和我母亲年轻时候长得一模一样！”

但是媚红仍然表现得毫无破绽，若无其事地等着这个假冒者露出真面目来。

孟剑卿不觉微微一笑。

媚红这时已发觉孟剑卿背上的那道血痕，“呀”的一声叫了出来：“你真的受伤了！”

孟剑卿颓然坐倒：“这些山贼水寇的确悍勇，不过，真正的方国豪，应该不会有事了。”

孟剑卿背上的伤痕，血迹淋漓，甚是吓人。媚红替他敷上金创药，心中忍不住阵阵牵痛。蓦然想到，原来人说“感同身受”，真有这么一回事。及听得说真正的方国豪，才不无惭愧地想到，她应该先关心这位母舅的下落的。

正传　海上花（四）

当晚这一战，贼人被全歼，媚红这方也损失惨重，方十四和方十七负重伤，延福伯轻伤，其余六人都不幸战死。唯一没有受伤的，便是媚红和真正的方国豪这舅甥两人了。方国豪过得船来，认出那假冒他的人，正是那铁线蛇田三巡，他这一路上可受尽了这家伙的折磨，一见之下，那还不痛打落水狗？打完之后，仍不解气，一把将他扔下了海，媚红嘴唇微微一动，本想阻拦，终究还是罢了。那田三巡太过狡诈，留在船上只怕还会翻出什么花样来，防不胜防。孟剑卿一直在闭目养神，恍若未见。他心中想必也正是这样想的，所以才不曾阻拦。媚红暗自叹息了一声，怔怔地望着灯光出神。

那边延福伯将那艘贼船上的干粮和清水都搬了过来，之后拨转舵，让贼船从他们的右侧驶了过去，延福伯跳回自己船上，眼看那艘空无一人的贼船如幽灵般顺风飘走，拍拍手掌道："这海上可是又添了一艘鬼船了。"

夜色茫茫，北风劲吹，海面上岛屿已渐渐稀少，眼看着便要飘入外海了。

孟剑卿斜倚在舱壁上，打量着对面的媚红等人："你们打算去哪儿？"

媚红轻抚着那个梳妆台，看了孟剑卿一眼，抿嘴一笑："你倒是很知道，我不会乖乖跟你去小西天的，现在你可怎么办呢？"

孟剑卿反问道："你们现在只有这么几个人，无论去哪儿，又怎么操船？"

媚红笑而不答。

孟剑卿沉吟一会儿，站起身道："人各有志，我也不勉强你们。给我往小船上装上足够的干粮和清水，我要先走一步了。"

媚红震惊地抬起头望着他。

这本是她意料之中的事情，孟剑卿怎么可能跟他们一道走？但蓦地亲耳听到这句话，心中仍是如遭重锤，一时间闷得透不过气来，好一会儿才道："你这样子回去，沈和尚会放过你？往外走一步海阔天空，你为什么要回去呢？”

孟剑卿微微一笑：“沈大人是个公私分明的人。再说了，我也不是空手回去。”

他转向方国豪：“这六十四个铁箱上，都用红漆写了编号，我想要第二十三箱，方前辈不会见怪吧？其实确切地说，我想要的是应该在这一箱里的某样东西。方前辈当年亲手装箱，是否还记得第二十三箱中装的是什么？”

方国豪怔怔地回想了良久，才迟疑不决地说道：“孟校尉想要的，莫非是那尊黄金锁子甲观音立像？”

《大云经》道，观音曾化名妓，以色身普度众生，凡俗之人，趋奔若狂，一会儿之后，悟得空幻之意，色欲即淡，时人骇怪。死后葬于河滨，有异僧自西域来，见而叹息，告知世人真相，世人开棺，见遗骨寸寸化为黄金锁子甲，由此感悟，立黄金锁子甲观音像，世世奉祀。

后世因为此说过于荒诞，往往斥之为伪经假托，但奉祀者仍是世世不绝，认为这才是勘破色即是空、空即是色的观音真意。

孟剑卿一笑：“正是。这尊观音像，底座上有武则天敕建之奉先寺的印记，本是小西天代代奉祀的，不知何故流落在外，小西天一直想查出它的下落，只苦于没有线索。不过若非方前辈做事慎重，装箱之时一一登记在册，以备他日方国珍亲自查验，说什么我们也想不到原来它在这个地方。”

方国珍降明之际，情形混乱，想必这册簿也混杂在上缴的书籍之中。

媚红脸色陡然苍白：“你为的其实是这尊观音？”

孟剑卿注视她片刻才答道：“直到你说出来之前，我只知你姓柯，却不知你与方氏的关系。我原本怀疑你要做的那件事情与陈友谅有关。”

媚红紧逼着追问：“那你为何知道这尊观音在第二十三箱中？你总不见得是猜的吧？”

孟剑卿道：“我习惯将准备功夫做到十成。”

媚红默然看着他走出舱去。

他与她，终究不是一条路上的人。

装上小船的干粮和清水，孟剑卿一一查验过，小船吊下海去，第二十三箱中，还有几十两碎银和十六枚金锭，也都放了进去。媚红与方国豪都走到甲板上来，媚红提着灯笼，望着船头迎风而立的孟剑卿。

风帆高张，乘了西北风，越过又一座小岛。

掌舵的延福伯一直盯着孟剑卿，他要亲眼看着孟剑卿离开这艘船才能放心。

那尊观音像以粗布层层裹好，紧缚在孟剑卿背上。

媚红模模糊糊地想到，孟剑卿的后背才刚受过那么重的伤，这样紧缚在背上，会不会触痛伤口。

她蓦然一惊。

孟剑卿现在的样子，哪里像负过重伤？

那鲜血淋漓的伤口，也许根本就不像她原来以为的那么深，不过是一些皮肉之伤。

但是孟剑卿已挥手掷出长绳，套住横桅，荡了上去，右手中刀光闪闪，随着他身形飞掠，风帆片片碎割，缆绳节节断裂。

延福伯呆了一呆才回过神，怒吼起来，抓起身边的一柄鬼头刀，扬手掷向绕着桅杆飞荡下来的孟剑卿。

孟剑卿回手一刀拦腰击在鬼头大刀的中央，消去它的大半来势，左手探出，一把握在手中，双腿在桅杆上一蹬，俯冲之势更为迅猛，延福伯操起一杆鱼叉迎了上去，当不得孟剑卿的俯冲之势，连人带叉翻倒在地，鬼头刀劈下，手臂粗的船舵被劈为两半。

延福伯翻身坐起，眼见船舵被毁，痛哭失声，胸中怒火更是旺盛，大叫着冲了过去。

孟剑卿右手短刀掷出的同时，人已向掠向另一侧的铁锚绞盘，双手一合，鬼头刀再次劈下，绞盘碎裂，铁锚哗哗滑下海去。

延福伯横叉一挡迎面飞来的短刀，短刀顺着鱼叉飞了一个回环，自延福伯头顶削了过去，削入舱壁之中，犹自橐橐有声。

延福伯仍往前冲，要将鱼叉插入孟剑卿后心时，忽然听到媚红的惊呼，这才感到自己头顶热血汩汩而下，眼前一片模糊，不由得伸手去擦。

只这一缓手之间，孟剑卿飞起一脚将他踢下了海。

帆破锚沉，海船拖着铁锚顺风飘荡，去势立时缓了下来。

方国豪脸色煞白，哭丧着脸道："完了，完了……"

媚红提灯的手不自禁地颤抖起来，但不是因为害怕，而是因为愤怒。

孟剑卿有意装出受了重伤的样子，为的不过是让贼人和他们拼个同归于尽。延福伯一死，这船上就是他的天下了。

他在欺骗她，也许一直都在欺骗她。

孟剑卿挥出长绳，套住舱壁上的那柄短刀的刀柄，一挥手，长绳带着短刀收了回去。

他收刀回鞘，看着媚红说道："那艘小船是为你准备的。无论你要去哪儿，我都不会干涉。那些金银虽然不多，也足够你们一辈子过得舒舒服服了。"

方国豪听得他这话，真如绝处逢生，喜道："多谢孟校尉不杀之恩。媚红，咱们快走！"

媚红眼中泪光点点，被方国豪拖着进舱来收拾衣服，又将重伤的方十四和方十七兄弟扶出舱来，她怕自己走后孟剑卿一定会杀了他们以绝后患。孟剑卿站在舱门处看着他们，媚红几乎想伸手取过那个梳妆台，但是孟剑卿轻轻哼了一声。她迟疑一下，心中涌起的苦涩滋味令得她终于落下泪来。

他们走出舱来。

孟剑卿突然一怔。

不知何时，方才被踢下海的延福伯攀着铁锚又爬了上来，湿淋淋地握着那柄扔在甲板上的鬼头刀，呐喊着砍向拴住铁锚的硬木柱。

孟剑卿心念方生，刀已出鞘，盘旋呼啸着拦腰削向延福伯。

但已迟了一步，延福伯拼尽全力的一刀砍断了木柱，铁锚带着一截断柱滑落入海中，船身一震，陡然加速。孟剑卿的短刀嵌入了延福伯的腰际，延福伯身子震动，但兀自僵立不倒，脸上带着笑容，瞪视着孟剑卿。

孟剑卿一挥长绳套住刀柄抽了回来，延福伯这才砰然仰倒入海中。

方十四和方十七几乎同时悲呼一声扑向孟剑卿，孟剑卿堪堪握住短刀，听得身后响动，霍然旋身，回刀横削过去，方十四和方十七仆倒在地。

方国豪大叫着拉着媚红奔向系着小船的绳索："不关我们的事，我们马上走！"

孟剑卿冷眼看着他们从自己面前奔过去。

媚红突然一扬手，一片粉末迎面撒了过来。孟剑卿猝不及防，眼前迷蒙，急向后退，方国豪已自侧旁捅出一刀，若非孟剑卿在刀锋刺入的一刹那本能地顺着刀锋扭动身体，让刀锋贴着肋骨滑了过去，只怕这一刀便可洞穿他的半个身体。

方国豪还想再来一刀，但已再没有机会，孟剑卿听声辨位，循着他出刀的方向，斜斜跨前一步，探臂一刀割裂了他的咽喉。

媚红狂叫着扑过来，被孟剑卿一脚踢了开去。

孟剑卿向后退了数步，急以清水洗眼，那粉末浓香扑鼻，他心中大是不安。

媚红慢慢站起来，丢在甲板上的灯笼一闪一闪地照着她脸上惨淡的笑容："那只是我平时用的脂粉，没有毒。"

孟剑卿也已觉到睁开眼后并无异样，这才稍稍安心，定一定神，看着媚红道："我放你们走，你们又为何还要偷袭我？"

媚红咬着唇扬起头来："当初我们放你走，你又为何要偷袭我们？"

孟剑卿注视着她缓缓说道："因为我已知道你们要去哪儿，由此顺风漂向东南方向，便会遇上黑水沟，顺着黑水赤流，哪怕一片无帆无舵的木板，也能漂到日本。"

媚红怔了一怔，说道："我在大明是罪人，是永世不得翻身的囚徒，不逃往大明的敌国，我又有何处可去？"

孟剑卿扬起了眉："你要走，我绝不会拦着你，但是这艘船不能走！"

媚红轻轻说道："有了这一船金银珠宝，我们才能在异国他乡过上荣华富贵的日子。"

孟剑卿注视着她："你真是这样想？你们又真是这样想？柯陈二姓，世世通婚，陈友谅当日曾对天盟誓，陈氏若有天下，后妃必定首先从柯姓中选取，非柯氏所出者不得继位。日本与高丽不过一水相隔，陈友谅的儿子陈理正由高丽监管，高丽与蒙古，不过隔了一个辽东，辽东女真各部又态度暧昧。财可通神，有了这一批宝藏，有心人不是不能干一番大事的。"

媚红自嘲般地冷笑起来："你以为我在做这样的梦？"

孟剑卿缓缓说道："当局者迷。"

所以才有"利令智昏"一说。

媚红忽而扬起了头："就算你这样怀疑我、怀疑我们，但如果你和我们一起走，以你的本事，你一定会变成我们的首领、我们的主人，这一切，都不会发生。这一船宝藏，都会是你的！那是你一辈子也不可能有的荣华富贵。你真的就没有想过？"

孟剑卿淡淡答道："再大的荣耀，若是无人分享，又有何用处？"

媚红一怔，几乎脱口回答："难道我不能分享？"

但是她即刻明白，对孟剑卿而言，她还远远不是他的一切。

只有她的分享，还远远不够。

她怅然良久，轻轻说道："我明白了，富贵不还乡，如衣锦夜行。"

孟剑卿一怔之下，才想到自己原来正是这个意思。

当年刘教习讲《项羽本纪》之时，他们一班同窗，曾经不止一次嘲笑过楚霸王的这番意气用事的话，但是此时此地，他却比任何时候都更真切地体会到那种希望亲朋旧友分享荣耀的心情。

灯笼中的烛光跳动了一下，最终熄灭了，船上立时暗了下来，过得一会儿，他们才能适应这暗淡星光下的景象。

媚红的声音顺着海风轻轻飘过来："铁锚已断，这艘船无法停泊，最终会飘到日本。说到底，还是我赢了，是不是？"

孟剑卿静静答道："这船上还有两缸清油，三缸酒，足够将整艘船都烧透了。"

两军交锋，带不走的粮草辎重必须毁掉，以免资敌。

当日在讲武堂背下来的种种战例与条训，已经深入心间，一旦遇事，他几乎是不假思索地做出了应对。

媚红半日说不出话来。

孟剑卿又道："现在，你是乘小船先走，还是留在这船上同归于尽？"

媚红怔怔地望着他。

以孟剑卿一贯的做事风格，本来是应该杀了她以绝后患的。

媚红轻声说道："你要留下来与这船同归于尽吗？"

孟剑卿默然一会儿才道："我要守到最后一刻。"

不到最后一刻，绝不轻言放弃，但即使到了最后一刻，也不能轻言放弃。

媚红不语，许久又道："如果我要留下来呢？"

孟剑卿冷冷说道："那我只好先杀了你，以避免不必要的变数。"

媚红凄然一笑："我明白了。走之前，能不能让我看一眼那个梳妆台里的东西？那是我母亲留给我的，我在梦中已经看了它无数次了，若是不能真正看它一眼，我会死不瞑目。"

孟剑卿微微皱起了眉："这个时候了你还在骗我？你也许的确很像方国香，但是你怎么可能是方国香的女儿？方国香若活着，今年也不过三十六岁，怎么可能有你这么大的女儿？"

媚红若不可闻地叹息了一声："我知道你一定早已查过我的年纪，可是没想到你连方国香的年纪都查得清清楚楚。不过，她虽然不是我生母，却是我继母，父亲死后，我们相依为命十年，这一切都是她告诉我的，梳妆台也是她留给我的。"

她抬起头："我想看一看那个梳妆台，总不为过吧？"

孟剑卿默然让开了路。

媚红捧着那个梳妆台走到甲板上，从脖子上解下一枚磨得铿亮的小小铜钥，插入那把锈迹斑斑的铜锁内，却已转不动了。孟剑卿一刀挑掉了锁扣，随即又退了开去。

媚红抽出了第一层小箱。

星光之下，箱中各色紫金钗环，形制生动，凤鸟如欲飞去。

媚红轻声说道："这些紫金首饰，都是当年江南最有名的工匠打制的，仅仅这份手工便无从估价。"

她抽出第二层小箱。箱中满蓄各色宝石，尚未镶制。媚红拈起一颗榛子大的猫眼石说道："这种未曾镶嵌的宝石，变卖最易，仅此一颗便值得江南寻常富户的全部家产。"

第三层小箱中以丝棉裹着数尊无瑕美玉，内中又有一小匣，甫一打开，连星光也黯然失色，却是径寸大的夜明之珠，约略一数，共有十二颗。

媚红偏过头望着孟剑卿："你要毁掉它们吗？"

孟剑卿嘴角不觉浮起一丝笑意。

不到最后一刻，绝不轻言放弃，但即使到了最后一刻，媚红也不会轻言放弃。

他们在星光下对视片刻，孟剑卿敛起了笑意，说道："我数到十，你再不走，就不要怪我对你出刀。"

她改变不了他的，正如他也不能改变她。

媚红心中黯然，轻轻一笑道："走？我又能走到哪里去？天地虽大，若我再不能有荣耀的一天，若是再无人分享我的荣耀，我又为何要躲在见不得人的地方一天天老死？"

她突然将手中的那匣夜明珠奋力掷向海面。孟剑卿本是时刻提防着她，她一扬手，孟剑卿手中长绳已经飞出，卷住了那个匣子，收了回来。

媚红却已在这时抱着那梳妆台翻身跃下了海面。

孟剑卿错愕失声，抓着那匣明珠，冲到栏杆边，见到的却只是海面的泡沫。

他不知道媚红的水性究竟有多好，是不是也会像延福伯一样，在他不提防的时候，顺着吊住小船的那根绳子爬上来？

他究竟是希望她爬上来，还是不希望她爬上来？

孟剑卿的心中，不由得一阵阵恍惚。

他转身回到舱中，将清油挪入装载铁箱的底舱，之后又将三缸酒摆在中舱之中。

他自己带了干粮和清水，卧在舱顶。

星空中阵阵乌云飘过，仿佛一艘艘巨船破浪而行，孟剑卿恍惚间似乎已分不清哪儿是天哪儿是海。

直到海上日出，媚红也一直没有出现。

她再也不会出现。

孟剑卿坐在舱顶，远望海上那一轮初升的红日，觉得身体内也慢慢地生出一种迟钝而渐渐深入骨髓的疼痛，仿佛身体的某一部分，已经永远失去，而那创口，似乎永远也没有痊愈的时候。

正传 海上花（五）

三天之中，孟剑卿没有遇上一艘船。

这本不是船只出海的时候。

第四天，前方出现了广阔不见边界的黑水沟。

黑水赤流，自东南而来，浩浩汤汤，向西北而去。

晓日之中，前方远远地望见一艘船正在黑水沟中航行。

孟剑卿回到舱中，先将油缸打破，让清油流满底舱，之后回到舱顶。

如果这艘船是敌非友，他仍有足够的时间打破酒缸并点起这一船大火。

船只渐行渐近，孟剑卿突然醒悟到，这艘船并不是驶往日本，而是顺流而下渡过黑水沟，驶往东北方向的海岸。

他一跃而下，奔到船头，用船舵的碎片点起了一堆火，又在火中加入几片湿布，烟雾直冲上天空。

希望那艘船能懂得他的意思。

那艘海船果然明白这烟雾是在求援，加快了速度，终于赶在孟剑卿的船漂入黑水沟之前截住了他。

船头那名昂首挺立、相貌威武的年轻男子，望见身着锦衣卫服色的孟剑卿，大是诧异，却并无一般平民百姓此时常有的敬畏或是忌惮，只高声叫道：“这位官差，船上出什么事了？”

孟剑卿不答反问：“请问你们是什么人？从哪里来，到哪里去？”

那年轻男子答道：“我们是海上岛民，从南洋来，往应天去！”

西北风盛，这并不是南洋船只北上的季节。

孟剑卿略一思忖，又道：“你们从南洋来，必定经过广州和泉州，可有这两地市舶司的关牒？”

那年轻男子一笑道：“这隆冬季节，近海岸处北风太盛，我们如何敢贸然近岸？一路上都是沿着外海航行，未曾入关，又何来关牒？再说了，我们若非在外海航行，也不会遇上兄台你了！”

他这话绵里藏针，隐隐然带着几分警告的意味。

说话之间，孟剑卿留神看对方的船只，风帆绕着桅杆旋转自如，竟是能迎八面来风，底舱的小窗内，伸出一支支长桨，一起一落之间，极其均匀，不似人力操纵，难怪能够在这个季节逆风而行。

不论是船，还是人，很显然都不是寻常人家能有的。

如果对方是敌非友——

孟剑卿在揣度对方之时，对方也在揣度他。西北风迎面吹送来孟剑卿船上的清油气味，如果这名锦衣卫别有用心，有意纵火，很有可能会烧掉他们的船。

他微微侧头向舱内说道：“阿娇，你先擒下这锦衣卫再说。”

舱内一名年轻女子轻轻“嗯”了一声。

孟剑卿见他侧头之际心中已生出警惕，饶是如此，见对方舱内突然舞出一条巨蟒般的白练时，仍是吃了一惊。白练横空，随着白练凌空而来的是一名白衣女子。孟剑卿迅疾翻身跃下舱顶，白练呼啸着卷过舱顶，如影随形，又扫向甲板上的孟剑卿。

孟剑卿不想与对方缠斗，贴地一滚，滚入了船舱，飞腿踢碎了一个酒缸，旋身回腿，又是一个酒缸破裂。

整个舱顶已在这同时被白练卷飞，孟剑卿向前急扑出去，白练贴着他后背扫过，余势未尽，仍是令他后背阵阵刺痛。不过他已在扑出之际顺势一个肘底锤撞破了第三缸酒，随即破壁而出，落到船尾的甲板上。

白练紧跟而至，孟剑卿揉身挥刀，觉到练风扫得手臂也是阵阵刺痛，而刀锋所及之处，白练也险些被划破，那白衣女子“咦”了一声，白练蛇信倒卷回去，顿得一顿，蓦地一吐。孟剑卿左手中长绳挥出，与白练缠在一处。右手中短刀回鞘，迅速摸出身上带的火折子，迎风一晃，火折子突突燃烧起来，一扬手掷向那三个碎酒缸。

对面船上蓦地射出一箭，堪堪将折头射断，火星截灭。

孟剑卿一怔之下，脱口叫道：“孔教习！”

孔教习闲暇时卖弄射术，就曾经让他们开过这个眼界。

不过如果对面船上是孔教习，这麻烦就更大了。孔教习一出手，向来是箭无虚发。

接踵而至的两箭，已射向他的双臂。

孟剑卿当即弃绳，双手握刀，斜身挡箭，左侧一箭擦着他臂膀飞过，衣裳尽裂，擦伤处如烈火灼伤一般。右侧一箭被短刀挡得一挡，铮铮声中，那柄从讲武堂带出来的百练宝刀颤动不已，如欲碎裂，孟剑卿向后急退，才消去箭上的力量，那支箭贴着刀身滑了出去。

那白衣女子裙裾飞旋，白练卷回，横空击中了第四箭和第五箭，两支长箭方向略偏，呼哨着擦着孟剑卿左右两侧飞了过去。

也亏得孟剑卿这一叫，才没有第六箭、第七箭。

对面船上，舱顶望楼上倚栏而立打量着他的，可不正是孔玄孔教习？

数年不见，孔教习仍是那般眼带桃花、满身香风的招摇样子，孟剑卿只觉得分外亲切，定一定神，高声叫道："讲武堂三期生孟剑卿，见过孔教习！"

孔教习至此也已认出他来，大笑着道："你这小子还真出息了，居然躲过我五箭！"

那白衣女子先一步纵身掠起，回到自己船上，站在那年轻男子身边。孟剑卿看清她的面貌，不觉暗自怔了一下。晓日之中，那女子的容貌，真如日色一般光彩炫目。

那年轻男子一直在审视他，见他微微地错愕之后，即刻又将注意力转向了孔教习，暗自点一点头，心想若无这乍见之下的惊艳，这人就太不近情理、其心难测了。只是目光转开得如此干脆利落、毫不留恋，倒也少见。

孔教习跃下望楼，孟剑卿却只走到自己这方的船头便停了下来，躬身施礼，说道："请孔教习见谅，学生有公务在身，不便过船拜见。"

孔教习笑骂道："混小子，你防我，我还得防着你呢！就是你要过来也不能让你过来！我派几个人到你那边去，给你修好船舵和风帆，你就走你的吧！"

孟剑卿知他在有意挤对自己，拱手而立，也不接话，心中迅速回想着有关孔教习的一切。但是他忽然发现，讲武堂各位教习的出身来历等资料，竟仿佛是锦衣卫也无权查问或是无权保管的，秦有名的资料库中，这一项都是些人人熟知的东西，乏善可陈，所以自己才会描绘不出孔教习的真实面目。

孔教习虽然笑骂，该做的事可一件也没有耽搁，派了四名水手过来，截掉一大片甲板，重新做了一个船舵，又给他换了一张风帆，这四名水手就留在他船上操船，随在孔教习的船后——孔教习也不是不防着他再次放火的——驶向北方。四名水手只在甲板上食宿，绝不接近船舱，以免双方误会。

那年轻男子自称云燕然，白衣女子是他妹子云燕娇，此外再不多谈家世来历等。双方各有顾忌，一路上倒真是斯抬斯敬。

在杭州湾外，孔教习暂且停船，等着那四名水手将孟剑卿的船送至杭州，又驾了小船返回，方才扬帆而去。

杭州都指挥使司得到消息，即刻点了兵马前来迎接，胡大勇和晏福平率先跳上船来，一左一右揽着孟剑卿笑道："好家伙，一去这么些日子，再不回来，你那两个手下就要抹脖子去向你们沈大人谢罪了！"

孟剑卿重踏陆地，心中真是感慨万千。

回望那艘残破的海船，心中更是生出无限苍茫与惆怅。

孟剑卿轻轻踏入书房，随手掩上门，在长案前沈光礼的对面坐下。

案上琉璃灯甚是明亮，沈光礼的面容却仍是那般飘忽模糊。

他合上手中案卷，审视着孟剑卿，良久方道："锦衣卫中人才济济，比你聪明的、比你能干的不是没有，不过，看来他们似乎都没有你的好运气。"

孟剑卿微微一怔，才想申辩自己为这件案子所做的种种准备工作，这一番无心插柳，并非凭的运气。沈光礼已接着说道："时来天地皆同力，运去英雄不自由。这句话想必你现在领悟得更深了吧？"

孟剑卿悚然一惊，转念想到，无论他做过什么样的准备，如果在黑水沟畔他遇上的不是孔教习，而是别的什么人甚或是敌方的船……

沈光礼轻轻喟叹："不过你看起来是非常懂得审时度势的，对吧？"

孟剑卿随即镇定下来，俯首答道："大人必定也曾听说过公孙义和孟剑臣出塞五百里，迷路粮尽，却劫回兀良哈部王妃一事。卑职在想，若是没有公孙义，孟剑臣很可能会困死在大漠中，但是没有孟剑臣，公孙义就算有那个运气遇上兀良哈部王妃，也没有那个本事劫走她，终究还是死路一条。"

沈光礼打量着他，转而微微笑了起来："哦？算你说得有理吧。你知不知道云家兄妹是什么人？"

孟剑卿答道："这些日子卑职一直在办那一船财物的交接事宜，尚未去打探。"

沈光礼淡然一笑："哦？你还没有时间去找秦有名问个清楚？"

孟剑卿抬起头道："提到秦百户，卑职以为，此次能够收回方国珍的藏宝，并找回小西天想要的黄金锁子甲观音立像，秦百户的资料齐备功不可没，大人是否应该对他有所嘉奖？"

沈光礼淡淡答道："我已报请将秦有名晋为千户，这是刚下的批文。你去向秦有名贺喜吧。他那儿还有一件案子，你既然回来了，就交给你去办吧。哦，那面金牌，以后你就留着，待我下令时再行缴回。"

孟剑卿躬身答应，等了一等，见沈光礼别无指示，便告退出来，又在身后轻轻掩上门。

沈光礼注视着他离去，陷入了沉思。

那老奴自暗处悄然而出，撤去已凉的茶水，沈光礼惊醒，自言自语般地说道："孟剑卿已经有了变化，是吧？"

以前那个锐意进取的孟剑卿，虽然有过于深沉老练之嫌，其实倒不难猜度掌握。

但是这一次回来，孟剑卿的神情态度之间，隐隐然已透着一种苍凉的淡定。

他已真正尝过鲜血与烈酒的滋味，觉得不过如此而生出这种苍茫心境，有如那红到尽处便成灰？

沈光礼轻轻弹指，望着虚空之中，又喃喃说道："无所求之人，是最不好办的吧？"

老奴默然一会儿才道："年轻人嘛，再怎么老练世故，也易于冲动，也许遇上件把不如意之事，便万念俱灰，再遇上件把如意之事，又雄心万丈了。老话说得好，江山易改，本性难移。是什么人，终究还是什么人。"

沈光礼出了一会儿神，忽而又微微笑了起来："老严，说到底你还是有心护着他吧？严家门风，可是有名的护犊子。果真是江山易改，本性难移啊！"

那老奴低头一笑："大人说笑了。"却并没有否认沈光礼的话。

孟剑卿带往浙江的两名卫士正在院外等候，见他出来，忐忑不安地上前问道："孟校尉，沈大人对那件事怎么说？"

孟剑卿怔了一下才想起来："你们是说射猪婆龙那件事？"

两名卫士连连点头。

他们虽不是为首者，但是孟剑卿干的事，他们这些做手下的，哪里逃得掉干系？这些日子来，一直提心吊胆，一心想从沈光礼那儿探得一个准信，这件事到底怎么样了。

孟剑卿不由得微微一笑："这件事嘛，陛下身边都是些聪明人，知道怎么做最好，所以你们以后也不必想着了，更不必提。"

这一群聪明人中，没有哪一个会自作聪明地去对洪武帝提起"射杀猪婆龙"这几个要命的忌讳字眼。

因为头一个死的便是自己。

沈光礼提都不提这件事，只当作什么也不知道。

秦有名听得孟剑卿回来，早已备好一桌酒菜，热了又热，等到他进来，喜笑颜开，拉他坐下，搓着手道："好，好，回来就好！"对于自己晋升为千户的消息，反倒不是那么在意了。自己回想，许是因为年纪渐老，功名之心也渐渐淡去，只觉人生在世，可喜可贺之事甚多，这"功名"二字，有时也不过如此。

秦有名自然已将那云家兄妹的行径查探清楚，当下一一说来，原来那兄妹两人，竟来自海上仙山！

孟剑卿心中虽有所怀疑，仍是难免要暗自吃惊，约略猜到只怕孔教习也是这般来历。自己与他们这一路上彼此猜忌，暗生嫌隙，又得他们援手才得以回来，其中纠葛，正不知是福是祸。

秦有名又道，孔教习一年前奉洪武帝之命出海，求购军中必备但只产于南洋婆罗洲一带、号为“龙血圣药”的血竭。因为南洋一带，有一名为陈祖义的大盗横行，南洋各国也畏之如虎，孔教习才请海上仙山派人护送，据说路上与陈祖义遭遇，孔教习带去的三艘船全被击沉，士兵死难，只有海上仙山的千里船速度太快，陈祖义拦截不住，才得以脱身北上。

孟剑卿暗自忖度，孔教习所购置的血竭，全都由海上仙山的千里船载了回来。如此看来，在那一场遭遇战中，海上仙山根本就是让孔教习带去的那三艘船做了保车的卒子，缠住陈祖义，自己扬帆远去。指挥者不知是孔教习还是那隐隐然有大将之风的云燕然。

说到此处，秦有名笑道：“听说那云燕然这一次回来，也是公私两便，他自幼便与后军都督同知章大盛的妹子订了婚，这一次是回来迎娶的。据说他带着自己妹子同行，还有一个用意是替他妹子选婿。这消息一传来，京中可真是热闹啊！不知谁乱传消息说要比武招亲，这不，正主还没说话，各地来的求婚人就先自己开打了，巡检司忙不过来，昨天还到咱们这儿来调人手呢！你这次同他们一路走了好些日子，想必看得清楚，他妹子是不是真像人们说的那么美若天仙啊？”

孟剑卿一笑：“若真有天仙，想来也不过就是那样吧。”

秦有名上下打量他一回，又笑起来：“我说孟兄弟，你何不也去试试？要不要咱们去请沈大人出面提亲？真要说起来，也难得遇上这样一门好亲事吧？要才有才，要貌有貌。再说了，海上仙山这门第放到他们读书人家是两回事，要在武职人家，那可就大不一样了！不是我说你，我看你也该娶亲了，免得一到年节时分就孤鬼一个到处晃荡，沈大人乐得专派你出任务。”

孟剑卿怔了一怔，转念想到，秦有名说的话，的确句句在理。

他在心中冷静地分析此事，甚至可以清清楚楚地回想起云燕娇那超凡脱俗的模样。

孟剑卿心中蓦然一惊，他竟然已经想不起媚红的模样了。

留在他记忆中的，只有那一个个恍若梦境、迷离恍惚的景象，还有陡然间窒息一般的痛苦和苍凉。

他定住心神，转过话题问道：“沈大人最近交代给你的是什么案子？”

秦有名自身后小柜中找出一个案卷。

孟剑卿翻检一番，眉头渐渐皱了起来。

许久，他抬起头道：“难道沈大人认为这案子可能与海上仙山有关？”

所以才要交给他，因为他与海上仙山已经有了一种微妙的联系？

秦有名道：“也可能是与小西天有关。”

孟剑卿沉吟不语。

突然间窗外有一支烟花冲上夜空。

已经是元宵佳节了，又是一年残冬尽。

第四卷　追梦人

正传 追梦人（一）

孟剑卿举起千里镜，对准玄武湖上那一艘艘画舫，慢慢地调好焦距。

镜头缓缓扫过一张张面孔，最终停在了其中一个人身上。

镜头中那名文士，正在低头挥毫，看不清面貌。

孟剑卿移动了镜头。

那文士身边，站着的是现任礼部尚书、加衔文渊阁大学士的文方文大人的侄儿文儒海。

孟剑卿暗自皱了皱眉。

文方圣眷正隆。文儒海豪迈好客，出手大方，在国子监中也算是呼风唤雨的能人。那群自以为是的太学生自称“天子门生”，应天府中人人侧目，即便是锦衣卫，也要给他们三分面子。如今虽然科举已复，选官开始另辟正途，国子监的地位颇受威胁，但是这些年来，国子监生遍布各地，声气相通，树大根深，一时间自是难以动摇。各个衙门，办案一办到国子监生头上，总要大皱眉头。

他监视那青城举子李克己已经一个多月，这一个多月里，文儒海似乎总在李克己身边晃来晃去，令他不由得怀疑文儒海究竟是因为喜爱或推崇李克己颇负盛名的画艺，还是别有用心。毕竟李克己是川中乡试的第二名，进士试的热门人选，而且也的确考中了进士，最新消息是殿试第十名，不日将进翰林院。

只是，以文儒海的家世与地位，他用得着去笼络李克己吗?

李克己搁下笔，满意地直起身来。

孟剑卿的镜头移了回来。

他还很年轻，也很俊秀，虽然比起其他新科进士来说显得沉静许多，但脸上仍可看得出春风得意的飞扬神采。

孟剑卿不由得想到，李克己是大明重开科举以来最年轻的进士，也可能在很长时间里都会是最年轻的翰林。

他未来的妻子是川中有名的美人，他的岳丈是现任重庆知府的华德远，据称很有可能填补刚刚空出来的四川布政使缺。

虽然他的父亲李瑞林生前是吴王张士诚的谋臣，并在苏州城破时自杀以殉，虽然他的启蒙之师是前几年才刚被洪武帝腰斩的傲岸不驯的“海内诗人之魁”高启，但他却是在大明的土地之上成长起来、千里迢迢来到京城等候朝廷考选的士子。

洪武帝不会注意不到他的履历表，却仍然在殿试时将他点为第十名。

这是一个明确的信号。

当洪武帝将元廷的降臣危素打发去守元帝陵园时，他的心中是不是多少感慨于多年前愿意以死殉张士诚的李瑞林呢？而当洪武帝将执意不肯归附大明、入京任职的夏伯启叔侄处死时，是不是也在满意于李瑞林的儿子、高启的学生伏在天阶之下、渴求为大明效力的景象呢？

锦绣前程正在李克己脚下铺开，只等他踏上去。

如果他能过得了锦衣卫这一关的话。

孟剑卿嘴角浮起一丝微笑，收起千里镜，吩咐手下将小舟驶向那艘画舫。

小舟驶近时，孟剑卿觉察到李克己身体微微一滞，本能地转过头望向这边。

春雨蒙蒙的湖面上弥漫着一层若有若无的雾气。李克己的目光却似能透过雾气一般直打入孟剑卿的眼底。

两人视线一接，心中都是一阵震动。

孟剑卿跳上船，出示腰牌，拱手说道：“在下孟剑卿，奉锦衣卫指挥使沈大人之命，请李先生到锦衣卫一叙。”

文儒海惊异地打量着他：“原来你就是孟剑卿？当真是久仰大名！”随即转向李克己笑道，“李兄，孟校尉可是沈大人的得力干将，居然派他来请你，看来李兄一登龙门，果真是身价非凡哪！”

李克己微微笑了一下。

一般官民，听得锦衣卫有请，莫不心惊色变，文儒海却是满不在乎，李克己也十分平静。

也许是因为他们心中早有准备。

李克己从画舫上跳下小舟时，文儒海倒是很担心地叫他小心，别掉到水里去了。

他似乎很惊异于李克己轻捷的动作。

也许他知道的并不像孟剑卿想象中的那么多。

小舟向湖岸驶去。李克己站在船头，望着湖面出神。

孟剑卿从来没有这样近地观察过他，他开始有些明白，为什么见多识广的文儒海会被李克己吸引。这个年轻的进士身上，有一种明如秋水的安静气象，令接近他的人不知不觉中便因为感到安宁静谧而放松下来。

对那些日日奔波、夜夜思量的人来说，这样的安宁，足以令他们如飞蛾投火般地扑近。

然而李克己还这样年轻，又是这样一帆风顺，他本不应有这种看透世事又心怀温情的人才会有的安宁静谧。

尤其是，孟剑卿感到自己有一刹那竟然觉得内疚，因为他得将李克己带到锦衣卫去审问。

孟剑卿陡然惊醒。

李克己身边弥漫的这种足以令他放松警惕、够他在这一刹那死上十次的安宁气氛，恐怕并不是一种自然而然的气质。

而很可能是某种旨在不战而屈人之兵的心灵修为。

他才刚重新凝定起心神，谨慎地重新开始观察李克己，李克己已经感觉到他的微妙变化，侧过头来看了他一眼。

他们的视线再次相接。

孟剑卿直视着李克己，微微一笑。

李克己心中的惊异显而易见。这名年轻的锦衣卫校尉，英气内敛，心志坚凝，如一柄在鞘之刀，这样坦然而镇定地面对着他，仿佛要看穿他心中的每一点思绪。

孟剑卿仍然能感到李克己的注视带来的压力，然而他也仍然能够维持表面上的镇定自若。李克己却似乎并不善于掩饰自己内心的种种变化，抑或是没有想到过掩饰，甚至是不能掩饰?

他内心的波动反映到面上，已经很微弱，一般人也许察觉不到，但对眼睛训练有素的孟剑卿来说，已经足够借此推测到他此刻的感受。

小舟靠岸了。

岸上已停着一乘小轿，李克己乘轿，孟剑卿一行人策马随后。

拉开距离之后，孟剑卿感到那无形的压力消失，暗自吐了一口气。

他想，李克己离开了他的观察与注视，是不是也会觉得如释重负?

锦衣卫指挥使沈光礼正在一间小客厅内等着李克己的到来。正值中年的沈光礼，面白微须，生得如一个文秀书生，神情中带着一种奇异的淡漠，仿佛没有什么事什么人能让他感兴趣。

李克己走近他时，孟剑卿注意到他眼中一掠而过的惊异，之后很快便恢复了一贯的淡定。而李克己则显然也震异于沈光礼那种深不可测的淡定，心神摇晃了一瞬才安定下来。

李克己是否在照面之间便已知道他面对的是一个什么样的人？

孟剑卿暗自打量着他们，沈光礼又将如何来对付李克己这种他们以前从未遇到过的人呢？

沈光礼客客气气地请李克己坐下，慢慢说道："沈某听说川中十四名举人在赴京赶考途中，路经洞庭湖，被水寇铁罗汉劫为人质，铁罗汉扬言岳阳知府不放出他的两名手下，他便要杀了这十四名举人来报复。李先生便是其中之一，可有此事？"

李克己不觉扬起眉梢，似乎想发问，但转而只答了一声"是"。

沈光礼继续说道："岳阳知府何行之因为朝廷体制，不肯向水寇妥协，并提前行刑杀掉了那两名犯人，铁罗汉却放回了十四名举人，宣称是他死去多年的老父托梦给他，不许他杀读书人。是这样吧？"

李克己踌躇了一下才道："沈大人应该早已查问清楚。"

沈光礼看他一眼道："沈某自然早已查过，只不过因为大考在即，国家选人，四海瞩目，何等重要，是以不曾直接审问那十四名川中举人，这未免是一个重大缺陷。其实沈某早在进士结果试揭晓之后便已接到两封密报，因怕妨碍了殿试，才压到现在。其中有些事沈某颇为不解，李先生不妨过目，看看能否为沈某解开这疑团。"

那两份密报已经由锦衣卫重新誊录过了，以免李克己认出笔迹。一个举报人指控李克己身怀绝顶武功，能够在重重封锁中盗出试题，才得以高中，证据是在洞庭湖上他能轻而易举地制服铁罗汉；另一个举报人则指控身为张士诚死党余孽的李克己与陈友谅旧部铁罗汉暗地里勾结，证据同样是洞庭湖一事，说他们两人一见面交谈，铁罗汉便看出了他的来历，躲到一边去说话，放走人质时还替他威胁人质不许泄露此事。

李克己放下密报，心中不知是何滋味。这一定是当时在场的那些四川举子写的信。他救了他们，却因此而陷入了一个两难的境地。不论他否认哪一则密报，都会坐实另一则。

沈光礼能做到锦衣卫指挥使，料来也当真有过人之处，不须动刑，甚至不须讯问，只在他面前摊开这两封信，便将他逼入了死角。

沈光礼注视着他，李克己的反应有些出乎他的意料。他原以为李克己首先会极力为自己辩白。

侍立在一旁的孟剑卿以眼色询问沈光礼，沈光礼轻轻地摇摇头。

终于，李克己道："我可以将洞庭湖一事原原本本地告知大人，但还请不要公之于众。"

他相信只有事实才能说明自己的清白。

洞庭湖一案，说起来其实很简单。铁罗汉恼怒于岳阳府处死他的手下，本打算将十四名举人尽数杀死，却因为不知李克己的底细，反而被他制服，他以此要挟铁罗汉放人。

孟剑卿心中正在暗自忖度，铁罗汉那种人，怎么可能如此轻易地妥协？李克己不待他质疑，已接着说道，铁罗汉肯放人，更多的是因为认出了他的师承来历。

沈光礼微微一震。

能够让铁罗汉低头服软的人，这世上并不多。

只怕李克己背后那个人，才是最棘手的关键所在。

李克己说他并不知道那传他武功的人究竟是什么来历——而且他也答应过不能向任何人透露那人现在的身份。

沈光礼也没有追问。

那天晚上，他被留在了锦衣卫衙门之中。沈光礼对他很客气，将他安置在自己的书房中，说道："这是朝廷的制度，还请先生莫怪。等事情弄清楚了，自会送先生出去。"

至于李克己的家仆，也被分别关了起来。

一一审讯过后，沈光礼沉思了许久，道："你怎么看？"

他问的是一直跟在身边的孟剑卿。孟剑卿递上一叠信笺，道："这是洞庭湖一案送到锦衣卫后我们所做的调查。"

厚厚的一叠信笺，密密麻麻写满了字。沈光礼微笑道："看来秦有名和你都很下了一番功夫啊。"但只看得一两页，他已笑不出来。

首先是李瑞林的死。当时目睹李瑞林自杀的那名偏将说，他随着奉命征召苏州文士的翰林学士詹同来到李家，詹同颇为敬重李瑞林的为人与才学，劝他归顺，李瑞林只是苦笑，说道："吴王以国士待我，我怎能不以国士相报。"一边说一边将冰毒混在茶里喝了下去，转眼间毒性便发作。李瑞林极其痛苦，叫一旁陪侍的侧室叶氏拿刀来为他了结，叶氏一介弱质女流，竟真的举刀刺死了李瑞林，之后为他装殓，处置得井井有条。

然后是高启弃官回苏州之后，设帐授徒，居然收了李克己为徒，以一代诗人之魁充任这一小小孩童的启蒙之师。

再后来是当年的长江水道霸主关青龙的述说。洪武七年，高启因苏州知府衙门一案被腰斩，门下学生四散，叶氏带着李克己，租船装了李瑞林的灵柩回青城，沿途有不少水贼觊觎叶氏的姿色，但关青龙在这之前已经被一个蒙面人警告过，如果叶氏一家在长江水道上出事，不管是谁下的手，都要先拿他的一家性命来开刀。那蒙面人来去无踪，在关青龙的总堂内如入无人之境，强迫关青龙发给叶氏母子一面令牌，好让叶氏母子平安回到青城，关青龙事后也没敢张扬。

当时青城的县令是何行之，他也因为接到警告，所以才不敢干涉李家大办丧事。何行之后来任岳阳知府时，正因为知道李克己的保护人神通广大，在接到铁罗汉交换人质的通令时，才敢不理会十几名举人的生死，笃定了李克己背后的人一定会出来化解这场危机。而事实也正如他所料。

李克己到应天后，石头寺的住持石大师不知为何对他特别感兴趣，派人盯梢，被他发现方才罢手。

看到这儿，沈光礼抬起头道："这老和尚现在在什么地方？"

孟剑卿道："一个月前便已离开了应天，不知去向。据报是因为他在皇爷微服出访时写了首语含讽刺的偈子，特意让皇爷看见，惹得皇爷很不高兴，他也知机，早早躲开了。这是那首偈子的摹本。"一边说着，他一边将一张纸递了上去。

纸上画了一个布袋和尚，并有诗一首：

大千世界浩茫茫，收拾都将一袋装。
毕竟有收还有藏，放宽些子又何妨。

沈光礼皱皱眉："这老和尚，又来这一套，仗着与皇爷的旧交情，装痴装颠，倚老卖老。"

孟剑卿没有说话。

他隐约觉得，从他大难不死回来之后，沈光礼对他的态度有一些微妙的变化。如果放在以前，沈光礼是绝不会在他面前这样坦白地说出自己心中的感触的。

沈光礼继续看下去。

朝中众臣对洞庭湖一案看法不一，但都认为其中必有蹊跷。不过最终是礼部尚书、今科主考文方的意见占了上风，为了不影响国家的选才大典，决定暂不审问那十几名四川举子。而十几人中，只有李克己一人登第，于是有人心中不服，写了两封密信告发李克己。收到密信后，朝中又是一番争论，文方认为，正因为李克己的父亲殉张士诚而死，对李克己才更要慎重行事，让他考完殿试。当时文方说了一句话："如果连李瑞林的儿子、高启的学生都来应考了，天下还有什么读书人不能为我朝所用？"这句话深得圣心，李克己由此顺利通过了殿试，并被选入了翰林院。

然而毕竟密信所告发的内容事关重大，不能不加理会，所以沈光礼又奉旨来查清此事。

看完之后，沈光礼沉吟道："盗取试题一事，可以不论。就算他有本事盗走进士试的题目，又岂有本事盗取皇爷在殿试时临时选定的题目？现在只剩下一件事——他是否真有能力轻易制服铁罗汉，还是其中另有原因。不过注意不要伤着他。皇爷在殿试时见过他，看来对他颇有好感，即便叫锦衣卫查办，意思也不甚恶。他所知有限，关键还在他背后那人身上。你有无派人到青城查？”

孟剑卿道：“我早已派人去了，估计这两天便有回音。石大师那儿，也已派人去追赶了。”

沈光礼微微点一点头，道：“好，这两天我们就先派几个人去试一试，看看李克己身手到底如何，究竟是何门何派的子弟，与陈友谅或张士诚的旧部是否有关系。”

停一停，他又道：“川中原是夏王明玉珍的地方。”

孟剑卿会意，躬身答道：“卑职也不会放过这条线索。”

正传　追梦人（二）

第二天，李克己被带到了演武厅中，沈光礼含笑道：“李先生，我们一定要验证一件事，还请见谅。请先生更衣。”

孟剑卿早已奉上一套蓝布衣，换下李克己身上的长衫，又奉上一块蓝布让他蒙住了大半张脸孔。

沈光礼道：“既然李先生自己也不知道教你武功的人出自何门何派，那么先生不反对我们替你找出来吧？为免先生今后与今天这些人相见时为难，沈某才请先生改了装扮、蒙上面孔，先生应当不会见怪吧？”

他一直十分礼貌周到，令李克己无论如何也说不出一个“不”字来。

沈光礼微笑道：“第一位是巨灵神崔大力。”

自侧门进来的崔大力如金刚铁塔一般，若与铁罗汉站在一处，定当俨然两尊门神。

李克己自靴筒中抽出笔，看着那崔大力。

他当然明白沈光礼未说出口的意思。如果他不能像当日在洞庭湖上一样，在几招之内用一支笔制服这个与铁罗汉路数极其相似的崔大力，沈光礼就有理由怀疑他与铁罗汉的真正关系并不像他说的那样素昧平生。

他不知道自己有没有把握，当日他制服铁罗汉是攻其不备，眼前的崔大力却是全身心地戒备着他。

沈光礼击了一下掌，那崔大力快步奔了过来，伸开巨大的右掌抓向李克己，满溢的真气令他行动之间虎虎生风。

李克己忽地提笔点向崔大力的双眼之间，无论一个人如何刀枪不入，也不能练到眼睛之中，这正是当日李克己对付铁罗汉的招式。

沈光礼的眼中不由一亮，李克己如此深知他的用意，竟然连出手的招式都不肯更改，一定要证明自己所说的全是真话。

崔大力外表鲁莽，心思倒还灵敏，明白与刀剑相去尚远的一支毛笔无论如何也不能真正伤到他的眼睛，但是笔上的劲气仍迫得崔大力身不由己地眨了眨感到酸痛的眼睛。这眨眼之间，也不过佛家所说的弹指一刹那间，李克己蓦地纵身挥笔点向他的掌心劳宫穴，那正是因这一眨眼而带来的真气稍有紊乱之处。

若让灌注了真气的利剑一般的笔头点中，他这只手掌便是不废，也一时不能再用了。崔大力疾收回右掌，真气流转，运至左掌，抓了出去。然而李克己已在他真气尚未运至整个手掌时向前抢至他的身前，笔头点中了他手背上小指关节。

关节是最灵活柔韧之处，也是最脆弱易伤之处，十指连心，崔大力痛得大喝一声，双手一合圈住了李克己，其势竟是要将李克己硬生生箍住。一旦被他箍住，势必骨节碎裂，孟剑卿不由得向前走了一步，但沈光礼竖起手掌止住了他。

李克己的身子滑如游鱼，已自崔大力的手中脱出，贴着地面滑出数尺，双足飞起，踢中了崔大力的左右膝盖。沈光礼略略扬起了眉，孟剑卿会意，俯下身低声说道："他这身法颇似东海龙王岛的水底游鱼一式；这双足飞踢，又似南海琼州岛黎山老母门中的燕双飞一式，踢人要害，无不如意。"

沈光礼"唔"了一声，暗自忖度，孟剑卿少年时在浙东天台寺中习武，浙东近海，所以才对海上各家各派的武功如此熟悉吧。

崔大力遭此一踢，痛不可当，更是大怒，大喝着扑上前来。

李克己跃起，以笔代剑，身子倏进倏退，快如疾风，转眼之间已连刺崔大力周身十余处关节。

待到他一轮攻击过后，停在两丈开外蓄势待发之时，崔大力已是浑身颤抖，无力再进攻。因没有得到号令，又不敢退下，站在那儿甚是狼狈。

沈光礼暗自叹息一声，说道："你下去吧。"

崔大力如蒙大赦，退下之前犹敬畏地看了看李克己，他还从没有吃过这样几乎无法还手的大亏，由此对击败他的人生出深深的惧意。

沈光礼沉吟一会儿，说道："先生平时习练的似乎是剑法吧？兵器架上也有几柄好剑，先生尽可取用。第二位是霸王枪易正东。"

他注意到李克己对这些武林名家弟子似乎全无所知，教他武功的人是否并未想过让他与这些人争胜，是以很少提起这些江湖武林中的人与事？

李克己自然知道要对付长枪不能单靠一支笔，他略想一想，自兵器架上抽出一柄剑身极细的长剑。这大出沈光礼的意料，他原以为李克己会选一柄重剑以对抗长枪的威力。

霸王枪易正东高大威猛，一杆枪也同样威风八面，使开来当真是风雨不透，豪气纵横。

李克己一边招架一边后退，直到后背贴近砖墙，方才止住退势，而追击的长枪已将他的整个人都罩在了枪头幻出的一片光影之中，无论朝哪个方向闪避，都逃不开这片光影的威胁。

孟剑卿这一回耐心地等待着李克己的反击，沈光礼也饶有兴趣地等待着。李克己将自己置于这样的死地，究竟有何用意？

李克己退无可退之时，忽地探臂刺出一剑，正点中枪头，枪上的真力被剑尖一刺，四散开来，易正东身不由己地僵滞了一下。李克己已趁这个机会抢至他近身之处，长枪威力再大，也是只能攻远不能攻近，易正东措手不及之时，已被李克己的剑刺中手腕关节要害之处，长枪把持不住，当啷落地。他一脸羞愧地退了出去。

沈光礼轻轻地吁了一口气："剑卿，你看明白了吗？"

孟剑卿思索了一会儿才道："方才易正东一上来就全力抢攻，当他攻到墙边时，也正是他的真力盛极而衰之时，所以李先生抓住这个机会反击就可以一举成功。"

沈光礼长叹道："道理虽然简单，但要准确判断对方真气运行的状况，不能有毫厘之差，否则便是自寻死路，这就不是一般人敢做，也不是一般人能做的事情了。至于选用窄剑而非阔剑，当是因为窄剑的剑尖更利于刺人关节要害吧。李先生，我说得可对？"

李克己一挥手将长剑掷入兵器架，说道："我选用这柄剑，只因为我平时练剑时惯用这样的剑罢了。"

沈光礼微笑。细长的剑身，更利于挥舞出灵活优美的姿态。李克己终究是文人习武，难以摆脱文人讲求美观的积习。这或许便是他最大的缺陷。

这一天中，与李克己交手的人无一例外地败下阵来，最差者只一照面间便已受制，最佳者也不过挨到了三十招。看到日暮时分，沈光礼与孟剑卿依然无法判断李克己的出身门派。一则因为李克己武功太杂，出手太快，二则也因为他能取胜，大半是由于他似乎一眼便能看透对方真气运转的情形，所以能避其锐气，击其惰归。

待得李克己被送回小书房，沈光礼叹了口气，道："一群废物，太丢锦衣卫的脸面了。"

孟剑卿默然不语。

出身于小西天的铁罗汉能在几招之内便认出李克己的师承来历，同样出身于小西天的沈慕尘恐怕才是试探李克己的最佳人选。沈光礼不会想不到这一点，但是他提都不提这件事。孟剑卿觉得自己还是静候沈光礼的下一步指示为好。

沈光礼也默然了片刻，忽地想起一事，怔了一怔，自言自语般地说道："我们为什么从未想到，李克己很有可能是张士诚、陈友谅抑或是明玉珍旧部精心栽培出来的刺客？"

以他的身手及其接近洪武帝的机会，他的确是绝佳的刺客人选。

孟剑卿也是一怔。

为什么对着李克己时，他们会想不到这一点？即使是那个心怀不满的告密人，有着足够的聪明写了两封将李克己逼入死角的告密信，似乎也没有想到这一着。

而这一着才真正能将李克己逼入绝境，无论他是否能证明自己的清白，都会被赶到远离洪武帝的地方，此生此世，再无出头之日。

也许写这两封信的人，即使嫉恨如狂，也无法摆脱李克己身上那种奇异的宁静气氛的影响，下意识里避开了真正能置他于死地的这一着。

就像他们面对李克己时，也在潜意识里不知不觉间便放弃了将所有人往最坏处推测的习惯。

沈光礼轻轻叹息一声："好了，今天就到此为止吧，你先去安排明天的人手。"

孟剑卿才想退下去，演武厅外就有人怪笑道："沈大人，你怎么不派一等好手去试，尽派些二三流角色，也不怕皇爷怪你丢了他的脸面？"

沈光礼无可奈何地叹道："石和尚，我知道是你，出来吧。"

厅外一名瘦小的老僧走了进来，笑眯眯地道："知道你们在找我，我就自己回来了，以免让老朋友为难。我已看了一天了，你的部下中，恐怕只有这孟校尉可以与李克己一争高低。怎的不派他去，舍不得？"

孟剑卿忙向他问好，石大师道："现在我是笑面佛石佛，不是什么大师。"

孟剑卿不由得一怔，他自然知道笑面佛石佛，名动天下的海上七星中最年长的一位。但他不知道笑面佛在不是笑面佛的时候竟是石大师。

沈光礼眯缝着眼看着他："你就这样赏识剑卿，竟毫不犹豫地在他面前自报双重身份？"

石佛一笑："雏凤清于老凤声，沈大人，看来你还是低估了这年轻人啊。你何不派他下去，几十招上百招地打下去，定然能试出李克己的师门来历。"

沈光礼淡淡地道："恐怕你太抬举我的人了。"

石佛笑而不语。其实他们都明白，正因为孟剑卿很可能有这个实力，所以才不敢将他派下场去。沈光礼转而问道："你看了一天，看出什么来没有？"

石佛道："洞庭湖上的案子一传出来，我就知道其中定有缘故，铁罗汉既然说过要用四川举子换回他的兄弟，就绝不会在岳阳知府杀了他两个兄弟之后还放了那些举子，他若这样服软，以后就不用再在洞庭湖上称霸了。因此我去找了铁罗汉，铁罗汉不敢隐瞒当时是李克己出的手，他知道他不说也会有其他人对我说出来，可是他抵死不说出李克己的师承来历。"

沈光礼沉吟着说道："能让铁罗汉这样敬畏的人，是很有限的啊。"

一旁的孟剑卿说道："有三种可能。一是铁罗汉的师父欧阳不修；二是铁罗汉过去的主公陈友谅的后人；三是海上七星中的一个。"

石佛赞许地笑道："不错。我也这样猜想，于是派我的徒孙石敢峰去监视李克己，不想石敢峰这小子擅自行动，竟想假扮刺客来探出李克己的出身门派，结果被他的暗器打伤关节，要不是我及时相救，小峰差点被他抓住了。"

沈光礼皱起了眉："石敢峰？是不是前年与锦衣卫打赌，盗走御玺的那个小子？我记得他轻功绝佳，锦衣卫的天罗地网都未能捕住他，竟然会中了李克己的暗器？是什么暗器？"

石佛展开左手，手掌中躺着一枚细细的缝衣针，针尾还带着一截白棉线。

很显然这不是李克己随身带的暗器，只是一枚普通的缝衣针。想必当日店家是缝补了被褥之类的物品后随手插在枕头上或是蚊帐上，又被李克己随手取来作为暗器。因了它的细小，也因为棉线减慢了它飞行的速度，它飞行之际少了寻常暗器的破空之声，才会令石敢峰没能防备住它。

孟剑卿将缝衣针拈起来，在手中掂量掂量，一笑道："以这样细小的暗器射人关节，一旦没入体内，根本无法取出，那处关节就算是废了。沈大人，卑职还真没看出李克己出手会这样狠。"

石佛不以为然地摇头道："年轻人，这件事恐怕不是你想的那样。这全因为李克己所学的武功最擅以最快最有用的方式打击对手的要害之处。小峰轻功好，所以他的出手自然而然地致力于令小峰无法再施展轻功。"

铁罗汉敬畏的人中，有谁的武功是这样的风格？

沈光礼与孟剑卿对视一眼，联想到这一天来他们对李克己的武功路数的了解，心中渐渐已有了把握。孟剑卿试探着问道："难道李克己的师父是铁笛秋铁先生？"

石佛点一点头："必定如此。铁罗汉当年曾经惨败在铁笛秋手下，他一直记得铁笛秋的出手招式与路数，毫不奇怪。而且，不要忘了铁笛秋当年与李瑞林和高启那些人是至交好友，他很有可能会隐姓埋名去照顾李瑞林的儿子、高启的学生。"

纵使是沈光礼也脸色微变。

铁笛秋是海上七星中最年轻也最才华横溢的一个。

当年宋亡元兴，不少风骨铮铮之士逃往海外，世世以驱逐蒙古、光复汉室为己任。他们的隐居之地飘忽不定，故有"忽闻海上有仙山，山在虚无缥缈间"之说，世人笼统称之为"海上仙山"。忽必烈大汗死后，元人争夺帝位，十数年间，连更数帝，局势大乱，至顺帝继位，更是遍地流寇，朝野不稳，这些人的子弟闻讯相继归来，其中最负盛名的七人一身奇才异学，且又有世交之谊，于是便被世人视为北斗七星相携下界、匡复汉室，合称为“海上七星”。

至于铁笛秋，相传他是山中老猴转世，生来便不同于常人，有过目不忘之才，博闻强记，无所不晓，兼之习得一身出神入化的武功，穿梭于千军万马中如入无人之境，由此更有了通天彻地之能。其才华固然惊世，其性情也同样骇俗，惯于眠花宿柳，自称是不愿受任何束缚，只要快活一生。海上仙山虽然大力襄助洪武皇帝，铁笛秋却拒绝洪武帝的延揽，与张士诚网罗的一班江东文士过从甚密，意气相投，张士诚也试图延揽他，同样被他拒绝。及至张士诚败亡，江东文人大半入了大明王朝，冥顽不化者或死或逃，铁笛秋仍是长啸高歌，恍若不知世事已换。其时北方未靖，朝廷也顾不上他，由得他游荡江东，狂放依旧。此后高启弃官归乡，杨维桢拒受征召，这些人很自然地凑到了一起，自比为布衣傲王侯。

杨维桢既死，高启又被腰斩，江东文人风流云散，铁笛秋也就此不知去向。谁也没有想到，十余年来他居然一直躲在青城教授李克己这个弟子。

铁笛秋与人动手，从来不会以和气收场，他武功既高，出手又狠辣，动辄击人要害，伤人筋骨，与他对敌的人往往非死即残，故此当年没有人敢轻易招惹这位魔王。再加上海上仙山的声名威望，大江南北对他都极其敬畏。

沈光礼喃喃道：“难怪铁罗汉一认出李克己的师承来历就乖乖地放人，铁笛秋的确是他惹不起的。关青龙当年只怕也知道保护叶氏母子回青城是铁笛秋的意思，只是打死他也不敢对我们说出那威胁他的蒙面人其实就是铁笛秋。”

石佛看着他，等着他得知真相后的表示。

良久，沈光礼叹口气道：“石大师对此有何见教？”

石佛笑道：“你不必这样客气，我知道这个案子是皇爷亲自关照过的，当然不敢就这样将人领出去，只是请你多关照关照他。”

沈光礼微笑道：“不敢当一个‘请’字。铁先生的弟子，天下人谁不另眼相待。”

石佛的面色沉了一沉，叹息道：“我担心的就是这个啊，李克己倘若不是铁笛秋的弟子，事情会好办得多。”

他们都是深知洪武皇帝心性的人，自然知道这么多年来一直狂放不驯、拒绝效力于大明朝的铁笛秋，让洪武帝心中有何想法。李克己偏偏是他的弟子。

两天后，派往青城的人回来，交上有关李克己的所有资料以及周围有关人等的画像。石佛一眼认出，自称是叶氏堂兄、一直住在李家教管李克己的叶知秋，便是铁笛秋。

洪武二十一年四月初二，李克己被带往太和殿，洪武皇帝要亲自审问他有关洞庭湖一案的详情。

空旷的宫院内，露水在日光中闪着点点白光，正渐渐化为朝雾。早朝的文武百官已经奏事完毕，等着的只有他这一件案子。

李克己并不是第一次见驾，但今天他是主角，所有的目光都投在他身上。他眼角的余光可以看到座师詹大慈关切的神情与礼部尚书文方不无善意的注视。其他人则半带好奇半带事不关己的冷漠看着他走过自己身前，在御阶前跪下。

沈光礼已将洞庭湖一案的详情奏折奉上，御座之上的朱元璋示意他念来听。

李克己没有抬头。

沈光礼写得非常细致，但也很客观，完全不带个人好恶。孟剑卿与其他几个掌刑校尉一起站在御阶下，若有所思地听着沈光礼的奏折。沈光礼是猜到了洪武帝的微妙心思，所以才这样写奏折，还是他向来就这样写奏折，绝不表达自己的偏倚，只讲事实，将裁断之权恭恭敬敬地交到洪武帝手里？

孟剑卿看得出李克己心中的感激。李克己必定觉得，沈光礼充其量也只能做到不偏不倚这一步了，不少案子就因为审案人写判词时语气的细微差别而导致上司取舍的巨大差异。

念完之后，大殿中静寂无声，都在等着皇帝的旨意。

朱元璋的声音自御座之上高高地传了下来：“李克己，你既是铁笛秋的弟子，当日在洞庭湖中为什么不将铁罗汉擒拿归案？你既已制服了铁罗汉，湖中水贼群龙无首，你为什么要放过这个大好时机？”

殿中百官的目光齐刷刷地转向了李克己。

李克己怔了一下，抬起头来直视着御座之上的皇帝，这个大胆的举动令得众人都吸了一口凉气。

御座高高在上，大殿中光线又不甚明亮，朱元璋的面目有些朦胧不清，只有他的目光仿佛有穿透人心的力量，重重地压在人心之上。立在一旁的太子朱标，不无关切地注视着李克己，等着他的回答。

李克己暗自吸了一口气，镇定住心神，迎向御座上逼视着他的目光，他的声音不大却字字清晰：“事发突然，臣只想到要安全脱身，委实不曾考虑到其他。”

面对突然的变故，不知所措是人之常情，安全脱身是一般人这个时候本能的反应。

朱元璋审视着他，又道：“对一般人而言，自当如此，不过你不同。”

李克己答道：“铁先生传授臣武功，并非为了让臣从武职出身，所以这方面历练不多。”

若缺乏经验，即使是顶尖的高手在对敌时也难免措手不及。

朱元璋笑了一下：“你的胆子倒是不小，一个小小新科进士，居然能和朕一来一往地辩理，许多二三品大员见了朕都还诚惶诚恐不敢抬头。”

谁也不知洪武帝这一笑是雷霆之怒的前兆还是云开见日的前兆，都屏息静气不敢打扰。

李克己低下头来道：“是，臣太冒昧。”

朱元璋又道：“你还是抬起头来与朕说话吧。唔，你还给铁罗汉写了一副对联，是什么对联来着？”

沈光礼在一旁道：“足踏洞庭浪，掌撑岳阳天。”

朱元璋微微笑着说道：“写得不错呀，很有气势，只是铁罗汉当得起这副对联吗？”

李克己只得硬着头皮答道：“铁罗汉言语之间似与铁先生是旧交，因此他索要题字之时，臣不知该如何应对，只好写了给他。”

詹大慈在一旁听得大是心焦，李克己这些话，就如孩童闯祸之后以无知为搪塞之词，他恨不得亲自去教教李克己如何回答。文方却已面露诧异之色，若有所思地注视着李克己。

朱元璋又笑了起来：“铁笛秋居然教出你这么个一心只读圣贤书、不知世事险恶的弟子来，也真有他的。铁罗汉对你倒不坏呀，居然还替你去威胁那些四川举子不得漏了你的底细。他有胆量劫持十三个举子，倒没有胆量得罪铁笛秋？”

这句问话咄咄逼人，李克己倘若回答是，难免令人觉得铁笛秋的权威胜过国法昭昭，若回答不是，则又坐实了铁罗汉向他示好是别有用心。

李克己咬一咬牙，决然答道：“臣对铁先生以前的为人行事所知不多，但也看得出铁罗汉对铁先生极其敬畏。铁罗汉是陈友谅旧部，一直不服王化，国法于他自然无威慑之力。绿林贼寇，向来是胜者为大，铁罗汉曾是铁先生手下败将，此次又败给铁先生的弟子，自然要低头折服。”

朱元璋敛去笑容，微微向前倾斜着身子，盯着他说道：“这么说，天下贼寇怕的不是朕而是能击败他们的铁笛秋了？”

李克己无言以对。

朱元璋又道：“铁罗汉这样卖力地向你示好，是想通过你替陈友谅的后人拉拢铁笛秋吧？”

这个罪名太大，李克己急忙伏下身去说道：“请圣上明鉴，铁先生那样的性情，怎么会受陈友谅后人的拉拢？当年……”他自觉后面的话不便出口，朱元璋却不放过，逼视着他道：“当年如何？”

李克己一横心，仰起头来答道：“当年铁先生连圣上的延揽都不肯受，又岂会瞧得上陈友谅的后人！”

铁笛秋的狂放不羁、逍遥化外，一直是洪武皇帝的一块心病。虽然说四海之内皆为王土，但王土之上居然还有这样一个天下闻名的不受约束的铁笛秋，“率土之滨，莫非王臣”这句话就怎么也说不出来了。

大殿中静得连呼吸声都听不见。朱元璋脸色紫涨，将腰间玉带往肚皮下紧了一紧。御阶下的掌刑校尉交换了一下眼色，他们熟悉洪武皇帝震怒之前的这个动作。玉带往下束起，意味着洪武皇帝心中对将受廷杖的官员极其恼怒，他们行刑时尽可往死里打。当然，玉带若是往上提起，则意味着洪武皇帝对这官员虽恼怒但并无杀机，行刑时可要小心，以免打坏了受刑人，到头来倒霉的是自己。

李克己直视着御座之上的洪武皇帝，紧抿着嘴，那神情仿佛是说，他说的都是事实。

朱元璋审视着他。御阶之下跪着的这个青年进士，是以死殉张士诚的李瑞林的儿子，是弃官隐居的高启的学生，是狂傲不驯的铁笛秋的弟子。那三个人，两个已死，一个至今没有低头臣服，然而他们所精心培植的这个年轻人，却从遥远的川中家乡来到了应天，跪在了御阶之下，带着自认为无辜的倔强，更带着进入仕途的渴望，等待着朱元璋对自己前途与命运的裁决。

朱元璋的脸色慢慢地恢复了正常，他往后微微一仰，让身子舒展开来，说道：“你一个后生小辈，又如何知道铁笛秋的心性与行事。沈光礼！”

沈光礼跪下：“臣在。”

朱元璋道：“暂且收监，下次再审。”

下次再审，锦衣卫的行话叫作“挂起来了”。

锦衣卫的监狱，关押的都是奉了圣旨审理的犯人，称为“诏狱”。锦衣卫奉旨审案，用起刑来自然是无所顾忌，是以无论是文武百官还是平民百姓，一入诏狱，无不九死一生。

李克己虽然承蒙沈光礼看在海上仙山的面子上格外照顾，不曾受刑，仍是得按制度戴上手铐脚镣，单独关在一间狭窄的监牢中。

出乎他意料的是，除了送饭的狱卒，入狱之后他第一个见到的竟是沈光礼身边那年轻的校尉孟剑卿。

孟剑卿在他对面坐下，微笑着说道：“我知道李先生必定很担心你的家仆，所以特意来告诉先生，皇爷因为那几个家仆丝毫不知内情，已经让锦衣卫放了他们，那名老仆万安和你的书童抱砚要留下来在外面照看你，那一对驾船送你们来京的佃户夫妻则要赶回去向令堂禀报京中的情形。先生若有家信，可以让他们带回去。”

李克己一怔，他既然关入了诏狱，邸报之中必定会登载此事，此时只怕青城之中早已传扬开来。母亲在家中不知详情，还不知会着急成什么样子，他实在应该写一封信回去的。只是这信中又该写些什么？现在一切都还不明朗，他不能对洪武皇帝的心思妄加猜测去宽母亲的心，而真实情形又徒然让母亲心焦。

怔了许久，他摇了摇头道："不必了。"

孟剑卿注视着他，说道："以卑职看来，先生还是写一封家信为好，至少让令堂知道先生现在平安。另外，外面的流言太多，有了这封家信，铁先生也好知道真实情形，以便应对。"

李克己心中豁然醒悟。这一封信，与其说是写给母亲，不如说是写给铁先生，这也正是孟剑卿的真实来意。

孟剑卿微笑着看着他。

李克己不是不明白其中的奥妙。廷审之际，洪武帝对他其实并无恶感，关键全在于铁笛秋的狂傲不驯令洪武帝心中的愠怒难解。一二十年的积怨，不是那么容易忘记和化解的。

李克己默然片刻，终究说道："我还是不写信了。现在的情形，让家母与铁先生知道，于事无补，徒乱人意。"

孟剑卿怔了一下才道："如果先生什么时候想写家书，尽可叫狱卒通报一声，我会安排可靠的人送信的。"

孟剑卿告辞离去。

李克己目送他离开。孟剑卿此行是洪武皇帝的意思，还是沈光礼的意思，抑或是他自己的主意？

李克己随即推翻了自己的第一个猜测。以洪武皇帝的性情，即使他想要铁笛秋亲自来求情，也不会通过一个小小的校尉这样明明白白地暗示自己，以免显得他是在要挟铁笛秋，胸襟过于狭窄。

至于沈光礼，他若有这个想法，大可亲自来一趟，更何况沈光礼似乎是那种对任何事都不太提得起兴趣的人，不太可能采取这样主动的方式。

难道这完全是孟剑卿自己的主意？他一个小小校尉，这样做有何用意？

孟剑卿不多时去而复返，跟在他身后的人居然是文儒海。此前文儒海也曾来探望，只是每次都被挡了回去。想来现在局势已然明朗，是以不禁探监了。

文儒海小心翼翼地在那张看起来随时会垮下来的破烂牢床边沿坐下，上下打量着李克己，摇头笑道："当真是'真人不露相'！你说我做梦也想不到你还有那么大的来头！喂，你被请到锦衣卫那天，国子监里就开了一个赌局，赌你能不能出来，是抬着出来还是走着出来，我可下了重注赌你能走着出来的，可别让我输得连一席接风酒都请不起啊！"

李克己当真是啼笑皆非。

文儒海高谈阔论之际，孟剑卿一直默不作声地站在铁栅外。半个时辰一到，他立刻敲了敲铁栅，半请半拖地将意犹未尽的文儒海拉了出来。

穿过那条长长的、寂静无人的甬道离开监牢时，文儒海道：“孟校尉，说真的，我倒真没想到你居然敢放我去见李克己。我很有自知之明，就我这个人，还没有这么大的面子，你不会还有什么下文吧？”

孟剑卿看他一眼：“你以为呢？”

文儒海苦笑道：“我猜你是想问，我为什么从李克己一到应天就缠上了他，对不对？”

孟剑卿微微一笑。

文儒海倒说得贴切，一开始的确是他想尽办法去和李克己结交的。

文儒海遥望长空，叹息般说道：“在李克己到应天之前，我已经见过他在乐山画的《海通和尚捧目图》的摹本。虽然只是一幅摹本，却仍然能够让人感到那种无法言说的震撼。那是你们这些人不会明白的。及至见到李克己这个人，我更确定了自己的看法。天生我材，就是要让我来欣赏爱护这世上的美好事物，我又岂能当面错过如此美妙之人的画？”

孟剑卿默然不语。他曾经潜入文儒海的书斋，检查过所有李克己送给文儒海的画作。文儒海所说的“震撼”，他的确感受不到。然而最初展开画卷之际，他也的确感到了一种弥漫在画面之上的流动意韵与生气，令他直到现在一闭上眼仿佛就能清清楚楚地重新看到那些画面。

文儒海转过头来看着他。

甬道尽头的出口已然在望。

孟剑卿停下了脚步：“出口外有人等你，你跟着他出去就可以了。”

文儒海拱手一揖，笑道：“有劳孟校尉了，在此多多谢过！”

他施施然离去，留下孟剑卿在他身后沉吟着望着他的背影。

正传 追梦人（三）

时当四月，天气潮湿，监牢中又密不透风，是以地板上及墙壁上都湿得可以滴下水来，蚁虫无数，出没毫不避人。木板床上的铺盖，在这监牢中不过熬得几日，已是霉烂之味逼人。

李克己辗转无法入睡，索性坐了起来。

守在铁栅栏外的两名狱卒立刻站起身来，问道：“先生有何吩咐？”

因了沈光礼的交代，更因了李克己的身份，狱卒待李克己甚是客气。

李克己摇摇头，说道：“没事，你们只管歇着吧。”

他盘膝而坐，望着壁上摇曳的松明火光的阴影出神。

他入狱的消息，此刻想必已经传入母亲的耳中了吧？

母亲如何能够承受这样的打击？

她没有想到，李克己居然会背着她习练了十年武艺，更没有想到，会因为这个缘故而惹下这样的祸事。

但是他若只是一个手无缚鸡之力的书生，在洞庭湖上，又岂有生还之机？

母亲能否想到这一点，从而原谅他也原谅铁先生？

李克己心中怔忡不安，以至于他听到狱卒倒地的声音才蓦然惊醒。

一个黑衣蒙面人放倒了那两名狱卒，已经逼近至铁栅栏边，手中握着一柄寒光闪烁的短剑。

李克己一怔，正待出声喝问，那黑衣蒙面人低声说道：“李先生切不要声张，我是来救你的。”

是个陌生的男子的声音。

一边说着，那蒙面人已然挥剑斩断了两根铁栅栏。

这样削铁如泥的宝剑，李克己还是第一次见到，不觉又是一怔。

蒙面人钻入监牢中，闪亮的眼睛在李克己身上转了一圈，随即走了过来。

李克己心中忽然升起一股强烈的不安。

蒙面人低声说道："我先为李先生断去铁链吧。"

李克己摇摇头："多谢兄台好意，我不会走的。"

蒙面人忽地一笑："只怕走不走也由不得李先生吧。"

一边说着，左手已然扬起，一把青色药粉迎面撒向李克己。

李克己已在他扬手的同时掀起了床上的被子，罩向那蒙面人，药粉也被反扑了回去。

那蒙面人"咦"了一声，显然是未料到李克己应变如此之快，竟似能看透他心意一般抢先一步出手挡回药粉。但他立刻横掠出数步，纵身出剑，去势如电，李克己心头不由得一凛，不敢硬接他这一剑，向后疾退，掀起木板床掷了过去，人已在这一掷之间退至墙壁处，反手在墙上一撑，借力滑至铁栅栏处，方才避开被短剑片片碎裂的木板的袭击。

李克己正待扬声叫喊，那蒙面人却道："李先生请不要声张，否则我就杀了那两名狱卒。"

李克己略一迟疑之际，那蒙面人左手又是一扬。

李克己只能从那蒙面人方才钻进来的破洞处倒翻出去，避开迎面撒来的药粉。

蒙面人随即追出，飞起一脚踢起地上的一名狱卒，李克己下意识地伸手接住那狱卒将要撞到墙上的身子，刚刚将那狱卒放到地上，蒙面人的剑已自脑后刺来，李克己疾拧转身形，双足飞踢那蒙面人的小腹，却因铁链牵制而相差那么一点儿，蒙面人的剑已将及头顶。李克己蓦地挺身，伸手一托那蒙面人的右腕，顺着他飞冲之势往前一送，那人身不由己地飞冲出去，短剑直插入石壁之中。

李克己一个鱼跃，自地上挺身站起之际，右手已抓住了那人的左足足踝，手上加力，扣住了那人的足上筋脉。

蒙面人身上一阵酸软，已被李克己拖了过去，短剑也落入了李克己手中。他倒转刀柄敲闭了那人的七处大穴，随即挑开他的面纱。

是一张陌生的面孔，不算年轻也不算太老，平平常常的一张脸，没有什么特别之处。

李克己注视着这个人，低声问道："你究竟是什么人，竟然潜入诏狱中来行刺我？"

那人苦笑一声，说道："李先生，我绝对没有行刺的意思，只不过想要救先生出去。家主有命，如果李公子不愿意出去，就想办法将先生带走。还请先生体谅我们的一片苦心。"

李克己沉吟一会儿，问道："你家主人是什么人？"

那人答道："这个恕在下不能说。"

李克己注视着面前这个人。他该怎么做才是？如果将这个人交出去，未免于心不忍，毕竟此人是为救他出狱而来，但如果不交出去，后果又是他无法承担的。

那人似乎明白李克己的为难之处，说道："李先生，在下不幸失手，有辱主公吩咐，但求一死，以免落入锦衣卫手中，连累了主公。不过还请先生体谅在下主公的一片苦心。"

李克己听他这话不祥，正待开口劝解，那人头已是一歪，口角流出黑血来，身子也沉重下去。

李克己伸手试那人的鼻息，已然无救。

他虽然也读过不少史书中所载杀身成仁的死士的行迹，譬如专诸，但今日亲眼见到这样的死士，心中仍是大为震惊。能够豢养这样的死士，主人又是什么样的人？

他不由得低头去看手中的短剑。

剑柄上以梅花篆字刻着"断玉"二字。

他听铁笛秋说过，断玉与削金，两柄短剑原为一对，如今看来，削金剑在何人手中，何人便当是这自杀的蒙面人的主公了。但是，这很可能也不过是移祸江东之计。

因了这人断然自杀，不肯连累主人，同时也不肯陷李克己于两难处境之中，李克己心中多了一层无形的重压，仿佛在不知不觉中欠下了某人一笔说不清道不明的债务一般。

匆匆赶来的孟剑卿进来之后，见李克己安然无恙地站在那儿，松了一口气，拱一拱手道："让先生受惊了。"

李克己一言不发地将手中短剑递了过去。

孟剑卿接过来道："卑职即刻禀报沈大人，为先生换一间安全一些的房子，以免再有亡命之徒铤而走险。"

李克己注意到，他接过短剑时目光下意识地掠过剑柄上的字，脸上不易觉察地颤动了一下，随即又恢复了镇定自如的神情。

孟剑卿知道这柄剑的来历？

这名年轻的校尉，恐怕比他表面上给人的印象还要深沉复杂得多吧。

李克己随即对自己苦笑了一下，这是什么时候，他居然还有心思去探察他人的隐秘？

沈光礼听了孟剑卿的禀报，沉吟不语。

过了片刻他才说道："这样锋利的宝剑，兵器谱上必有记载，你可记得这剑的来历与流传？"

孟剑卿答道："此剑出于宋末铸剑名家黄大家之手，一雄一雌，雄名'削金'，雌名'断玉'，铸成之后，贡入内廷。宋亡之后，双剑随宋室图书宝藏一起被送往大都。忽必烈后来将双剑赏赐给降将张弘范，张弘范死后，双剑本已随葬，但是宋世遗民恼恨他逼死幼帝，在他生前奈何不了他，在他死后捣毁了他的坟墓，双剑此后辗转易主，最后的记载是被张士诚收藏，但是苏州城破时不知去向。"

用这样一柄可以轻易查出来历的宝剑来劫持李克己，暗中的那个人究竟是太聪明还是太笨？他是想让锦衣卫追究张士诚旧部，还是想让锦衣卫生出疑心而转换追查的方向？

沈光礼沉吟良久，微微笑了起来：“兵不厌诈，虚实相生，这个人多半曾是某人的大将吧。将这柄剑封好，送给石和尚，告诉他这件事。”

孟剑卿一怔，锦衣卫办案，什么时候要别人插手了？

但他随即明白过来。

就让海上仙山去追查这柄剑的主人好了。

去石头寺之前，孟剑卿先去查看了李克己换的新监牢。

掌管狱室的刘千户将李克己安排在天字九号，这是天字号最深处的一间监牢。孟剑卿巡视过后，将岗哨重新安排了一遍，并加派了弓箭手把守高处。

刘千户有些不以为意地道：“孟校尉尽可放心，还没有一个犯人从刘某手里逃出去过。”

孟剑卿看他一眼，淡淡说道：“刘千户以为在下这番安排是为了防范李克己越狱？”

刘千户闭口不答。

孟剑卿心念转了数转，压低了声音说道：“刘千户，在下想这件事情还是应该与你说明，也好让千户有个准备。在下认为，我们要防范的不是李克己，他是绝不会越狱的。我们要防的，是外来的刺客。”

刘千户呆了一呆，他自然知道昨天夜里有人试图救走李克己的事情，具体过程他并不清楚，只知道那劫狱人失败自杀。现在看来，很显然孟剑卿认为，劫狱失败是因为李克己根本就不想走，那么下一次来的人，就很可能不是救他，而是杀他——不能为我所用，就必须毁掉，以免为敌所用。

如果李克己死在诏狱之中……

刘千户一想到铁笛秋当年的丰功伟绩、赫赫声名，不由得打了个寒战，天地良心，他可半点儿也不想惹上那个魔王。

想到此处，再看孟剑卿的安排，心中观感大变，只是感激孟剑卿如实相告之余，心中难免生出一股酸溜溜的味道。

端午佳节，应天城中处处酒香四溢，玄武湖上龙舟竞渡，锣鼓喧天。

只有锦衣卫衙门外仍是静寂无声。

一辆马车在门外停下，车中出来一个小沙弥，将一张帖子递入门房。不多时，孟剑卿匆匆迎了出来，这令得门卫颇为惊异。孟剑卿虽然职位不高，却深得沈光礼看重，能让他亲自出来迎接的，不知是何方神圣。

从马车中出来的是一个灰衣布帽的中年僧人，衣着虽普通，气宇却极轩昂，站在令文武百官心惊胆战的锦衣卫大门外，气定神闲地四面环顾一番，向孟剑卿笑道：“这是沈光礼整治的吧？听说他是从御史台那边将这块风水宝地抢到手中的，是不是？”

孟剑卿低头说道：“沈大人一向淡泊，怎么会与御史台争抢宅基地？这块地是皇爷钦赐给锦衣卫衙门的。大师请这边走。”

他们从侧门进了衙门。

门房中，一个年轻的番子手低声问年长的同伴：“这和尚好大的派头啊！不知他是什么来历？”

那同伴寻思了一会儿才道：“我想起来了，这是随侍燕王爷的道衍大师。”

也是洪武皇帝以礼相待的几位高僧中的一个。当年洪武帝派诸王就国，选取高僧随侍，燕王挑选了道衍。这一次道衍原本是随燕王回应天贺岁，不知为何，燕王已返北平，而他却留了下来。

孟剑卿陪着道衍进去，一边说道：“沈大人正在陪侍皇爷，不能亲自来接待大师。不知大师今日来此有何贵干？”

道衍没有回答他的话，却抬起头望了望院墙，说道：“院墙上有新鲜的血腥之气啊。”

孟剑卿虽然心中惊异，面上仍不动声色：“近些日子不断有夜行人试图闯进来，昨天晚上才刚处置了两个。大师慧眼，一见便知。”

道衍微笑道：“居然有人敢在锦衣卫衙门中闹事？也当真稀罕。孟校尉知道那些人是为什么事而来吗？”

孟剑卿略一迟疑，说道：“请大师明示。”

道衍笑而不语，转而说道：“贫僧已请得皇爷旨意，来见一见李克己。”

孟剑卿本应在角门处引着道衍转向诏狱的方向，但却止住了步子，用询问的眼神望着道衍。

道衍看着他说道：“皇爷给贫僧的是口谕而非明旨。”

孟剑卿拱手说道：“请大师见谅，没有明旨不能见犯人，这是规矩。”

道衍一笑：“规矩是人立的嘛。这件案子是孟校尉你负责的，有些规矩还不是孟校尉你说了算，是吧？”

孟剑卿心头一凛，想到了文儒海。虽然他自作主张放文儒海去见李克己，可以托词说是为了查案，但真要追究起来，仍是一件麻烦事。

寄居灵谷寺的道衍，耳目竟似无孔不入。

孟剑卿只一闪念，已知道自己该怎么做，当下笑道：“若是别人，自然没有不奉明旨便见犯人的道理，大师是何等样人，又岂能一概而论。请！”

道衍又是一笑，示意那小沙弥在角门外等候，孟剑卿也令跟随的番子手在门外等候，他们两人走进了那条长长的、寂静狭窄的甬道。

孟剑卿低声说道："大师现在是否可以告知卑职大师的来意？"

道衍慢慢地说道："孟校尉当然知道那些试图闯入锦衣卫的夜行人目的何在。"

孟剑卿答道："是。他们为的是刺杀李克己。"

在最初劫走李克己的尝试失败之后，各方来人已经改变了主意。

李克己若死在诏狱之中，铁笛秋势必会迁怒于当今朝廷，以铁笛秋的性情与手段，什么样的事情做不出来？

孟剑卿继续说道："正因为顾虑到此，我才试图暗示李克己给铁先生写信，早日了结此事。皇爷要的不过是铁先生亲自来求情，让天下人都知道他已臣服，并不想真的杀了李克己。早日了结此事，对大家都好。"

道衍转过头来看看他："哦？"

孟剑卿坦然迎着他的审视："我这样做，也为了我自己。能够为皇爷、为海上仙山了结这一桩公案，我在锦衣卫中就算真正站稳了脚跟，那些因为沈大人对我的破格提拔而心怀不满的人才会心服口服。更何况，海上仙山于我曾有救命之恩，于公于私，我都应该这样做。"

道衍笑了起来："你倒老实。"沉吟一会儿，他又说道，"你和李克己倒有些相像，都知道如何说出对自己最有利的实话。所不同的是，李克己凭的是直觉，你凭的是头脑。"

孟剑卿脸上掠过一丝奇怪的神情，似乎想说什么，但又忍住了没有说出来。

道衍却已替他说了出来："孟校尉当然想说，你与李克己是不能相提并论的两个人，是吧？"

孟剑卿开始感到有些招架不住这位大和尚仿佛能透视人心的说话方式，他定一定神，说道："的确如此。李克己是铁先生的弟子，又已考中进士，不日将入翰林院。此番如果无事，当真是前途无量。至于卑职，不过一无名小卒，怎能与他相提并论。"

道衍审视着他，继续问道："你是否心中不平？我听说石和尚十分夸赞你。只可惜你从武职出身而非文职，方今承平之世，除了边塞，别无战事，是以你将来的前途再好也很有限。而若论武职呢，你又不在军中任职，讲武堂的种种便利之处，只怕你也难以借重。授业之师是天台寺吧？声名与铁笛秋也相去甚远。以至于你的资质与能力虽然并不逊于李克己，却只能屈居于小小校尉之职，这还全赖沈光礼破格提拔。"

孟剑卿不由得默然。他的每一步都十分艰难，都要付出比别人多得多的努力。即使沈光礼委他以重任，他也只能走到某一步。

道衍微笑着等着他的反应。

每次击中人心的最软弱处，道衍都有一种俯视众生的快意。

这个看上去极其坚强老练的校尉，同样未能抵挡住他正中要害的一击。

他知道自己已经可以居高临下地掌握孟剑卿了。

至少此刻可以。

孟剑卿过了一会儿才道："这是命运。"

道衍微微叹息一声："不过孟校尉绝不是会屈从于命运的人，你正在努力改变自己的命运，是吧？以你这样的能力与进取之心，只要有人扶持一把，迟早有一天会功成名就的。有空时你可以多来灵谷寺坐一坐，贫僧觉得与孟校尉十分投缘，想多与孟校尉聊一聊。"

他们对视一眼，孟剑卿拱手说道："多蒙大师夸奖，卑职一定多来向大师请教。"

沉默了片刻，道衍说道："贫僧和孟校尉一样，也想早一点儿了结这桩公案，以免夜长梦多，惹出更多事端。等一会儿贫僧要单独与李克己说几句话。"

孟剑卿会意："是。"

他们走入李克己的监牢。狱吏打开门之后，孟剑卿便与他一起退了出来，反手掩上了门。

道衍走近铁栅栏。

诏狱中没有窗户，只在外间壁上插了一支松明，火光闪烁，照着里面悄然而立的李克己。他背向着火光，凝视着墙上跳动的阴影，开门关门的声音并没有让他回过身来。

道衍在背后注视着他。

洞庭湖一案，早已闹得沸沸扬扬，道衍却还是第一次见到这桩公案的主角。

令道衍多少有些意外的是，李克己似乎已安于这监牢之中的生活，他的身上有着一种明如秋水的安静气象，同时又有着一种天马行空一般的任性不羁。四面高墙，并不能动摇他内心的这种安宁，羁縻他飞扬的精神。他的人虽在监牢之中，一颗心却似乎一直飘舞在遥远的别处。

道衍暗自皱一皱眉，这样看来，他的话只怕有些难以让李克己入耳。但他还是向前走了两步。

李克己的身形微微震动了一下，仿佛感受到来人不同寻常的用意，停了一下，转过身来。

见到道衍，李克己颇为意外。不过他什么也没有问，只是静静地看着道衍，等着道衍说明来意。这份定力让道衍不由得在心中叹息了一声。

道衍在栅栏边就地坐了下来，李克己也隔着栅栏盘腿坐了下来。

道衍竖掌打了个问讯，说道："贫僧法号道衍。"

李克己又震动了一下："原来是道衍大师，久仰了。"

只要在应天府中待过一段日子，就不会没听过这位神通广大的道衍大师的声名。

道衍留心注意着李克己的神情，说道："贫僧今日来看李施主，是因为听说令堂大人病重，铁先生已传召了海上仙山的药师悬壶道人前去诊治。不过历来心病还需心药医，只怕悬壶道人对令堂的病也无法可想。"

道衍满意地看到，李克己心中的镇定因他的这一段话而片片崩落。

他等了一会儿才接着说道："铁先生很可能会因为令堂大人病重而向皇爷求情。"

李克己怔怔地看着他，感到道衍的口气里似乎有些什么内情是他所不知道的。

道衍看着李克己说道："十多年前，贫僧有一段时间与铁先生交往颇密，约略知道一些事情。令堂年少时遭遇不幸，却有如污泥莲花，令人敬重。铁先生一生狂放，偏偏遇上这么一个人，也是他命中的劫难，更无可奈何的是，令堂其时已与令尊大人有嫁娶之约。朋友妻，不可欺。再狂放的人，他也有一些不可动摇的原则啊。"

道衍说得含蓄，李克己却已明白，约略猜到了母亲前半生的坎坷经历，以及铁笛秋隐姓埋名留在李家教养他的原因。虽然他心中早已隐约有所察觉，但仍然不知道自己是该感谢道衍告诉他真相，还是该痛恨道衍告诉他真相。在他的心中，母亲应当永远是那样淡雅如清风，先生却应当永远是那样孤高狂放如野鹤闲云。

道衍不动声色地一步步紧逼过去："铁先生一生不肯低头，到了这个时候，到了令堂大人的生死关头，只怕也不能不低下头来，好让你早日回去安慰令堂大人。只是，他为了这个原因而低头，皇爷必然会更加震怒。"

李克己没有说话，只是深深地埋下头去。

道衍继续说道："洞庭湖一案，已经到了进退两难的境地。李施主当何以自处？"

李克己吸了一口气，说道："我打算上本请求假释，以便回乡照顾母病，待家母病愈之后，再行回狱中领罪。"

道衍有些意外，他没想到李克己还有这么一个回缓的法子，略一沉吟，说道："这不失为一个好办法。尽孝之子，必是尽忠之臣，皇爷很可能会法外开恩。只是假释历来需要保人，李施主可有得力的保人？本来你的座师詹大慈可以做这个保人，不过他新近调任江西学政，已离开应天。听说李施主与文方的侄儿文儒海交往密切，文方是皇爷所信任之人，由他做保人本也妥当，不过他这个人向来谨慎小心，只怕是绝不会做这个保人的。至于石大师，因那个讽劝谒子之事，与皇爷的心结尚未解开，恐怕也不宜在这个时候来为李施主做保人吧？"

李克己沉默片刻，说道："道衍大师既然如此说，是否已有更合适的人选？"

道衍微笑着道："如蒙不弃，贫僧愿意做这个保人。"

满朝文武，能够在洪武皇帝跟前说得上话的，只有寥寥数人，其中就有这位大和尚。

李克己心中本是乱成一片，至此忽地镇静下来。

道衍绝不是无缘无故地前来向他说这样一番话。虽然道衍能够在洪武皇帝跟前进言，这样做仍是要冒风险的。

李克己转过目光看着栅栏外的道衍。这位大和尚，一直含笑以对，毫不避让他的注视。在道衍身上，没有世外高僧与人无争的清静淡泊，却有着时时迫人而来的智慧与热情。

李克己心神一阵恍惚，不由得说道："大师倘若生在乱世，定当成为刘秉忠一流的人物吧。"

刘秉忠是襄助元世祖忽必烈夺取天下的谋士，也是当时有名的高僧。

换一个人听到这番话，不是大惊就是大惧，道衍却笑了起来："李施主对贫僧的评价，与铁先生如出一辙啊。当年贫僧决意出山入世，就因为铁先生也如此评价贫僧。只可惜其时天下已有主人，贫僧所学屠龙之术已无用武之地，只好辜负山中所学了。"他话锋一转又说道，"李施主请安心，贫僧既然向施主说明这一境况，就一定会为施主解开这一困境。施主一定在疑惑贫僧对此事为何如此热心，是吧？倘若不知道原因，施主是不能相信贫僧的诚意的吧。"

李克己默认了。

道衍又是一笑："原因嘛，只有一个。贫僧当年欠了铁先生一个人情，佛家讲因果，这个人情若不早早还，日积月累，只怕会让贫僧带到下一世去加倍偿还，因此贫僧决意要在今世了却这笔人情债。"

停了一会儿，他又道："李施主看人之时，往往能够直指本心。因此贫僧有一事想请教一下。李施主如何看孟剑卿这个人？李施主尽可直说，贫僧与他并无关系，只是对这个人很是好奇而已。"

李克己怔了一下才说道："那位孟校尉自然不是池中之物。"

道衍满意地站起身来："有了李施主的肯定，贫僧对自己的眼光就更有信心了。李施主现在就请写奏折吧，贫僧在外面稍候片刻，待到今天下午朝贺时便递交与皇爷。"

他走了出去，带上门，孟剑卿迎上来低声问道："如何？"

道衍带着微笑说道："解铃还须系铃人。洞庭湖一案，由李克己而起，当然也应该由他自己来了结了。"

孟剑卿送走道衍，回来时正遇上前来接替高千户巡视的裘千户。孟剑卿见他喝得满脸通红，脚步踉跄，不由得暗自皱了皱眉。虽然是端午佳节，也不该喝成这个样子来接班吧？

高千户急于回家过节，匆匆交代完毕，正待拔腿就走，瞥见孟剑卿的身影，又缩了回来，小声向裘千户道："当心点儿，醒醒酒，别让那小子揪住了。沈大人不在，他要抓住点儿什么，可要抖足了威风。”

裘千户懒懒地倒在椅上，挥手道：“去去去，别老是长他人志气！”

高千户才刚跨出大门，变故已然发生。

爆竹声中，蓦地一声锣响，隔了一道街的几家店铺的楼窗全都应声打开，火箭夹杂着硫黄包如急雨般射了过来，天字号十八间监房立时变成了一片火海。高千户跳了起来，踉踉跄跄地带着手下人冲过去。看守监牢的刘千户急急忙忙地指挥手下救火，里面关的犯人已然骚动起来。刘千户觉得自己的头都大了。这些都是正在审理的要犯，不管是死一个还是跑一个，都够他受的。

而火箭还是持续不断地射来。隔着高墙，蓦地又抛入十几个木桶，一落地便砸破了，桐油流了满地，火借油势，烧得更旺。

今日洪武帝在玄武湖观看龙舟竞赛，这可是头等大事，是以锦衣卫中大部分好手都被沈光礼带到了玄武湖。留守的人手一弱，这场混乱一时之间竟无法控制。

孟剑卿奔过来，低声向刘千户道：“对方的目标是李克己，钥匙给我，我带他走，引开对方！”

刘千户错愕地道：“放走犯人可是大罪！”

孟剑卿皱起了眉，正盘算着要不要干脆抢了钥匙，大火中突然间冲出一个人影，正是李克己，转眼之间他已飞掠过数间牢房的房顶，火箭即刻转移了方向，追着他而去。

孟剑卿也即刻追了上去。

巡街的应天府衙役敲响了铜锣，召集人手前来捕拿偷袭锦衣卫的贼人。

李克己仍戴着脚镣手铐，但是速度极快，箭网堪堪自他身后擦过。他却在接近围墙时明显地慢了下来。追过来的火箭虽然被他舞起的镣铐挡落，却仍有两支令得他的衣角和发梢几乎燃烧起来。

孟剑卿清楚地感觉到他心中的犹豫，立刻叫道：“跟我来！”

孟剑卿越过高墙，折向城南，李克己不再迟疑，自侧面跟了过来，转瞬间两人已是并肩飞驰在街巷之中，脱出了箭网的威胁。对方只有改变策略，四名蒙面人自狭窄街道的前后两方迫近过来，房顶上另有四人分守住四个犄角，看他们的来势，很显然势必要将李克己两人截住。

孟剑卿心念一动。

明明知道李克己的师承来历，也知道海上仙山正有好几个人在应天府中，对方为什么还要这样明目张胆地在大街上截杀已经离开诏狱的李克己？在这种情形下，李克己若有不测，铁笛秋无论如何也不能怪到锦衣卫头上，只会拿这伙人大开杀戒。

也许这根本就是他们的目标？

锦衣卫衙门中正在救火，巡街衙役正在捕拿放箭的贼党，大街小巷悄寂无人，居民都在玄武湖畔看龙舟竞渡——这一刻他们竟然只有自己。

孟剑卿向后一退，与李克己背靠背停了下来，随手递给他一柄短刀，低声说道：“先收拾掉这些人再说！”

有了李克己的配合，也许他可以抓一两个活口回去。

街道两头的四名蒙面人慢慢迫近过来，一望见他们的眼神，李克己心念一动，突然叫道：“别让他们靠近！”

孟剑卿几乎同时察觉到了对方身上的硫黄味。

但已迟了一步，四人同时拉燃了藏在身上的火药，呐喊着挥刀狂砍过来。

只要他们能将李克己两人困住片刻，便能拖住他们同归于尽。

孟剑卿一刀削掉了其中一名蒙面人的半个右肩，反手又是一刀划断了另一名蒙面人的左手五指，但仍阻不住他们的攻势。

李克己挥动铁链，连挡数刀，一把扯住孟剑卿，纵身跃起，房顶上的四名蒙面人立刻扬手抛出八条长索，当头罩了下来。

孟剑卿挥刀削去，长索却绵软全不着力，反而缠住了李克己的镣铐。那四名蒙面人同时呐喊着拔刀飞扑而下，逼得他们两人坠回到地上。

孟剑卿落地之际刀锋旋转，逼近他的一名蒙面人双脚血肉横绽，怪叫着踉跄欲倒，但是他们腰间的引线已将燃尽，火药立刻便要爆炸。

长街尽头，蓦地有箭只破空呼哨而来。

孟剑卿脱口叫道：“孔教习！”

一道白练同时呼啸着飞卷向李克己，李克己一把抓住白练，腾空而起之际，反手扣住孟剑卿的左臂，带得他也同时飞起。

身怀火药的四名蒙面人大叫着向四面飞撞开去，倒地之际，插在心口与头颅要害处的长箭兀自颤动不止。

火药轰然炸响，炸裂的街石撞在孟剑卿背上，李克己也挨了两块。

但是他们总算是死里逃生了。

另四名蒙面人，两人被炸倒在地，另两人带伤而逃，但被孔教习射倒一个，另一个甚是滑溜，闪到街边的一根廊柱后，踢开一家店的店门钻了进去。

孔教习没有追击，收起弓向孟剑卿他们招手一笑，翩然而去。

孟剑卿看不到追踪那名蒙面人的人，但他明白暗中一定已经有人跟了上去。

他暗自吁了一口气。

回望锦衣卫衙门，火势已经变小。

着浅碧衣裙的云燕娇，肩笼白练，翩然落在他们面前。

孟剑卿拱手道："云姑娘，多谢了。"

他向李克己做了介绍。

云燕娇轻轻说道："李师兄好。"

李克己怔了一怔。

他该像孟剑卿一样叫对方"云姑娘"，还是应该叫"云师妹"？

也许他这一叫，自此就将踏入一个他从来没有想到会踏入的世界。

云燕娇又道："我们来迟一步，叫李师兄受累了，真是对不住。今后不会再有这样的事情。李师兄请安心回去休息吧。孟校尉，也多谢你了。"

云燕娇温婉有礼，话锋却如此凌厉。

孟剑卿明白她将要做什么，或者说，海上仙山将要做什么。

暗中的主使者想将目标引向谁，已经不重要了。

最重要的是，多年来一直沉寂不肯再问世事的海上仙山，已经被卷了进来。有他们来追杀暗中的主使者，无论那主使者是什么人，都将无处遁形。

真不知暗中那人是太聪明，还是太笨——聪明到将海上仙山引向自己的对手，笨到以为可以将海上仙山引向自己的对手。

回锦衣卫衙门的路上，孟剑卿忽地想起一件事，天字九号四方上下都装了精钢铁栅，李克己是怎么出来的？

他的疑问很快有了答案。

三道铁栅的大铜锁都松松地挂在那儿。

跟着孟剑卿进来的刘千户，脸也挂了下来。

看来一直有人悄无声息地潜藏在诏狱中照应李克己。开几道锁，对那个人来说，轻而易举。他没有顺道将李克己的镣铐也打开，算是很给他们面子了。

沈光礼傍晚时分才回来，听了孟剑卿的汇报，只淡淡地"嗯"了一声，转而说道："皇爷已经准了道衍大师的保释，暂时让李克己回青城去侍奉他病重的母亲，并要我们派人护送。你走一趟吧。"

孟剑卿注意到沈光礼说的是"护送"而不是押送，这一定是洪武帝的原话，沈光礼绝不会在这样的地方记错的。

沈光礼出了一会儿神，忽地笑眯眯地道："你替皇爷留心看看，这么大一个人情，那颗铁豌豆如何吃下去。"

孟剑卿恍然明了。

对铁笛秋这种人，只怕怀柔才是上策。

正传 追梦人（四）

因为有孟剑卿护送，李克己沿途驿站换马，无不顺利。

赶回青城时，才不过六月初三，但是仍然迟了一步，叶氏已经在前一天过世。

李克己既已回来，叶氏的丧事很快便办妥，安葬在李瑞林的右侧，左侧留了一个墓穴，是准备给正室周氏的。李氏族人送葬之后便匆匆散去，生恐与李克己太过亲近会招致连累。

只留下李克己与铁笛秋站在墓前，孟剑卿则在他们身后耐心地等候着。

在山上俯视傍晚的青城，一切都已笼罩在淡淡烟雾之中。

孟剑卿冷眼看去，铁笛秋比起画像中更为黑瘦，简直不成人形了。他的情形似乎不太妙。

铁笛秋慢慢说道："克己，你可知道当年我为什么不肯受朱元璋这些人的延揽？"

他突然说起这件事，令李克己十分困惑，他答道："我不知道。"

孟剑卿刻意忽略掉他直呼洪武帝之名的傲慢，等着他说出答案。

这番话不仅仅是说给李克己听的，也是说给他、说给沈光礼、说给洪武帝听的。

铁笛秋脸上浮起恍惚的笑意："只因我生性不肯在人之下，生性不肯受人约束，明白吗？"

就这么简单？

铁笛秋仿佛听到他们心中的疑问，继而说道："不过，这只是其中一半原因。至于另一半嘛，千古江山谁家姓？二三百年一轮回。我又何必去为了这个空名而虚掷大好时光？人生不满百，常怀千岁忧；青春不行乐，枉负少年时！"

说到最后一段话时，他几乎是在仰天长啸，脸上的光亮，让李克己的嘴边不由得露出一点儿微笑。

这才是他熟悉的那个笑傲风云的铁笛秋。

孟剑卿沉吟不语。

他想到文儒海，文儒海其实与铁笛秋和李克己真是同一类人，所以才会自然而然地和李克己走到一起。

他们与他，与世人，是如此地不同。

铁笛秋又道："遇到采薇时，我才知道没有人可以真正逍遥自在一辈子。"

孟剑卿的心"咚"地一跳。

原来是这样。

即使是铁笛秋，也逃不过这一关。

就如他逃不过的海上旧梦，如烟如雾，隐隐约约，无时无刻不在缠绕着他。

铁笛秋的脸上又似苦笑，又似幸福满足。

年轻时的叶采薇并不是他所见过的最美丽的女子，而且她又对他的放浪形骸极不赞同。可是她是如此聪慧、坚定、沉着，柔弱的外表下蕴含着那样巨大的勇气。这是他的魔障。

对着李克己谈这样的事情，在别人看来自是惊世骇俗，铁笛秋却视为当然。李克己是采薇的儿子，只有他有资格倾听自己的心事。

因得不到而更执着的无望之爱，带给他的究竟是痛苦多一些，还是快乐多一些？铁笛秋自己也无法判定。这是他给自己套上的枷锁，他原以为世上没有任何人任何事可以羁绊住他。

铁笛秋伸手抚着墓碑，继续说道："听到你出事的消息，我便已明白，项庄舞剑，意在沛公，这是对着我来的。可是我不甘心就此服输，我以为洞庭湖一案，按律来说，你不应有大罪。采薇虽然担心你，仍是决不开口让我去求这个情。"

李克己凝视着墓碑，墓碑是铁笛秋亲手刻的。

铁笛秋仰起头让冰凉的雨丝落在自己脸上，慢慢说道："采薇的病越来越重，我一边用真气为她续命，一边召来悬壶道人为她诊治。可是悬壶道人说她这是心病，多年忧思，积蓄未发，一旦触发，便如雪山之崩，无可挽救。直到那时我才知道，为了我自己那点儿傲气，却要采薇承受这样的煎熬。我这一生，唯一的牵绊，是我自己给自己设下的，又是我自己亲手断送掉的。"

他说得很平静，但与他朝夕相处十余年的李克己感到了他心中有如槁木一般的死寂悲哀。

铁笛秋转过头来看着李克己，仿佛要从他脸上找到叶采薇的影子。过了一会儿才道："克己，即使为了你，我也不会去应天。如果我就这样低头认输，入朝供职，又怎么对得起采薇待我的一片苦心？她始终知道我是一个什么样的人，绝不会勉强我去做违背我本性的事情，她在世时我未能低下这颗头来救她，如今她已不在，再低头又有何意义？所以，克己，今后一切，你都要靠自己了。”

他回头望向夜色渐浓的天空，长长地吐了一口气，说道：“青城山乃道家所言海内第十七洞天福地，能在此终老，也算是我的福分了。”

李克己心神不由得一震：“先生，你这是……”

一语未完，他忽地转过目光望向山坡之下。

山坡下一个苍老嘶哑的声音高叫道：“铁老道，你别想一走了之！”

孟剑卿不由得一怔。

自山坡下飞奔而上的，竟然是多日未见的老严！

铁笛秋定神盯了一会儿，才想起他是谁来，呵呵大笑道：“严大，原来是你！你想算旧账，先过了我徒弟这一关再说，你若打赢他，我自会来找你！”

不待老严奔近，铁笛秋在李克己肩头一拍，随即纵身而起。

老严狂叫，扬手掷出三柄短刀，势如流星，要将铁笛秋截下来。

但是李克己缠在腰间的软剑已同时出鞘，人如电剑如虹，斜斜划过雨幕，“铿铿铿”三声响过，三柄短刀被格挡得倒飞回来。孟剑卿见老严神情狂乱竟似不知闪避，立刻挥出三柄小刀，打横撞开了那三柄短刀，一同飞落在数丈开外的墓丛中。

铁笛秋则已掠过大大小小的墓碑与坟堆，没入了丝丝细雨弥漫的青城山中，远远地传来一阵阵似歌似哭的大笑。

老严怔怔地站在那儿。

孟剑卿见他心若死灰的模样，不觉也有几分感慨。

刀法最早练成的严大先生，之所以盛年退隐，没有能够像严二先生那样在乱世中纵横江湖、声名赫赫，唯一的原因便是他遇上了铁笛秋，败在这年少轻狂的天纵之才手中。当年的严二先生，人人都以为他天下无敌，现在想起来，不论有意还是无意，其实他都从来没有和铁笛秋对过阵。

老严这下半辈子，恐怕一直都梦想着要与铁笛秋再战一回，一雪前耻。

但是他连李克己这一关都过不了。

对老严来说，人生至大的悲哀，恐怕莫过于此。

而且，他们都知道铁笛秋再也不会回来。

即便是为了李克己。

孟剑卿本想将失魂落魄的老严一同带下山来，但转念一想，还是得由着他在山上发呆。他想老严回过神来后，不会喜欢有人看到他失态的样子。

到山脚时，李克己忍不住回头望去，烟雾蒙蒙，哪里还能望见松柏林中的墓地。

他心中一酸，不由得落下泪来。

从今往后，他在这世上最亲近的两个人都已失去。

李克己跟随孟剑卿返回应天，行经岳阳，在驿站换马之际，却有文儒海的家人在那儿等着。

早在李克己假释出狱之前，文儒海便因老族长八十大寿而回了岳阳老家。他派了家人在驿站等候李克己，一则因为多日不见，想见个面叙一叙，二则也因为从水路赶回青城的李克己的家仆万安与书童抱砚两人现今就住在他家中。万安年老，连日以来辛苦奔波，舟近岳阳时生了一场大病，上岸来休养，文儒海闻讯将他和抱砚都接到自己家中将养，日前才刚好转，本说要回青城的，文儒海打听到李克己入京的消息，便劝他们就在岳阳等候。

文儒海住在岳阳城郊文家老宅，临近洞庭湖。涨潮季节，湖水已经淹到了文宅所在的小山坡的山脚下。迎接他们的家人说，大水时湖水会淹到文宅的外墙，所以文宅的墙脚都特别用青石加固。虽有大水之患，但风水师说此地风水极好，文运昌盛，分得老宅的长房两兄弟文端与文方都以文名入仕，分别官居礼部尚书与湖州知府，年轻一代的五个兄弟，也大都以国子监监生的身份得以入仕，前途正好。所以文家从未想过要迁居岳阳城中，只是不断加固此处堤防与院墙。只是文儒海这一房的老少两辈，除他之外，都有官职在身，不得回来，是以偌大宅院中只留下他与两房看守家人。

文儒海不但设下盛宴，还请了几位岳阳知名的文人作陪，并召了当地最有名的戏班来助兴。

孟剑卿微笑着低声向文儒海说道："皇爷最嫌恶官员们喝酒听戏，李先生又在丧期之中，这样做是否不太妥当呢？"

文儒海笑道："孟校尉不提醒，我还当真忘了这回事了。下不为例，下不为例。今天难得李兄远道而来，就不要扫了大家的兴了。来，来，孟校尉，你也点一出戏吧，这个班子很是不错，到岳阳一趟，不看看他们的戏，便枉此一行了。"

孟剑卿既不能撕下面子，当此之际，也只能随着大家一起入席点戏了。

李克己看望过万安与抱砚之后方才入席，与文儒海并肩而坐。

文儒海频频劝酒，到后来孟剑卿都看不过去了，拦住李克己举杯的手道："别喝醉了。"

文儒海一笑："我知道李兄心里难过，所以才劝他喝酒。一醉解千愁，醉了岂不更好？"

李克己只一怔，便大笑起来："对，对，一醉解千愁！来，咱们大家一起喝个痛快！"

他一仰头，又饮尽一杯，心中却是百感茫茫。

他已永远失去了生命中最重要的人，就算他此后能够青云直上，能够扬名天下，没有他们在一旁，又有何意味？他今后的路，要为了谁一步步走下去？

雷声隆隆地滚过湖面，饮酒听戏的人们不觉都转过头望向大厅外。

闪电撕开了黑沉沉的夜幕，不多时，暴雨倾泻而下。

洞庭湖上风起涛涌，巨浪拍打着堤岸，小山坡之上的文宅也似乎在微微震颤，大厅中的人们都感到了脚下的抖动。隔着天井，对面小戏台上正在上演全武行的《长阪坡》，锣鼓喧天，与电闪雷鸣相呼应，令得庭院之中弥漫起一种奇异的气氛，仿佛不是在岸上，而是在巨舟之中，与洞庭湖上的惊涛骇浪只有咫尺之隔。

李克己心神恍惚，过了一会儿才听到文儒海在对自己说话。文儒海笑道："李兄，上一回在京中你送我的几幅画，全都被锦衣卫衙门要去做办案的证物了，看样子是休想再要回来。今晚你该再为我画一幅吧？"

孟剑卿微微一怔。是文儒海在说谎，还是的确有人瞒着他这个主办案子的人没收了那几幅画？什么人有这个胆子？就几幅画而已，就值得来开罪他？

李克己不觉一笑，文儒海爱在盛宴之上索画的习惯丝毫未改，令他仿佛又回到了洞庭湖一案案发之前与文儒海饮酒作画的时候。

文儒海不待他回答，已命两名家人在大厅当中清出一块空地来，又在空地的边缘放上一张长案，准备好笔墨纸砚。

洞庭湖上的风涛之声与雷声鼓声相杂，文儒海忽地拍着桌面高唱起一首元人小令来：

诗情放，剑气豪，英雄不把穷通较。江中斩蛟，云间射雕，席上挥毫。他得志笑闲人，他失脚闲人笑。

孟剑卿打量着文儒海，心念忽地一动。

文儒海此刻的神气，的确很像铁笛秋。难怪这两个人会如此投契。

李克己的目光投向长案上的宣纸，略一停留，又转向了大厅两侧雪白的墙壁。

长案上的纸张，不足以容纳他此时心中的种种感触。

他蓦地抓起案上一盒满满的浓墨，一扬臂，凌空挥洒向右面的粉墙。

文儒海的眼中闪起了异样的亮光，招手令家人赶紧再磨墨。

李克己抓起古玩架上的一幅绣绢盖巾，揉成一团，以绢为笔，将粉墙上的墨迹铺展开来，墨迹高处伸手难及，他纵身跃上房梁，以双足钩住横梁，倒挂下来将墨迹渲染开去。

绣绢所到之处，墨迹浓淡立分，或漫如云烟，或重如浊浪。

此时另一盒墨也已磨好，李克己纵身跃下，扔了绣绢，抓起头号狼毫，饱蘸墨汁，挥洒勾勒之间，八百里洞庭跃然墙上，水波荡荡，风急云低，孤舟栖于湖心，宛如正被巨浪抛掷向半空，而最震撼人心的，还是那海纳百川的气势与浪涌连天孤舟自静的奇特意境。

最终他挥毫写下“八百里洞庭孤舟纵横谁人识”一行字，掷笔案上，自横梁上颓然落下，望着墙上的洞庭湖，不知不觉之间已泪流满面。

孟剑卿蓦然一惊，不由得像厅中众人一样，屏息静气地仰望着墙上白浪滔天的洞庭湖。

他开始想，也许真的有人会利令智昏，如此大胆地假公济私拿走李克己从前送给文儒海的那几幅画。也许对那个人来说，那几幅画的确值得他去冒这个险。

李克己还没有离开岳阳，旨意已经下来，着他回青城守丧，期间由地方官严加看管。至于丧期满后如何，却没有下文了。

他再一次被挂了起来。

孟剑卿押解护送的任务已经完成，兼程回京复命。

沈光礼听完他的汇报，淡然一笑：“我没想到铁笛秋居然会这般软硬不吃，连李克己都丢下不管了。皇爷手头要是略紧一紧，李克己就得去凤阳服苦役了。”

孟剑卿踌躇了一下才道：“卑职觉得铁先生的情形不太对头，看他临走时的身法，似乎并没有人们传说中那么超凡入圣、惊世骇俗。我怀疑他拍李克己那一下，其实是在借力。他要丢开李克己独自隐居起来，会不会也是这个缘故？”

沈光礼似笑非笑地看着他：“除了李克己和老严，最后一个见到他的人就是你了。若情形当真如此，若他那些对头就此胆气壮了找上门去，谁都不会认为老严会干这么没品的事，只怕所有人都会将这笔账记在你的头上。”

孟剑卿抬起头答道：“若真有这样的事情发生，大人不妨看作是对卑职的又一次磨炼。”

沈光礼笑而不语，转而提起案上一纸公文递给他。

原来是礼部派了一名国子监生去泉州祭祀妈祖，要求锦衣卫派人护送。

孟剑卿暗自诧异。朝中士大夫们向来以为妈祖之神不见于典籍，不可褒扬，开国以来，这还是朝廷第一次正式祭祀妈祖。

不过即便如此，似乎也用不着派他去吧？

但是他没有问，沈光礼也没有解释，待他双手奉还公文，慢慢说道：“你现在对铁笛秋、李克己——哦，还有文儒海——有什么看法，你以为他们是什么样的人？”

孟剑卿怔了一下才道：“他们都是与卑职不一样的人。”

想到他们，尤其是想到李克己，孟剑卿的心中总会生出种种迷雾般的感触。

沈光礼注视着他，等着他的解释。

孟剑卿接着说道：“李克己的画之所以会有一种撼动人心的力量，卑职以为与他跟随铁笛秋修习了十余年有着直接关系，十年磨一剑，他将他的精气神都用到这上头来了。卑职也仔细观察过他的武功路数，觉得他与人过招时远远没有他自己单独练功时挥洒自如，他自己练功时有着一种发自内心的快乐与愉悦。”

学成文武艺，货与帝王家。

李克己却将寒窗十年的文武兼修，铺成了一条这样只求心中愉悦安宁的路。

就如那本应长成栋梁之材的一棵树，却莫名其妙地变成了一朵自在开谢的花，真不知叫旁人说什么好。

泛若不系之舟……

孟剑卿的心中忽地冒出这么一句。

对他来说，人生在世，有如逆水行舟，不进则退。

他这个逆水行舟人，望着那一条不知要漂向何方的不系之舟，究竟是应该为它焦急，还是应该暗生羡慕？

沈光礼微笑道：“看来你现在已经懂得如何看人了。”

停一停，他又说道：“所有的事情，都是人来做的，都是为了人而做的。你懂得了人，也就懂得了事。”

孟剑卿霍然惊悟。

沈光礼从来没有这样教过他，他向来都是将他们这些人一把丢到狼窝里，冷眼看他们自生自灭，再从中选出最能干的幸存者去闯下一个狼窝。

沈光礼已经站起身：“给你三天时间准备。”

孟剑卿领命，将要退出来时，沈光礼忽地又道：“你知道这一次为什么要派你去吗？其中一个原因是，皇爷钦点的那名国子监生正是文儒海，李克己的患难之交，也算与你有几分交情吧。”说到这儿他似乎觉得很是有趣，微微笑了一下才接着说下去，“这就是因缘。仔细想一想，这世间看起来无论怎样不相干的人和事，你都可以找到它们之间的某种因缘。”

孟剑卿怔了一怔，看沈光礼没有再说话的意思，才躬身退出来，掩上房门。

繁星满天，夜风一阵阵地拂过长廊。

孟剑卿回望窗前沈光礼负手而立的身影，暗自沉吟。

今晚他对自己这样循循善诱，究竟有什么用意？

孟剑卿绝不会认为沈光礼是想培养他来接手，即使沈光礼终于要退下去了，由谁来接手，也不是他能决定的。

那么就是沈光礼觉得他已经闯过够多的虎穴狼窝，有资格来听这些教诲，以便完成下一个更艰险的任务？难道护送文儒海去泉州祭祀妈祖这样的例行公事，也会潜藏着连沈光礼都不敢掉以轻心的凶险？

一名卫士自长廊那头悄然趋近，在孟剑卿耳边低语了几句，孟剑卿微微点一点头，低声说道："好，办得不错。"

私自吞没文儒海那几幅画的，是一名被孟剑卿调来协办此案的校尉。他自以为与孟剑卿是平级，故此大胆弄了手脚。那几幅画已被查抄出来作为罪证，那名校尉已被交与锦衣卫慎刑司查办。

孟剑卿要确保不会再有人胆敢在他手下办案的时候私底下做手脚。

后记

"放宽些子又何妨"出自关于洪武帝朱元璋的一个传说：洪武政尚严猛，天下股栗。一日游一寺，令止从者。入内，悄无一人。见壁间画一布袋和尚，墨痕犹新，旁题偈云："大千世界浩茫茫，收拾都将一袋藏。毕竟有收还有散，放宽些子又何妨。"盖以讽也。亟索其人不得。（清·褚人穫《坚瓠集·乙集》卷二；事亦见明·徐祯卿《翦胜野闻》）。

本卷中借用了这首偈子，也借用了这个故事。

外传　弥勒

冷教习眯着眼，凑到窗前的日光下，极其温柔地摩挲着手中那柄轻薄的百折刀，良久才赞许地点点头：“唔，锋刃如初。看来你使刀养刀还算用心。”

孟剑卿收回百折刀，微笑道：“多谢冷教习夸奖。”

冷教习转过头打量他良久，方才正颜厉色地说道：“你这小子，几年不回来，今日突然想起来找我，绝不是请我看看刀这么简单吧？先说好，不管你是办案子还是另有他事，不许将讲武堂里面搞得鬼哭狼嚎的！”

孟剑卿一笑：“冷教习，我哪有这么大胆子？”

冷教习哼了一声：“少来这套，有沈光礼撑腰，你什么事不敢干？”

孟剑卿面上的微笑丝毫不变：“冷教习的确误会了，学生这次来，绝对是君子动口不动手——除非有人先动手，这可就不关我的事了，对吧，冷教习？”

冷教习懒得同他多说，站起身来道：“我不管你究竟要干什么，这个地方，我只借给你一天，时间一到，你立刻给我滚蛋！”

孟剑卿也站了起来，躬身答道：“是。冷教习好走。”

目送冷教习踏出兵器库的大门，孟剑卿回过身来，脸上已如换了一张面具，对兵器库的三名杂役说道：“按我的名单，你们依次去请人。就说冷教习找他们有事，谁要多嘴，别怪我不给冷教习面子！”

孟剑卿要见的，是三名二年生。

韩笑天困惑地踏入阴森森的兵器库，环顾四周，高耸的兵器架一层层向库房深处延伸进去，仿佛没有尽头一般。密布铁栅的一个个小天窗，隐藏在长长挑出的屋檐下，凉风丝丝地吹过，却透不进多少光线，令得库房越发显得阴冷森暗。

韩笑天等了良久，不见有人出来，踌躇之间，又觉得左顾右盼未免显得自己太过稚嫩，于是仍旧笔直地站在原地，只是寂静之中，忍不住伸手轻轻摸了摸面前的一排枪架。枪架上纤尘不染，他抬起头望向前面几排高高耸立的枪尖，一簇簇红缨在丝丝凉风中微微拂动。

将每一样兵器擦拭得如此光亮，将每一排兵器架打扫得如此干净的，究竟是那三名仆役，还是这似乎永不停歇、穿堂而过的凉风？

孟剑卿站在一排长枪后静静打量着这个气势昂昂有如天外游龙，但站在那儿又沉稳凝练得与他的年纪很不相称的二年生。韩笑天的父亲是凤阳卫的一名千户，论官职并不算高，但是地位很重要——凤阳乃龙兴之地，祖陵所在，韩千户就直接负责陵园安全。

这一届新生都是身家清白的军中子弟，他们的履历绝无虚假——掌管学生档案的陆教习向他如此保证。

然而，履历清白又如何？孟剑卿自己入学时的履历又何尝不是一清二白？

韩笑天终于感觉到了他的注视，目光转了过来。

孟剑卿慢慢踱出来。

韩笑天认得他的服色，不免吃了一惊，不过脸上的惊异之色转瞬即逝，从容拱手道：“校尉，是你要见我，不是冷教习，对吧？”

孟剑卿不觉微微一笑。

到底是万中选一挑出来的人，又正在不怕虎狼的年纪，难怪有这份胆量理直气壮地面对他。

孟剑卿微一颔首：“敝姓孟，讲武堂三期生。韩学弟请坐。”

韩笑天只一怔便已想起来这孟校尉是何许人。

他这回的震惊可就没有那么容易轻轻带过了。

孟剑卿隔了一道长桌坐下，注视着对面坐得笔直的韩笑天。

这个气势矫矫甚至有些咄咄逼人的新生，有一种令他似曾相识的微妙感受。

这一瞬间他突然间恍惚觉得韩笑天就是自己，而坐在这长桌之后的就是沈光礼。

他仿佛看得见韩笑天内心的紧张，一如当年的沈光礼看得见他内心紧绷的那根弦一样。

孟剑卿霍然明白，他为什么会觉得韩笑天带给他那种熟悉感。

这也是一个深藏着某种秘密的人，无论他的意志如何坚定，处事如何谨慎，给人的表象又如何张扬，内心的秘密在这样年轻的脸孔上依然会留下某种痕迹。

孟剑卿的注视令得韩笑天内心的紧张与压力越来越重，他突然昂起头道：“孟校尉——或许我该称孟学长——有何贵干？”

孟剑卿一笑："我要在讲武堂中找一个人，一个自称为弥勒教司库使者的人。"

韩笑天怔了一怔，随即失笑："在讲武堂中找这样一个人？讲武堂中会有这样一个人？哈……"

但是孟剑卿冷冷地盯着他，令他再也笑不下去。

孟剑卿淡淡说道："这很可笑吗？身家清白的军中子弟，就不会背叛朝廷，变成弥勒教的司库使者？"

韩笑天直视着他的眼睛："这么说孟学长是在怀疑我？哈，这倒真是笑话了，我有这样的大好前程，凭什么要背叛？我背叛了又能得到什么？"

孟剑卿慢慢地说道："问得好，你凭什么要背叛？这就要问你自己了。也许你并不认为你在背叛，反而认为我们才是背叛，是大明背叛了明王与弥勒；也许你认为今天这个世界是如此污浊不堪，只有打烂了重来，让明王重新出世，让弥勒重新降生，有如那凤鸟浴火重生，才能建立一个你心爱的完美世界；也许你只不过为了一个你心爱的女人，甚至只不过为了无量金钱，钱可通神，何况凡人？"

他慢慢说出每一个推测，韩笑天的神情也在慢慢地变化。

孟剑卿的目光没有放过他的任何一丝表情的变化，语气却仍是不紧不慢："你生长在凤阳，那是龙兴之地，也是犯罪官员服苦役之地。令尊负监管之责，这让你从小就与他们很熟悉吧。那些被贬谪的官员里，很有一些有才气、有能力、有抱负又有满心委屈甚至怨言的人。想必他们让你比绝大多数人都更清楚这个国家辉煌背后的种种弊病，也让你比绝大多数人都更执着于去改变这个世界，纠正这一切弊病，是吧？进讲武堂之前，你就已经在凤阳卫尝试将你的想法付诸实施了。近几年来，凤阳卫开渠引水以减省人力灌溉之苦，设立施药局和施粥局以救济贫苦，延请高僧募化钱帛以帮助死于凤阳的犯官家属运送灵柩返乡，凡此种种，不一而足。外人可能只将其看作是令尊的主张，实际上却是你的主张。你想在凤阳做什么呢？"

韩笑天一笑："任何一个有良知的人，都应该做这些事情。由谁来推动，又有什么关系？"

孟剑卿紧盯着他的笑容，笑容后潜藏的是自信还是不安，抑或二者皆有？

孟剑卿继续说道："问题是，很多受惠于你的人，包括协助你的人，都不喜欢你，也不愿感激你。你以为这是为什么？"

韩笑天脸上的笑容呆滞了一下才道："人性本来如此，惯会忘恩负义，不过他们怎么想，又岂能影响我！"

孟剑卿深信他最后一句话是发自内心。韩笑天虽然年轻，虽然在他面前不免被动，但是始终没有动摇那种坚定不移的心志与信念。是什么样的信念？

孟剑卿转而说道："你真的不想知道，他们为什么会那样看待你、对待你？"

韩笑天紧抿着嘴没有回答。

孟剑卿微微一笑，知道自己已经抓住韩笑天内心的疑虑与希望，慢慢说道："你施恩于他们，他们本当感激。但是你一直是如此执着于完美。不论是对人还是对己，你都不能忍受任何缺陷与污点。每个人在你面前都会感到你的挑剔与不满，也许没有任何人任何事能够让你觉得满意，能够让你觉得完美。对你这样的人来说，哪怕一粒微尘，都会让你觉得非要除之而后快，那么这个世界必定是很不能入你的法眼了。你一直觉得自己有这个能力、有这个使命去改变一切，去造一个完美的全新世界，是吧？"

韩笑天迎着他的目光，良久，忽然讥讽地笑了起来："这样说来，孟学长岂不是早已监视我多时、早已给我定了罪名了吗？锦衣卫办案，不是一向凭怀疑就能抓人吗？为什么还非得要偷偷摸摸地跑来这儿来见我，问这些莫名其妙的话？难道你孟学长就不认为今天这个世界有着如此多的缺陷和污点，必须得随时纠正吗？锦衣卫成天干的不就是这个活儿？"

孟剑卿注视着他。韩笑天其实已经被逼到墙角，但仍然能够如此犀利地反击。如此人才——如果他真是那个人，那是一件多么可惜的事情！而如果他不是那个人，那又是一件多么值得庆幸的事情！

孟剑卿站起身来："不错，锦衣卫致力于纠正一切弊病。所不同的是，我们从不做梦，从不梦想造一个完美无缺的世界。我们只做我们能做的事情。"

他轻轻一击掌，一名卫士应声而入，将韩笑天带入隔壁的耳房内看管起来。

李漠走进兵器库时，孟剑卿不由得暗自皱了皱眉。

李漠的外表太过俊秀文雅，本就不像军中子弟，他的行动也全无讲武堂耳提面命的行如风、立如松、坐如钟的基本仪态，懒洋洋地站在那儿，仿佛恨不能倚在兵器架上或是趴在长案上。

但是且慢。

李漠抬起眼来茫茫然扫视着阴暗的兵器库，他睁大的双眼带着一种心不在焉的神气，那神气里却又似乎暗藏着无以名状的某种东西。

究竟是什么东西？

孟剑卿暗中的注视并没有引起他的警觉，他的人在兵器库中，他的心神却早已不知到了何处。

这种活在别处的恍惚，令得这个世界对他们这类人而言，似乎不过是一个背景，他们与寻常人一样饮食起居，说说笑笑，他们的心却失落在另一个遥远的世界之中。

孟剑卿的眉头不觉皱得更紧。

这样一个人，是他的目标吗？

孟剑卿突然走了出来，令得李漠茫茫然的神气因为惊异而略有改变，勉强摄定心神来应对这位久闻大名的孟学长。

他们隔了长案坐下。孟剑卿简单地道明来意，李漠怔了好一会儿才弄明白他的意思。孟剑卿此时注意到，李漠对人对事的反应似乎总有点儿慢半拍？

李漠又过了一会儿才“哦”了一声，慢悠悠地说道：“孟学长召我来，是因为怀疑我是那个人？”

这不是明知故问吗？

心中隐约生出的烦躁使孟剑卿突然警觉。

李漠的慢节奏，究竟是他的个性使然，还是养就的一种以慢打快的手段？

孟剑卿打量李漠的目光，不觉带上了新的内容。

面前这个二年生，是苏州卫李千户的次子，入讲武堂以来，其他课程表现平平，但是制图与制作沙盘的本事，连向来挑剔的常教习也破天荒给了一个甲——这是目前为止常教习这门课程中唯一的甲。

常教习常说，为将者，熟悉天下山川、所有险要，便如胸中早有雄兵百万；善用地利者，往往能有以一当十之功用。

李漠的胸中，装着一幅空前完整、空前详细的皇朝堪舆图，闭上眼睛也能够走遍天下每一个角落——常教习如是说。

李漠许久等不到孟剑卿的下一句问话，不由得惊异地抬起眼来看着对方。

他的性子够慢的了，没想到这位孟学长比他还不急。

李漠想了一想，揉着额角，轻皱着眉说道：“孟学长，你对我有哪些疑问，何不一一提出，让我逐个回答，以解你心中疑惑？我这几天夜里都在帮常教习制作演习用的沙盘，睡得太少，精神不太好，现在真想早点儿回去补一觉，还请孟学长见谅。”

李漠的资料中，的确提到了这一点，这个人似乎很能睡，而且似乎总有点儿没睡够没睡好的样子。

孟剑卿不免暗自疑惑，照李漠这种贪睡法，怎么能够领兵上阵？

然而，如果换个角度来看他的嗜睡，孟剑卿心突然生出另一个念头。

他向后一靠，微笑着看着李漠说道：“你睡不够，是因为你心中想的事情太多，一直睡不好吧？也许你每天晚上真正只能睡着一个时辰，也难怪你总觉得睡不足了。”

他看得见李漠心中突如其来的震动，不过仍然过了好一会儿，李漠才回答：“我入睡得确实有点儿慢。”

孟剑卿盯着他继续问道：“那么入睡前你都想些什么呢？”

李漠迟疑了一下，决定还是实话实说，他不认为自己有这个本事瞒过孟剑卿的眼睛。

他慢慢说道：“我常常在心中默记某一处的地图，让自己似乎能够亲眼看到那个地方的一山一水、一草一木，想象自己正慢慢地从夜空中飘落到那个地方的原野之上，等我最终落到原野上、感觉到整个身体都融入大地的时候，就会觉得安宁了，然后就会睡着。”

孟剑卿沉吟着注视着他。

他这样做的时候，内心深处，渴望的究竟是什么？

他是想逃避什么吗？逃开一切人与事，只留下他一个人，与他所熟悉的山川草木融为一体？只有在没有是非的原野之中，他才能感到安宁？

孟剑卿决定暂不追究，换了一个话题道：“你生长在苏州，想必对苏州的风土人情很了解吧？”

李漠点一点头，心中却还在想着方才的话题。

孟剑卿方才追问他入睡前究竟都想些什么，有什么用意呢？他的回答，究竟是好还是不好？

他心中的疑问因为一时得不到解答而更为深重。

孟剑卿突然说道：“听说苏州人家家都烧‘九四香’，你知道什么叫‘九四香’吗？”

李漠当然知道。张士诚小名张九四，苏州官民人人心照不宣，只是人人都不愿去揭这个盖子，只当家家都在拜神求佛。他不相信锦衣卫，尤其是孟剑卿会不知道这回事。

孟剑卿究竟想干什么？

李漠寻思了一会儿才摇头道：“很抱歉，我没听说过这回事，也许因为我们家终究不是苏州本地人，所以对很多苏州地方的风俗还是不太了解，只能看到一些外在的东西。”

孟剑卿微微一笑。

这个问题，李漠想必早就有所准备，所以才会回答得滴水不漏。

只有刚才那种李漠从未想到、也不明白用意的问题，才会让他在猝不及防之下，露出自己的真实面目吧。

孟剑卿将苏州当地的文人名士一个一个地提出来，向李漠询问他对这些人的观感，以及他与这些人前前后后的接触过程——这些名人，或多或少都与苏州卫打过交道，李漠没有理由推说他从来没见过、没接触过这些人。他回答得很慢，似乎都要先在心中思考三遍，然后才织出一张将自己包裹得严严实实的网来交给孟剑卿。

虽然如此，孟剑卿仍然注意到，李漠被步步逼问，不得不一一评价每一个人的长短优劣，但是他的用词如此温和委婉，如此体谅每一个人的难处与凡人在所难逃的种种弱点，实际上没有说出任何一个人的不是。

他如果不是太过于世故，那就是本性如此温和，如此惯于体谅每一个人的弱点，让人们在他面前感觉到一种慈父般的关怀与包容。他与韩笑天是完全不同的两类人。若在战场之上，韩笑天的部属可能会因为畏惧他锋利的逼迫而全力冲杀，李漠的部属却很可能会为着爱戴他本人而拼死效命。

这样一个人，也许的确有那种将散沙般的人群聚拢在他周围的特质。

然而他是这样迟缓而温和，需要一种什么样的力量，才能让他行动起来，投身于似乎与他本性并不吻合、旨在毁灭一个世界的浪潮之中去？

天色慢慢暗了下来。

孟剑卿终于说道："时间不早了，你也该回去了。"

李漠轻轻地吁了一口气。

再怎么迟缓的人，被孟剑卿这么一步步逼下来，也会紧张得很。现在总算可以走了。

但是孟剑卿接着说道："还有一个小问题，谁是青桑？"

这个名字一说出来，就如魔咒一般让刚刚放松下来的李漠猝不及防地怔在那儿。

孟剑卿注视着他突然间失去了血色的脸孔。过了好一会儿，他的脸色才慢慢地恢复过来。然而他整个身体的僵滞，还需要更多时间恢复。

透过他茫茫然睁大的双眼，孟剑卿清楚地看到自己说出的这个名字，如一柄利刃正插在他的心口，让他疼痛到无法感到疼痛，甚至于无法呼吸。

他当然知道谁是青桑，然而那个从小就依在他的羽翼下一天天长大的爱哭女孩，已经永远不会回来了。青桑，张青桑，她不该姓张。苏州城破后，被俘的张姓一族被贬为贱民，男子世世为优，女子世世为倡。他总觉得那是非常遥远的事情，直到青桑长大成人，这一天真的来临。这一回他再不能护翼青桑。

孟剑卿再一次问道："谁是青桑？"

但是李漠说不出话来。

孟剑卿注视他良久，点点头道："我明白了，你可以走了。"

他想知道的，不过是青桑这个名字、这个人对李漠究竟意味着什么，在他的心中究竟有什么样的分量。

现在他已有答案。

李漠似乎是勉强拖着自己的身躯离开兵器库。

孟剑卿审视着他的背影。

青桑现在的名字是红雪，她的冷与艳，让整个苏州城都为之疯狂。

孟剑卿秘密搜查她的住处时，曾经在她枕下发现一个布偶，写的正是李漠的生辰八字。布偶制作得极其精美，可以想见她花了多少心血。然而布偶身上的每一个要害处都密密麻麻布满了针孔，实际上孟剑卿搜到这个布偶时，它的心口上还残留着一枚断针。

孟剑卿可以想象到青桑——或者说红雪——一针针插入那人偶的要害处时，心中切齿啮骨的恨意。

她曾经对李漠寄予了最大的希望，所以在这希望破灭之后，才会对他这般恨之入骨。

李漠心中是不是也同样对自己恨之入骨，所以才会那样麻痹自己？

这样深刻的恨意，是不是也会转移到别的人、别的事物身上？

普天之下，莫非王土；率土之滨，莫非王臣。

在现在的这个世界中，他永远也无法再庇护青桑。

除非他改变这个世界。

他会这样做吗？

孟剑卿无法肯定，但是更无法否定这种可能。

在迟缓、平静、温和的外表之下，李漠其实更像一片随时会掀起惊天大浪的海洋。

与韩笑天相比，李漠是不是更有可能是他要找的人？

徐朝海伸手推开兵器库沉重的大门。

门扇虽然沉重，门轴却极其光滑，是以大门打开时竟是悄然无声。兵器库内又尚未点灯，黑沉沉的寂无人声。

这诡异的气氛令得徐朝海在门外停了一会儿才跨进兵器库。

守在门外的两名卫士立刻又将门关了起来，兵器库中更是漆黑一片。

寂静的黑暗中，徐朝海似乎都能听见自己慢慢变得急促的血流声与心跳声。

然后，灯光在他面前数步处忽地亮了起来，灯下露出一张眉毛浓重得令人一见难忘的脸。

徐朝海“啊”的一声向后连退数步，直到后脊撞到了大门上，才停住脚步。

那人将灯放在长案上，抬起头来看着他。

灯光自那人下颌处照射上去，越发显得他整个人有如鬼怪一般可怖。

徐朝海经过最初的震惊之后，已经镇定下来，跨前一步，拱手说道：“徐朝海这厢有礼了，请问是哪一位要见我？”

孟剑卿自一排长枪架后走出来，盯着他似笑非笑地道：“徐朝海，你应该猜得到的。你不是已经认出了这个人是谁吗？”

徐朝海看了那人一眼：“恕徐某眼拙，不能认出这位兄台。方才被吓一跳，委实是因为这情形太过怪异。”

他已认出孟剑卿的服色。锦衣卫找上门来，绝不会有什么好事。但是他仍然站得笔直，镇定自若地面对着这位目光锐利的校尉。

孟剑卿打量着他。

徐朝海的年纪比其他二年生都要大一些，他身量中等，甚至于有些过于瘦削，貌不惊人，放在人堆里，只怕谁也不会特别注意他。不过他身为一名小小十夫长的儿子，居然能够从寒山卫那个穷乡僻壤一步步走到讲武堂，这份志气与能耐，当真是不可小觑。

孟剑卿在长案后坐下，挥挥手。刚才点灯的那人立刻躬身退出了兵器库，大门重又关上。

他示意徐朝海在长案对面坐下。

徐朝海走近时，孟剑卿心中忽地一动。

他察觉到了某种熟悉的气味。

一种隐隐约约、无可名状、无可捉摸又令他本能地提高了警觉的血腥气。

幽暗之中，徐朝海的眼睛，恍惚如同山林里灼灼闪耀的兽目一般。

徐朝海坐了下来，那双眼睛现在正对着孟剑卿。

孟剑卿微微一笑，他看得到那双嗜血的眼睛背后的紧张。

他慢慢说道："寒山卫虽然穷山恶水，出产不丰，但是靠近秋风岭这个交通要道，南来北往的客商与行人，历来多得很，也是盗贼剪径的好去处。不过那些山贼，倒还讲究几分盗亦有道，得了钱财便肯罢手。但是最近十来年，这条路突然变得更不太平了，来往客商行人，竟常常是活不见人，死不见尸，刑部积压了大量无头案，累得两任堂官都受了参劾。前年刑部终于想了一个法子，派出一名得力捕头，假扮客商走了那条道，又在沿途设置暗哨，节节跟踪，要查出案子究竟发生在什么地带。"

徐朝海的眉头不觉皱了起来："校尉以为问题是出在寒山卫？"

孟剑卿淡然说道："不是我以为，而是刑部查出来的。那名捕头身手不凡，与袭击他的贼人缠斗了许久才被击倒，所有财物都被抢走，人则被拖到秋风岭东侧的山谷里掩埋起来。刑部后来仅在那条山谷中就挖出了二十七具尸体。"

徐朝海扬起了眉："秋风岭距寒山卫还有二十里路程，尸体在秋风岭一带发现，并不能证明与寒山卫有关，更不能证明与我有关。"

孟剑卿微笑："我以为你看到方才那个人时应该就已经明白了。"

徐朝海脱口说道："不可能……"

他蓦然惊悟，闭紧了嘴。

孟剑卿盯着他道："什么不可能？因为你早已杀掉了那名捕头，将他深埋在地下，他不可能还会活着出现在你面前，是吧？"

徐朝海立刻答道："校尉方才也说那名捕头是被深埋在地下。人若断绝呼吸，至多能够支撑多久呢？一刻？两刻？我想至多不过半个时辰吧？前后接应的捕快，恐怕不会那么快就发现出了问题，并及时找到那个地方、找到那名捕头的埋身之处，将他及时挖出来。”

孟剑卿注视他一会儿，转而说道：“刑部挑选这名捕头的原因之一，就是他曾习练过天竺的瑜伽术，埋在地下，最少可以坚持一天一夜。”

徐朝海一时无话可答，停了一停才道：“即便如此，事隔两年，那位捕头又有什么根据指认我？”

孟剑卿笑道：“因为当时你是蒙了面的，是吧？也正是这个缘故，刑部才花了两年时间来找那个独行大盗，将秋风岭方圆百里内所有稍有嫌疑的人都查了一遍，直到有人突然想起来，还有一个符合条件的人没有查，这才发现，你离开寒山卫这两年间，秋风岭上再没有发生过这样的无头案。”

徐朝海嘴角浮上一丝讥讽的微笑：“也许是因为刑部查这个案子时闹的动静太大了，那个独行大盗避风头去了？我想傻瓜都知道不要去触这个霉头吧。”

孟剑卿轻轻叹息一声：“那位捕头与贼人厮杀之际，在那贼人身上留了一个特别的标记。现在，脱下你的上衣，转过身来，让我看看你的后背。”

徐朝海霍地站起身来。

孟剑卿看着他道：“现在已经入夜，寒风已起，你后背上留下的五凤朝阳手的伤疤，想必已经开始发青、开始刺痛了吧。”

徐朝海握紧了拳，一言不发地直视着孟剑卿。

孟剑卿轻声说道：“我想要知道，为什么？”

徐朝海蓦地低吼般说道：“为什么？你也说过，寒山卫穷山恶水，出产不丰。我受够了那种日子！”

孟剑卿注视着他。

徐朝海家境贫寒，这他是知道的。但是究竟贫寒到什么程度，他却没有更具体的资料。

是贫寒，还是徐朝海自己的欲望，才使得他从十年前就开始走上这条道路？

孟剑卿转而说道：“我还有两个问题。你若是能让我满意，也许我能说服刑部，给你一个痛快。你要知道，为了那些无头案，刑部那些人可都窝着一肚子火，发狠说逮住这个家伙，要让他生不如死……”

徐朝海不待他说完，便伸手去抓一旁木架上的单刀，却惊愕地发现自己握着刀却拿不起来。

孟剑卿微笑着道：“我知道你可能是最危险的一个，所以事先派人在你的晚饭中下了一点儿药，好让我们能够平心静气地谈话。现在还是坐下吧，你让我满意，我也会让你如愿以偿，痛快一死。”

徐朝海慢慢地滑坐在长凳上。

方才支撑他的那股子戾气，一时间无从着落，在空中飘荡不定。

孟剑卿闲闲地道："我只奇怪，这十年你劫了那么多财物，怎么居然沉得住气不拿出来用？我查过你家里，还是一贫彻骨。你若不拿出来用，劫它做什么？"

徐朝海抬起眼来上下打量孟剑卿，冷笑道："你现在也还年轻，当然不会明白要那么多钱干什么。等到有朝一日，你也像我父亲那样又老又残又穷，才会痛感无钱寸步难行！"

孟剑卿默然一会儿，点点头道："我明白了。"

他随即说道："还有最后一个问题，你为什么要做弥勒教的司库使者？"

徐朝海愕然地瞪着他。

孟剑卿很耐心地道："你没有听懂吗？那么我再问一遍，你为什么要做弥勒教的司库使者？"

徐朝海怔了一会儿，几乎仰头大笑起来："你以为我会回答这个问题，好让你去向上司交差，然后我自己落个全家抄斩、株连九族？"

孟剑卿叹口气说："你也知道，我总得向上头交差。现在你反正是一死，不如就拿你交差，免得害了别的学弟。"

他说到"学弟"，徐朝海忽地想起他是谁，张口欲言，孟剑卿止住了他，继续说道："你前后害死数十条人命，就算全家抄斩，也还抵不过去，不算冤了吧。我之所以要问，不过是因为那句老话，你让我满意，我就给你一个痛快，也许还可以顺带看看能否给你家留下一两条命，不至于绝了后嗣。"

徐朝海瞪着他，他是否该信孟剑卿这位学长的诺言？

良久，徐朝海方道："好，我说。"

他是四年前冬至日加入弥勒教的，三年前成了司库使者。

孟剑卿暗自吁了一口气，问道："是因为他们发现了你的秘密？"

抓住了他的要害？

徐朝海冷哼一声："凭他们那些蠢材，也能威胁我？"

孟剑卿微一转念，已然猜到："这么说是因为司库使者这个职位所掌握的各地香堂的香火巨资了？"

天下祀奉弥勒的寺庙庵堂，何止数万，谁也不知道其中哪些要暗中向弥勒教缴纳香火钱。

以徐朝海只进不出的个性，来掌管这些香火钱，的确是再合适不过。

弥勒教想必也想通了这一点，才会让徐朝海入教一年便担此重任。

他看向徐朝海："你掌管的库房共有几座？都在什么地方？"

徐朝海眼底鬼火似的光芒又亮了起来，如果对方有求于自己，那么自己是不是还有更大的讨价还价的余地？

但是触及孟剑卿平静而冷淡的目光，他胸中腾起的火焰刹那间被一盆冰水当头浇下。

那些库房，会不会早已在锦衣卫的监视之中？

但是他仍然想试一试。

徐朝海直视着孟剑卿："如果我说出那些库房所在之处，孟学长是否可以对我家人手下留情？一处库房换一条人命，不知道孟学长是否愿意？"

孟剑卿似笑非笑地道："你在和我谈条件？"

徐朝海听得懂他的言外之意，自己已经陷入牢笼了，居然还想和锦衣卫谈条件？

徐朝海暗自咬咬牙，说道："除了库房，我还可以告诉你们一个秘密，讲武堂中，还有比我地位更高的人。"

孟剑卿微微一怔。

徐朝海紧张地捕捉着他的表情，孟剑卿的神情有些奇怪，过了一会儿，他竟然微微笑了起来。徐朝海的心却沉了下去，难道锦衣卫早已知道了这个秘密？

孟剑卿微笑着说道："要等到这个时候，你才肯说出那个秘密，看来你其实对弥勒教还是有几分忠诚的啊。不过也许我该说，你对我们的教习还是很尊重的，不到万不得已，是不会卖师的。真希望归教习也能知道你这份心。"

徐朝海的脸色立时灰败，果然……

孟剑卿站起身。

他也是直到这一次受命办这件案子时，才有资格知道，归教习当年竟然是明教弥勒殿长老，专司训练各地分坛精选出来的少年弟子。

难怪归教习说，人生有三大乐事——睡觉，吃饭，还有就是"得天下英才而教育之，不亦乐乎"。

他之所以愿意进入讲武堂，讲武堂之所以要延揽他，或许就在于这最后一句话，人才难得，而有能力培育人才的人，有培育人才的机会，更是难得。

徐朝海这个人，看似精明强干，于世事却如此蒙昧。讲武堂教习的地位何等重要，连他都能知道的归教习原来的身份，居然以为锦衣卫会查不出来，还拿出来讨价还价。

难怪沈光礼某次说，人若被一件事情占据了太多心思，就会被这件事情蒙住心智。

孟剑卿居高临下地看着徐朝海，眼神中不无怜悯。

徐朝海不该自不量力地和他谈条件，他原以为有本事有胆气做下如此大案的人，总还值得锦衣卫花费点儿心思。

韩笑天和李漠是清白的——也许。

可是孟剑卿并不感到如释重负。

在他们两人身上，也许潜藏着比徐朝海更危险、更难以捉摸的东西。

他是否应该建议沈光礼继续监视这两个人？沈光礼是否会觉得他的手伸得太长？

离开讲武堂时，第一轮熄灯号角堪堪吹响。

号角声中，两名值夜学生高亢的歌声也随之响起：“怒发冲冠，凭栏处，潇潇雨歇……”

一句方落，整个讲武堂都接上了下一句：“抬望眼，仰天长啸，壮怀激烈……”

夜色深沉，北风呼啸，这歌声却如烈火一般在夜空中燃烧。

这是讲武堂的三首堂歌之一。另两首是《国殇》与《岂曰无衣》，不过只在分别祭祀时和十日休沐时才唱。

几名卫士互相看看，心中不觉都在想，整个应天府是不是都会听到这歌声？

孟剑卿脚步未停，心中却忽地点起了一蓬野火。

他的手下有十个人，每次派两人轮流监视韩笑天和李漠，也不算什么难事。

在这里，没有人可以背叛，即使是尚未成形的背叛。

后记

《弥勒》这个故事，源于某部电视剧中的一段话，大意是：一个间谍，若是背叛，只可能为了三个原因——信仰、女人和钱。

那么，讲武堂中的天之骄子们，是否也会有这种背叛的可能？

经历了艰难的入学考试、热热闹闹的学堂生涯，这些满怀雄心的年轻人，会不会因为这种种原因而选择另一条道路？

第五卷　借东风

正传　借东风（一）

日光明亮，海水澄碧，岸上花木嫣红青翠，清晰得如在眼前。

文儒海与孟剑卿乘坐的五牙舰绕过一道蜿蜒伸入海中的长长山脊，前方豁然出现数十艘大小船只，人声嘈杂，岸上山林中也挤满了人，远远地可以望见十几顶彩罗大伞张在那儿。

文儒海困惑地四处张望，这就是泉州港了吗？为什么他看不见那座著名的跨海石桥，岸上似乎也不见繁华的街市？

孟剑卿突然说道："这是月牙湾，泉州海商沉瓷的地方，今天想必是起瓷的日子。"

他将调好焦距的千里镜递给了文儒海。

他想，以文儒海那种酷好搜罗天下奇闻逸事的脾气，自然听说过泉州海商沉瓷起瓷的习俗，不必他来解释。

文儒海果然只"哦"了一声，没有追问。

沉入海中的瓷器，日复一日，年复一年，被海水冲刷，被海苔缠绕，被砂石侵蚀，数年之后，十不存一。但是有幸完整起出的这些带着大海印迹的瓷器，往往有着人工所不能及的摄人心魂的诡异与美丽。其中极品，价比黄金。

文儒海久闻其名，但从未见过一尊真品，此时自是好奇心大起，盘算着无论如何也要了却这个心愿，才算不枉此行。

孟剑卿扫视着那些船只，眉头忽地微微一皱。

他认出了海上仙山的千里船，他不知道这艘船会出现在这儿。

是他忽视了，还是这艘船的确避过了锦衣卫无处不在的耳目？

文儒海兴致很高，放下千里镜，说道："我们也过去看看。"

孟剑卿想看的却是那艘千里船。

不出他所料，云家兄妹都站在船头，极有兴趣地注视着那些潜入海中的起瓷人。

孟剑卿暗自一笑，他就知道云家兄妹感兴趣的不是那些瓷器，而是那些水性精熟的起瓷人。

五牙舰靠近时带起的波浪使得千里船动荡起来，云家兄妹立刻察觉到来船不同寻常的速度与体型，转过头来，正望见孟剑卿。孟剑卿微微一笑，向他们拱一拱手。

云燕然也略一拱手，同时注意到孟剑卿身边那名有几分眼熟的国子监生，云燕娇已低声说道："那是奉命来泉州祭祀妈祖的文儒海。"

他们对文儒海都颇有好感，但也只略略注意他一会儿，便掉过头去重新关注从海水中冒出来的起瓷人。

每一尊瓷器出水，都会引来一阵欢呼。

孟剑卿注意到，那些起瓷人的头上都缚着一条颜色不一的绢带。缚同一种颜色绢带的起瓷人，手中的瓷器都送往挂着同色大旗的那艘船。他暗中计数，成绩最佳的是缚着白色绢带的那五名起瓷人，接应的小船将他们起出的瓷器送往飘着"蒲"字月白色大旗的一艘三牙楼船。

文儒海也已注意到那艘大船："这个蒲家，是否正是蒲寿庚的后人？"

孟剑卿答道："正是。"

蒲家本是波斯人，宋时便已来华，富甲一方，权势也日见增长，蒲寿庚更是任泉州市舶使数十年。宋末临安失陷、帝后北掳，福建一省不战而降，蒲寿庚便是其中穿针引线之人，是以蒙元之世，蒲家长盛不衰。直至洪武开国，平定福建，虽蒲家以当年曾出力保全福建一省军民而自认为不无微劳，洪武帝却深恶之，是以这一二十年来，蒲家家势已渐有衰微之势。

不过现在看来，仍是寻常人家不能望其项背的豪富之家。

文儒海沉吟不过片刻，便将此事暂时放到了脑后，专心观察那些从海中起出的瓷器。见过十数尊之后，觉得盛名之下，不过如此，失望之余，忽然说道："不知这风俗是从何而起，劳民伤财。"

孟剑卿扬颔指向左前方："据说起源于号称'泉州沈万三'的龙家。"

文儒海看见了龙家的明黄色大旗和双层楼船，诧异地道："龙家怎么敢用明黄色？"

孟剑卿微笑道："龙家是赵宋宗室与南洋王室联姻而来，自称龙子凤孙，因此蒙元时为避祸而以'龙'为姓，算是半个外藩了，是以礼部也就睁一只眼闭一只眼地没同他们计较。再说了，泉州海商的奢侈天下闻名，真要追究起来，不知有多少违背礼制的东西，只怕文兄这支笔记不下来。"

他自然知道文儒海此行绝不只是祭祀妈祖那么简单。福建原是陈友定的旧土，陈友定被俘后宁死不降，遗下旧部亲族，为数不少。这一二十年来，具体情形究竟怎么样了，洪武帝这颗心，只怕并未放下来。南洋大盗陈祖义气势正汹，传言陈祖义是广东人，但也有人说陈祖义是陈友谅或是陈友定的族人，这两人的旧部亲属，多有私自出洋投奔陈祖义的。真实情形究竟如何，也是非得要弄清楚的。

文儒海没有理会孟剑卿的话中之话，只疑惑道：“怎么不见龙家的起瓷人？”

的确，没有一个起瓷人的头上缚的是明黄色绢带，更没有一尊出水瓷器送往龙家的船上。

孟剑卿也生了疑惑，龙家这算怎么一回事？

日已过午，各家起瓷人渐渐都疲惫不堪，回到各自船上去休息去了。

海面上忽然间起了一阵骚动，有人欢呼，文儒海侧耳听去，竟似在叫：“杀仔，杀仔！”不免吓了一跳，此地民风怎的如此血腥野蛮？

欢呼声中，龙家的船头出现一个头上缚着明黄色绢带的瘦削的黝黑少年，精赤着上身，胸前背后刺着一条条龙纹，或青或红，在日光中狰狞可怖。

那少年往船头一站，便有一种睥睨众生的气势。

孟剑卿不觉精神一振，转眼看云家兄妹，也是不眨眼地打量着那少年。

文儒海这才明白，众人欢呼的原是这少年的名字。

孟剑卿在一旁说道：“这个必定就是陈鲨。据说他从小就水性好到能够与鲨鱼一道戏水，所以泉州人都叫他‘鲨仔’。龙家到底是大手笔，雇了陈鲨来起瓷，想来必定可以起出其他人一辈子也挖不到的珍瓷。”

陈鲨在众人的欢呼声中纵身投入了海中，干净利落得半点儿水花也没有溅起，四下里哄然一片叫好声。

等到叫好声慢慢平息下去之际，海面上异常安静，大家屏息静气，都在等待陈鲨重新出现。

孟剑卿心中暗自计时，这早已超过一般人能够承受的闭气时间，却迟迟不见陈鲨出现，不觉心下微微惊骇。

陈鲨属陈友定一族，这样的水性、这样的气势，还这样受泉州小民崇拜……

他忽地心念微动，转眼正迎上云燕然的目光。

视线一接，他已明了，云燕然已然看出方才他心中的念头，并且知道他已看出这一点，却半点儿也没有要掩饰的意思，反而做了一个“请”的手势。

孟剑卿微微一点头。

既然都在泉州，必定有机会与云燕然见面详谈陈鲨这件事情。

文儒海突然“啊”了一声，不自觉地倾身向前。

突然间冒出海面的陈鲨，左手举着一尊美人肩花瓶，右手时时向欢呼的众人招摇，踩着水慢慢向龙家接应的小船游去。明澈灿烂的日光下，那尊美人肩的瓶身上，蔓延着海蛇水草缠绵而上的线条痕迹，妖美得令人窒息，瓶口处凝结着一粒小小的丹砂，更如同一颗别具风情的美人痣。

目送那尊美人肩小心翼翼地被送入龙家的船舱中，再不能看见，文儒海不由得叹息了一声。

他终于明白为什么泉州海商会不惜代价来沉瓷起瓷了。

想出这个花样来的人，真是天才。

文儒海第二次见到那尊美人肩，是在天后宫的妈祖神像前。

妈祖神像前一列排开三张神案，居中供奉的自然是礼部的祭品，泉州府的祭品居左，泉州海商的祭品居右，至于其他小民，只能将祭品供奉在殿外了。

泉州府十三家大海商，这一次供奉的是十三尊海中珍瓷。其中最引人注目的，自然莫过于龙家起出的那尊美人肩。想必自海中起出后，这尊花瓶又经过精心的洗涤，海水的阴暗印迹已消失无踪，即便在幽暗的神殿中，瓶身也闪烁着隐约的荧光，如珠如玉，如一位蒙着面纱隐在雾中掩口微笑的美人。

相形之下，礼部与泉州府的祭品，的确是显得寒碜了。

文儒海与泉州知府汪仕文自是站在最前面，紧接着便是十三家海商的当家人。

孟剑卿站在文儒海右手侧后，冷眼打量着神殿内各色人等。

十三家海商有一个心照不宣的排座次序，最为豪富的龙家自然站在最前面，紧接着便是树大根深的蒲家，殿后的自然是近年来屡遭打击、家产大大缩水的陈家——虽然不属陈友定一族，无奈姓了一个“陈”，难免要受池鱼之殃。

龙家的当家人，是前任当家人龙吟的独生女儿龙颜。

那个十八岁的年轻姑娘，蒙着面纱，静静地站在十三家海商的领头位置。

虽然这一路上孟剑卿已经给文儒海灌足了资料，乍见这一幕时，文儒海还是大大地吃了一惊。这可真是让他开了眼界。

祭礼即将开始。

殿门处忽然一阵骚动。

孟剑卿转头望去，却见云家兄妹分开众人施施然而入，云燕娇手中捧着一尊三足青花瓷炉。

文儒海不觉“咦”了一声。

让他惊讶的自然是那尊青花瓷。

即使是孟剑卿，也看得出那尊青花瓷的不同寻常。那椰林落日掩映着宝塔佛殿的图案，固然是遥远的南洋风光，而那色泽，更是异常地绚丽生动，仿佛要活泼泼地跳出来一般，迥然不同于大家平时所见的那种淡蓝乃至于带几分灰暗的青花瓷。随着云燕娇一步步走近，瓷炉上闪烁不定的幽艳光泽，越发令人移不开视线。

云燕然的目光一扫过来，孟剑卿已知他的用意，站出来向错愕的文儒海、汪知府与各家海商说道："这位是来自海上仙山的云燕然。云兄你好，云姑娘好。"

海上仙山的大名，在泉州这样的地方自然是如雷贯耳。众人恍然大悟之际，不免一阵忙乱，云燕娇则已将那尊青花瓷放上了供奉海商祭品的神案，之后自然而然地退到了龙颜身边。

云燕然则与文儒海及汪知府并肩而立，环视四周，朗声说道："这一尊青花瓷炉才刚烧制出来，是海上仙山与南洋唐人供奉给妈祖娘娘的祭品。"

海商哗然，文儒海也皱起了眉。

喧闹之中，一直静默的龙颜忽然轻声说道："云姑娘，烧制青花所用的波斯青早已采尽，是以很久以来，即便是景德镇，也再不能烧制出这样绚丽的青花瓷了。请问云姑娘，你们用的是什么釉料？"

她说得轻柔，大殿中又如此喧闹，却字字清晰如在耳边。若非长年练气，绝不能如此。

孟剑卿不觉悚然一惊。

为什么锦衣卫的资料中没有提到这一点？是秦有名老了，精力难免不济，还是因为负责收集泉州资料的人下意识地只将龙颜看成一个娇滴滴的千金小姐，忽略了她这个人的真实面目，又或者是龙家有意给人这样的错觉？

龙颜说出的正是大家的疑问，大殿中立时安静下来。

云燕娇微笑答道："这一种釉料，来自西洋一个叫作'苏麻离'的地方，所以我们将它叫作'苏麻离青'。我们的船载货过多，所以带得很少，只够烧制三件，其中两件已送入宫中。"

龙颜"哦"了一声，却没有了下文，只转过头凝视着那尊青花炉。殿中诸人，自她的背影也可以看到她的专注与赞叹。

倒是蒲家的当家人蒲坚继续提出了大家的疑问："海上仙山远道而来，特意奉上这样一件祭品，不会只是为了让我们大家都见识见识这种新的釉料吧？"

要让泉州海商迅速注意到这种新的釉料，这无疑是最快捷的方式。

云燕然不及回答，龙颜已经回过头来轻轻说道："今天晚上龙家在流金园设宴款待汪大人、文先生和海商公会各家商号，还请云姑娘与令兄届时一定光临。"

言外之意是，有什么疑问，都留到今天晚上，各位有大把时间可以问答，现在就不要延误祭礼的正事了。

孟剑卿不由得微微一笑。

真看不出龙家这个文文静静的年轻姑娘，居然能这么不动声色地驾驭这样的大场面。

孟剑卿早知道龙家这个女儿很会花钱，只是做梦也想不到她到底有多会花钱。

他与文儒海是随汪知府一道赴宴的。龙家的流金园僻处城郊，背山临水，斜倚城墙，暗夜之中，只见灯光点点，无法估算究竟占地多少。大门外左右两道长街，店铺林立。赴宴的富商乡绅，或轿或马，在门外停下，便有龙家家仆前来迎接，接管轿马，客人随行家仆，每人千文打赏，由得他们在两道长街的店铺中自在消磨时光，等待主人出来。孟剑卿冷眼扫去，略一计数，不过半盏茶工夫，龙家已打赏了二三十人。其时物价便宜，便是泉州这样的繁华都市，一千文也足够五口之家三五日的开销。龙家这一番宴客，仅仅这一项开销，便已是惊人之数。

出来迎接汪知府一行的，是一名纤秀的白衣女子，看她的衣妆，不过是一名婢女。文儒海正在讶异，贾师爷已抢先一步向那婢女拱手笑道：“有劳柳姑娘大驾了。”

孟剑卿在他身旁低声说道：“柳白衣。”

文儒海恍然。

柳白衣虽然只是一名婢女，但是在龙家的地位，当真算是“一人之下，万人之上”了。寻常宾客，只怕连她的面都见不着。

两名侍儿在前提灯，柳白衣引着他们一路左弯右拐，穿花拂柳，直至流金园，柳白衣方才退去。想来今夜宴客，她必定是要主持全局的，是以不能相陪。

流金园园中有园，盛夏宴客，向来在荷清园。白石立柱在广有数亩的荷池上方撑起四个平台，曲栏连接，最后通向荷池畔一半凌空的观荷台。其他宾客都在那四个平台上就座，唯有汪知府一行与另十二家海商才有资格在观荷台上就座，其中自然也包括云家兄妹。

繁星满天，星光之下，龙颜已立在观荷台前迎接汪知府一行。这一回她没有蒙上面纱，但是星光中的秀丽容貌，仍是仿佛蒙着一层薄雾般缥缈朦胧。她轻轻走前一步，略福一福，轻声说道：“汪大人，请。”

说话之际，她左手轻轻一摆，虫声蛙鸣之中，听得“扑扑扑”一连串的轻响，各个石柱顶部的石灯笼中的巨烛几乎同时燃起，透明如蝉翼的琉璃罩在夏夜清风中将烛光护得牢牢实实，荷池上方，刹那间明如白昼。

孟剑卿自然知道这必是机关控制，但究竟是何等机关，制作得这般精巧，仍是令人诧异且震惊。而烛光之中，环视四周，眼见得这荷池上的白石，分明都是上等汉白玉。观荷台背山一面的墙上，一列嵌着十二片大理石，蜿蜒连接，竟是一幅雄奇秀伟的山水长卷，文儒海长吁道：“《富春山居图》。”

孟剑卿虽不通晓此道，但是黄公望的《富春山居图》名气何等之大，又岂能忽视？

要搜集这十二片大理石，不知费了多少心血与金钱？

观荷台上共有十六张花梨木案，龙颜与汪知府自是居中，文儒海与孟剑卿仅次于汪知府，龙颜身边却是云家兄妹，其余十二家海商及其随侍子侄，分列两方。正中一个大如荷花缸的青玉缸，缸中盛着冰块，正在丝丝地冒着白雾，冰块之中，又斜插着数个水晶酒瓶。

闽中冬季并不算冷，常无冰雪，这样的冰块，料想是从北方运来，窖藏在地下，直到盛夏时节方才取出。据说这个习俗也是起于龙家，其他海商起而仿效。每年冬季，仅仅是采冰运冰，每家所耗资费，便足以荡尽寻常千金之家的家产。

文儒海坐下来，望见石台两面竹帘轻拢，夜风将花香阵阵地送入帘内，怔了一怔，忽地长叹一声：“水殿风来暗香满。”

下一句是“冰肌玉骨清无汗”。文儒海话已出口，才发觉说得不妥，主人家龙颜说到底也是个年轻姑娘，委实不应乱用蜀主形容花蕊夫人的句子。

幸得侍儿正取出冰镇的酒来，人人注目，无暇来关注他的失言。

龙颜微笑道：“这是三年前运来的西域葡萄酒，需得冰镇了方才入口。”

她轻轻挥一挥手，烛光几乎同时熄灭，荷池上下立时暗了下来。

只余下他们案上的酒杯在星光中熠熠闪烁。

果然是夜光杯。

一杯过后，烛光重亮。

文儒海喃喃地道：“意犹未尽，意犹未尽。”

如此美酒，只许一杯。

龙颜绝不是吝啬，只是深知适可而止之道。

孟剑卿不觉暗自沉吟。

在应天府中，提起龙家与龙颜，哪怕是沈光礼，也是那种想法：龙家向来人丁单薄，龙吟死后，别无亲族，留下这么一个只会花钱如流水的女儿，只怕不太妙。

龙颜当真是他们原来所知道的那个样子吗？

还有，龙颜这个名字，真是古怪……龙吟为什么要给女儿起一个这样的名字？

酒过三巡，龙颜终于提起了大家心中的疑问：“云姑娘，请问你与令兄专程来泉州，究竟有何要事？”

这也到了该细细商议的时候了。

云燕娇一笑，转头看向云燕然。

云燕然放下酒杯，环视四周，泉州城最重要的人，今夜均已在此。

他从容地说道："我们的来意，各位或许已猜到几分。"

蒲坚捋着长须慢条斯理地说道："若是能不断有海船将苏麻离青从西洋运回中土……"

他没有说下去，但是人人都明白他的意思。

瓷器在大明的对内对外贸易之中占据举足轻重的地位，如果能再次大量生产出那样美丽的青花瓷……每一个人都明白其中的重大意义。

另一名海商叹息道："但是朝廷有禁令，每年出海的船只数目和次数都受到严格限制。"

泉州海商空有富可敌国的财富、庞大的船队以及训练有素的船工水手，却只能一年年看着海船渐朽与水手老去。这个新兴的帝国，并不是那么信任这些与蒙元和国初诸雄关系太过密切的海商及他们的船队，尤其是在大海上还游荡着不少譬如张士诚、方国珍、陈友定、陈友谅的旧部这样的不法之徒的时候。

云燕然微笑道："但是如果在大明的旗帜之下，由大明的水师领航出海，那又大大不同了，是不是？"

众人都大为震动，这么说来，竟是整个国策即将改变？

礼部派一名国子监生来代表朝廷正式祭祀妈祖，便是一个明确的信号？

一片寂静之中，敬陪末座的陈永兴忽然淡淡说道："听说南洋大盗陈祖义号称有千余海船，甚是猖獗，南洋各国水师都不敢贸然与之交战，连海上仙山此次驾船回来也差点被拦截，同行的两艘大明水师海船却就此失陷。"

云燕然微微一怔，转眼看向孟剑卿，意识到孟剑卿与他一般暗自震惊于陈家的耳目通灵，再看其他海商的神情，显然他们也早已听说过此事。

在那些看起来毫不相干的海船之间，似乎存在着一条看不见的通道，可以让远在千里之外的船工水手乃至于海商很快地知道海上发生的一切事情。

云燕然注视着陈永兴说道："如陈老伯所说，陈祖义确有海船上千，但是这上千海船，竟然都未能拦住我们的千里船。不知陈老伯对此又作何想法？"

陈永兴淡然一笑："如果我们的船队每次遇上陈祖义，都只能有三分之一的船脱险，那我们远涉重洋、万里求利，这利又从何来？"

众人哗然，都将目光转向了云燕然。

云燕然声色不动地道："所以不但要由水师护航，还要将这支水师扩充规模、严加训练，更要重新建造海船，使得陈祖义的船队无论在速度、灵敏度还是坚固程度以及大小上，都无法与我们相提并论。到那时，他若再敢前来挑衅，将无异于自取灭亡。"

陈祖义的船队号称上千，其实大家都知道，这是将只能载一二十人的小型海船也计算在内了。而听云燕然的口气，竟是要建造上千艘论速度与灵敏度堪比海上仙山千里船、论坚固程度堪比水师战舰、论大小堪比福式大五牙的海船。

不能不让他们倒抽一口凉气……

云燕然进一步说道：“不要说陈祖义，就算是寻常一国乃至于几国之力，只怕也不能与我们争锋。”

他话中之意，座中海商自是人人心知肚明。这一二十年来，泉州海商之所以不能大展身手，固然是因为朝廷禁令森严，因为陈祖义横行海上，但同时也是因为南洋各国态度暧昧，只怕都不太希望见到中土船只来往频繁，更不希望见到中土海商越过他们的中转直接与西洋贸易，而其中一些港口敌意尤甚，无论是淡水食物供给、船只停泊修理还是各色货物贸易，诸多留难，甚至于强行驱逐，又或是暗里纵容海盗掠夺。南洋险途，不仅险在风涛，也险在人心。要越过南洋去到遥远的西洋，那更是万分惊险了。

但是，万里洋面上，若有了如此强大的一支船队，何处不可去？何事不可为？

蒲坚沉吟良久，说道：“朝廷目前正对塞北蒙古用兵，开支只怕不宽裕，要建造这样一支船队，这个资金嘛……”

很显然是希望先由他们这些大海商垫支。

云燕然坦然说道：“不但资金，就是船工水手，都要仰赖各位大力支持。”

早在宋世，各色海船便以福船最为出色，人称越险洋如履平地，闽中的船工水手，同样也号称天下无双。泉州各家海商，称雄一时，多有得益于此。

只是这项计划投资浩大，造船与训练水师又需时日，不知何年何月才能见效。万一朝廷的决策到时有变……

但若是现在不出钱出人，将来船队出航，没有自家的份，只怕肠子都要悔青。

而十三家海商中，造船最在行的无过于陈家。

这样看来，陈家似乎又有复兴之日了。

各家海商心中的念头转来转去，不约而同都将目光转向了陈永兴。

陈永兴看起来仍是淡然处之，但是微微颤抖的胡须令得他心中的激动欲盖弥彰。只是终究还是沉得住气，没有第一个表态。

蒲坚暗自骂了一句“老狐狸”，转向龙颜，含笑说道：“不知龙家侄女你意下如何？”

龙颜没有回答，转向云燕娇，轻声说道：“云姑娘，这件事情想必是海上仙山一手促成的吧？我很好奇呢，很想知道你们为什么要这样热心。”

海上仙山若不带回苏麻离青，只怕说不动洪武帝下这个决心，而现在更是由海上仙山出面说服泉州海商投入庞大的人力、物力、财力来完成这个计划——换了别人来说这番话，绝不能对泉州海商产生同样的影响力。

若是不弄清海上仙山的用意以及他们在这个计划中所扮演的角色，还是不能让人放心的。

云燕娇抿嘴微笑："龙家妹子——我托大叫你一声妹子如何？"

龙颜莞尔："云姐姐有话只管说。"

在座诸位，会心含笑地看着她们套近乎。

云燕娇慢慢说道："南洋唐人已经百年不见中华衣冠，身在异国他乡，被视为亡国之民，其中辛酸，不身在其中只怕是无从体会的。"

她言语温婉，却令闻者动容，众人不知不觉中已生出酸楚同情之意。

云燕娇略停一停，又道："各位想必清楚得很，近百年来，南洋唐人敬奉海上仙山，不过是希望海上仙山能够护佑他们在异国他乡的平安。"

而海上仙山究竟以何种方式来护佑他们的平安，在座的各位都心照不宣。

虽不能与当年班超斩匈奴使夺龟兹军相比，只怕也相去不远。

云燕娇接下来的话却锋芒一转："但是海上仙山终究不过是一座海岛而已，怎比得朝廷有移山倒海之力！"

她这后一句话，令得在座诸人心中不由得一热，仿佛能见到那移山倒海的壮观景象。

云燕娇紧接着说道："我朝开国以来，南洋唐人，包括海上仙山，无日不盼望重见王师。原因也正在于此。"

她说完这番话，观荷台上一片寂静，但各人的脸上表情却绝不平静。

闽中几乎无家不出海，无人不与南洋唐人有着千丝万缕的关系，不但是亲族血缘无从割断，即便是利害关系也事关重大。譬如泉州海商在南洋各地所置产业便为数庞大，只是因为艰难险阻太多，历年收益一直无法带回家乡，积存在异国，由各自亲族保管，无论是产业还是守业之人，难免都有朝不保夕的担忧。但若是有了这样一支船队来往于南洋之上……

仅仅这一个理由，就值得他们投入巨资守候数年来完成这个计划。

冷眼旁观的孟剑卿打量着这些海商脸上变来变去的神情，暗自吁了一口气。

云燕然晓之以理，云燕娇动之以情。海上仙山精心培育的这兄妹二人，果然是有大将之风、王佐之才，调度人心，举重若轻，指挥如意。

龙颜只沉吟片刻，便抬起头来，轻轻一笑："这件事情，于公于私龙家都不应推辞。"

她外表娇柔，对如此大事却表现得这般明决果断，也许在外人看来会觉得太过草率匆忙，但是孟剑卿绝不会有如此想法。

难怪龙吟去世后这几年，龙家的地位竟是丝毫未曾动摇。这绝不是因为其他十二家海商顾惜这个孤女，心慈手软吧。

龙颜这一表态，其他十二家海商也顺水推舟，纷纷表示自己责无旁贷，应该为国分忧，为民兴利。

但是个中滋味，只怕又各自有别。陈永兴的脸上，似乎都已放出光来。

孟剑卿暗自揣度，这训练水师的重任，多半是由云燕然担任，所以他此番来闽，才会特别注意陈鲨这样的水战人才。国初群雄的水师旧部众多，虽然归降已久，但是与朝廷的隔阂不是那么容易消除的，由海上仙山出面来甄选训练，倒也不失为一个各方都能接受的折衷之策。

他蓦地惊觉，今天晚上，自己竟是比以往任何时候都更接近大明那颗勃勃跳动的心脏，更接近这个国家的决策中心。

一念及此，孟剑卿不由得暗自怔了一怔，突然间觉得自己的一颗心跳得比以往任何时候都要激烈。

正传 借东风（二）

大事既定，座中各位总算可以放松心情来欣赏这荷池月色了。

隔着荷池花林，远远地传来清越悠扬的笛声，文儒海听得一会儿便讶异地道："这是应天府乐坊教头郝东山才刚谱出来的新曲《东山月》，吹笛的人不会是郝东山吧？"

郝东山当时号称笛中第一国手，供职乐坊，不应有机会来泉州吧？

孟剑卿低声说道："是郝东山。离开应天前，我听说他向乐坊请假来泉州，为的就是在龙吟女儿的寿筵之上吹奏一曲。当然，龙家想必也向乐坊缴足了聘金。"

文儒海恍然："这么说今天晚上就是……"

孟剑卿道："今天晚上就是龙颜的十八岁生日。"

文儒海不由得叹息："这么大的阵仗。"

居然能将郝东山请来吹笛。

其实更大的阵仗还在后面。

一曲终了，荷池上的烛光不知何时均已熄灭，朦胧星空之下，蓦地腾起一片灿烂烟花，在夜空中显现出无数雀鸟模样，正中却是一只丹凤，正寓百鸟朝凤之意。这一片烟花消失，另一片烟花又已腾起，却是群芳捧牡丹。文儒海一一计数，接下来是天妃降福、龙宫斗宝、流云蝙蝠、万字绵绵、蓬莱仙山、万里云帆、龙女拜观音、飞天绕昆仑、双龙戏珠、三星捧月、摇钱树、聚宝盆、乱雨打青荷、菊花满地金、麻姑献寿、龙凤呈祥。正好十八种。

这样绚丽的烟花，便是应天府的元宵佳节，也难得一见。

文儒海啧啧叹道："这般烟花，想来多半出自漳州贺家。我以前只见过百鸟朝凤这一种。今晚可真是大开眼界了。"

他没有说出口的感叹是，龙家这个女儿，论起吃喝玩乐来，只怕这世上找不出第二个像她这般深谙个中三昧的。

孟剑卿忽然说道："最后一种为什么是龙凤呈祥？"

文儒海一怔。

这时他们都已注意到，每位海商的随行子侄，看起来都很年轻，一表人才。只是神情之间，多多少少都显得有几分紧张。

这不但是龙颜的生日宴会，只怕也是为她选婿的盛会。

龙家别无尊长，龙颜选婿，全由她自己做主。现在她的三年丧期已满，也难怪泉州各家海商都虎视眈眈。孟剑卿不觉暗自一笑。

烟花消散，烛光重明。蒲坚身边的那名蒲家子弟率先站起来，手捧着一个一尺来高的锦盒，转向龙颜，欠身说道："龙姑娘，这是家母送给你的一尊羊脂玉观音，已经特意送到普陀山开过光，家母希望这尊观音能够保佑龙姑娘你福寿双全，一生平安。"

早有龙家侍儿双手接过转递过来，龙颜也站起身来双手接过，放在身前的几案上，轻轻打开锦盒，捧出那尊绝无瑕疵的玉观音。这倒让文儒海与孟剑卿都有些惊讶，当场拆看礼物，这好像不太礼貌吧？

但是他们随即明白，这不是普通的寿礼，是以非要让每个人都看得清清楚楚的。

龙颜含笑向那名蒲家子弟说道："多谢蒲家伯母惦记了。"

龙颜身后，不知何时已经放了一个沉檀木制就的多宝架，一名侍儿小心翼翼地将玉观音放在多宝架的正中一格。

蒲家这份礼物，也许不算最名贵最合龙颜心意的，但是无论如何龙颜也不会将观音像挪到角落去。这就见蒲家的心思了。

接下来的几家，所送的礼物无不争奇斗巧、费尽心机，其中一家送的居然是一颗径寸大的无价明珠，似乎比去年进贡的那颗合浦宝珠还要大，还要光泽圆润。汪知府倒也罢了，只是看得文儒海这等从未见过这般场面的人目瞪口呆，孟剑卿私心忖度，便是洪武帝的生辰，只怕也没有这般排场。洪武帝知道这番场面后，不知会做何想法？是觉得龙家太过奢侈甚至于有违制越礼之嫌，还是不过一笑置之，感叹龙家这个只会花钱的女儿迟早一日会败光金山银海？

最后奉上寿礼的是陈家子弟，他站起来时，孟剑卿忽然觉得心中微微一动。

这警兆从何而来？

那名陈家子弟，许是陈家近年来颇受打压的缘故，不像其他那些海商子弟那般飞扬自负，举手投足之间，隐含着察言观色的审慎与沉着。他奉上的是一艘纯金打造的小小海船模型——这倒是陈家本色。

龙颜将船模放在面前的长案上，拉动细如丝线的缆绳，居然能将风帆升起，她轻轻拨了一下风帆，那片薄薄的风帆立时绕着桅杆转了起来。再转动绞盘，长链拖着锚钩慢慢地升起。而拨动船舵，船头即刻在平滑如镜的长案上慢慢转向。

座中一片惊叹声。

龙颜显然知道以陈家的本事，造出的船模绝不只是供人看看而已。

而这样精致的手工，即使是见尽人间珍宝的龙颜也为之动容。

龙颜此刻宛然只是一个好奇心盛的少女，尝试着去发现这艘小小船模中的每一个秘密，而每一个秘密，都会带给她一个小小的惊喜——特别是在大家都觉得不可能做到与真船一般无二的地方。

孟剑卿转眼看向那名陈家子弟，心知恐怕只有这种令龙颜意外的礼物，或许才最能给她惊喜，令她动心。这件礼物是出自陈家哪一个人的想法？是这名含而不露的陈家子弟，还是别有高人？

龙颜正将一扇扇窗户依次打开，舱中陈设一丝不苟，依足了真实的海船模样。

眼看着她正要揭开甲板查看底舱，孟剑卿心中蓦地一跳，方才那隐隐约约的警兆此刻突然间变得无比明显。

但是在他出声喝止之前，龙颜已经揭开了甲板，然后惊呼一声“抓蛇”便向后倒去。

一道金色的影子如箭一般自舱中掠出。

龙颜身后的阴暗处，同时蹿出一道黑色人影，右手一扬，三颗透骨钉激射向那条飞快游走的金色小蛇，小蛇蜿蜒盘旋的速度极快，两颗透骨钉居然落空，第三颗射中蛇尾。孟剑卿也在同时纵身跃起，挥出一柄小刀，正中蛇身。

龙颜身后的人影射出透骨钉后，显然深信不会不中，已然伏下身去为龙颜处理伤口，吸出蛇毒。云家兄妹则一左一右即刻抢到龙颜身边警戒。

但是一钉一刀射中蛇身，却只听得叮当之声如金石相激，似乎那小蛇刀枪不入。

孟剑卿与云家兄妹的脸色都不由得一变。

只这一刹那间，眼看那小蛇便要游出观荷台，蹿入水中，再难寻踪迹了。而若不抓住这条奇特的小蛇，只怕根本找不到对症之药。

云燕然纵身扑向那条小蛇之际，孟剑卿叱喝一声，早已拔刀跃起，越过云燕然身边时左足在他肩上一蹬，借得这一蹬之力，去势更快，终于抢在那条小蛇游出观荷台之前，一刀斩下，劈山之势将蛇头连同半块汉白玉石板一同斩落，蛇身留在观荷台上，兀自扭动不止。玉石板落入水中，蛇头却被斩得飞跳起来，在半空中龇牙咧嘴，仍旧仿佛活物一般。孟剑卿心头一凛，斜身出刀，格得那蛇头横飞出去，在观荷台的石柱上一撞，又飞回观荷台，正当蛇头的众人失声惊呼，四散逃开。孟剑卿左手扬起，一柄小刀后发先至，将那个险些撞向汪知府的蛇头射得再次变了方向，“叮”的一声与小刀一起插在了廊柱之上。

文儒海喘了一口气，不免好奇心盛，走上前去俯身仔细看那蛇头。孟剑卿才喝得一声“别靠近”，那柄自下而上洞穿蛇头的小刀已经因为洞穿坚如金石的蛇皮后劲道不足、插入木柱太浅而连着蛇头一起掉了下来，竟不偏不倚地落到了文儒海的左前臂上。

文儒海大叫一声跳了起来。

那蛇头死而不僵，死死咬在他左臂之上。

孟剑卿迅即飞掠回来，顺手抓过一支巨烛，将滚烫的烛油滴了下去，蛇头受这一烫，本能地收缩，孟剑卿右手刀起，将蛇头挑开，反刀拍入观荷台正中青玉缸的冰块之中。

文儒海面色惨白，只怕自己下一刻就会倒地不起，可怜他满怀的抱负根本还没来得及施展啊。

龙颜轻轻叫了一声“蛇胆”。

孟剑卿回头望见云燕然此时已抓住那蛇身，手上一加力，将蛇胆挤了出来。云燕娇立刻接过，毫不犹豫地喂进了龙颜口中。

不过就算云燕然知道文儒海也中了毒，也不能指望他会留下那枚蛇胆来。

对云燕然来说，文儒海的分量怎能与龙颜相提并论？

孟剑卿转头低喝道：“张口！”

文儒海脑中空白一片，呆呆地张大口，一枚丸药已塞入口中，滴溜溜地滑了下去。

孟剑卿心道，每次带的回春丹都会用在别人身上，真不知是好是坏。

孟剑卿此番赴宴只带了两名卫士，都留在观荷台外守望，此时两人不待他吩咐，已经疾步奔至，俯下身去轮流为文儒海吸去左臂伤口中的毒血。孟剑卿赞许地微一点头，不枉他将这几个人带了这许多时日，还算是识时务、会做事。

龙颜此时已咽下蛇胆，闭着眼低声说道：“蛇血！”

云燕娇即刻抓过兄长手中尚在微微扭动的蛇身，挤出蛇血逼入她的伤口之中。

龙颜似乎深知该如何对付这种蛇毒，云家兄妹与孟剑卿脑中不约而同地转过这个念头。

龙家的仆人机灵，此时已经飞快地取来龙家库房中所备的十余种蛇药，龙颜亲自选了一种，与文儒海两人分别敷用。

孟剑卿给文儒海包好伤口，见他脸色仍是白中发青，不由得皱起了眉。回春丹的药力应该已经化开，为什么还会这样？难道那金色小蛇之毒，竟连回春丹一时间也化解不了它咬过龙颜之后残留的毒性？

事发突然，汪知府至此才回过神来，站起身厉声说道：“陈永兴，陈六如，你们好大的胆子！”

茫茫然呆在那儿的在座众人，被汪知府这一喝，才算惊醒过来，汪知府的随行衙役即刻上前扭住了陈永兴和那名陈家子弟。

汪知府借了龙家一处偏院权作审案用，很快问清打造船模以及送礼这件事，从头至尾都是陈六如一手包办。陈六如从家里动身之前，曾经仔细检查过船模，那时船里还没有那条小金蛇。此后接触过那个盛放船模的锦盒的人，点算下来只有两个人，便是陈六如以及在宴会上一直捧着锦盒站在他身后的陈家老仆陈老忠。上一回寿筵时曾经有人试图调换别人的寿礼，是以这一回人人都将自家寿礼看得牢牢实实，陈老忠赌咒发誓说，自从宴会开始，六少爷将锦盒交给他之后，这个锦盒就从没离过他的手。

话又说回来，似乎也没有哪个小贼有本事神不知鬼不觉地潜入荷清园，在龙家侍卫、云家兄妹、孟剑卿以及泉州府衙役的眼皮底下，往锦盒里的船模中放入一条小蛇吧？

难道真是暗中有鬼神作祟？

汪知府不免头疼起来。

孟剑卿悄然而入。

汪知府一望见他，眼前不觉一亮，暗骂自己怎么这么笨，现放着个锦衣卫校尉都不知道拉来帮手——审问犯人，可是他们这些人的拿手本事。

孟剑卿低声说道："汪大人，请你派人立刻去搜查陈老忠的家，将他家人先行扣押。"

汪知府听他的口气，竟是怀疑陈老忠。不过虽然心中疑惑，仍抱着宁可信其有的念头差人去办。回头又向孟剑卿道："孟校尉，这回可要多多仰仗你了。"转头喝道，"来呀，给孟校尉看座，这里都听他吩咐，本官先去慰问文公子与龙姑娘！"

汪知府竟是笑吟吟地将这烫手山芋甩给了孟剑卿。

孟剑卿先将陈六如与陈老忠隔离开来。陈老忠望见孟剑卿的脸色，不知怎的便心怯起来，身不由己地打了个寒战，不过嘴上勉强还能咬定方才的说辞。

孟剑卿冷冷盯着他："你是陈家老仆了，也算是个机灵可靠的人，不然这么重要的东西今晚不会让你捧着。这么机灵可靠的老仆，怎么会不明白，只有咬定在宴会之上这个锦盒曾经离开过你的手，才有机会找到别人来做凶手，才有机会洗清你们的嫌疑？"

陈老忠"扑通"一声跪倒在地，满脸老泪地叫道："大人，小的只知道实话实说，哪里想得到这么多事情！"

孟剑卿微微一笑："这倒奇怪了，天底下居然还有这么老实的仆人，为了说一句实话，不但自己不要命了，还要连带着自家主人跟着送死。龙家几时吃过这种亏？龙家养的那群不懂王法的侍卫，只怕冤有头债有主这句话也不太懂，多半会将这口气出在整个陈家身上。"

陈老忠的身子不由得哆嗦起来，泉州本地人不是不知道龙家那些侍卫的可怕，要不然怎么没有什么江洋大盗敢打龙家的主意?

孟剑卿偏偏又道:“还有文儒海,他可是我负责保护的人,他要有个什么闪失,你说我会怎么做?”

陈老忠战战兢兢地抬起头,望见孟剑卿脸上的那种笑容,只恨不得自己根本没有抬头。

孟剑卿突然一挥手,一道长绳应手而出,眨眼间已将陈老忠捆得透不过气来,孟剑卿右手一扬,手中绳头飞过横梁绕了下来,他反手捉住,用力一拉,陈老忠已被倒吊起来。

孟剑卿将绳头缚紧在梁柱上。

一旁的四名衙役看得是五体投地。就算他们这些积年捆人的老手,也不见得有孟剑卿这么两下子,捆得那叫一个利落牢实。

孟剑卿说道:“你们小心看守,不要接近他。”

陈六如就在隔壁,由两名衙役和两名龙家侍卫看守。

孟剑卿坐下来时,云燕然也走了进来,挥手令其他人都退出,之后向孟剑卿拱一拱手,说道:“孟校尉只管审案,在下是旁听。”

陈六如坐在椅上,脸色灰败,神情倒还沉着,仰头看着云燕然道:“请问云兄,龙姑娘现在如何?”

云燕然道:“毒性已经控制住,想来没有大碍了。”

孟剑卿盯着明显松了一大口气的陈六如:“那是一种什么蛇,竟如此厉害?”

陈六如苦笑道:“我若知道,一定坦诚相告,看来两位都认为是我做的?”

孟剑卿反问:“难道不是你做的?”

陈六如望着孟剑卿,良久方道:“孟校尉是个深明事理的人,你应该要问,如果是我做的,我为什么要这样做?”

孟剑卿微笑起来:“如果不是你做的,那么你认为,都有些什么人,会为了什么理由而这样做?”

陈六如愕然:“这似乎应该是官府的事。”

孟剑卿淡淡说道:“我现在不是正在想办法找出凶手吗?”

陈六如沉思片刻,说道:“我想不出陈老忠为什么要那样说,陷我于死地,也陷陈家和他自己于死地。”

孟剑卿微微一笑,看来这陈六如的脑筋转得并不慢,很快便找到了关键所在。

孟剑卿问道:“陈老忠是什么来历?”

陈六如道:“他是泉州本地人,年轻时因为家贫投奔我家,算起来已经快二十年了,向来忠实可靠。他家里现在只有一个儿子和两个孙女,我都见过不少次,也没有什么异样。”

如果有人控制住他的儿子和孙女，逼迫他来做这件事……孟剑卿马上否定了自己的推断。那条金蛇，那般通灵又那般狰狞可怖，除了它的主人，又或者是精通驯蛇之道的人，旁人是无法控制的。

一念及此，孟剑卿突感不妙，隔壁已经传来陈老忠的大喝与衙役的惨叫。

他急冲过去，正见到那陈老忠破窗而出。

孟剑卿无暇理会倒在地上翻滚惨叫的衙役和寸寸断裂的绳索，纵身追了上去。

陈老忠头也不回地扬手掷出数条细蛇，满心以为必定能阻得一阻，容他逃去。

孟剑卿却已在越窗而过时，左足在窗台上一踏，借力纵起，呐喊一声，短刀脱手，划破夜空斩了下去。

刀气破空，霍霍如电，那几条细蛇被刀气击得粉碎，轻薄锋利的短刀径直斩向陈老忠的后背，所过之处，滋滋有声，空中似有无数细碎的火花闪烁。

陈老忠来不及叫一声，便重重地跌落在地，短刀深深嵌入他后心，几乎将他整个后背划成两半。

孟剑卿甩出绳钩缠住刀柄，收刀时顺势一划，划断了陈老忠的脚弯筋脉，让他再不能逃走。

孟剑卿的一名卫士此时拎着一个大酒罐堪堪赶到，孟剑卿反手抓过酒罐，掷了出去。酒罐砸在挣扎爬行的陈老忠身上，罐破酒流，刺鼻的雄黄味刹那间充斥在夜空中。

被雄黄酒这么一淋，陈老忠身上暗藏的种种虫豸，都仓皇逃窜。

孟剑卿急退到数丈开外，不过他这一退本无必要。虫豸虽然无知，也感受到了凌厉如冰霜的刀气所在，怎敢靠近，一个个唯恐避之不及。

孟剑卿轻喝一声：“卸了他全身关节！”

另一名魁伟异常的卫士大步跨过去，如鹰擒鸡般拎起陈老忠，兔起鹘落，只听得噼啪之声不绝于耳，眨眼间已将陈老忠全身关节卸得干干净净，陈老忠整个人就如一条软蛇般瘫在地上，因为下颌也被卸了，一张嘴大张着，干喘着气。

孟剑卿又喝了一声：“给他上药，再上铁蒺藜！”

两名卫士给陈老忠敷好金创药、包扎好伤口之后，抽出随身所带的生满倒刺的细铁链，将陈老忠再次捆了起来，倒刺环环相扣，若非熟手，绝难解开。现在陈老忠不要说逃，就算要死，也千难万难了。

两名卫士握住铁蒺藜末端的扣环，将陈老忠拖回房去，他们身后的地上，留下一道长长的血迹。

云燕然左手扣住陈六如的后颈，也已追了出来，完完整整地看完了方才一幕。

陈六如觉得自己后心发凉，他一向知道锦衣卫可怕，只是怎么也想不到会有这么可怕。

孟剑卿转过身来看着陈六如：“陈老忠究竟是什么人？”

陈六如说不出话来。

现在他真的不知道这个在陈家老老实实待了快二十年的仆人，是个什么样的人。

正传　借东风（三）

那四名衙役被蛇咬伤，已抬下去救治。

孟剑卿本待继续审问陈老忠，但是重新回到房中时，云燕娇也来了，脸色凝重，很明显有要紧事情商量。

他略想一想，便决定先将陈老忠这个看来一时半会儿不会开口的瓮中之鳖暂且放一放。

屏退其他人后，云燕娇轻声说道："龙姑娘已经醒来，她说那条小金蛇就是蟒山铜头蛇，她幼年时曾经见过。这种蛇年深日久，会慢慢蜕变成金黄色，全身鳞甲，坚硬如铁，毒性也随之更剧。今晚若非及时截住了这条蛇，取得蛇胆蛇血来解毒，十息之内，她便会身亡，绝无可救。"

云燕然的脸色不由得一变。

孟剑卿暗自一怔。就算这铜头蛇奇毒无比，就算对方很显然不是想要要挟龙家，而是要置龙颜于死地，云燕然的脸色也不用这么难看吧？

也许其中另有原因。

他的怀疑，云燕然兄妹似乎已有所察觉，互相看看，已知对方想法，云燕然低声说道："孟校尉，这件事情我想应该与你明说。这蟒山铜头蛇极难饲养，更不用说养到变成金黄色。我怀疑这条蛇与我们的一位师叔有关。我们这位师叔最善养蛇，多年前回到中土，因为时当战乱，很快便与我们失去了联系。"

孟剑卿略一沉吟便道："龙颜幼年时见过这种蛇，那么她有没有见过养蛇的人？"

云燕娇迟疑了一下才道："那个养蛇人从前是明教——哦，是魔教的五色龙王，龙颜见到他时，他已经出家，法号便是五色。"

他们兄妹两人这些话都说得含糊，但意思已极明白。

孟剑卿不觉一怔。

他早知五色龙王的大名，只是没想到五色龙王原本来自海上仙山。

云家兄妹对他坦承这样一个大秘密，的确是难能可贵了。

但也许不过是因为他迟早会从龙颜那儿知道养蛇人是谁，锦衣卫一动员起来，以朝廷移山倒海之力，那五色龙王只怕多半性命不保，还不如现在有商有量地办完这件事为好。

孟剑卿默然良久，自言自语般地说道："如果陈老忠是五色龙王派出的人，那么这是五色龙王与龙家的纠纷，还是魔教想东山再起？若是魔教想东山再起，又为什么要针对龙颜，并且选中陈家来做替死鬼？若是龙颜死了，究竟有谁会得到最大的利益？"

云燕娇脱口说道："自然是龙家其他人。"

孟剑卿摇摇头："不管是我朝法制，还是历代旧例，即使是主家绝后，也从来没有家仆可以得到主人家产的。无主之产，例归官府。"

说到这儿，他们都是一怔。

龙家别无亲族，龙颜若是死了，龙家富可敌国的家产，按例应归泉州府没收。这么庞大的一笔财富，名义上是归泉州府所有，但是实际上真正控制这笔财富的人，是泉州知府！

静寂了片刻，云燕然说道："不知皇爷是怎么看龙家的，孟兄想必略知一二了。"

他突然提起这个话题，倒让孟剑卿颇费思量，心念几转，方才猜度到云燕然的言外之意。洪武帝会不会是嫌龙家太过豪富，就如整治沈万三一般想要整治一下龙家，以免龙家势大压官呢？

孟剑卿过了一会儿才字斟句酌地说道："龙吟是个很会审时度势的人，当年曾经与皇爷有过数面之缘。如今虽说龙吟已经过世，皇爷还是很关切龙家的，担心龙家只留下一个孤女，会受人欺凌。"

龙吟善于投资，这个"数面之缘"，只怕大有玄机，否则也不会让洪武帝挂念至今。

想想洪武帝居然担心龙颜这个孤女会受人欺凌，孟剑卿三人都有种啼笑皆非的感觉。但是在亲眼见到龙颜之前，谁又不是这般想法？

说起来洪武帝很有几分锄强扶弱的喜好，龙颜在他眼中既是这般一个弱女，绝不同于就在他眼皮底下招摇过市的天下首富沈万三，只怕他老人家怎么也想不到要来锄一锄的。

这样说来，岂不是只余下一个可能性？

孟剑卿三人都感到了事态严重。

孟剑卿当即说道："我们现在去见汪知府。"

不要让汪知府有从容地调兵遣将的机会。

汪知府见孟剑卿三人进来，立时笑脸相迎："孟校尉果然身手不凡，及时抓回了那陈老忠。请坐请坐，云兄与云姑娘也请坐。”

他一边说一边摇头：“不瞒三位，下官在泉州任上已经待了四年，一直太平无事，前天刚收到吏部行文，要改任到江西去了，现在却突然出了这件案子，若是不能好好了结，这四年太平，怕是前功尽弃了。”

孟剑卿三人互相看看。

汪知府不会在这么容易验证的事情上撒谎。

这样说来，汪知府既无控制龙家财富的机会，又岂会有暗杀龙颜的动机？

至于接任者——不论是谁，要做此事，至少也该等到自己真个坐上泉州知府这个位置。

孟剑卿径自说道：“汪大人，这件案子可能与五色法师有关。”

汪知府一怔，待到回过神来，脸色便变了，结结巴巴地道：“果真……如此？”

孟剑卿看看他，微微一笑：“我得去拜见法师，当面向他请教。还请大人调拨一位刑名师爷、二十名衙役听候差遣。至于一干应用物品，回头我会开一个单子出来，还请大人全力协助。”

这件案子，本应由泉州知府办理的，孟剑卿这么一说，竟是毫不客气地完全接了过来。

汪知府明知这有点儿不对，但此时的他但求早日洗脱，哪里还顾得这些，当下满口应承，即刻回知府衙门去调派人手。孟剑卿终是不能完全信任这位汪知府，便调了一名卫士去与汪知府帮办所需物资，暗里却示意那卫士多加小心。那名卫士跟了孟剑卿多时，自是心领神会，明白自己的真正使命是什么。

此时文儒海和龙颜均已由龙家的药师下了药，沉沉睡去。龙家主事的柳白衣出来与孟剑卿三人商议如何应对。听得此事与五色法师有关，柳白衣的眉头不免也皱了起来。

云燕然心中的疑问至此才问出来：“五色法师在泉州是否有很高的声望？”

柳白衣轻叹一声：“法师于二十年前在卓锡龙王谷建万佛寺，距泉州四十里。每年冬天，方圆五百里的信徒都会前去朝拜。万佛寺周围十里均为禁地，二十年来，不得法师允许，还没有人敢不依进香之路，擅自闯入这方圆十里之地。”

云燕娇一笑道：“万佛寺，可是因为法师道行高深，信徒有万家生佛之赞吗？”

五色法师在乡民中有如此声望，也难怪听说此案与五色法师有关时，汪知府会面露难色。众怒难犯，何况闽中民风强悍，更需格外小心。

回答她的却是孟剑卿：“寺名万佛，是因为龙王谷一带，万蛇为害，故此立万佛以镇压之。五色法师之声名威望，便来自他能镇压蛇害，护佑一方。朝廷之所以对他格外优容，也正是这个缘故。”

以当年的五色龙王、如今的五色法师的名望，如何会不引起锦衣卫的注意，如何不让锦衣卫将这两个名字联想到同一个人身上？

之所以视而不见，不是没有原因的。

云燕娇困惑地道："五色法师既然已经守禅二十年，为什么这一次会出手对付龙家，甚至于要置龙颜于死地？"

柳白衣叹道："云姑娘可是不愿相信此事与五色法师有关？老实说，就算是我们自己，也不敢相信。毕竟五色法师与我家老爷当年也算是有几分交情，彼此更无恩怨。否则这二十年间岂能相安无事？但是那条铜头蛇，正是我家小姐幼年时在五色法师座前见过的那条。它的尾尖秃了一小截，那是它变成金色之前被一只狐狸咬掉的，所以断得很不整齐。"

云燕娇轻轻说道："柳姑娘，我只是在疑惑，五色法师为什么要这样做？"

柳白衣喟然："是啊，我们也很困惑，我们龙家可是万佛寺最大的施主。"

孟剑卿一直听着她们暗藏机锋地唇枪舌剑，忽地说道："我想找个人来问问。"

云燕然会意："陈六如？"

陈六如方才也令他印象深刻，如此大变之下，他还能保持头脑清醒，这人的确不简单。

陈六如被提过来，孟剑卿打量他一会儿，说道："咬伤龙颜的那条蛇，很有可能是五色法师豢养的。你能不能告诉我们，如果这件事情的确是五色法师所为，他为什么要杀龙颜？"

陈六如呆了一呆。他是泉州本地人，自然知道五色法师的大名。思索良久，陈六如问道："孟校尉是说，对方是想要杀龙颜，而不是想用解毒药来控制要挟龙家？"

孟剑卿微笑："不错。所以我们才觉得困惑，为什么要杀掉龙颜，而不是想办法控制龙颜从而控制龙家。"

陈六如低下头，皱紧了眉。

孟剑卿几人耐心地等着他的回答。

过得许久，陈六如抬起头来慢慢说道："不是私人恩怨的话，那就只有一个可能，不过老实说，我也没有多大把握。我觉得我的这种想法太离奇，不太可能有人也会与我一样想。"

孟剑卿淡淡说道："去掉其他所有可能性之后，剩下的一个，无论多么离奇，也有可能是真的。"

陈六如"哦"了声，想一想才道："我猜想是明教，哦，魔教，想杀了龙颜来打击整个泉州府。"

孟剑卿诧异地看着他。

这算什么理由？

陈六如一边思索一边说道："我是最近才产生这种模糊的想法的。我原来一直想，龙颜那样子花钱，可怎么得了。可是最近，我慢慢发现事情并不像我想的那样。该怎么说呢？哦，孟校尉，你来的时候想必已经看见龙家怎么打赏各家的仆人了吧？"

孟剑卿微微一笑："每人千文。"

花钱的确花得太凶。

陈六如接着说道："那些奴仆，拿了这千文钱，就在流金园外的两条长街中等候，常常要等到后半夜。那两条长街中，满是饭馆、酒铺、客栈，还有勾栏、赌馆以及说书卖艺唱戏的戏苑，是泉州城最热闹的地方之一。这些奴仆，还有从各地赶来与龙家交易的大小商贩，譬如在这次寿筵前一个月就运送烟花来求售的十七家烟花商，都在其中消磨时光。这两条街都是龙家的地产，龙家自己只开了一家当铺、一家古玩店，但是其他那些店铺都得向龙家交租金。我曾经计算过，仅租金这一项收入就足以抵销龙家每年打赏奴仆的开支，还有剩余。而且，因为市面繁荣，店家赚得多，租金每年都在上涨。所以最近又有不少人向龙家租用这两条街近郊的荒地，我估计不用三年又会出现一条同样繁华的街市。"

他出了一会儿神，又道："供给龙颜每年所用鲜花的，是城西的百花亭。而龙颜的衣装首饰，向来为泉州城乃至整个闽粤闺中妇人女子所仿效。她喜用鲜花装饰，喜用鲜花制脂粉，连带得整个泉州城也风行起来。百花亭村中一百七十户人家，家家种花，即便是老弱残疾之人，也因此得以温饱。"

陈六如身旁的小花几上，就放着一盆郁郁葱葱、含苞待放的粉紫月季。

孟剑卿一众人的目光不觉都落在那盆月季上，至此他们才发觉，龙家的确处处可见各色鲜花。

陈六如轻叹一声，又道："这些陶土和白瓷花盆，都是用海船从外地运来的，仅仅靠着装卸和搬运这些花盆来养家糊口的泉州人，便不下百户。"

孟剑卿心中转过无数念头，终还是觉得困惑，注视着陈六如说道："这样说来，的确有许多人依赖龙颜而活。但是龙颜这样挥霍，龙家即便有金山银海，又能支撑几年？魔教用得着冒这么大的风险去杀她吗？"

陈六如一笑："龙家的祖训是'钱流如水，流水不腐'，所以将这个园子命名为'流金园'。我原来一直想不通，为什么要起这样一个名字，钱流如水，岂不是守不住财富？但是现在，我想我也许明白了。龙家从来就不想独自赚钱独自花，他们向来大方，说得直白点儿，就是'有钱大家赚'，大家都有钱了，龙家就能赚更多的钱。或者说，市面越繁华，龙家越兴盛。譬如说龙家的丝绸行，有钱人越多，它赚的钱可不就越多？又譬如说这泉州的船埠，五分之一属于龙家，泉州这些年如此热闹，来往船只日夜不息，仅仅是船埠租金、客栈货栈租金，便难以计数。柳姑娘掌管账房，想必对此清楚得很吧。"

柳白衣正听得心旌摇摇，冷不防说到她头上，迎着众人的目光，不觉吃了一惊，定定神，掠一掠鬓发，微笑道：“六公子高见，白衣的确从未这样想过。”

孟剑卿注视着陈六如：“为什么你不认为是其他海商从中陷害？”

毕竟龙家是他们最大的对手，至于陈家，当然能少一个对手更好。

陈六如苦笑道：“这几年各家想的都是怎么与龙家联姻，那才是最划算的，哪还有心思冒着被龙家侍卫报复的风险去刺杀龙颜？再者，我之所以猜是魔教，还有一个原因，便是我家当年得罪过他们。那时我祖父还在世，他老人家向来小心谨慎，抱定了谁都不得罪的心思，结果却谁都得罪了。”

孟剑卿微微一笑。

善于造船的陈家，的确是对水师仰赖甚深的国初群雄竞相拉拢的对象。

陈家当年如履薄冰地在各方之间周旋，结果仍然面面不是人。

陈六如接着说道：“关于龙颜对泉州的重要，我还可以举出更多的例子，只不知孟校尉是否愿意继续听下去？”

孟剑卿摆一摆手：“不必了。”

陈六如的描述已经清清楚楚地让他看到了这一点。

想想龙家这条盘踞在流金园的巨龙，一吸一吐之间，整个泉州城都钱流如水，生生不息，这种景象，真是令人惊心动魄。

挥金如土的龙颜，竟仿佛是整个泉州城的灵魂。

云燕然忽地说道：“六公子这种说法，的确是令人耳目一新，只是不知魔教之中，是否也会有如此人才能够看透这一点？”

陈六如一怔：“我不知道。”

孟剑卿淡然说道：“未必没有，七宝童子就有可能。云兄与云姑娘没有听说过这个人吧？这人是魔教闽浙分坛的司库使者，真名刘慕晏，正像唐时那位神童刘晏一样，十三岁入掌财政大权，十五岁与五色龙王结拜为兄弟，同时结拜的共有七人，都是闽浙分坛中人。其中五人已死，五色龙王出家，七宝童子不知去向已有十几年。我们知道他还没死，不过只要他不惹事，我们本来也不想对他怎么样的。”

言外之意便是，现在锦衣卫不能不对七宝童子怎么样了。

当年的明教闽浙分坛，大半都是陈友定、方国珍以及张士诚的部下。这个案件的真实面目，似乎已经越来越清晰，也越来越可怖了。

如果真是这样，这可又是一个会掀起腥风血雨的惊天大案。

云燕然等人不由得都暗自吸了一口凉气。

陈六如被带了下去。

孟剑卿沉吟道："七宝童子在这个时候动手，是因为他也像陈六如一样，直到最近才看透龙颜的重要性，还是别有原因？譬如说他会不会猜到了云兄你们来泉州的用意，也猜到了陈家的造船本领对大明的重要性，所以才选择在这个时机对龙颜下手，同时选了陈家来陪绑？他仅仅是想打击泉州，还是别有用心？"

云燕娇轻声说道："有没有可能，这是七宝童子与龙家的私人恩怨？俗话说，同行是冤家，龙姑娘的父亲，当年也许与七宝童子有过节，所以他在世时七宝童子销声匿迹，等到如今才出来对付龙姑娘？"

孟剑卿看了她一眼。

云燕娇是不希望看到大狱兴起吗？是因为她本性不希望见到血雨腥风，还是觉得当此举办大事之际，不宜令闽浙人心惊惶？又或者只不过为了维护五色龙王？毕竟在这件案子上，是否私人恩怨，关系太过重大。

柳白衣却道："老爷在世时从未提起过与七宝童子有何瓜葛，如果真有的话，我想这样的大事，老爷必定会对我们几个人有所交代的，不会让小姐毫无准备地遇上这样一个对手。"

云燕娇抿嘴一笑："柳姑娘，即便是私人恩怨，那条蛇不该又误伤了朝廷的使者，孟校尉可绝不会袖手旁观的，对吧？"

她最后一句话是对着孟剑卿说的。

孟剑卿笑一笑，转过目光看着云燕然道："云兄，关于七宝童子涉案一事，还只是我们的推测，真正能落到实处的，是五色法师的嫌疑。我打算去一趟万佛寺。"

云燕然打量着孟剑卿道："龙王谷那种万蛇出没的险地，即便有二十名衙役，再加上孟兄的三十名手下，只怕也大不易为吧。"

孟剑卿一笑："所以才需要请云兄坐镇泉州，云姑娘与在下同行。当然了，龙家是苦主，也可以派人同行。"

柳白衣毫不迟疑地道："那是当然。武玄衣会亲自带十二名侍卫同行，听从孟校尉调遣。"

武玄衣是龙家这一代的侍卫统领，由她来带队，足见龙颜与柳白衣都已下定决心要给行刺者一点儿颜色看看。

云燕娇略一估算，轻声说道："我会带上六个人。"

孟剑卿则道："我带二十个人，留下十人听从云兄差遣。"

约略一算，孟剑卿这一行人，已有五十人，俨然一支小军队了。

云燕然暗自忖度着孟剑卿将阵势搞大的用意何在，一边说道："孟兄需要我如何坐镇，不会仅仅是守护流金园吧？”

孟剑卿摇了摇头：“自然不是。”

流金园自有龙家守卫。

他向来心思转得快，此时筹思已熟，缓缓说道：“我要云兄做三件事。第一件，负责督促汪知府搜罗泉州城里所有的雄黄、蛇药及火油、烟花；第二件，负责督促汪知府按紧急条令调发泉州驻军五百人，携带所有雄黄、蛇药与火油、烟花，在我出发后四个时辰时赶到龙王谷进香小道入口处，扎营待命，准备剿匪；第三件，如果泉州卫所驻军在龙王谷外等候一个时辰，还不见我们这一行人出来，就请云兄督促汪知府指挥这支驻军以雄黄、蛇药、火油和烟花开路，攻入万佛寺，所有僧众，一概收押，如有抵抗，格杀勿论！”

他这阵势，竟是要将万佛寺夷为平地一般。

柳白衣笑道：“万佛寺的僧人，不过四十几个，就算其中有厉害人物，只武玄衣带的一队人，也能手到擒来，更何况还有云姑娘与孟校尉同行。孟校尉这般调度，可真是……”

云燕然兄妹也觉得孟剑卿有小题大做之嫌，只是不曾说出来而已。

孟剑卿沉了脸冷冷说道：“凡事有备无患。不论五色龙王和七宝童子与龙家、陈家是否有私人恩怨，他们既然敢在国家兴办大事、需要龙陈二家效力之际如此挑衅，想必已有了足够的准备与朝廷翻脸。既然如此，我便如了他们的愿！”

他这么一顶大帽子扣下来，即使是一心想报复五色龙王的柳白衣，也不免瞠目结舌。她可从来没想到锦衣卫是这样办案的，有一点儿线索就会不管不顾地往“叛逆”二字上面靠。

一头嗜血成性的猛兽，是不能让它闻到一丝血腥的。

云燕然注视他许久，说道：“孟兄造成如此张扬的声势，是否别有用意？”

孟剑卿微微一怔，转而一笑道：“我记得当年在讲武堂时，徐教习曾经给我们讲过剿匪八字要诀：胆壮心齐，器良技熟。泉州衙役和驻军，对万佛寺只怕敬畏已深，即便器良技熟，临了能否得用，还是未知之数。所以我才要大张声势来替他们壮胆。胆壮才能心齐，临阵才能发挥他们的良器熟技。这般解释，云兄是否满意？”

孟剑卿此行的任务本应是护送文儒海祭祀妈祖娘娘，但是现在看来，绝不是这么简单。云燕然兄妹对视一眼，决定还是不再追问下去了，锦衣卫的事情，最好不要卷入太深。好在云燕娇也要去万佛寺，有她在场，料来孟剑卿即使奉有密令要整治五色龙王与万佛寺，也不会做得太过分。

柳白衣此时定下神来，说道：“孟校尉既然要造声势，龙家自应助一臂之力。我打算向泉州之外紧急收购雄黄、蛇药与火油、烟花，造出泉州府还要采买更多物资、派出更多军队去围剿万佛寺的声势，孟校尉意下如何？”

孟剑卿微笑：“如此甚好。”

能够主持龙家日常事务的柳白衣，的确很会审时度势。

孟剑卿一行于次日清晨出发，近午时分赶到龙王谷谷口。一条白石小径，自谷口蜿延伸入浓绿的密林之中，这便是进香小道。由此到万佛寺，尚有十余里。

孟剑卿率先策马踏上那条进香小道。

盛夏骄阳，炽热灼人，山谷中静寂无声，只听得马蹄得得，不紧不慢。

走了半个时辰，总算望见了寺门。

万佛寺虽然僻处深山穷谷，规模却十分宏大，楼阁殿堂依着山势层层叠起，隐隐然有雄视一方之势。孟剑卿驻马于山门之前，不理会那两名诚惶诚恐的知客僧，先调派人马分别看守各个通道，之后喝令知客僧通报住持，寺中所有僧俗人等，一律到前院弥勒殿中听候审查。知客僧见孟剑卿来意不善，不敢怠慢，急忙跑回寺中安排，一边派了小沙弥赶紧去请住持出来主持大局。

午后山风徐来，穿谷而过，暑意稍解。然而挤在弥勒殿中听候审查的一干僧俗人等，一个个都紧张得汗水淋漓。邓师爷所带的两名老衙役点检人数，报称除了五色法师外，所有僧人都已在此，另有七名香客，都是附近的村民。这暑热时节，本不是进香的时候，这七名香客都是因为前些时候家中有人被蛇咬过，伤愈后来还愿的。这样热的天，倒也是情理中的事。

那被派去请五色法师的小沙弥此时急急跑来，说道：“施主，后院岩洞中镇压的两条巨蟒今早突然发狂，现在还不曾完全安静下来，法师不能离开，还请施主去后院禅房相见。”

孟剑卿侧过头看向武玄衣——也正是昨夜悄然守在龙颜身后，为她吸去蛇毒的那名眉目冷峭的黑衣女郎——低声说道：“武姑娘，这儿交给你，给我看好了他们！”

武玄衣微一点头。

后院芭蕉遮天，阴凉如秋，一带三间禅房，粉壁如镜，洁净得不似有人居住。

孟剑卿将其余人都留在狭小的院外，与他一同进去的，只有云燕娇——连邓师爷也被他留在了外面。

五色法师就闭目盘膝坐在正中一间禅房的罗汉榻上，默然等着他们到来。

法师其时应已有六旬以上，但是看上去宛如三十出头之人，十分瘦弱文秀，若无缚鸡之力。身前一个白瓷钵，钵盖紧合，不知内有何物。

云燕娇先行走到榻前，弯下腰来，合掌于胸前，轻声说道：“云家第三代弟子云燕娇，拜见秦师叔。这一位是锦衣卫孟剑卿孟校尉。”

她声音温婉，态度娴雅，出言吐词之际，令人觉得极是诚挚体贴，自然而然便生出信任之心，感动之意。

孟剑卿不由得想到能够让自己和沈光礼都在不知不觉中安宁平静、失去猜忌防范之心的李克己，还有目光一扫便似能慑服人心的云燕然。海上仙山的这几个年轻弟子，似乎都曾修习过种种心战之术。自己毫不迟疑地将那样重大的事情托付于云燕然，是否便出于这个缘故？

五色法师恍若未闻，云燕娇轻轻地又说了一遍，语声更添了几分耐心与温柔。

五色法师长长叹息一声，睁开眼，慢慢说道："老衲早已不姓秦了，你们不是来求药的吧？"

孟剑卿按刀而立，略一躬身，说道："昨夜蟒山铜头蛇咬伤了龙颜和在下奉命保护的礼部使节文儒海，龙颜认出那条蛇是法师所豢养，在下希望法师对此有所解释。"

他造出如此声势，就为了问这么一句话？云燕娇不免暗自诧异地看了他一眼。

五色法师良久没有回答。

孟剑卿又略略一躬："此事如果不是法师所为，那就定是寺中有奸人偷取了那条铜头蛇来陷害法师了。"

五色法师依然沉默。

孟剑卿自顾自地说道："既然如此，在下就此告退。法师请放心，在下必定会揪出那名或者那伙奸人来，好还法师一个清白。哦，云姑娘，在查出奸人之前，法师不宜再接近寺中任何一名僧人，所以法师的安全，还请姑娘多多费心了。"

他将弥勒殿那边交给了武玄衣，又将五色法师交给了云燕娇，他自己究竟想干什么？

五色法师与云燕娇都暗生疑惑之际，孟剑卿已经高声喝道："卫欢！"

听到这个名字，五色法师不觉微微一怔。

一名三十多岁的锦衣卫应声而入。

孟剑卿道："带上外面那四个弟兄和四名衙役，将这寺中好好地搜查一遍，以免有奸人躲藏，危害法师！"

那卫欢领命欲走之际，五色法师叫了一声："且慢！"

他打量着细眉秀目、时时若笑的卫欢，良久，略略点一点头："果然是卫家子弟，施主排行第八吧？"

卫欢看看孟剑卿才拱手答道："正是。"

五色法师转眼看着孟剑卿，暗自叹息。

海宁卫家，世代专攻土木机关之学，卫八儿当年却能以稚龄在卫家诸多高手之中早早崭露头角，这一二十年来，想必造诣更深了吧？

什么机关，能瞒得过他的眼睛呢？

如果他承认那条蛇是他放出的，孟剑卿仍然有理由搜查整个万佛寺。这就是他的目的？

五色法师心中转过种种念头，孟剑卿则耐心地等着他的下一步举动。

许久，五色法师慢慢说道："寺中多蛇，卫施主还需当心，不可惊扰了它们。"

孟剑卿微微一笑："在下随行带有三十罐雄黄酒和一百斤雄黄粉，搜查之前定会先行驱散蛇群，这个就请法师不必担心了。至于院后岩洞中的两条巨蟒，如果法师不能让它们安静下来离开岩洞，好让在下搜查，在下就只好自己动手了。"

午后穿寺而过的山风中，的确带着雄黄的气息。而除雄黄之外，隐约还有硫黄和火油的刺鼻气味，孟剑卿竟似做好了随时举火焚寺的准备。

五色法师长叹一声："孟施主，你究竟想要老衲做什么？"

孟剑卿也不多废话，直截了当地道："七宝童子在哪儿？"

五色法师不觉一震，直觉地想否认，却无法开口，他不知道孟剑卿究竟有哪些证据在手，才会突然问出这样一句直刺要害的话。

孟剑卿看了一下窗外日色，道："法师还有半个时辰考虑。"

五色法师见那卫欢欲走，不觉伸手想拦住，手举起来才发觉，拦也不是，不拦也不是，一时间进退两难。

即使他不承认此事与七宝童子有关，而全都揽到自己身上，看来也无法阻止孟剑卿将这万佛寺翻个底朝天——尤其是由卫欢来翻。

五色法师不免怔在那儿。

他幽居二十年，与万蛇为伴，日日静寂安宁，却不料山中方一日，世上已千年，突然间与孟剑卿这样精明干练、咄咄逼人的年轻人打起交道来，竟是无从应付，步步受制。

静寂之中，法师身后的一块板壁悄然移开，一个褐衣人钻了出来，法师吃了一惊，那人却已跳下罗汉榻，佻达地将散乱披垂的长发一掀，冷冷说道："不就是要找我吗，有什么大不了的！"

那褐衣人眉宇清俊，一双眼如流星般闪亮，意气飞扬，依稀仍是当年那个心高气傲、颐指气使的神童财神。

孟剑卿仔细打量他片刻后才道："刘先生，久仰了。"随后向卫欢道，"你暂且退下。"

卫欢领命退出。

透过芭蕉树，可以隐约看见他站在院门外的身影。五色法师心中稍安，但是转眼看见七宝童子刘慕晏就这么大摇大摆地站在那个锦衣卫校尉的面前，他的一颗心不免又沉了下去。

正传　借东风（四）

刘慕晏跷了腿坐在罗汉榻上，斜睨着孟剑卿，冷冷笑着说道：“那条铜头蛇是我从五色这儿偷走，叫陈老忠带进流金园去咬龙家那小丫头的。那丫头死了没有？”看看孟剑卿与云燕娇很沉得住气的样子，转念一想，明白过来，叹口气道，“看来龙家的人果然命大，这样子居然都没死掉。五色，看来龙家那丫头一定是抓住了你的金灵儿，吃了它的胆，抹了它的血，这才活下来。金灵儿一直没回来吧？”

五色法师身子一哆嗦，脸色便变了：“金灵儿真的被拿去解毒了？”

云燕娇轻声答道：“是。”

五色法师面色大变，身子一软，几乎栽倒在罗汉榻上。

刘慕晏“呸”了一声，一边扶住他一边说道：“五色，不是我说你，这么多年来，还是一点儿胆色都没有，金灵儿死了，你就只会发昏，也不想想怎么出这口气？亏你还养了它这许多年！对了，”他蓦地转过身盯着孟剑卿，“金灵儿是谁杀的？”

孟剑卿直视着他的眼睛：“自然是我。”

五色法师脸色惨白，喘着气揭开身前的瓷钵，取出一粒药吞下，方才慢慢平静下来，清癯苍白的脸上，却仍是惨淡得让云燕娇不忍注目。听得孟剑卿的回答，五色法师全身一震，抬头望向孟剑卿。

孟剑卿也望着他，冷冷说道：“那条蛇不死，龙颜就得死。”

五色法师脸上的神情不觉一变。多年前那个曾经坐在他面前好奇地打量金灵儿的小姑娘，曾经为他找来三种罕见药材饲养金灵儿的小姑娘……

他心中腾起的怒气不知不觉间犹疑起来，一时间默然无以为对。

孟剑卿随即转过目光看向刘慕晏：“这么说来，刘先生要杀龙颜，也是为了出一口气了？只不知这口气是为刘先生自己还是为魔教余孽？”

五色法师听他这话来意不善，心头“怦”地一跳，转过头担心地看着刘慕晏。刘慕晏却满不在乎地道：“官字两张口，黑白还不是随你说？说吧，你究竟想怎么样？”

孟剑卿盯着他的眼睛，一字一句地道：“你掌管的金库在哪儿？”

刘慕晏的身子抖了一下，随即哈哈笑道：“锦衣卫什么时候穷得要去找一座早已化成了灰烬的金库了？”

孟剑卿冷然说道：“魔教闽浙分坛的金库，自然早已化成了灰烬，不过刘先生你生财有方，如今只怕建起了不止一座新的金库了吧？若是没有刘先生的金库，弥勒教、圣母教、童子会、天一道、莲花教、净土会这些邪魔歪道，这几年也不会这么热闹吧？”

刘慕晏“哧”了一声道：“欲加之罪，何患无辞！”

孟剑卿声色不动：“先生说得不错，锦衣卫要治某个人的罪，的确是不会找不到理由的。”

他们对视片刻，刘慕晏突然跳了起来，破口大骂：“什么狗屁的锦衣卫！一群疯狗罢了！我告诉你，我的确有金库，而且不止一座，我也的确在那些邪魔歪道身上大把大把地花钱，不但如此，我还在许多土寇山匪和海盗身上大把大把地花钱，就为了买一个不平安，怎么样？有本事你们就嗅着铜臭去掀了那些金库啊！”

孟剑卿淡淡说道：“只要断了那些金库的财源，找不找倒也不着急，我们有的是时间。”

刘慕晏鄙夷地冷笑起来：“是要杀我吗？早说明白了不行，非要弄个这么大阵仗？龙王谷外兵荒马乱的，你到底带了多少人马来对付我这么一个文弱书生？”

孟剑卿斜睇他一眼：“刘先生未免自视太高了吧？在下为的可不只是刘先生。万佛寺窝藏不知悔改的魔教余孽，刺杀朝廷使节，危害国家大事，又拒捕伤官……”

五色法师一怔，截断了他的话：“施主，敝寺并未拒捕。”

孟剑卿似笑非笑地看着他。

五色法师心中不觉一寒。

云燕娇一直待在这儿，即使她有心维护，也无法见证寺中别处的动静。就算孟剑卿从寺里搜出私藏的女人来，也没人能指证他栽赃陷害。

此时忽然听到院外一名锦衣卫的声音：“孟校尉，卫欢在经堂中查出一个地窖，里面藏有数十本早已下令禁毁的魔教经书！”

五色法师的身躯摇晃起来，原来院外那个穿官服的人并非卫欢，孟剑卿这边与他们不紧不慢地磨，那边卫欢早已开始搜查全寺。

仿佛感受到他心中的震怒、惊惧、犹豫与担忧，墙后岩洞中传来低沉缓慢的、不祥的蠕动声，震得墙壁也似在隐隐颤动，令人似乎能看到黑暗的岩洞中两条巨蟒可怖的庞大身躯。

五色法师的脸孔在微微抽搐："施主何必逼人太甚？"

云燕娇看了孟剑卿一眼，眼波流转，似有种种意味不便明说。

孟剑卿向她微一点头，心想不知云燕娇是否明白自己的示意——一切都在他的掌握之中——转而注视着五色法师，再看看紧闭着嘴、双眼更加闪亮的刘慕晏。

当年的五色龙王，往往被人认为优柔寡断、心慈手软、难成大器。但是这样一个平日里唯唯诺诺的老好人，却稳坐明教闽浙分坛的左护法之位。

只因为老好人发起火来，比恶鬼还可怕。就如那沉睡的、温和而迟钝的巨蟒被惊醒、被激怒一般可怕。

孟剑卿的语气稍稍缓和下来："法师误会了，在下想这些事情应该都与法师无关，不过是寺中诸僧胆大妄为罢了。待在下替法师将这寺中好好清理整顿一番之后，必定再另觅老实忠厚的僧人来服侍法师，重建万佛寺。"

此时又有一名锦衣卫来报："孟校尉，卫欢在藏经阁没有发现密室之类，但是发现青砖地板下铺满了金砖，估计应有五万两！"

孟剑卿的目光一直没有离开五色法师与刘慕晏，头也不回地说道："好！再搜！"

他微笑道："法师清贫自守，只怕从来没想到寺中僧人会如此奢侈吧。万佛寺历年香资，居然会有如此之多，恐怕天下寺院都要艳羡不已了。在下想理藩院一定非常想借鉴一下万佛寺的生财之道，法师不介意在下抄一份账簿送往僧录司，以便天下寺院借鉴吧？"

不待五色法师回答，他已提高了声音说道："来人哪！去将万佛寺的历年账簿取了，好好抄写一份！"

刘慕晏脸色陡然变得铁青，瞪着孟剑卿。

万佛寺的财产，远不止这五万两黄金。如果账簿不能证明这些财产的合理来源，这名锦衣卫校尉便有大把理由将它们当成他建的金库而没收，连带将所有僧人定罪。

他是否太低估了如今这些年轻人了？

五色法师又吞了一粒药，定一定神，方才抬起头来："孟施主，你究竟想做什么？"

刘慕晏冷笑："不过是因为不将我们这些人赶尽杀绝，某个人不会放心罢了！"

云燕娇不安地看着孟剑卿，真的要兴起如此大狱吗？

孟剑卿却岔开了话题："法师与刘先生想必都知道张定边这个人。"

张定边是陈友谅的头号大将，鄱阳湖之战，张定边孤军深入，几乎斩杀洪武帝于船上；陈友谅中箭之后，也是他拼死护了尸体和残军，杀开一条血路逃走——听说他早已在川中九峰山出家做了和尚。

连张定边都能放过——只要他彻底断绝与陈友谅旧部的一切关系，跳出是非圈。

五色法师默然不语，他何尝不知，自己这二十年来的清净，也是因为同样的缘故？

可是，他没有办法拒绝七宝。这个他们钟爱的幼弟，才气纵横，心志高傲，虽然有时候未免有些偏激固执，但是他们都宁愿舍了命来达成他的愿望。

孟剑卿又道："刘先生，在下想问问先生，为何要陷法师于如此境地？本来嘛，治大国如烹小鲜，若无必要，是不会屡兴大狱的，只可惜，树欲静而风不止，这也是无可奈何之事。"

他这后一句话说得如此理直气壮，叫刘慕晏又跳了起来："鬼话！到底谁是树谁是风？话要说清楚！光明之教如今被人口口声声唤成'魔教'，是谁下的命令？你不仁，还想叫别人守义？如此忘恩负义、不公不正之事，我七宝一万个不服！老天不公，我就偏要还世人一个公道！"

孟剑卿只静静地看着他。

刘慕晏一通暴叫，却得不到半点儿反应，不由怔了一怔，一腔怒气就此堵在胸中。他望着面前这个年轻镇定而英气勃勃的锦衣卫，仿佛看到的正是这个如日初升、热焰喷薄的国家。

他们这些人，是不是注定要在这样的日光之下蜷伏到阴暗之处，畏避它的锋芒？

他的一腔怒气、满怀愤激，不知不觉间冷了下来。

云燕娇在一旁轻声说道："成王败寇，弱肉强食，天道从来如此。天道若不如此，恐怕会有更多的人怨它不公了。只怕刘先生绝不会甘愿像那些村夫愚民一般悄无声息地老死于乡野间，而必定要名扬天下。"

他们都明白这个道理，也正因为明白，刘慕晏才会更加郁闷且愤怒。

外表温婉柔和的云燕娇轻言细语地说出这样一番话来，平心静气地面对着如此冷酷无情的天道，倒让孟剑卿心中暗自诧异，海上仙山的弟子，都是如此冷静地看待天道往还、治乱兴衰吗？在国初群雄中，他们早早便选择效忠于大明，仅仅因为他们认为大明将是最后的胜利者？

孟剑卿再次看了看窗外的日色，略一度量时间，转向五色法师说道："在下会向沈大人禀报，刘先生已在万佛寺剃度，法号七宝，万佛寺历年香资所余甚多，法师愿意献给国家以备塞北战事开支。当然，沈大人会请旨对法师与万佛寺加以褒奖，不知法师意下如何？"

他居然想如此了结这样一桩大案？

五色法师大出意外，云燕娇则暗自吁了一口气。

刘慕晏困惑地看着孟剑卿，脸上阴晴不定。

锦衣卫难道只拿到万佛寺这一处金库就会心满意足了？他们究竟想干什么？

孟剑卿淡淡说道：“皇爷能够容得下一个出家为僧不问世事的张定边，难道就容不下一个同样出家为僧不问世事的七宝童子？”

五色法师神情渐渐缓和下来，低声叫道：“七弟。”

刘慕晏满心的不甘，但是面对着五色法师恳求的眼神与瘦削疲惫的脸，心中又犹豫起来。

他知道自己这些年来所做的每一次努力，都注定要失败。唯一能够劝慰自己的，是每一次失败的尝试，都会带给高高在上的那个人新的烦恼。

他是要继续这注定失败的努力，还是就此放下这一切，陪着五色法师慢慢老死在这寂静的深山？

不再看、不再听也不再想这世间的不公正，是不是就可以慢慢忘掉心中的不平与不满？

云燕娇此时轻轻说道：“刘先生是否早已经猜到我与家兄来泉州的原因？”

所以才会对与他们的来意关系重大的龙陈两家下手。

刘慕晏蓦地转过头直视着她。五色法师则神色大变，苍白的脸上因为激动而泛起了淡淡红晕，仿佛不敢置信一般望着她，低声问道：“是什么原因？”

云燕娇莞尔一笑：“法师不是已经猜到了吗？这不也是法师早年的愿望吗？”

五色法师长长吐了一口气，喃喃说道：“若果真如此……若果真如此……我知道你们来泉州，可是我不敢相信，不敢往这件事上猜想，否则……”

他出神地凝望着南方天空，脸上的神情变幻不定，仿佛前尘往事刹那间都涌上心头，令他百感交集，心绪茫茫。刘慕晏的脸色却很是难看，他猜到了云家兄妹的来意，却没有告诉五色，这才能够借得那条铜头蛇。五色是否会责怪他？是否会对他失望甚至于生出怨恨？

良久，五色法师平静下来，脸上的神气甚至显出几分解脱的愉悦：“七宝，你就留下来吧。我们兄弟这么多年不见，难得有这个聚首的机会。你若不肯闲着，万佛寺的寺产众多，总可以让你略试身手。”

刘慕晏脑中“嗡”地一响，踉跄了一下。

五色向来是个老好人，无可无不可，几乎事事都由着他摆布，但是五色一旦拿定了主意，就没有人能够改变。

他护着他，但同时又要将他圈在这深山之中，终老在此乡——万佛寺的寺产再多，怎比得上那海阔凭鱼跃、天高任鸟飞的大千世界？

他若执意不肯留下，五色会怎么做？

刘慕晏怔怔地看着五色法师期待的脸与坚定的眼神，心中虽有万般不甘，只是无论如何也说不出一个“不”字。

孟剑卿与云燕娇对视一眼，孟剑卿随即道：“法师请——”

五色法师站起身来，袍袖一展，反握住刘慕晏的右腕，将他带出了禅房。

临出院门之际，孟剑卿迟疑了一下，向刘慕晏道：“刘先生，你是懂得龙颜对泉州的重要性的吧？”

刘慕晏脱口答道：“自然。龙家那小丫头，虽说只会花钱，不过花得可真有讲究——钱流如水，流水不腐，这个道理，她可比谁都看得透。没有这么个花钱如流水的丫头，恐怕泉州三分之一的店铺都得关门。”

他忽地一惊，瞪目而视：“还有谁也这么看，所以才让你们找到我头上来？”

孟剑卿微微一笑：“刘先生，江山代有才人出。”

刘慕晏一呆。

原来长江后浪推前浪，是这样迅速且残酷。

他那一腔不甘湮灭的雄心，这一瞬间竟是灰败不堪。

孟剑卿冷眼看着他的脸色刹那间灰败下去，对于心比天高的刘慕晏，这才是最后、最致命的一击吧？

跪在如来座前，五色法师亲自为刘慕晏落发，法号如孟剑卿所言，便是“七宝”。

万佛寺中所藏的金砖银锭，总计上十万两，都以五色法师的名义献出，由泉州驻军兼程运往泉州府，再转运往应天。

文儒海的伤势尚未痊愈，是以孟剑卿又逗留了几天。云家兄妹尚有不少事情需要处理，故此也留了下来。

孟剑卿在一旁看文儒海与龙颜，当真是志趣相投得很，以至于云燕然私下里向孟剑卿笑道，不会是礼部有意派这么一个未有婚约的青年才俊来祭祀妈祖吧，醉翁之意，只怕绝不在酒。云燕娇则抿着嘴只是笑，问她笑什么，她低声说道：“我只是在想，若这桩婚事成真，皇爷会怎么看怎么想。”

孟剑卿一怔，龙家如此豪富，只怕谁娶了龙颜都会招来猜忌。洪武帝对龙颜虽则只视为柔弱孤女，对她的夫婿可不会这么看这么想。

云燕娇却笑盈盈地道：“我只怕皇爷会想，龙家养一条米虫倒也罢了，两条米虫坐吃山空，可怎么得了！”

云燕然与孟剑卿错愕地互相看看，随即失声笑了起来。

洪武帝多半会这么想，只不知这是否正是他的意愿？

陈六如则私下里向他们三人说：“文儒海这个人，将来恐怕会比龙颜还会花钱。”

孟剑卿看他一眼："这有什么问题吗？"

陈六如脸上微微一红，定一定神才道："我不是说文儒海不好，我只是想，他会不会打破某种平衡。凡事皆有度，过犹不及。"

孟剑卿不觉微怔。

陈六如望着观荷台的方向，此时龙颜正在与文儒海一起赏鉴那幅大理石拼就的《富春山居图》。远远望去，两人的背影都似透着同样的悠扬与欣然。

陈六如的眼神有些阴郁，但紧抿的嘴角线条无疑昭示着他的坚定。

这不是一个会坐以待毙、甘心放弃的人。

孟剑卿想了一想，说道："龙颜那么聪明，陈兄你说，她是否也明白过犹不及的道理呢？"

陈六如的微笑略有几分苦涩："知易行难。更何况，龙家的人都有那么一种'花开堪折直须折，莫待无花空折枝'的洒脱。"

孟剑卿不语。如果龙颜真的做此选择，陈六如会怎么反应？他的反应又会带来什么样的后果与影响？

离开泉州时，孟剑卿命令负责监视万佛寺的那组锦衣卫，同时也要监视陈六如。

与他同时离开泉州返回应天的，还有云家兄妹及陈鲨。

那个黝黑精瘦的少年，在千里船上倏忽出没，如鱼得水，就如山林中的猿猴一般，矫健的身影透着明白可见的惊喜。

云家兄妹为此特地过船来向孟剑卿打招呼。

孟剑卿摆一摆手道："云兄不必客气，如何处理陈祖义旧部亲族，这件事不归我管，不在其位，不谋其政。"

云燕然意味深长地看着他道："孟兄太过谦虚了。"

处理七宝童子这么重大的事，孟剑卿都能够自作主张，何况一个小小的陈鲨？

孟剑卿笑而不语。

他忽然想起来，云家兄妹似乎已经完全忘了陈老忠这个人，是他们认为这个人无关紧要、不值一提，还是很聪明地猜到了陈老忠的下场？

陈老忠的地位还不够高，高到必须慎重对待、以免影响全局；他的地位也不够低，低到无足轻重、可以轻轻放过。

像这种人，一旦落在锦衣卫手中，只有一个结局。

所以不论是五色法师还是七宝童子，竟然都忍了下来，再不过问陈老忠的下落。

狡兔虽未死，走狗却必须舍弃了。

下令处死陈老忠的时候，他并无丝毫犹豫——留下这个七宝童子谋刺龙颜的人证才是一件麻烦事。但是心中不免生出隐隐的感触。

云燕娇注视着他，轻声说道：“有一件事情，我一直不大明白，七宝童子这件事关系重大，孟校尉的处理是否早蒙训示？”

居然如此轻轻放过，是否还有更厉害的后着？

云燕娇这么浅笑盈盈、轻言细语地问出这句话，倒让孟剑卿不便含糊其词地推托了。他想云家兄妹必定仍在担心五色法师的安危。

他沉吟一会儿才道：“沈大人曾对我说，办案之时，不要只想着这一件案子，要未雨绸缪，要顾全大局，要随机应变，要解决问题而不是制造问题，否则就永远也不能独当一面。”

云燕然默然不语。

若是孟剑卿一定要抓捕七宝童子，只怕他就得烧了万佛寺，杀了五色法师，将整个龙王谷夷为平地。当然他很可能要先过了云燕娇这一关才行，无论如何，云燕娇只怕都不能袖手旁观。而五色法师若是被激怒，后果必定是十分严重可怕的，到那时，究竟谁杀了谁只怕还不能断言，再想想龙王谷是什么地方……

孟剑卿并不是怕事之人，也许他只是觉得，若有更好的办法解决问题，又何必制造这些必定会拖累整个泉州城的麻烦？而如果放过七宝童子，五色法师承了这个人情，自然会尽力保证不让他再卷入那些大逆不道之事，尽力维持住这一方平安。锦衣卫连七宝童子都放过了，只要他能老老实实真正待在万佛寺做他的和尚，其他人想必都知道该何去何从了吧？

云燕然沉思许久，说道：“锦衣卫是否也要向太子负责？”

孟剑卿一怔，随即答道：“太子负监国之责，沈大人自然也要向太子负责。”

他明白云燕然的意思。这件事的处理方式，秉承的不是洪武帝向来的办事观念，倒像太子才会做出的决策。

一张一弛，文武之道。洪武帝是有意还是无意，将这后一条路都留给了太子？

云燕娇轻轻叹了一声：“能够这样风平浪静地处理了，自然最好不过。”

新一轮北伐，还有海上仙山极力推动的南进，都正在筹备当中。

孟剑卿的做法，的确算是顾全大局了吧？

云燕然回自己船上之时，忽而说道：“孟兄此事办完，想必又要高升了吧？”

孟剑卿微笑：“谋事在人，成事在天。”

他并不讳言自己想升职——不想升职才是不合情理的怪异之事。

云燕然哈哈一笑：“那么待孟兄高升之际，一定记得要请云某喝一杯！”

目送云家兄妹回船，孟剑卿面上仍带着微笑，交握着背在身后的双手却慢慢握紧了。

这一次卫欢居功至伟，他几乎可以肯定，卫欢可以升职。

跟随他办案的人，升职都很快，譬如秦有名。

但是他自从接过沈光礼的那面金牌之后，便一直停在了校尉这个职位上。

沈光礼给他权势，甚至于各位千户都要因此而对他客客气气，但沈光礼却一直不给他升职。

为什么？怕他太快接近那个位置？

离港已远，海风阵阵吹来，孟剑卿仰起头，深深吸了一口气。

就算暂时不升职又怎么样？

不要紧，他还年轻，还可以等。

等到那个时机的到来。

后记

一、明朝对妈祖的第一次官方祭祀，是在永乐年间，这里将时间提前了。不过礼部当时派出的，倒的确是一名国子监生。

二、沉瓷起瓷的风俗，并非笔者杜撰，而是借用，但时间太久，忘记从哪里看来的了，无从查找。

三、郑和下西洋的原因，历来说法纷纭，所以不妨再多一种假设。

四、蛇胆与蛇血是否可以直接解去蛇毒，纯属小说家言，姑妄言之，姑妄听之。

五、关于泉州知府是否有权调发泉州驻军一节，亦属笔者臆测，臆测的根据是，紧急状态下，州县文官来不及请示兵部，应有某种临时调兵、境内平叛剿匪之权，比如说王阳明任都察院左佥都御史，巡抚南（安）、赣（州）、汀（州）、漳（州）等地时，就曾传檄征调福建、广东军队剿灭山贼。

六、“胆壮心齐，器良技熟”的剿匪八字要诀，出自林则徐，此处暂且借来用用。

七、泉州附近应该并无龙王谷这个地方，纯属虚构。不过闽中多山多蛇，这类地方应该不在少数。

后传 桃源（一）

秋高霜降，月白风寒。

转过一片密丛丛的树林，前方山坳中现出一点儿灯光，借着霜一般白的月色，约略可以看清是个小山村，错错落落十几户人家，正当路口的那株巨树下，影影绰绰是座小庙，灯光正是从小庙中透出来的。

林捕头紧走一程，先赶到小庙，进去张望了一回，转身出来，点头哈腰地笑道：“孟校尉，是过路的两个炭商，我已经打发他们挪到一边去了，地方已经腾了出来。”

孟剑卿环顾四周，做了个手势，随行的五名卫士立时散开来，将这小庙里里外外仔仔细细地搜了一遍之后，留下两人在庙外警戒，另三人忙着打开铺盖，张罗干粮与清水。

小小一座庙，立时拥挤不堪。

孟剑卿打量着那尊没有神号、非佛非道的红脸神像，神像似乎不久前才刚镀过金身。庙宇虽小，神案香炉布幔虽旧，却处处都擦拭得干干净净，打理的人看来很是精心。

孟剑卿转过头道：“林捕头，将这村里的保正带来，我要问话。”

林捕头一怔，尴尬地道：“孟校尉，这个村子是这两年才聚起来的，只怕根本就没有保正。”

孟剑卿微微皱了一下眉头，转而说道：“那就带两个年老的村民来问话。”

林捕头领命带着两名捕快去了。

孟剑卿回过头来继续打量着神像，良久，目光忽地转向正探头探脑地望着他的那两名炭商，倒将那两名好奇心太过的炭商吓得全身一抖，赔着笑脸不知说什么好——总不能说是因为自己从来没有这么近地看过锦衣卫的样子吧？

孟剑卿盯着他们，直到这两人吃不住他的注视，笑脸几乎变成了哭脸，这才移开目光，立时感到了两人如释重负的喘息声。

的确只是两名普通的炭商？

林捕头不多时已带了两名老汉回来，孟剑卿吩咐将其中一人先带到庙外等候，只留下一人，战战兢兢地垂了手站在他面前。

孟剑卿微笑着看着他道："老人家，我只想问一问，这神像是哪一位神仙？"

见面前的官差如此客气，那老汉心神略定，却仍是哆嗦许久才说清楚，原来这是附近山中的烧炭佬供奉的陈老相公。据那些烧炭佬说，这陈老相公原本也是个烧炭佬，后来被烧死在窑里，所以成神后是个红脸。开窑之前，窑主和烧炭佬都得先拜过陈老相公，才能保住这一窑平安。至于这座看起来已有些年头的小庙是何时建起来的，又是何时开始供奉陈老相公的，却不知道了——他们一家子两年前才刚搬到这儿。

另一名老汉是这儿的老住户了，口齿也便给，将他所知道的前因后果一一道来。原来这一带土肥水美，几十年前颇有些人家，因为村口有株大得罕见的老樟树，附近人家就将这村子叫作大樟树村。这座小庙本是村里供奉的山神庙，他年轻时还做过几年庙祝，洪武帝平闽时这儿过了一趟兵，打了一仗，几乎扫空了整个村子，就留下两三户，还被吓得逃到深山更深处住了几年。陈老相公的神像，大概也就是那几年立起来的，至于究竟何时，他可委实说不上来，只知道他搬回来时就见着这神像了。烧炭佬都是些没家室没牵挂的狠人，一句话不对就操起家伙上阵，他们实在得罪不起，只好任由烧炭佬占了这座山神庙，还得各家轮流着替他们打扫。作为交换，烧炭佬开恩似的答应，没事不会来打扰他们这个村子。

打发走两名老汉，孟剑卿靠着土壁坐了下来。

这是他们入闽之后所见的第十七座陈老相公庙，这些庙都是在这一二十年间立起来的。

那些烧炭佬，供奉的究竟是什么人？

他是半点儿也不相信那套鬼话，一个烧炭佬死了还会成神，还要被尊称为"陈老相公"？

半夜里锦衣卫换了一次岗，林捕头手下的两名捕快则轮换着在庙内守夜。

其中一名炭商似是肠胃不好，夜里已起来三次，到他第四次起来时，抱着刀靠在土壁上守夜的捕快，听到动静都懒得再闪眼看一看。

山林寂静，偶尔的狼嗥声也隔得很远，隐隐约约地听不真切。

孟剑卿忽地心神一震，不自觉地睁开眼来。

是哪儿不对了吗？

庙中很安静，安静得可以听见每个人的呼吸。

他忽然明白是哪儿不对了。他居然没有听见那名守夜捕快的呼吸声！

也就在这一刻，黑暗中蓦地闪起一点儿火光。

孟剑卿随即闻到了刺鼻的硫黄味，眼角余光看见留在庙中的那名炭商正蹑手蹑脚却动作飞快地向庙门处奔去。

几乎在望见这一幕的同时，孟剑卿的身体已经本能地弹跳起来，短刀出手，一柄射向暗中的那点儿火光，另一柄射向那名潜逃的炭商的后心。

短刀斩断滋滋燃烧的火绳之际，那炭商也闷哼一声倒了下去。

孟剑卿抢在炭商的身体落地之前掠了过去，左手托住他，右手在他颈后一掌击下，令得这炭商即便未死也被击昏过去，不能再出声了，才将他慢慢放倒在地上。

那包火药静静地躺在角落里。

孟剑卿随手将一袋清水浇了上去，至此才轻轻吐了一口气。

这样一包火药，足以将整个山神庙炸成废墟。

庙内庙外仍是如此安静。

孟剑卿转身过来，试一试那名守夜捕快的鼻息，不知他何时已经断了气了。轻轻摇一摇，那捕快的身体便软软倒了下来，后心的刀口慢慢渗出血来。

孟剑卿暗自皱了一下眉。

虽说这土壁不够坚牢，但是能够穿透这样一面墙壁再刺穿人体的利器，还是很少见的。行刺者能够隔着墙壁将方位记得这般清楚，同样也不简单。

孟剑卿轻轻走出了小庙。

不出他所料，土壁外那名假装出恭的炭商迟迟不曾听到火药的爆炸声，知道大事不妙，已顾不上惊动岗哨，正急忙向山林中奔逃。

孟剑卿挥手示意守在山神庙外的两名手下去追那名炭商，自己返身回来，点亮香案上的油灯，喝醒了其他人，打发林捕头带着幸存的那名捕快去庙外守望，又将一名手下派到房顶去盯着。

两名卫士拔去那名昏死过去的炭商后心上的短刀，鲜血喷涌出来之际，那炭商也痛呼一声醒了过来。两名卫士一人给他敷药止血，另一人迅速将白麻布带缠上了伤口，同时往他口中塞了一丸药，又捏住下颌，强行灌了一小瓶药汁下去。孟剑卿带的这几个人，捆人杀人固然都是一把好手，救人却也毫不含糊。

那名炭商被拎到神案前，脸色灰败，垂着头一言不发。

孟剑卿看他一眼，淡淡说道："明天中午可以到金鸡堡，这人就交给金鸡堡的那群烧炭佬吧，告诉他们这人试图炸毁大樟树村的陈老相公庙，被我们抓住了，随便他们怎么处置。"

那名原本打定主意大不了一死了之的炭商，听得全身一哆嗦。那些无法无天的烧炭佬，可是什么手段都使得出来。

孟剑卿不待他有所反应，又一掌击昏了他。

等到天亮时分，追捕另一名炭商的两名锦衣卫才忐忑不安地回来。那炭商熟悉地形，脚程又快，这暗夜之中，的确是难以追踪，只追得小半个时辰，已经不见炭商踪影。两人畏惧孟剑卿，不敢就此回来，又在附近搜索了一番，委实没有收获，这才返回禀报。

孟剑卿摆一摆手道："跑了就算了。这一次且饶过他吧。"

跑得了和尚，跑不了庙。

两名锦衣卫知道这后一句话也是对他们说的，松一口气的同时也暗自警醒，提醒自己下一次决不能再出这样的差错——听孟剑卿的口气，是只给他们一次机会的。

金鸡堡原是漳州一名姓程的大炭商修建的一座圆环形楼堡，占地上百亩，高逾三丈，外墙全用坚实的青石垒成，石缝中灌足了糯米浆，所有门窗都向堡内开，全堡只得一道大门出入；围绕外墙的，另有一道小河，程家建堡时将这小河拓宽至两丈余，挖成了一道护城河，每到天黑，吊桥一收，便是只猫也不能再出入了。乱世之中，也不怪程家要这般防范。据说当年一股上千人的乱兵想攻入金鸡堡，围攻了一个月都没能拿下来，自己反倒折兵损将，狼狈而逃。

金鸡堡周围的大山，便是烧炭佬聚居之地。每窑木炭出来，窑主便会将炭篓挂上崖顶的缆绳，滑到山下来，再由各地赶来的炭商一一点收，装上竹排，沿河而下运往漳州，再转运各地。闽中各地，这样的集散之地不在少数，只是少有规模如此之大的而已。

各地的炭商，照例都住在金鸡堡，一时不及收购的木炭，也暂时储藏在堡中。

严霜已降，正是烧炭收炭的季节，金鸡堡中各地炭商云集，端的是热闹非凡。程家四老爷程品仙这几日也到了堡中，这几年的收炭事项向来都由程四老爷负责的。程四老爷长袖善舞，似乎从来没有什么事情难得倒他，只是这一回的事情到底还是让他大皱眉头了。

住进金鸡堡的那位锦衣卫孟校尉，吩咐他将这附近的烧炭佬的头目找来问话。

所谓一物降一物，无根无底无法无天的烧炭佬，连窑主也是他们的冤家对头，唯独对炭商大不相同。也难怪，炭商本是他们的衣食父母，且又离得远了一层，不会像窑主那样日日压在他们的头上作威作福，于是更加只见炭商的好，不见炭商的恶了。

只是这些炭商在享受这番尊敬的同时，难免也得担起一点儿责任，比如说现在。

程四老爷暗自苦着脸，打发人将这附近的三个烧炭佬头目都请了来，一心祈祷千万不要有什么大案要案缠上这些烧炭佬，连带得各家炭商也不得安宁。

孟剑卿打量着站在面前的三名烧炭佬头目，程四老爷一一为他介绍。金鸡堡一带的烧炭佬有三大帮——漳州、泉州与长乐。漳泉二州来的烧炭佬人数相当，积怨极深，动不动便是一场火拼。长乐帮人数最少，常受漳泉二帮的欺压，是以也最团结、最悍勇好斗。漳州帮的头目也姓程，叫程五更，算起来还是程四老爷的远房族人，三十来岁，看起来较为稳重。泉州帮的头目叫陈义顺，看来已有四十出头，身材瘦小，貌不惊人。长乐帮的林重九年纪最轻，身量高大，一脸彪悍之气。

孟剑卿慢慢说道："三位请坐。"

看着那三人的坐姿，孟剑卿的眉梢微微跳动了一下。

立如松，坐如钟。

这三个人面对他时都坐得很稳定很镇静，都敢于正视他的眼睛。锦衣卫恶名远扬，孟剑卿更算是其中名人，不知有多少凶神恶煞之徒、自诩清白之人，都曾在他面前两腿发颤、面如土色，几乎不需他开口，便已心志崩溃。

闽中民风彪悍，果然名不虚传。

程四老爷在一旁坐立不安，他原以为找来这三个人就可以交差，但是孟剑卿的意思竟似要他一直坐在这儿旁听，做个见证一般。不论这位孟校尉要问的是什么案子，他可半点儿也不想掺和进去，只是说什么也没这个胆量开口告辞。

孟剑卿淡然说道："闽中各地的烧炭客，这些年来似乎都由供奉山神改为供奉陈老相公了吧？"

那三人互相看看，年纪最长的陈义顺率先答道："别的地方我们不太清楚，我们这儿倒是这样的，毕竟陈老相公才是专门庇护我们这些人的神仙。"

程五更紧接着说道："就好像梨园只拜二郎神一般，大人觉得这有什么问题吗？"

孟剑卿看他一眼："圣人有言，水至清则无鱼。民间祭祀，向来各有习俗，只要不碍大局，礼部也不会事事苛察。"

林重九立刻接了上来："大人的意思是我们拜陈老相公有碍大局了？"

孟剑卿微微一笑："昨天夜里，两名炭商意图炸毁大樟树村的陈老相公庙，被我们抓住一个。据他供称，这陈老相公成神前可不是一名烧炭客，而是逆贼陈友定，这逆贼死后，他的部属亲族逃入山中，隐藏在你们之间，又捏造出这样一位神祇来，诱骗不明真相的烧炭客供奉香火，他们却在暗中行那勾连不轨之事。"

他平心静气地说出这么一番话来，程四老爷却是脸色都变了，呼吸都不顺了，陈义顺那三个人，饶是见多了风浪，至此也是脸色大变。

林重九腾地站起身来，怒声说道："血口喷人！那炭商在哪儿？叫他出来对质！"

程五更也站了起来："炸神庙的家伙是要被扔进炭窑的，这混蛋一定是想陷害我们来脱身！"

陈义顺则快手快脚地伏在了地上，惶恐万分地道："请大人明鉴，金鸡堡上虽然有不少陈家的远亲旧部，但是都早已归顺，这些年来安居乐业，绝无勾连不轨之事！陈老相公虽然姓陈，那也只因为陈是大姓，不该这么凑巧罢了！"

孟剑卿看着他们，过一会儿才道："原来毁坏神庙是要被扔进炭窑的，不知道这些年来金鸡堡这儿处死了多少这样的人呢？"

这本是一个天高皇帝远的地方，私刑杀人，当真是神不知鬼不觉，地方官吏向来也是睁一只眼闭一只眼，多一事不如少一事，只要这些烧炭佬别做得太过分便成。

孟剑卿不急着叫陈义顺起身，却突然问起这样一件事，令得三人心中都是一紧。真要一一追究起来……

孟剑卿却话锋一转，接着说道："不过偏远之地，许多事情也不能不从权，倒难为你们费心维持一方治安了。"

他示意陈义顺起来，说道："当然了，金鸡堡也不是化外蛮荒之地，不能全然不讲法度。以后若有类似事件，最好还是报备地方，会同地方一起处置为好，以免贻人口实。"

陈义顺三人互相看看，话全让孟剑卿一人说了去，他们一时间都不知如何回答才好。

孟剑卿欲笑不笑地看着他们，又道："这名炭商，居心叵测，意图炸毁神庙，同时加害朝廷官员，于公于私，都绝无可赦之理。既然金鸡堡有旧例处置这等人，我也就将人交给你们三个了。"

身后侍立的两名卫士已转身自屏风后拖出那名半死不活的炭商。方才的话，那炭商听得一清二楚，此时脸色如死灰，却仍是一言不发。陈义顺三人盯着他，脸上神情各不相同，孟剑卿注视着他们，忽而一笑："不过，为了以儆效尤，三位最好这就回去通告各窑，选一个大家都能看得见的地方来处置这名贼徒。这样吧，你们留一个人带路，两个人回去安排，如何？"

他方才还说要将人交出来，忽然又表示要带着人一直跟到山上去，倒让陈义顺三人又是一愣，陈义顺定定神，说道："如此也好，我腿脚慢一些，不如我来带路，程老弟和林老弟先回去安排吧。"

目送他们离开金鸡堡，程四老爷腿一软，几乎瘫坐在地上。

总算是送走这群活阎王了，老天保佑，他们可别再回来。只是这多半是奢望吧，看样子这件事可不会这么善了，还有得缠了……

后传

桃源（二）

山路崎岖，陈义顺走得其实不算慢了。他有些惊异地不时回头看看一直抬着那名炭商、沉默地跟在他身后的锦衣卫卫士。他原以为这些卫士只是些惯会装腔作势的花架子，平地上打架砍人还行，到了这莽莽丛林中，就只能缠手缠脚地疲于赶路了。

三名卫士与一名捕快轮流抬着那炭商，另有两名卫士被派在两翼警卫。天色渐黑，秋月渐升，孟剑卿望望山林中慢慢弥漫出来的清冷的雾气，很快这雾气就会浓得不见月影了。

也许他应该明天再上山的。这也正是对方所希望的吧？

前方山谷中终于现出一片火光。

山谷中央一片平地上，围着火堆已聚集了一二百人，程五更和林重九陪着三名窑主站在最前面，沉默地等待着他们的到来。

孟剑卿在他们对面站定，三名窑主赶紧带着家仆过来招呼茶水，但是没人理会他们。

那名炭商被扔在地上，孟剑卿扫视着那群沉默的烧炭佬。霜一般冷的月色中，他可以清清楚楚地感受到对面那潜藏在人群中的霜一般冷的敌意。

被锦衣卫逼得无路可走，只好藏身于这深山草莽之中的各色亡命之徒，只怕不在少数吧？

他示意身旁的一名卫士站出来，高声将那名炭商的罪行一一说明。

至于这番说辞，当然是孟剑卿仔细斟酌过的：那两名炭商，一开始是意图炸毁陈老相公庙，加害于朝廷官吏，所谋不成，又谎称陈老相公其实是陈友定，烧炭佬供奉陈友定，是图谋不轨，想要就此掀起一桩大案，诱骗朝廷毁掉闽中的陈老相公庙、剿杀所有供奉陈老相公的烧炭佬。

那卫士姓雷名钟，原是少林俗家弟子，别的功夫也还罢了，只这门狮子吼的功夫，当真是练得炉火纯青，这一开口，满山谷都嗡嗡震动起来，众人脸上都有些变色。待到他说出后半段话，大家的脸色更是变得厉害——这个阴谋倘若得逞，闽山中能不血流成河？如此歹毒之人，当真该死。

那名炭商原以为孟剑卿只是吓唬他，好让他招出背后主使人来，至此才相信孟剑卿是当真要将他扔进炭窑里去了，脸色唰地一下变得要多难看有多难看，嘴唇哆嗦着，想开口说点儿什么。孟剑卿却恰在此时低头看了他一眼，冷冷的讥诮的目光立时叫他噤声无语。

他能说点儿什么？怎么招恐怕都是个死。他背后的主使人，还用得着问吗？

雷钟末了高声说道，此后若有此类歹徒，也可照此办理：会同地方，审讯属实，即可由地方监管扔进炭窑，再到县衙备案。

孟剑卿这番处置，看起来的确是尊重烧炭佬的风俗，却又将审讯与监督行刑之权收归地方。

三名窑主自是无从置喙，程五更三人面面相觑。

那炭商蓦地大叫起来："陈老相公，陈老相公，你可不能见死不救！"

尖厉的叫声在山谷中回荡，看守的卫士本欲制止他，瞧瞧孟剑卿的脸色，又停了下来。

那炭商的叫声越发高了起来："陈老相公，我们兄弟可是奉了你的指令在办事！"

人人只当他是被逼急了在胡言乱语。

熊熊窑火已在眼前，那炭商绝望地闭上了眼睛。

但是黑夜之中一个年轻女子的声音悠悠传来："且慢！"

众人都是一怔，这样的地方，哪儿来的年轻女子？

已经将要被扔进窑里的炭商又被放了下来，身子触着冰凉地面的一刹那，他不由得感激涕零，满眼泪光地转过头去寻找那突如其来的声音。

孟剑卿已经听出了来人是谁，不过他并未想到自己能够听出来。其实说起来他们并不算很熟，孟剑卿在听声辨人这方面也不算出色。

海上仙山的弟子，果然都令人印象深刻啊。

云燕娇仍是白衣翩跹，自东面山峰上翩然掠下，月色自她身后笼罩过来，令得她整个人看起来当真是飘飘如仙。

孟剑卿不觉微微一笑。

仿佛踏着月色凌空下降的云燕娇，很显然仅仅凭着这样的露面方式，便已经震慑了这些终年不见女子，更不要说这样神仙般人物的烧炭佬。

若是再知道云燕娇的身份，只怕是更加要五体投地了。

闽中几乎各家各族都有亲人在南洋漂泊，曾受过海上仙山庇护之恩的，绝不在少数。

如他所料，即使是林重九这样彪悍傲岸的汉子，一听孟剑卿介绍了云燕娇的身份，也立刻露出那种有缘见面、荣幸之至的神色。

云燕娇望向孟剑卿，孟剑卿做了个“请便”的手势。

他虽然不知道云燕娇突然出现在这儿究竟有何使命，但是很显然她是有话要问那名炭商。

那炭商如见救星，渴求地望着走近的云燕娇。

云燕娇轻声说道：“我有话要问你，如果你能如实回答，我可以替你向这位孟校尉求个情，让你不要太受罪。”

她明白这炭商无论如何也逃不了一死，但是怎样死就大有商量的余地了。

孟剑卿在一旁说道：“云姑娘如有所请，孟某岂敢不从命。”

先给这炭商吃个定心丸再说。

云燕娇嘴角微微一弯，笑意隐约弥漫开来。

与聪明人打交道，真是愉快。

她凝视着那名炭商，良久，问道：“你叫什么名字？”

这样简单的问题，那炭商却犹豫了一下才答道：“尤有福。”

他的声音极低，几不可闻。孟剑卿的心中却是一跳，他没想到自己居然网住了这样一条大鱼。福禄寿三兄弟，这些年来可是活跃得很。

但是这炭商的胆色如此不堪，倒让他怀疑以前的情报是否准确了。

云燕娇的目光一瞬不瞬地盯在那炭商的脸上：“是吗？如果你是尤有福，那么你右脚掌上的三星痣能否给孟校尉看一看？”

炭商的脸色立时灰败。

云燕娇轻轻叹息一声：“我已经给过你机会。”

她别过头去之际，那炭商哭一般叫了起来：“我不是尤有福，那天晚上和我一起的那个人才是！”

云燕娇用询问的眼神看向孟剑卿，孟剑卿将逃走那人的体貌特征低声说了一遍。

那炭商赶紧补充道：“我没看见过他脚掌上的痣，不过他带着一把一尺长的宝剑，剑鞘上嵌着三颗红宝石，当真是削铁如泥！”

他赶着说了这么多话，一口气接不上来，差点没憋死过去。

孟剑卿和云燕娇都认为，这一次这炭商可的确说了老实话了。

云燕娇转过身去。

孟剑卿向两名卫士略一颔首，两人会意，将那炭商扔进炭窑之前，一刀刺死了他。

那炭商闭上眼时，脸上的神情竟是无比庆幸。

他有就死的勇气，却无忍痛的决心。

也许大多数人都是如此。

几名卫士都知趣地退在一边，与那群烧炭佬一起，默然望着熊熊燃烧的窑火。

云燕娇的声音低微轻柔得有如耳语：“我们在找样式陈，最后的线索落在福禄寿三兄弟身上，当年他们是最后见到陈长庚的人。”

闽中所造的福船向来号称天下无双，其中又以泉州陈家的最为出色，设计和保管图纸的安泰房号称“样式陈”。国初战乱、群雄争霸之际，样式陈这一代因为害怕代代积累起来的船图毁于战火，所以派幼子陈长庚带了一份副本潜逃入山——这也是样式陈历代相传的办法，不止一次靠着这个办法保全了这批无价之宝。后来样式陈所藏的船图正本果然毁于战火。因为陈家受到陈友定牵连，带着副本逃走的陈长庚一直也不敢回来。

但是现在，形势已经不同了。

泉州陈家的复兴指日可待，这个消息应该已经传遍闽中深山。

为什么陈长庚还不露面？

如果陈长庚早已不在人世，船图很可能就落在福禄寿三兄弟的手中。

孟剑卿微一皱眉，随即侧过身去，自胸前衣襟中扯出挂在颈上的一个铜哨，对着远山吹响。

哨声嘹亮，有如云雀的鸣叫一般直入云霄，只是略带些金石相激之音，高低起伏之间，似有某种节奏。

过得片刻，西山中远远地传来同样的哨声。两处哨声对答一阵，孟剑卿收起铜哨，向随行的林捕头诸人说道：“你们就在此处过夜，明日日出时下山，午时到金鸡堡会合。”

望着他与云燕娇飞快离去，林捕头才有些明白，原来孟剑卿身边并不止他们这一队人马，在暗中至少还有另一队人在听候调度，难怪当时孟剑卿并不太在意那个人逃走。昨夜逃走的那个人，是不是已经被暗中这队人给抓住了？

转眼看到几名锦衣卫已经飞快地散开来，各自选择了一个地方，居高临下地监视着这群烧炭佬，领头的雷钟离开前还特意笑嘻嘻地向三名烧炭佬头领说道：“三位可要帮忙看好自己的人了，免得不小心溜出去，被我们错手宰掉，还要连累三位吃官司。”

很显然，日出之前，没有人可以离开这个山谷。

西山迢远，孟剑卿两人穿林越谷，每走两个时辰便停下来休息半刻。他们都知道，暗中必定还有人也在往那个方向赶路，不过也正是这个缘故，才不能让自己的体力消耗过多。即使在休息时，两人也没有交谈，只是很有默契地轮流守望，让另一人专心调息打坐。云燕娇学的本就是内家功夫，半刻时间，行功吐纳一周天，立时神清气爽。只是她看见身着锦衣卫飞鱼服的孟剑卿休息时居然像和尚一样打坐，而且姿势还标准得很，不免嘴角一弯，若不可见地对自己笑了一笑。

秋月西沉时，他们终于赶到了西山。入山的小径在幽暗的深林中蜿蜒盘旋。他们已经可以听到山林深处隐约的喊杀声，嗅到夜风中淡淡的血腥味。

孟剑卿再次吹响了铜哨，回应的哨声明白无误地带着欢快的调子。孟剑卿那些手下想必支撑得很是辛苦，所以知道援兵来了，才会这样高兴吧。

只是他们好像高兴得太早了一点儿。

孟剑卿毫不意外地看到山林中一圈人影已经围了过来，那些人影看起来很是沉得住气，不躁不急，隐隐然透着一股破阵杀将、势在必得的煞气。

他略略侧过头，低声说道："尤有福在我的人手里，还没死，你要问话，就赶快过去，我估计那几个家伙撑不了多久了。"

云燕娇摇摇头："尤有福不会轻易说出我想知道的事情，还是先打发掉这些人，才有时间慢慢问话。"

她问话的方式，只怕并不那么简单。

孟剑卿在心中略一掂量，便爽快地答道："好，先干掉这批人再说。"

话一出口，云燕娇便感到了他身上的某些东西仿佛在突然间破空而出。

百折刀出鞘之际，自山道上方向下方逼近的两名蒙面人忽地同时抬起手来，一片黑影自他们手中激射而出。

居然是密密麻麻的数十支弩箭！

这么短的距离，一次发射如此多的箭只——孟剑卿已经知道，这必定是寒鸦弩了。寒鸦弩小巧玲珑，便于携带，可惜制作与装填太麻烦，又只能射二十步，上阵杀敌固然大受限制，但是胜在一发数十支，在近距离的搏杀之中是无上利器，是以考工寺一直没有停止制造，主要用来装配应天府的捕快。这些人居然能够弄到两架寒鸦弩？

这些念头飞快地闪过，出刀之势却丝毫未停，迎着那片箭雨，孟剑卿向山道下方急冲而去，云燕娇毫不迟疑地与他同时冲了下去，抽出隐在袖中的两柄短剑，与百折刀一起将迎面而来的箭只斩落在身前。

他们这一冲，山道上方射来的数十支寒鸦弩箭尽数落空。

孟剑卿的左手中早已握住了一柄小刀，箭只一尽，小刀立刻出手。

山道下方那名射手来不及闪避，小刀正中咽喉，立时仰天倒了下去。

云燕娇同时纵身扑了下去，左手短剑一挑，抢在那名射手倒下之前，将那架寒鸦弩挑得飞了起来，右手短剑回腕一撩，将寒鸦弩划成了两半。

对方人多，绝不能给他们机会装填发射第二次。

孟剑卿则一个转身跃上了道旁的一株老松，闪开了拦腰扫来的两柄单刀，用力一蹬树干，横过狭窄的山道，又跃上了另一株松树，几个起伏，已接近山道上方的那名射手，那射手一边装填弩箭一边向密林中躲去。掩护他的那名蒙面人，横刀格开了孟剑卿射来的一柄小刀，但是孟剑卿也在这一瞬间越过那蒙面人的头顶凌空扑下，轻薄而锐利的百折刀劈开层层松枝，将那名射手的半个右肩连同半架寒鸦弩一起劈落在地，鲜血飞溅，回身来救援射手的那名蒙面人被喷了个满头满脸，视线也随之一阵模糊，只这一刹，百折刀已自他喉间划过。

解决掉山道这边余下的七名蒙面人后，孟剑卿的身上也留下了三处刀伤，不过入肉甚浅，不多时渗出的血迹已经自行凝固。

云燕娇比他稍迟一会儿走出山林，白衣上只溅着几点血迹，身后却留下了六具尸体。

孟剑卿打量她一下，很惊异地看到云燕娇竟然毫发无伤。

这样娴熟的杀人技法……真看不出云燕娇这样一个仙子似的人物，居然被训练成了如此出色的杀手。这种反差可真是够大的，若不是亲眼见到，谁也不会想到吧？

不过话又说回来，若是没有这样的霹雳手段，海上仙山又如何能在南洋那个鱼龙混杂之地建立起自己的威信？

山上又传来铜哨声，这一回已经有些发急了。

孟剑卿与云燕娇对视一眼，云燕娇悄然没入山林，迅速脱下白色外衣，裹在树枝中扔给孟剑卿，她内里着的是一件暗青色紧身箭袖，隐在山林中，当真是无影无踪。

孟剑卿见她去了，方才取出铜哨回应。

远远望见前方一堵陡崖下，四名便装的锦衣卫正与七八名蒙面人苦战，地上还倒着七八具尸体，包括两名锦衣卫的尸体。另有一名锦衣卫背靠陡崖，一直看守着躺在地上的那名俘虏，击退时不时靠近来的任何危险。

孟剑卿将裹着长长树枝的白衣扔了过去，暗夜中恍然便是一个白色人影翩然掠过。

潜伏在灌木丛中打算守株待兔的四名蒙面人一跃而起，四柄刀齐齐插入那白衣之中，端的是迅如闪电疾如惊雷，只是待到他们发现上当的时候，已经太晚。云燕娇悄无声息地自其中两人的身后掠过时，双手一分，短剑悄然刺入他们的后心，即刻又抽了出来，腰肢轻拧，飘落开去，躲开了喷射而出的鲜血，以及两名蒙面人临死前的反击。

另两名蒙面人怒喝着扑向云燕娇。只是此处地势较为开阔，云燕娇的身形一展开来，轻灵得正如一只飞燕，两人连她的衣角都碰不着。转眼之间，云燕娇便已闯入混战的人群，结果掉一名猝不及防、久战力疲的蒙面人。

孟剑卿与那两名伏击失败的蒙面人几乎是同时赶到陡崖之下，一名锦衣卫被两人夹击砍倒在地，而云燕娇与孟剑卿会合之后，背倚对方，只攻不守，转眼间已经收拾掉两名对手。容得片刻从容，那三名筋疲力尽的锦衣卫肩并肩、背靠背，结成了一个简单的三角阵，局势立刻倾向一边。

混战结束之际，东方晨曦已现。

临近午时，孟剑卿一行回到金鸡堡，让林捕头叫了几名地保，上山去将那些蒙面人的尸体就地掩埋，将战死的三名锦衣卫的尸体运下山，再由林捕头负责，走水路运回应天，到锦衣卫衙门报销一应开支。

现在房中只有他们三个人——孟剑卿，云燕娇，还有满身是伤、躺在地上的尤有福。

尤有福被铁蒺藜捆得牢牢实实，歪在地上，身子没有一处能够得到伸展。孟剑卿偏偏又将一把太师椅推了过来，自己坐在对面，伸出左脚抵住了太师椅，将他抵在椅子和墙壁之间，动弹不得。还没有用刑，他已经觉得一直维持着这个扭曲的姿势真是难受至极，全身的血液仿佛都僵死了一般。

云燕娇一直很有耐心地等着孟剑卿对自己示意可以开始审问了。

现在他们回到了金鸡堡，孟剑卿似乎也回到了她原来所了解的那种镇定自若、思虑周密的模样。

她以前一直疑惑，孟剑卿这样走一步看三步的人，怎么能够练成那样凌厉狠辣、一往无前的严家刀法。

可是经过昨夜，她开始有些明白了。

其实自从她踏上中土以来，便已经看到不少这样的年轻人。他们有着不同的面貌，不同的才华，也有着不同的出身，然而他们都有着同样锐意进取、咄咄逼人的心志，一心一意要在这个如朝日方升的时代里，拼杀出一条属于自己的荣华之路。

无论他们有着怎样谦逊或是平凡的外表，都不能改变他们内在的野心与欲望。

孟剑卿无疑是其中的佼佼者。他究竟想要走到哪一步才算满足呢？

尤有福开始痛苦地呻吟起来。

直到这时，孟剑卿才慢慢说道：“你的同伴已经被烧炭客扔进了炭窑，你也难逃一死。不过云姑娘可以替你选择死法。”

他站起身，拖开了太师椅。尤有福迫不及待地滚动着身躯，即使被铁蒺藜扎得又开始流血，脸上也露出无比舒服的笑容。

孟剑卿退开，云燕娇走了过去，蹲下来仔细打量着尤有福，轻声说道：“我想你也知道我是谁，知道我想要做什么，希望你能够如实回答我的问题。”

尤有福脸上的笑容变成了苦笑。

他当然知道云燕娇是什么人、想要做什么——整个闽中，恐怕没有人不知道。

这也正是他痛苦与矛盾的地方。

他不想背叛自己的主公，可是他也无法坦然面对庇护着他们无数亲族的海上仙山的弟子。

云燕娇的眼神温柔如春风，慈悲如妈祖。

妈祖……

如果是妈祖娘娘的意思，他是不是就可以心无挂碍地说出一切了？

孟剑卿默然看着云燕娇披垂着长发的秀丽背影，注意到尤有福脸上变幻不定的矛盾神情。

云燕娇的身上，有一种很容易赢得他人信任的温婉气质，即使他昨夜刚刚见识过云燕娇的霹雳手段，仍是在下一次对敌时毫不犹豫地将后背的防卫交给了她，事后想起来，不免觉得诧异，好像他也曾经对李克己这样做过一次。

这是不是海上仙山的弟子们共有的特质？

现在他则看见了尤有福脸上不由自主地流露出来的信任。

更重要的是，他清楚地知道，云燕娇值得信任——因为她是什么样的人，要做什么样的事，都明明白白地摆在你的面前，没有陷人于绝境的阴谋，没有出尔反尔的算计，她只有一个明确的目标，绝不动摇。

虽然她常常会弄一些虚虚实实的手段——比如说现在，必定就用了某种摄魂术来控制尤有福的心智——但是过后想想，其实这些手段也不过像无伤大雅的小小玩笑一般，让人很难对此生出恶意。

尤有福清醒之后，即使意识到自己方才所受到的心智的控制，只怕也无法对云燕娇真有什么恨意。云燕娇要做的事情，不也是他自己梦想过的事情？他是被自己心灵深处那潜藏的愿望所控制了，而不是被云燕娇那摄人心魂的眼睛。

孟剑卿忽然意识到自己不应该留在这儿，锦衣卫的飞鱼服瞧在尤有福眼里一定刺目得很，必然会加重他的抗拒心理。

他悄然退了出去，并且关上了门。

一个时辰后，云燕娇方才出来，向他道谢并告辞。

孟剑卿倚在廊柱下，沉吟了一会儿，说道："如果需要人帮忙，不必客气。"

云燕娇微微一怔，说道："如果孟校尉能够助一臂之力，当然更好，这样我就不必花费时间召集人手了。"

毕竟，夜长梦多，什么事都有可能发生。

她随即又加了一句："希望不会耽搁孟校尉的公事。"

孟剑卿笑了笑，淡然说道："我的公事啊，大概已经办完了。"

他没有解释，云燕娇也不追问。

孟剑卿一直护送云燕娇和她携带的船图出了山之后才告辞。云燕然已接到消息，此时前来迎接，不免又要向孟剑卿道谢一番，孟剑卿答道，都是为国效力的公事，责无旁贷，倒是云兄与云姑娘此番大大辛苦了。

云燕娇站在一旁，看着他们两人一本正经地对答，不觉抿嘴微笑。

寒暄之间，云燕然若有意若无意地提到，龙颜在诸多求婚者中，最后选定了陈六如。他们这次回泉州，正好可以赶上必然盛大无比的婚礼，可惜孟兄要回京复命，不能一饱眼福了。

如此说来，孟剑卿可以放心地撤回监视陈六如的那组锦衣卫了。

同时想，陈六如倒真是个人才，能够发现暗中监视他的锦衣卫，明白是为什么而监视他，并且还能够通过云燕然来找到有权处理此事的人，不动声色地解决掉这个问题。龙颜得此佳婿，大概不至于再让人操心龙家会不会在她手上败落了。

云家兄妹要赶回泉州，孟剑卿则要回应天复命，他们就要在此处分手。

临别之际，见云燕娇已经先行上船，孟剑卿忽然向拱手欲去的云燕然低声说道："云兄，如果我向令妹求亲，你以为令妹会否答应？"

云燕然的手立时僵在那儿。

站在船头的云燕娇发觉兄长的神情不对，疑惑地望了过来。

云燕然定一定神，其实从认识孟剑卿那时起，他就在有意无意地关注着这个令他印象深刻的年轻人了，有时还想过这种可能性，毕竟能入得了他这一双眼的年轻人，并不太多。

但是孟剑卿当真提了出来，又让他觉得意外而且仓促。

孟剑卿又道："我想云兄与令妹此番在泉州会待一段时间，希望云兄考虑一下这件事情，我会请家父尽快前来泉州提亲。"

云燕然此时已镇定下来，注视着孟剑卿道："你认识我们也不是一天两天了，我想知道你为什么突然会有这个想法。"

云燕娇那炫目的美丽，似乎对孟剑卿的影响并不大，海上仙山的师承家世，对供职锦衣卫的孟剑卿来说，是福是祸也很难说——沈光礼不见得喜欢看到自己的手下有个这么强大、难以控制的妻族。

孟剑卿脸上掠过一丝茫然，良久方才答道："也许是因为到现在我才发现，我可以信任她吧。"

这不算一个很好的回答，却很诚实。

对他们这样的人来说，要信任一个人，委实太难。

云燕然兄妹站在船头，远望孟剑卿带着他的手下重新踏入密林之中，云燕然转过头来说："阿娇，你怎么想？"

云燕娇默然不语，她的脸上也有着同样的一丝茫然。

孟剑卿从一开始就没有迷惑于她的美丽，一直很尊重她的才华与能力，而且，对他们那样的人来说，更难得的是他给予她的毫不犹豫的信任。

他给她的触动，超过所有其他求亲者。

现在这个在不知不觉间触动了她的人，来向她求亲了。

她应该觉得高兴才是，为什么又要怅然若失？

她慢慢注意到他，不正是因为他从来不曾像其他那些也许同样出色的年轻人那样，在如此美丽的自己面前神魂颠倒、身不由己？

可是她为什么又忍不住希望孟剑卿在自己面前也会有这样的一天？或者，哪怕只有一次？

后记

一、闽中烧炭佬供奉陈老相公的风俗，不知起源于何时，不过至少到民国时期仍然盛行，《东方杂志》收录了时人的调查报告。

二、之所以将这一篇外传命名为《桃源》，是因为纵在深山更深处，也应无计可避秦。国家的力量无处不在，世外桃源，毕竟只是梦想。这是没有人可以逃过的大势。

第六卷　战城南

前传　太学

七名南洋生刚入国子监时，着实引起了一番轰动。

大家对他们的第一印象是，黑，真黑，一帮黑小子。

然后便有人开始感叹，这帮家伙真有钱，穿得这么花枝招展的。

过了一段时间，大家又有了另一番感叹，这帮家伙真是见鬼般地能打架。

七名南洋生与大家混熟后，知道这番评价与感叹，都觉得很冤枉。

他们哪里黑了？明明只是太阳晒得多了一点儿，不像国子监其他同窗那样成日地待在书斋里不见阳光，所以不那么白皙罢了。

他们穿的衣服，不错，好像颜色是亮了一点儿，料子是好了一点儿，在一片白袍蓝衫青衣之中，还真是有点儿显眼。不过那是因为家里人以为穿得隆重些、漂亮些，才能表示对国子监最大的敬意和谢意而已。

至于能打架，那就更是迫不得已了。南洋土著众多，海盗横行，不会打架的早就被干掉了，哪里还能有这个好命进国子监读书？

再说了，这国子监中，能打架的多了去了，譬如那些个土司番王的子弟，为什么偏偏盯住他们七个？当然了，这也许是因为他们太齐心，一打架就是群殴，从来不会落下一个，好像是有点儿惹人注目。

不过两个月后另一名南洋生的入学，很显然颠覆了大家此前对南洋生形成的一系列印象，以至于每个人都感觉他怪怪的。

来自吕宋、年方十七的楚碧天，清清爽爽、秀秀气气，经常穿着很普通的白布袍，每天都乖乖地跟在各位先生身边谛听各种教诲，从不参与国子监里的任何斗殴活动。

莫非还真有这么出淤泥而不染的异数？

大家很快就知道，完全不是那么回事。

楚碧天这小子穿得朴素，完全是因为他家里太有钱。所谓“神存富贵，始轻黄金”，有钱到他家那个程度，的确是穿什么都有底气，穿得越朴素越能显出格调。

至于他为什么不黑，通行说法是，正因为他家太有钱，从小十指不沾阳春水，家人又成天死盯着他念书，他根本没机会晒太阳。也正因为成天念书，所以也没机会学打架——当然，楚家这样的豪门，也用不着小公子出去跟人打架。

楚碧天既然这么有钱，性子又温顺，十日休沐时出去吃喝玩乐的开销，自然要着落到他的头上。一开始只是七名南洋生以同乡之谊带着他出去把他当钱包，慢慢地整个玄字号的二十四名监生都嬉皮笑脸地跟了过来，若不是向来偏疼这乖巧学生的程老先生看不过去出来呵斥，只怕这队伍会越滚越大。

楚碧天跟着一大帮同窗招摇过市，人人都对他很好很热情，感动之下掏钱掏得那叫一个乐意。

不过，钱多了有时候也不见得是件好事。

春江水暖、河豚上市时，楚碧天这一群人和宙字号那一群云贵土司子弟盯上了同一家专以河豚闻名的酒楼——临江阁。

玄字号这一群监生，早闻临江阁的大名，只可惜囊中羞涩，无力问津，现在有了一位财大气粗的小同窗，哪能不抓紧这个机会善加利用?

满心以为临江阁的临湖二楼这一次又照例归他们享用的那些云贵土司子弟，不紧不慢地上楼来时，惊讶地发现风水已经轮流转了。于是一方说先来先得，另一方说与老板早有口头约定；一方说自己已经交了订金、口头契约算不得数，另一方说君子一言、驷马难追……

看着这群太学生剑拔弩张虎视眈眈的样子，酒楼老板的脸都黑了。

这可是应天府中有名的三大害——锦衣卫、讲武堂、国子监——之一。

锦衣卫也还罢了，人人敬而远之，倒也落得清静；讲武堂纪律严明，学生虽然不好惹，但是也不敢轻易在外面惹事；唯有国子监这群精力旺盛、伶牙俐齿、身份微妙的太学生，可真是一大麻烦……

现在这个样子，一定是要打架了，要打架了……

如他所愿，好的不灵坏的灵，不知哪一方先动的手，总而言之是打起来了。满楼的碗筷乱飞，腿脚快的伙计和几名客人一溜烟地跑下了楼，老板年纪大了一点儿，身子笨了一点儿，幸得眼力还好，见势不对，赶紧钻到了最靠墙壁的一张桌子下，战战兢兢、心颤肉跳地向外张望，一边在心里计算这一回大概又要损失多少——坏了，椅子都开始飞了。

老板脸上的肉开始哆嗦时，面前突然出现一张清秀少年的笑脸，吓得他几乎撞到头。

楚碧天坐在桌边，弯下腰笑容可掬地向桌子下面的老板说道：“别担心，打坏的东西有我赔。你要不要出来看热闹？这下面一定看不清楚的。”

老板听得前一句话脸上正要发光，听到后一句话，那光又呆滞了。

这个不知人间愁苦的少爷，似乎看打架看得很开心，这种人说话，靠得住吗？

楚碧天看起来很乖巧地躲在角落里，半点儿也不想搅和进这一番壮观的群殴之中。程老先生若是在这儿，一定会很赞赏的，圣人说过，千金之子，坐不垂堂，这孩子可真是圣人的好学生。

自然，这样的好学生乖孩子，肯定是有人喜欢有人恼，怎么看怎么不顺眼。

那群云贵土司子弟，向来是以段司明为首。段司明是从前的大理皇室段家的子孙，人品出色，文武双全，家世又好，自是有些心高气傲，入国子监以来，向来是让各位先生头疼万分的骄傲。

可惜来了一个楚碧天。

段司明很是鄙视楚碧天现在的行为，居然躲在人群后面看打架，而且眼看着他们这一方已经招架不住了。说起来玄字号这群人，只有七名南洋生是打架老手，而段司明这帮人，同样也是从小打到大的，论起狠劲来，本就不相上下，加之人数上又占上风——能打的人多上那么三四个，所以现在形势已有一边倒的趋势。

一名南洋生被两人围攻，连中几拳外加一脚飞踹，夸张地大叫着撞向段司明，打算着就算撞不翻这冷冰冰的家伙，也要撞他个鼻青脸肿。

段司明正鄙夷地打量着角落里的楚碧天，冷不防一个人撞过来，他不耐烦地向侧旁一闪，右手探出，扣住了这个明显图谋不轨的南洋生的右臂，一用力反扭到他背后，飞起一脚将他再次踹了出去。

只是段司明这一脚力道可不是刚才那一脚可以相提并论的，那名南洋生身不由己地向楼窗外飞了出去，这一回的大叫可是货真价实了，一边叫一边在空中乱抓。段司明也吓了一跳，这一摔出去，万一摔成重伤甚至闹出人命，麻烦可就大了，自己刚才怎么就走神了呢，怎么就出手……哦，出脚这么不知轻重？

段司明懊恼地跳过一张桌子，心想不管怎么样也得试着去救一救，死马权当活马医好了。

但是有人比他更快一步赶到了楼窗前，堪堪抓住那名南洋生的左脚腕，将他扯了回来，托着他的腰，将他平平安安地放在地上。

那南洋生惊魂方定，抬起头来看清救他的人居然是楚碧天，这一惊之下，又是一声大叫。

段司明停在原地，冷冷打量着楚碧天，比方才更加鄙视他。

如果这小子是因为不会打架才躲在后面，倒还情有可原，现在看来，明明身手好得很，却不肯出来打，这就更可恶了。

楚碧天这时意识到自己方才都做了些什么，神色不免有些尴尬又有些仓皇，左顾右盼，乌眼珠滴溜溜地转着，想找个台阶下下，段司明却已厉声喝了一句：“都给我住手！”

段司明这个人端起架子来是很威严的，于是不只正在打架的一帮人，就连楚碧天也僵在那儿一动不动。

段司明伸出的手指几乎点上了楚碧天的鼻子，他一字一句地说道：“你，出来跟我打，打赢了，我立刻将这个地方让给你们；打输了，你们那帮人也立刻给我滚！”

除了方才被楚碧天救回来的那名南洋生，其他人都张口结舌。

段老大居然要和楚碧天单挑？

更让他们张口结舌的是，楚碧天上下打量段司明一会儿，脸上竟然露出很高兴的笑容，认真地点一点头道：“好。”

段司明缓缓沉身拉开架势，如渊方停，如岳方峙，明摆了是要让楚碧天先出手。楚碧天竟也毫不客气地一纵身扑了上去，他这个人看上去斯斯文文的，动起手来却像只又泼又悍的猿猴，一出招便往段司明脸上抓去，这种撒泼打法让段司明那群人立时“嘘”了起来。段司明左臂迎面一架，右拳击向楚碧天前胸。楚碧天变招奇快，左手一缩便切在段司明右腕上，段司明顺势一翻腕将他的左掌打了出去，右拳仍是直击他前胸。楚碧天略一吸气，前胸后陷，段司明那一拳只差得分毫，停在他的衣襟前，再不能前进。

两人对视一眼，都有些诧异。段司明感到自己被楚碧天切中的右腕竟然有些火辣辣地痛，这小子的掌刀怎么会这么狠？楚碧天则惊异于自己那用了五分力的一切看起来似乎对段司明没有什么影响，真是难得啊，难得的好对手，可不要再被自己给打跑了……

楚碧天纵后数步，盯着段司明瞧了一会儿，脸上又露出那种很开心的笑容，点一点头，揉身再上。这一回却不是泼猴招式了，而是专攻下三路的贴地连环腿，踢得快如疾风，段司明的双腿接连被扫中几次，腿骨生痛，他恼怒地跳上一张桌子，反手拔出了靴筒里的短刀，指着楚碧天道：“我本不想动刀子，不过看起来你还算个对手，来不来？”

楚碧天盯着他手上的刀：“你那柄刀是不是缅钢打制的？我若赢了，你肯不肯将那柄刀让给我？”

段司明冷笑道：“等你赢了我再说吧，你的兵器呢？”

楚碧天从白袍内抽出了缠在腰间的金链。楼上一片抽气声，到底是有钱人，用的兵器居然是黄金打造的精致链条，系扣上还镶着两颗蓝汪汪的宝石。

楚碧天偏着头一笑：“我若输了，我的兵器也让给你。”

一语未完，金链便呼哨着扫了出去。段司明手中缅刀斩下，金链一卷，缠上了刀刃，段司明迅即抽刀。若是平常铁链，被刀锋这一拖之下，必定寸寸断裂，但楚碧天手中的金链似是特别铸造过，坚韧无比，哗啦啦一片响之后，完好无损地收了回去。

楚碧天一边打一边大呼小叫地称赞段司明的刀法当真不错，兴奋得双颊通红。刀刃锋利，虽然只轻轻一划，已经在他身上留下了数处血痕。段司明也不好过就是了，金链抽中之处，骨节欲裂。

同来的监生分立两侧，摩拳擦掌地呐喊助威，跺得楼板山响。

直到有人注意到了楼梯口边不知何时出现的一名锦衣卫百户。

那群监生虽然不认识这个人，但是认识他的衣服，这身老虎皮在应天城中当真是人见人怕，而年轻百户身上那无形的威慑之力，更是令他们心中不由得生出丝丝寒意，众人慢慢安静下来，不敢再出声。

楚碧天与段司明忽然觉得不对劲了，楼上怎么变得如此安静，只听见缅刀与金链撞击的声音了？

侧头一看，两人同时跳了起来，急忙分开，收起自己的兵器。

孟剑卿站在楼梯口边，抱臂胸前，静静地看着他们。

因为群殴被锦衣卫抓住，楚碧天与段司明这两群人，回去之后都被叫到了思过堂，掌刑的朱先生据称是朱熹后裔，有名的铁面无私，唤来思过堂的仆役，下令将这些惹事的学生每人打十大板，为首的楚碧天与段司明每人二十大板。

楚碧天向来是个好学生，进国子监又时日不长，竟是从来没有人想到过要告诉他，国子监还有这个打板子的规矩。这惩罚一宣布，他就脸色苍白地转过头来问跪在身边的段司明："怎么要打板子？这也太……太野蛮了吧，咱们可是监生，刑不上大夫。"

段司明自鼻孔里"哧"了一声："监生？宰相也照样打屁股。没见到朝堂上每天都有拖出去打板子的官儿吗？你记住的那是什么年头的规矩？"

楚碧天哭丧着脸不吭声了。

这也太丢脸了，什么人定的臭规矩……家里人若是知道自己在这儿挨板子，是后悔送他来国子监念书，还是高兴总算有人能不讲情面地管束自己了？

思过堂里的板子声此起彼伏，堂外来来往往的监生心里头哆哆嗦嗦。据说半年前还有一名监生挨了二十大板被打残了，但愿今天不会有人这么倒霉。

楚碧天和段司明身子骨倒还挨得住，只是这脸面委实下不来，尤其是领完刑出来，看见孟剑卿手下那名叫雷钟的卫士时，脸上更是挂不住了。

雷钟穿着便服，自称是楚家亲戚的家仆，给楚少爷送伤药来了，顺带也送一些给楚少爷那些挨打的同窗。

楚碧天和段司明两人就近在段司明的房间里互相帮忙涂上伤药，趴在枕上养着。饭堂的钟声已响，其他人都吃饭去了，说好吃完了给他们带饭回来。

房中别无他人。

两人互相看看，都知道对方要说什么要问什么。楚碧天率先说道：“好，坦白说吧，我是云燕娇同师授艺的师弟，家父和家师拜托云师姐好好管束我，然后云师姐又把我托给了……”

他看看窗外，到底没有接着说下去，心里嘀咕着不知道那个人究竟长了几双眼睛几只耳朵，自己哪怕偷偷睡个懒觉也会让他知道。

段司明这一回算是后知后觉地明白了，楚碧天骨子里那么喜欢好勇斗狠，为什么在国子监里要表现得这么乖，原来是有个惹不起的厉害角色在盯着他，他不敢露出原形。不过说起来孟剑卿将他管这么严也有道理，这小子太能打了，又没有太多经验，出手难免不知轻重，善后太麻烦。

从这一天开始，国子监私下发行的不能招惹之学生名单上，新添了一个好好学生楚碧天，看向他的目光，无形之中多了许多敬畏。

楚碧天还没有从被打板子的打击之中恢复过来，完全没有注意到同窗们的敬畏。紧接着又来了另一个震撼的消息：太子病逝了。

即便是一门心思要做好学生、两耳不闻窗外事的楚碧天也清楚地知道，太子一死，大明的局势只怕要大变了。

没想到接下来的事情给他的震撼更大。洪武帝诏令，太子府中无子妾侍一律殉葬。

楚碧天当真是目瞪口呆。殉葬这样野蛮残酷的风俗，在中原不是早已经废除了吗？孔夫子那时不就说过，即使是以人俑殉葬，也是不可饶恕的罪行吗？

蛮荒之地，有些部落保留着这风俗，不算奇怪；蒙古人立国日浅，礼仪未备，保留着这风俗，也不算奇怪。

可是为什么大明也会这样呢？难道是受了蒙古人的影响？

还有施于文武百官包括他们这些监生的杖刑，可不也是蒙古习俗？

太子下葬之日，国子监也在送葬的队伍之中。望着漫天飞舞的纸钱，楚碧天只觉得心中如此茫然。

这已经不再是他的祖辈心心念念的那个优雅如白鹿的中土世界了。那个世界，在群狼环伺之中，已经一去不复返。现在的中土，为了对抗狼群，自己也快要变成野狼了，赤红着一双眼，龇着雪白的狼牙，咆哮着环视四周，随时准备将一切敌人撕成碎片。

就像逃亡到南洋的楚家，也会从书香门第变成今天这般枭雄模样一样。

楚碧天不由得低下头看着自己的手，若是生在那个时代，这双手是只会精于笔墨的，可是现在……

他们都不得不变，然而在这样的剧变之中，楚家又觉得那样失落，若是他们知道就算回到中土也寻不回梦中的家园，只怕会更加失落。

后记

一、洪武朝的国子监，官生约占八成以上，其中不乏土司番王子弟。洪武朝或者说整个明代对内的民族政策，以怀柔同化为主，是以有明一代，内部基本上没有出现严重的民族问题。

二、至于殉葬与廷杖的风俗，一般认为是受蒙古人影响。陈寅恪曾说，每当中原文明过于成熟以至于衰败之际，塞外的胡羯之血便会呼啸而来，使得中原文明发生变异而又一次重生（大意如此）。也许正是由于蒙古人的影响，明代与温雅君子一般的宋代相比，很明显更阳刚也更野蛮，明人比宋人善战，但明代的制度也比宋代的有更多的血腥，譬如廷杖与殉葬。殉葬的习俗后来被明英宗遗诏废除，也许是土木堡之变后，英宗在蒙古的阶下囚的生涯使他对生命有了他的祖辈所没有的尊重。但是廷杖制度一直保留了下来。

正传　战城南（一）

秋高霜降，月白风寒。

守候在廊下的两名卫士，望见穿过荷池走过来的孟剑卿，一人上前迎接，另一人退后开门，低声通报。

孟剑卿站在门前，直到里面传来沈光礼淡然的回答：“进来。”孟剑卿方才走进去。

那卫士在他身后关上门，又重新回到自己方才站立的位置。

孟剑卿站在沈光礼的书案前，将此行的各项事体一一禀报。

这一次他奉命查办闽中烧炭佬供奉陈老相公一案，前后历时三个月，现已查清，最初供奉陈老相公的，的确是逃入山中的陈友定旧部，以“陈老相公”之假名私下供奉陈友定，为避人耳目，谎称这“陈老相公”是一个死后成神、有灵力庇护同伴的陈姓烧炭佬。但是这样做的结果是以讹传讹，大多数烧炭佬根本不知道陈老相公的真实身份，的的确确是将他当作死后成神的某个同伴在供奉，以期得到来自神灵的庇佑。

孟剑卿的看法是，闽中烧炭佬供奉陈老相公已成气候，贸然取缔会酿成大变，要在闽中深山用兵，只怕有诸多不便，而且大多数烧炭佬也并非陈友定的旧部亲属，不宜一概而论。他以为，堵不如疏，不如顺水推舟，但凡有人敢说陈老相公是陈友定或者别的什么人的化身，就是有意挑拨事端，诱骗朝廷取缔镇压，故此闽中烧炭佬对于此等匪徒应当人人得而诛之。这样推行一二十年，自可潜移默化，使得闽中烧炭佬人人都只知道、只相信关于陈老相公身份的这个正式说法。

沈光礼摆弄着书案上的墨石镇纸，沉思许久，微一颔首：“这也算得上是釜底抽薪了。好，就这样吧，不过若有什么变故，还是要及时上报。”

孟剑卿又道，陈友定那些冥顽不灵的旧部，当初都被贬为贱民，世世代代为倡为优为蛋民（按：只能在水上生活的船民）。但据他所知，实际上其中有些人在闽中仍是活跃得很，一心一意要惹是生非，而闽中各大族又与他们有着几代人密密缕缕结成的姻亲关系，难以割断，所以闽中地方官处理起这些事情来，总是缚手缚脚。如何彻底解决这些祸乱之源，确实是一大难题。

沈光礼看着他，忽而微微笑道："那么你对这件事情有何看法？"

孟剑卿答道："卑职见这种死硬之徒，对海上仙山弟子的态度与对卑职的态度大不一样，所以想到一个可能的解决办法。卑职觉得，与其将这些祸害留在大明国土之上，不如将他们放逐出去，只是如何放逐才能保证这些人不会再危害大明，还需要仔细斟酌。海上仙山虽然对他们也有相当的影响力，毕竟还是不能包揽全局。"

沈光礼沉思良久，摇一摇头："这件事关系太大，暂且放一放再说，下一次若要再提起，最好先有一个更详细的可行方案。"

孟剑卿拱手答应。

一应事体禀报完毕，孟剑卿静候着沈光礼的下一个指示。

沈光礼看着孟剑卿，意味深长地微笑道："听说你此次办案时，正遇上云燕娇入山寻找样式陈和他收藏的陈家历代船图，帮了她一点儿忙，云燕然为此特意来向我道谢。这倒提醒了我，你也该成家了吧。对你来说，云燕娇会是一个很好的妻子。"

孟剑卿迟疑一瞬，答道："向云家求婚的才俊众多，大人或许对剑卿期望过高了。"

他没有提自己已经向云燕然试探过这桩婚事的可能性，云燕然来向沈光礼致谢的时候，是不是言语态度间流露出对他的许可，沈光礼才会提起这桩婚事？

沈光礼打量着孟剑卿，脸上的笑意慢慢加深："向云家求婚的人很多，不过能够让云家兄妹另眼相看的，似乎寥寥无几。再说了，有我替你保媒，云家怎么说也该给点儿面子吧。"

沈光礼来做这个大媒，云家不能不考虑，这一桩婚事，究竟是沈光礼的意思，还是洪武帝的意思？既然必须要在洪武帝圈定的人选中做出选择，那么，能够让云家另眼相看的孟剑卿，也许还算一个比较好的选择吧？

孟剑卿心中匆匆转过这些念头之际，感觉到沈光礼的注视，迅即定住心神，抬起头道："大人如此关爱，剑卿愧不敢当。"

对他而言，云燕娇的确是最好的选择。

不仅仅因为她是海上仙山的弟子，更因为她是一个可以信任、可以在对敌时放心将自己的后背交托给她的女子。

但是一眼看见沈光礼自书案下拿出来的那个小小锦盒时，孟剑卿蓦地屏住了呼吸。

沈光礼将锦盒放在案上，慢慢推了过来："这是一点儿小小贺礼，打开看看吧。"

孟剑卿跨前一步，打开了锦盒。

锦盒中静静躺着十二颗晶莹剔透的珍珠，温柔的光泽在灯光下流动闪烁。

沈光礼继续说道："以这样的明珠作为聘礼，才算不辱没咱们的脸面，也不辱没云家的姑娘。"

孟剑卿收起锦盒，见沈光礼再无训示，便略一低头，慢慢退了出来。

一出门，夜风便挟着一股冰寒之气扑面而来。

孟剑卿的心中，也陡然间扑入一股冰寒。

沈光礼是不是在警告自己，没有什么事情可以瞒过他的眼睛？

再高的山，也高不过太阳。

他从来就没有信任过那个玲珑剔透的女子，可是他也从来没有忘记过那个玲珑剔透的女子。

只是他不知道，还有人也没有忘记。

孟剑卿与云燕娇的婚事，在应天府中也算是轰动一时了。男方的大媒是锦衣卫指挥使沈光礼，女方的大媒是应天府前军都督同知章大盛、云燕然的妻兄，太子亲临贺喜，孟剑卿晋职为百户。

沈光礼给了他三个月的假，期满后回来销假时，沈光礼盯着他瞧了一会儿，微微一笑："最近水师在东海肃清了两股海盗，南洋航道比起从前来安全许多，上个月从南洋回来十七艘船，船上除了货物，还有七名请求入国子监求学的南洋富家子弟。听说还会有更多的南洋子弟要回来求学，他们的安全，就交给你负责吧。"

听起来是个挺轻松的差事。

但是云燕娇几天前才刚告诉他，海上仙山年轻一代的弟子，都要陆续回来修炼了。

这些人才是沈光礼真正的目标吧？

孟剑卿的确是负责这桩差事的最佳人选，不过也许沈光礼早已选定他来办这件事，才会用心促成他与云燕娇的婚事。

孟剑卿告退出来时，正遇上扈卫太子巡视西北边防的高千户前来复命。高千户拱手道喜，临走时忽而又回过身来，笑眯眯地道："听说太子府的选秀名单上有令妹的名字，太子对孟百户这般看重，令妹想必也能青云直上了，高某在此预为祝贺。"

孟剑卿一怔。

高千户与他向来互相看不对眼，现在特意对他提起这件事，什么意思？

孟剑卿很快便知道了高千户的意思。

三天之后，太子府的选秀进入最后一轮时，孟剑卿的妹妹孟剑虹与待选的另一名秀女发生争执，一怒之下打伤了那名秀女，有失女子柔顺之德，被主持选秀的太子侧妃斥为

“悍妇”而被刷了下来。总算孟剑卿的大名还算管用，事情的起因又在于那名秀女出言不逊、辱及孟剑虹的清白声名，便没有问罪，而只将她遣回了孟宅。

孟剑虹被刷下来的消息传过来时，高千户正与孟剑卿办交接——国子监原本是由高千户负责的，不过因为最近太子府事务繁忙，有扈卫之责的高千户忙不过来，沈光礼便下令暂且将国子监之责移交给最近比较空闲的孟剑卿。

听到这个消息，孟剑卿的嘴角抽动了一下，高千户叹息道：“孟百户还请节哀顺变，令妹才貌出众，这一点儿小小瑕疵，无伤大雅。”

虽然“节哀顺变”这个词听起来颇为刺耳，高千户的叹息还是很真诚的。

孟剑卿微笑道：“多谢高千户吉言。人有旦夕祸福，当真遇上这种事情，也只能节哀顺变了。”

但是随即传来另一个消息：高千户的女儿，被验身嬷嬷验出腋下有狐臭，也被刷了下来。

高千户的脸色立时沉了下来。孟剑卿什么时候准备下这一招的？狐臭——这个理由未免也太过分了一点儿。孟剑卿似笑非笑地瞅他一眼，一边翻着文书，一边惋惜地慨叹：“看来咱们两家的姑娘，都与太子殿下无缘啊。”

厅中的气氛很是奇怪，左右随从都低着头不敢作声。

高千户与孟剑卿的这番交接，一办便是十天，不是账目不对，就是文件有误，要不然就是高千户忙于公事或者是孟剑卿另有要务，不能奉陪对方。等到交接办完，两人的手下都觉得如释重负。

沈光礼听了下属对这场冷战的禀报，只淡然而笑。

此时正值春江水暖、河豚上市，沈光礼笑完之后，便派人给他们两人下了请客的帖子，地点就在玄武湖畔以做河豚而闻名的临江阁。

一行人都换了便服，雅座中只有他们三人，随行卫士都守在左右包间中。凭窗望去，湖面开阔，春风徐来，的确是难得的风水宝地。

高千户与孟剑卿各自敬了沈光礼一杯，之后才互相敬酒，高千户笑容可掬，孟剑卿神情恭敬，毕竟高千户比他职位更高、资历更老。

待他们敬完一轮，坐下来之后，沈光礼含笑道：“今日是私宴，不谈公事。”

沈光礼果然只谈家常，不过话题正在慢慢地往孟剑虹和高千户的女儿身上引过去。

孟剑卿和高千户心中雪亮，今日这一关是必须得过。

但是雅座外的喧哗声越来越大，沈光礼不免皱了皱眉。孟剑卿凝神听了一会儿，说道：“是国子监的学生在抢座位。”

高千户微微一笑：“孟百户到底年轻，记性好，才接了差事，就能认出国子监学生的声音了。”

孟剑卿也微笑以对：“高千户过奖了，我是听出了那几个南洋生的声音，他们说话的口音还是很特别的。”

他站起身，打开门，隔着回廊，正可将对面的动静看得一清二楚。

楼上的客人和伙计都已远远跑开，只留下一群混战的国子监生。那七名南洋生很好辨认，都有着闪亮的褐色肌肤，身形瘦劲，衣着光鲜，打斗之际身手很是敏捷，与他们对阵的七八名国子监生很显然已经顶不住了。

孟剑卿三人的目光却都落在了乖乖坐在角落里的那名国子监生的身上。

那布袍素净、清清爽爽、秀秀气气的少年，忽闪着一双黑漆漆的眼睛，安安静静地坐在那儿观战。

沈光礼注视他片刻，转过目光看着身旁两名属下。高千户抱歉地摇摇头，他在办交接之前的几个月，因为扈卫太子巡视西北边防，就已经没有管国子监的事情了。孟剑卿等高千户摇头之后才说道：“那就是楚碧天。”

楚碧天是吕宋华商同业公会会长的小儿子，也是云燕娇的师弟，其生母是吕宋国王之女，因为身份特殊，所以他初入国子监求学时，便已在锦衣卫衙门备了案。只是沈光礼和高千户都还没有见过他。

沈光礼“唔”了一声，若有所思地打量着楚碧天，同时注意到，孟剑卿似乎并不急着在自己面前制止这场混战。而因为他们三人都无表示，其他卫士也不敢擅自行动，毕竟这些国子监的学生，十之七八都是来自各地的官生，其中不乏各地土司番王子弟，身份微妙，不便贸然处理。

孟剑卿是想仔细看看这些国子监生的真实面目吗？

沉吟之际，楼下忽地有人叫道：“老大，就在这儿，咱们快点！”

紧跟着蹿上楼的，也是几名国子监生，一加入混战，七名南洋生便开始手忙脚乱。新来的人中，有一个出手又快又狠，尤其引人注目。高千户道，那人名叫段司明，是从前的大理皇室段氏的子孙，人品出色，文武双全，家世又好，自是有些心高气傲，入国子监以来，向来是让各位先生头疼万分的骄傲，国子监中那些云贵土司番王的子弟，向来以段司明为首。当然，段司明挑头打架的机会也因此而成倍增加，他由此成了锦衣卫的重点关注对象。

现在局势已经开始一边倒，楚碧天却还在袖手旁观。沈光礼与高千户都看了看孟剑卿，楚碧天表现得这么文静乖巧，不会是孟剑卿早已警告过他不能在国子监闹事吧？毕竟楚碧天算是孟剑卿的自家人，要是捅出篓子来，孟剑卿也不好收场。

不过，混战之中，楚碧天很快被卷了进来，不但被卷进来，而且出乎诸生意料地与段司明单挑上了。

同来的监生分立两侧，摩拳擦掌地呐喊助威，跺得楼板山响。

一直饶有兴趣地坐在对面观战的沈光礼皱了一下眉，高千户则笑道："孟百户，两虎相争，只怕必有一伤。"

孟剑卿笑了笑，转身走了出去。

缅刀与金链再次交击时，却被孟剑卿的百折刀挑了开去。

楚碧天一见是他，吓了一跳，急忙收起金链，讪笑着退了开去。段司明没想到对方能够一刀挑开自己和楚碧天的兵器，不觉挑起了眉，正想发问，孟剑卿已举起一面腰牌。段司明与锦衣卫打交道也不是一两天的事了，认出这腰牌，只怔得一怔，手中缅刀已不由自主地插回了靴筒。

那群兴高采烈的国子监生，此时都已安静下来，呆呆地望着孟剑卿。

孟剑卿没有多说，只叫他们赔偿了店家的损失便放他们离去了。段司明与楚碧天下楼时互相看看，都感觉得到对方心中的忐忑不安，不知道等着自己的究竟有什么惩罚，大有同病相怜之感，再看对方，不觉便顺眼多了。

沈光礼三人在楼上看着他们离去，都注意了到段司明和楚碧天之间那种不打不相识的微妙气氛。沈光礼微笑道："这段司明虽然有些傲慢之气，不过倒还算明白爽快，应该不难相处，家世人品也都不错，听说还没有订亲，剑卿你可看得入眼？"

孟剑卿一怔，高千户已笑道："大人最近颇有做媒的兴趣啊。"

只这一打岔间，孟剑卿已迅速定下神来，躬身答道："段司明的确不错，大人若肯赏脸保媒，剑卿无不乐从。"

沈光礼又道："高平，你该不会觉得我偏心吧？"

高千户笑着答道："不敢，卑职的那个女儿比起孟百户家的小姐来，太过弱不禁风了，委实与段司明不太般配。"

孟剑卿看他一眼，高千户这话，怎么听怎么像在暗示孟剑虹那个"悍妇"之名。

沈光礼笑一笑："令爱既然文弱，择婿自然该选个书香子弟才对。段司明有个堂兄，叫段司聪，是云南有名的才子，前两年一直在外游学，不过很快也要入国子监读书了。到时你不妨去看看，若是有意，我还是很愿意再做一次男家的大媒的。你们两个都是我的得力助手，自然要一碗水端平了，免得旁人看笑话，是不是？"

沈光礼似笑非笑地将话说得这般明白，孟剑卿与高千户不能不表示一番，推杯换盏，看似推心置腹、前嫌尽弃，但是两人心中都不免想到，沈大人将他们两家的姑娘嫁到同一个地方去，将来只怕还免不了种种摩擦，或许这也正是沈大人所乐见的吧。

不过沈光礼选择的这两桩婚事，在世人的眼光来看，只怕还是他们高攀了男方家，若非是沈光礼亲自保媒……

高千户晚上还要到太子府巡视，不敢多饮，提前告退。待他走后，沈光礼看看孟剑卿："有什么话就说吧。"

孟剑卿一笑："剑卿原本以为，大人会为高千户选择楚碧天。"

既然要搞平衡，怎么能只让他一个人与海上仙山有密切关系。

沈光礼淡然答道："高平那个女儿，虽然薄薄有些文名，与段司聪还算相当，但要匹配楚碧天这种文武兼修、前途无量的名门子弟，毕竟还是差了一点儿。"他转过目光看着孟剑卿，"要笼络这种一等一的人才，就必须得给他最好的人、最好的东西。"

言外之意，孟剑卿是他手头最出色的人了，所以才会用来笼络云家，或者说孟剑卿也算是一等一的人才了，才值得沈光礼替他去向云家提亲。

沈光礼很少这样当面赞扬属下，孟剑卿难免有些不知所措，只好默然不语。

沈光礼却又说道："你和高平这一回玩的花样，不要以为没有人看得出来。"

孟剑卿心中凛然，本想出言辩解，但随即改变了主意，低声说道："剑卿知错。"

他深知沈光礼向来讨厌属下的欺瞒。

沈光礼注视他良久，轻轻叹了一声："看来这两年你还是太顺利了，所以才有些得意忘形了吧？"

孟剑卿心知沈光礼当面与他谈这些话，便是意味着不会再另行处理此事，绷紧的心弦不觉轻轻松了一下，抬起头道："大人明察秋毫，剑卿的确还需要磨炼。"

沈光礼转动着手中的酒杯，又叹了一声："看来沈某这两年似乎也有些老了，心软了。要是早两年，你和高平此时都该送到慎刑司去了。"

孟剑卿不敢再说，以免失言。

送走沈光礼，他才想起自己还有一个疑问忘记问了。

段司明算是土番子弟，朝廷对这些土司番王向来优容，若是段司明真不给沈光礼面子，沈光礼只怕也不便贸贸然以势相压，为何他的语气还如此肯定？

不过他的疑问很快便有了解答。

半个月后与段司聪同时进入国子监的还有一批西北番王子弟，其中便有江无极——他的舅舅是骆河羌王。朝廷为表示恩宠，加封了一批官员的女儿为县主，将她们赐婚于其中几名尚未订婚娶妻的土司番王子弟，其中便有江无极、段司明与段司聪。赐婚给江无极的，自然是沈慕尘。

据说洪武帝审阅名单时笑眯眯地说，沈和尚这一回总算有点儿人味了，知道公私两便地替女儿打算打算。自然这番话没人敢乱传。

至此，孟剑卿心中那块不大不小的石头才算真正落地，料想高千户也是如此。

孟剑卿同时也不免对沈光礼此次的行为暗生疑惑，沈光礼究竟想干什么，为什么会做出这样一反常态的安排？

赐婚诏书将段司明打了个措手不及，楚碧天倒是挺高兴，觉得与段司明的交情又深了一层。段司明觉得郁闷又纳闷，郁闷是因为自己毫无选择的余地，挑挑拣拣耽搁到现在，居然来了个赐婚；纳闷则是因为，他的消息比较灵通，知道孟剑卿这个容貌出众的妹子早先似乎已在太子府的选秀名单上，现在怎么落到自己头上了，不会是被人挤下来的吧？以孟剑卿的手段，怎么就眼睁睁地看着妹子被挤下来？无论如何，太子府总是一条青云捷径吧？

但是不久之后，太子病重的消息传了开来。

四月，太子朱标病逝。

段司明听到这个消息的第一反应是，太子一死，大明的局势只怕要大变了。

楚碧天的第一反应却是，幸好孟剑卿将妹子许给了段司明，要不然这下子她可要守寡了，不知道这算不算是因祸得福。

接下来的消息则震得他们目瞪口呆。

洪武帝居然诏令，太子府中无子妾侍一律殉葬。

殉葬……这样野蛮残酷的风俗，在中原不是早已经废除了吗？孔夫子那时不就说过，即使是以人俑殉葬，也是不可饶恕的罪行吗？

古怪的是，段司明居然产生了另一个念头：以孟剑卿的耳目通灵，不会是早知道太子快要出事，才会吃个闷亏让妹子从选秀名单上被划下来吧？

他看看楚碧天，楚碧天很显然也在转着同样的念头。

若真是如此，孟剑卿还真是胆大包天。这种事若是让洪武帝知道，只怕会以为他早就断定太子会很快病死，所以才想方设法将妹子从太子府的选秀名单上划了下来。以洪武帝此时的伤心程度，孟剑卿绝没有好下场……

段司明和楚碧天两人不敢再继续猜测下去。

为太子治丧是国家大事，锦衣卫全体动员，其他的各项事体暂时都停了下来。孟剑卿正好与高千户轮到前后班巡视，半夜换班之际，两人视线相接，停了一停，高千户说道：“令妹出阁在即，何时请我们喝一杯贺酒啊？”

孟剑卿答道：“高千户这一杯酒，自然是不能忘记的。”

高千户眯缝了眼瞧着他：“一杯酒便算谢我？”

孟剑卿声色不动：“我会继续努力，做好高千户的对手。”

高千户愕然，盯着他良久，忽地叹道：“是极，是极，有些事情还真是非得自己的对手才能办得了的！”

看着他悄然离去，孟剑卿往后一仰，靠在椅背上，长长吁了一口气，望着屋梁出神。灯光摇曳，在他脸上投下模糊不清的阴影。

太子这一去，不知要牵动多少明里暗里的人和事。

山雨欲来风满楼啊。

洪武二十五年九月，洪武帝立太子嫡子允炆为皇太孙。锦衣卫指挥使沈光礼自请出家，远赴乌斯藏雪山修行，为皇太孙祈福。沈光礼这一招悬崖撒手，不知打乱多少人的全盘计划。

洪武二十六年，锦衣卫新任指挥使蒋业告大将蓝玉谋反，连坐被诛者一万五千余人。洪武帝随即下诏，“内外狱无得上锦衣卫，大小咸经法司”。曾经权势熏天的锦衣卫，悄然湮灭。

洪武二十七年，洪武帝杀定远侯王弼、永平侯谢成、颍国公傅友德；洪武二十八年杀宋国公冯胜。至此，朝中军中，位尊名高、勇武刚强、幼帝将来难以驾驭之士，诛杀殆尽。

洪武三十一年五月，洪武帝病逝，太孙继位，次年改元建文。

孟剑卿早在沈光礼出家、蒋业接任时便被调往秦有名处，协助秦有名掌管库房，实际上闲置起来。对此大家都不感到意外。一朝天子一朝臣，作为沈光礼的得力助手，孟剑卿与蒋业素无来往，被闲置是意料中事。蒋业将孟剑卿调往以前与他关系密切、绝对不会为难他的秦有名属下任职，说起来还算是给足了沈光礼面子的。

锦衣卫衙门撤销之际，库房移交应天府后军都督府。建文帝继位后，秦有名因老病而请辞，孟剑卿继任，升任千户。不久之后，章大盛升任后军都督，云燕然正式任福建水师提督。

升职令下之际，燕王于北平起兵，号为“清君侧”，靖难之役开始。

一心训练水师的云燕然，述职之后又匆匆返闽，对前线军务不置一词。

孟剑卿则依然守在库房中，静观燕军自北而南横扫齐鲁之地，势如破竹。

建文二年春，南军又一次大败之后，焦头烂额的兵部向建文帝提起了他向来嫌恶的锦衣卫，以为锦衣卫虽然不是堂堂正正之师，但兵者，诡道也，锦衣卫作为偏师应该还是胜任的。

建文帝踌躇良久，指令不可起用锦衣卫之名号。令国人闻风生畏的这个名号，在建文帝心目中，同样也不是什么好东西。

兵部心领神会地布置下去。

沉寂数年的孟剑卿的名字，第一个被提了出来。

比起锦衣卫其他富有经验但趋于老成保守的高级官员，孟剑卿的履历证明了他更有破阵杀将的勇气和能力，而那些野心勃勃的年轻新人，很明显又缺乏他的经验。

孟剑卿接到诏令，走出库房时，仰望浩荡长空，天高云淡，一时之间，只觉心怀开阔，正如这天空一般。

传诏的兵部左侍郎审视着他镇静自如的面容和眼中熠熠闪耀的光彩，心中忽地冒出两句毫不相干的话："猛虎出于柙，天高任鸟飞。"

秋色已深，北方平原的夜风凌厉呼啸，燕军广宁卫大营的"曹"字大旗在寒风中猎猎作响，这便是有名的悍将曹俨的驻地了。

这已是靖难之役的第三年。去年济南一役，南军重占运河上的重镇德州，德州南北交通便利，燕军自河北南下，始终处在德州的监控之下。燕军南攻时，南军或自德州横出断其归路，或袭扰其补给线，或乘虚北攻。燕王谋士为此十分烦恼，不下德州，燕师始终难出山东。

而东昌一役，济南都督盛庸击杀燕军大将张玉，若非朱能拼死相救，燕王几乎也要被生擒。这也是燕王兴师以来的第一次大败，事后燕王曾感叹，东昌之役，接战即退，前功尽弃。今年二月，燕王再次率军出击，于滹沱河、夹河、真定等地连败南军，又攻下了顺德、广平、大名等地。但是燕军虽屡战屡胜，南军却兵多势盛，攻不胜攻，燕军所克城邑旋得旋失，不能巩固，能始终据守者，不过北平、保定、永平三府而已。

这样的拉锯战，究竟还要打到何时？

夜风之中，后寨的粮草营中突然间飘出一股淡淡的硫黄味，守夜的四名士兵来不及报警，已经被人自身后捂住了嘴，随即被短刀割断了咽喉，四具尸体被轻轻地放倒在地上。

粮草营起火的喊声传进大帐时，曹俨正靠在榻上打盹，蓦地惊醒，听明白外面的喊声是什么意思后，骂骂咧咧地跳了起来。这已经是他的粮草第三次出问题了，前两次还是在路上被劫，这一次他总算将粮草平平安安运回了大营，居然还是出了问题！

曹俨暗自庆幸自己最近警惕性够高，夜不解甲，枕戈待旦，当下套上头盔抓起佩剑大步走出主帐，各位副将也已闻讯起来，一群卫士簇拥着他们向粮草营奔去。

守卫粮草营的副将赵朴正带领手下救火，熏得脸上白一块黑一块的，嗓子都有些叫哑了。也难怪他这么紧张，上一次他负责押运的粮草才刚被南军劫走，现在他可还是在戴罪立功期间。

赵朴望见主将，急忙撇开手下前来请罪。曹俨一边弯腰扶起他，一边说道："救火要紧……"

一语未完，曹俨的身子突然一僵。

一柄短剑自下而上贯穿曹俨盔甲未曾遮挡住的左肋，径直插入他的心脏部位。

左右将士被这突然的变故惊得一呆，赵朴已经拔出曹俨的佩剑，唯恐方才一剑未曾致命，又是一剑割断了曹俨的咽喉，随即回剑划过了自己的咽喉。

鲜血四溅，两人同时倒在地上。

一片混乱之中，几位副将心中不约而同闪过一个念头："原来火烧粮草营为的是暗杀曹俨！"

燕军常年与蒙古作战，又经三年靖难之役，自是训练有素，曹俨虽然被刺，几名副将立刻分头整顿军营、扑救粮草营的大火，最重要的是防备南军趁火打劫，同时派人向二十里外的前军统帅朱能的大营报信。

被朱能派来处理此事的是张玉的族侄张范。

张范首先要弄清的是，赵朴跟随曹俨多年，去年还在战场上救过曹俨的性命，按理来说，绝不可能是南军的奸细，为什么突然会刺杀曹俨？如果连赵朴这样的人都会反叛，广宁卫大营中还有什么人是可以信任的？

他们的疑问很快有了解答。第二天午后，十几名此前南军劫粮草时俘虏的燕军士兵被放了回来，与他们一道放回来的，还有赵朴。

刺杀曹俨的赵朴，其实是赵朴那位一直在南军任职的同胞兄弟赵相。

赵朴跪在曹俨与赵相的尸体前痛哭，他的一名亲兵禀报说，抓住赵朴后，南军的一名将领以赵相的妻小为人质，逼他替换赵朴来刺杀曹将军。赵相临行前要求，如果他此行成功，他们以后不能再加害他的家人，连赵朴也要放回去。

赵朴哭完之后，便红着一双眼请命出战，见张范沉吟不语，赵朴脸色立时变了，忿忿地道："好，张将军不发兵，我哪怕一个人，也要将那贼将斩于阵前！"

与他交好的两名副将拼命按住他，赵朴犹自不肯甘心，全力挣扎。张范瞪他一眼，厉声喝道："没头脑的东西！有你这么打仗的吗？先给我弄清楚对手是什么人再说！"

曹俨并不是第一个被刺杀的将领。三个月来，燕军中已有六名将领被刺杀，行刺的手段真是花样百出：一人被随军医官毒杀，一人被贴身亲兵刺杀，一人在战后巡视战场时被伪装成尸体的南军死士刺杀，一人被趁夜潜藏在自家营门瞭望塔上的南军神射手射杀于点将台上，一人在押运粮草时被藏在粮车中一天一夜的刺客击杀，还有一个竟是在重重守卫中被人潜入帐中半夜里割了脑袋。那些刺客被围困后立即自杀，虽然知道他们必定是南军派来的，竟是无从追查其详细的来龙去脉。

曹俨是第七个。

而曹俨的粮草营，也是第五个被烧的粮草营。

张范向朱能复命时，不无忧虑地道，种种迹象表明，南军中有一支精于藏匿踪迹、常在夜间行动的精锐小部队，专门负责行刺与烧粮等事项。

这一支潜伏在黑暗中的部队，对他们的威胁委实太大。所谓“明枪易躲，暗箭难防”，若不早日解决掉，等到哪一日连燕王也被暗杀，那就悔之晚矣。

朱能皱起了眉头。

这样狠辣娴熟的杀人手段，倒很像是锦衣卫的风格。只是锦衣卫在办完蓝玉一案后，鸟尽弓藏，已经解散，前任指挥使沈光礼都跑到乌斯藏的雪山中出家修行去了。建文帝又向来讨厌锦衣卫那种视人命如草芥的办事方式，应该不至于重建一个类似的衙门。

不过也不能一概而定，毕竟洪武帝当年在太子死后借蓝玉谋反一案发动的大清洗，令得朝廷直接控制的军队里勇武刚强之士死伤殆尽，以至于靖难之役一起，南军面对燕军时只能节节败退。东昌一役后，形势虽有好转，但南军仍是败多胜少。这种时候，建文帝也许会无可奈何地重新动用锦衣卫的旧部人马来打破僵局。

张范建议专门拨一批人马来对付这支部队。

朱能明白此中要害，当即令张范负责，于全军抽调人手，务必尽快解决此事。

正传　战城南（二）

乱葬岗上，某一个墓碑突然动了一动，然后慢慢向一旁移开，露出黑乎乎的洞口，两名卫士小心地将床子弩抬了出来。

他们已经在这里潜伏了一夜。虽然号称土行孙嫡系传人的莫怀衷挖的洞很有水平，通风通气状况良好，但是不见天日的地方到底还是气闷，是以两人一出来都不由得长长吁了一口气。

远望对阵的燕军与南军，旗帜飞扬，人喊马嘶，一场大战，立刻便要开始。

两名卫士不免极其敬佩地望一望跟在他们身后钻出来的孟剑卿。莫怀衷能在燕军巡逻队的眼皮底下挖出这样的洞固然不简单，但是孟剑卿能够如此准确地选定挖洞的地点与潜伏的时间，那就更不简单了。

孟剑卿伏在一旁，举起千里镜搜寻自己的目标。

燕军先锋是韩笑天，这个天资杰出、愤世嫉俗的年轻人，当年以第一名从讲武堂毕业，被燕王召至麾下，独领一军，号为“辟易”，每战必为先锋，所当无不辟易。若是能杀了他，想必燕王会心疼得很吧。

两名卫士蹲在地上调整好方位。本应五人踏开的强弩，因为卫欢改装时加上的扳机，现在仅由两名卫士一齐踏开。孟剑卿上满五十支箭，刚刚涂上药汁的箭头乌蓝乌蓝的，在秋阳中湛湛闪亮。

燕军击鼓，韩笑天和他的辟易军开始冲锋。

孟剑卿度量距离，低声下令。五十支毒箭应弦而发，取的是韩笑天的正前方位置。燕军中已有人看见这破空而来的箭只，大叫起来，韩笑天虽然也已看到，然而飞驰之际，一时间根本无法勒住奔马，更无法及时加快速度逃离那蓬弩箭的笼罩范围，紧跟在他身边的数名亲兵同时从鞍上跳起，扑过去想要用自己的身躯为主将挡住来箭，但是已经来不及。

韩笑天舞动长枪，一连挡掉了十几支弩箭，但仍有三支射中了他。

他摇晃一下，终于绝望地跌下马来。

深秋的天空碧蓝如洗，这样澄清透明，仿佛正是他心中那洁净无尘的世界。

他觉得自己的整个身躯突然间变轻，向上飞升，一直飞升向那明净的天空，融入一片白光之中，心中充满宁静的喜悦。

韩笑天慢慢闭上了眼睛，脸上的不甘与绝望也慢慢消失，平静得就如熟睡。

远处的千里镜一直追踪着他，直至此时，确定他已死去，方才放下。

孟剑卿暗自吐了一口气，心中忽地生出无名的感慨，甚至于一丝惆怅。

同时中箭的二十余人也先后落马，只留下无主战马仍向前飞驰。

南军主将立刻抓住这个机会击鼓进军。

两军混战之中，即使有人想抽身来追寻杀人暗箭的来处，恐怕也无能为力了吧。这正是他们撤退的大好时机。

但是孟剑卿突然仰头望向天空。

蓝天之上，一只苍鹰正在他们头顶盘旋飞舞，身姿矫健而优美。随着鹰舞，一支燕军迅速插入乱葬岗与南军之间的空地，截断了他们退往南军阵营最便捷的道路。另一支燕军则正从另一面包抄过来。

孟剑卿脸色微微一沉，下令撤退，同时一刀斩断了床子弩的扳机。两名卫士会意地将各个组件尽可能毁坏。他们带不走的武器，也不能留给他人为其所用。

躲在一里开外的小树林中看守马匹的另一名卫士听到哨声，已带着四匹马飞驰而来，四人堪堪赶在燕军合围之前冲了出去。只是最便捷的归路已经被截断，他们只能向东面奔去，东面山丘起伏，时有树丛，正可以阻挡燕军时时射来的乱箭。

他们在狩猎燕军将领的同时，自己也成了燕军狩猎的目标。

孟剑卿的目的地是三十里外的那一片群山，只要抢在追击的燕军之前进了山，那便是他们的天地了。

追击的燕军穿过一片稀疏的榛树林时，两棵大树之间突然拉起一根细绳，冲在最前面的那名偏将猝不及防，从马背上飞了出去，跌倒在地上，隐在树后乱草丛中的一名卫士斜刺里掠了出来，左手抱住那名偏将的头，右手一刀割断了他的咽喉。紧跟在后面的几名燕骑被前面绊倒的马一挡，一时间也有些混乱，若非都是精选出来的铁骑，只怕会被绊倒一片。

留下来断后的那名卫士纵身跃上旁边的一棵榛树，燕军弯弓放箭之际，他已扑上另一棵树，几个起伏，到了树林边缘，挥刀挡开迎面射来的箭只，跃落在树下一名燕骑的身后，一刀劈倒对方，抢了马向东南方逃走。

燕军分出一个十人队去追击那名孤身逃走的卫士，大队混乱了一阵，仍是紧紧追赶另外三人。

早已与一名卫士互换了衣服的孟剑卿伏在鞍上，回头望一望追来的那个十人队，估计着离大队已经够远了，于是将马速略略放慢了一点儿，距离一拉近，射来的箭只一大半都插到了马身上，那匹马再也受不住，跑了几步，便长嘶一声倒了下去，孟剑卿顺势滚下鞍来。

那个十人队来势极快，眨眼间已将他围在当中。队长勒住马，打量着他说道："张将军有令，你若投降，可以饶你不死！"

孟剑卿想了一想，慢慢松开右手，短刀落地，队长暗自松了一口气，打个手势，两名燕军奉命翻身下马，准备前来捆绑孟剑卿时，孟剑卿突然一脚踏在刀柄上，短刀弹起，被他又是一脚踢去，短刀呼啸翻滚着劈中了队长的前胸，队长大叫一声倒栽下马。孟剑卿双手一分，两柄小刀已割断前来捆绑他的两名燕军的咽喉。

燕王军令森严，队长一死，整个小队无人敢后退，呐喊着纵马杀来。孟剑卿就地一滚，滚到那队长身边，抽出嵌入对方胸口的百折刀，反手一刀削断了身后两只马蹄，正俯身挥刀砍下的那名燕军身不由己地飞冲了出去，孟剑卿左手一扬，一柄小刀插入他后心。

冲杀几次之后，这个十人队已无人存活。

孟剑卿取回自己的刀，撕下几片燕军士兵的衣襟，将自己身上的一处刀伤捆缚起来，以免血滴留下痕迹，之后靠在马腹上喝了几口水，吃了点儿干粮。休息片刻，仰望天色，日已西斜，不知另外三人是否成功逃入山中。

环视原野，附近并无人迹，只有几匹幸存的无主战马在徘徊嘶鸣，那只猎鹰也已远远地飞向群山方向。

孟剑卿挥起马鞭一顿乱抽，将战马抽得四散乱逃，自己翻身骑上一匹马，低伏在鞍上，向方才藏身的榛树林急奔而去，入林之际，纵身下马，一鞭抽去，将这匹马也抽得乱跑开去了。

孟剑卿在背向群山的方向找了一个紧临一棵半枯老树的地方，小心翼翼地钻入自己挖出的小洞，将堆在旁边的枯枝乱叶拖了过来掩住洞口，调匀呼吸，闭上眼睛。

燕军追击的另三名卫士，其中两人仿效孟剑卿，弃马潜伏于一处灌木丛中，拦路阻杀，有意造成要保护那名身穿校尉衣服的卫士安全逃亡的假象。燕军果然中计，只分出两个十人队来厮杀，大队人马仍是紧追那名伪装的卫士。

日落时分，在群山之脚，燕军成功追上那名卫士，却只能带回他自杀的尸体，而另两名卫士，一名战死，另一名身负重伤，但是成功逃亡。

燕军大队回营之后，才发现他们带回的尸体有假，尸体外面虽然穿的是校尉的衣服，里面却还是一个普通士兵的装束。

张范恼怒地一鞭抽在几案上。

两天后，从北平押运饷银到朱能大营的燕军拐了一个弯，顺道送来了燕王的心腹谋士道衍大师。

道衍大师微笑着向对面怒气冲冲的张范说道："张将军稍安勿躁，毕竟你的对手可不是一般人，刚交手时吃点儿亏也在所难免。贫僧给将军带来几个人，希望能对将军有所帮助。"

道衍身后的几人，都穿着普通燕军士兵的盔甲，但在张范看来，很显然并非寻常士兵。

道衍首先指向那位面白微须的中年人："这一位是原锦衣卫高平千户，锦衣卫衙门撤销后，任职于应天府左军都督府，不过现在已经投效燕王殿下。"

张范暗自点头。既然对方很可能是锦衣卫旧人，熟知锦衣卫内情的高千户无疑会是很好的帮手。不过若不是道衍大师亲自送来，他还真不敢放心任用这位高千户。

第二位是原宁王的部下李漠。李漠早在讲武堂时，便以擅于制作地形图而闻名。燕王破大宁后，宁王旧部及属下朵颜三卫尽归燕王。李漠熟知地形，有他布局设伏，定可确保包围圈滴水不漏。

第三位是燕王爱将孟剑臣。对此张范有些不解，孟剑臣向来在塞外作战，即使是靖难之役十分危急之际，也一直留着他镇守关外，这一次怎么会调回来呢？

第四位是孟剑臣多年的搭档公孙义。张范忍不住笑了起来，在燕军中，公孙义最有名的是他的好运气，那种狠狠摔一跤然后捡个金元宝的好运气。

道衍大师笑眯眯地站起身："好了，贫僧还有事在身，不能奉陪张将军了。"

送走道衍大师，高千户回过头来就开始叹息："真可惜，若不是大师急着赶回去辅助世子，他倒真是个最好的诱饵。孟剑卿就算明知有陷阱，也会来咬这个饵吧。"

张范心里"咯噔"一下，看向孟剑臣。

他当然听说过孟剑臣的这个哥哥，锦衣卫的红人嘛，想不听说都没办法。原来对手是这个人。能够在锦衣卫里呼风唤雨，的确不是等闲之辈，自己这一回吃个亏，倒也情有可原。

高千户当年必定也吃过不少亏吧，所以对于对付孟剑卿这件事情才这样热心。

难怪燕王要将孟剑臣调过来，不是一家人，不知一家事。在燕王看来，也许孟剑臣才是对付孟剑卿的最好人选。

张范召集几名副将，一同来听高千户四人的计划与安排。

高千户很详细地向大家介绍了他所了解的孟剑卿。从孟剑卿在锦衣卫中的逐步升迁，到近年来的投闲散置，巨细靡遗。直到靖难之役兴起，南军节节败退，建文帝这才重新起用孟剑卿这样的锦衣卫旧人，希望能够出奇制胜。孟剑卿领命之后花了一年时间训练人手，其中既有原来锦衣卫的低级官员与卫士，也有他私自网罗的江湖人物，建文帝将这支部队命名为“鱼肠”。

听到这个名字，帐中诸人都觉得啼笑皆非。

用专诸刺杀公子僚的鱼肠短剑来命名这样一支专事刺杀的部队，本来也算是名副其实，但是孟剑卿和他手下的人只怕多半会觉得尴尬。建文帝本来就瞧不惯锦衣卫的作风，不知道这算不算是他的私心作祟，竟然赐了这样一个名字。

这支鱼肠军由孟剑卿一手创建与训练，控制严密，至于用的是什么控制手段，高千户没有细说，估计多半来自锦衣卫的不传之秘。这样做的好处是可以确保孟剑卿的命令得到最忠实的执行，譬如派出去的刺客与杀手，不论成败，无一人敢于抗命或者泄密，但是最大的弊端也在于此，只要除掉了孟剑卿，就没有第二个人可以控制鱼肠军了。

张范心中突然冒出另一个念头，燕王派孟剑臣来，不会是想要招降孟剑卿吧？想想那支鱼肠军的战绩，若能将其收为己用，可比除掉孟剑卿合算多了。

张范的副将知道孟剑臣的身份之后，都不无疑虑地打量着他。虽然燕王的英明决策绝非他们所能理解，但是担忧还是免不了的。孟剑臣嘴角一挑，带着几分讥诮，微笑着说道：“沙场无父子，何况兄弟。再说了，王爷应允我尽量生擒，我也算是对得起我这位大哥了。”

门帘一挑，却是道衍大师去而复返。

道衍微笑着向众人合掌一揖，说道：“贫僧本已上路，不知为何心动不安，仔细寻思，才明白原来是佛祖示警，指示贫僧要待危机消除之后才可动身回北平。”

他随身的四名僧人与四名王府侍卫不以为意，都觉得道衍对孟剑卿太过看重。高千户却是一笑，说道：“大师留下正好。”

他提出的计划，居然是要用道衍大师为诱饵。

张范皱起了眉，这是万万不行的。

高千户随即说道：“虚则实之，实则虚之。张将军，大师不需亲身涉险。”

那么就是用替身了，而且还不止一个替身。

当下决定由四名僧人假扮道衍大师，分头往北平方向走，为求逼真，每一名僧人身边都要派得力人手护送。不论哪一队遇上刺杀，都要立刻报警，并拖延时间等待援兵。

计划既定，余下的就是如何安排路线与伏兵的具体问题。

众人的目光都投向李漠。

一直默然坐在沙盘旁调整盘中地形的李漠，抬起头来，淡淡说道："如果是四条路线，那就需要五千人马，才能控制住从本营到朱帅大营之间的每一个节点并及时增援。"

营中一阵沉默，张范手下总共只得三千人马，加上专门护送道衍大师的一百人马……

张范干咳一下，说道："四路人马没有必要吧？"

孟剑臣似笑非笑地道："其实有一路人马就行了。这大营中，可得留足人手才行，免得顾此失彼，被人抄了老窝。"

公孙义笑道："高千户不是说了吗，那支鱼肠军顶多一二百人，搞搞刺杀还行，哪敢来抄张将军的老窝？"

孟剑臣冷笑道："不要告诉我你不知道离这儿最近的那支南军的主将是谁。"

公孙义"啊"了一声："是谁？"

这个混吃混喝的家伙果然不知道，孟剑臣很鄙夷地"哼"了一声，不过到底没有当着外人的面说出自己的这点儿感想。

一名副将抢先答道："胡进勇。"

南军中有名的打不死拖不垮的勇将。

公孙义挠挠头皮："原来是他啊，这就不好说了。除了谋反，别的事他都听老孟的，恐怕老孟说太阳是黑的，这家伙都会帮腔说果然比墨还黑。"

孟剑卿若是要他帮忙偷袭燕军，那他可真是没有二话。至于军令，将在外，君命有所不受，胆大包天的胡进勇有的是法子应付上司的质问——总不能见着战机摆在眼前也不动手，对不对？

张范等人都是一怔。即使是高千户，也只知道胡进勇与孟剑卿关系不错，但是怎么也没想到不错到这个程度。看来讲武堂出身的将领，不论天南塞北，都拥有一张无形的消息网，非外人能够涉足。

这可真是一个大麻烦……

张范思索片刻，说道："既然如此，那就干脆不分兵。以本将看来，护送大师安全返回北平，比起诱杀孟剑卿更为重要。"

沉默已久的李漠忽然说道："其实，这两件事并不矛盾。"

他取过一把小旗，一面一面插上沙盘。

插完之后，沙盘上出现一张红蓝相间、疏密有致的网。

李漠的手指在沙盘上轻轻划出一条线，慢慢说道："这条路线，应该可以。"

弯弯曲曲穿越那张网的路线，有如一条慵懒的长蛇，安安静静地躺在沙盘上。

李漠继续说道："插红旗处，可以伏三到五个十人队；插蓝旗处，只能伏一个十人队。任何两处伏兵之间，都可以在一刻以内互相驰援。有些地方太过险要狭窄，伏兵无法太多，若是太少，一旦遇上孟剑卿，不会有机会报警，反而会惊动对方，所以不设伏兵。这样的地方共有十三处。这一次孟剑卿一定会亲自出动，既然高千户说他向来不喜欢带很多人行动，这十三处，应该就是他埋伏的首选。床子弩的最远射程是一里，这十三处中，有五个地方是埋伏床子弩能够威胁到我选定的这条路线的，所以这五个地方应当重点监视。在他行动之前，我们很难找到他，不过只要他开始行动，我们总有一处伏兵能够发现他并及时报警。”

在这张网之中被发现被缠上，孟剑卿即使长了翅膀，恐怕也难以逃出生天。

公孙义左看右看，挑不出什么毛病，末了说道：“这张网倒是织得牢靠，问题是怎么瞒天过海地铺上去。”

孟剑臣使劲一敲他的头：“真是笨得可以！不会先清场吗？”

道衍大师何等身份？何况最近刺客又如此嚣张，所到之处，先行清场也是情理之中的事。

张范此时已经想通，笑道：“无妨，孟剑卿即使发现我们有伏兵，也绝对想不到会有这么多伏兵。”

他若不来，倒是最好。张范心中的的确确是不想让道衍在自己地盘上出岔子。

同时不免想到，李漠这个人，看上去沉默寡言，懒懒散散，没想到办起事来如此周到老练。

大家各去准备时，孟剑臣和公孙义一左一右倚着李漠，孟剑臣笑得冷森森的，几乎咬到李漠的耳朵上了，低声说道：“你这个人，我早就听说过，向来对什么事都懒懒的，这一回怎么这么积极，是不是我老哥以前整过你？”

李漠呆了一呆，慢慢说道：“燕王既然调我来，我当然要尽力而为，否则……”

孟剑臣一拍他的肩，哈哈笑道：“去你的，你是怕这一回整不倒我老哥，让他知道这事有你一份，回头就要整死你吧。”

李漠牵牵嘴角，算是笑了一下。

他有点儿弄不懂孟剑臣的想法。既然看不惯他如此积极，为什么自己又从塞北跑了来，他若不想来，燕王也不会勉强，毕竟这也是人之常情，可是他不但来了，还表现得很是热心。不过燕王既然如此安排，必定有燕王的道理。

孟剑卿坐在那株不过半人高的小松树下，审视着两名卫士正在装配的床子弩。这张笨重的床子弩，平地发射，一里之外尚可穿透重甲，现在搬到这高达十丈的峭崖之上，射程应该可达一里半。

谁也不会想到有人能够带着如此笨重的武器爬上如此陡峭的山崖，然后在崖上等待着很可能永远也不会出现的战机。孟剑卿选择在这个地方埋伏，仅仅是因为这儿是从张范驻地通往朱能大营的必经之路，他认为很有守株待兔的价值。

经过卫欢改装之后的床子弩可以拆卸拼装，孟剑卿带着手下两名卫士，趁着夜色往返三次，终于将所有组件包括五十支箭搬上了这仅有两张桌面大小的崖顶。崖顶的两棵孤松遮住了燕军巡逻队的视线，不过即使没有这两棵孤松，孟剑卿也打算插上几棵掩人耳目。

只是他没有想到，守候了一夜之后，竟然远远望见道衍这位大和尚由押运饷银的燕军护送进了张范的军营。大军随即转向了朱能的大营，没有留下来等候大和尚。

孟剑卿立刻觉得有机可乘，下令准备。

虽然早已从各种高度试验过这张床子弩的射程，两名卫士仍是反复校正方位、调整望山，务求一击而中。孟剑卿则缓慢而仔细地在每支箭的箭头上轻轻抹上药汁。

半个时辰后，道衍出营来了，身边只跟着四名僧人、四名王府侍卫以及一个百人队的护军，前进方向正是朱能大营。

天赐良机。

但是道衍居然在快要走到射程范围之前，毫无预兆地转身回去了。

孟剑卿脸色一沉，两名卫士已经忍不住“贼和尚”“贼秃驴”地低声骂了起来。

这也太过分了吧。

更过分的还在后面。

一直等到午后，才见到张范的部下一队队地策马出营，只是这一次出动明显有些不同寻常，每队人马各有目标，在高据崖顶的孟剑卿看来，有如水银泻地，无孔不入，片刻之间，从张范驻地到朱能大营，沿途几乎所有要害之地，都被陆续控制起来。

号角声自远而近地传来，各队人马都已到位，准备就绪。

营门打开，道衍在大队人马的护送之下终于出来了。

孟剑卿握着千里镜的手忽然微微一晃。

虽然孟剑臣等人还是穿着普通士兵的盔甲，不过这一回同行的人数少了许多，孟剑卿很容易就在一大堆盔甲之中认出了那个虽然数年不见但仍然十分熟悉的身影。

熟悉的身影还不止一个。

他放下千里镜，感到少有的犹豫。

在这样一张大网之中，一旦被对方发现，几乎是无法逃脱的。

他早应该将那个该死的李漠解决掉的。

如果他不动手……但是，张范送走道衍之后，仍然有可能回过头来收网。

日光下，早先涂上的药汁已干了，孟剑卿再一次将箭头涂上药汁。幸亏他带的药分量足够，要不然只怕会功亏一篑。

道衍一行越来越近，已经接近床子弩的射程范围了。

道衍突然抬头向峭崖方向望来。

孟剑卿在他抬头的瞬间闭上眼睛伏了下去，同时伸手将两名卫士的头也拍得低了下去。他宁可相信道衍这位名声在外的高僧有某种奇妙的直觉，能够看到很多旁人所看不到的东西。

道衍之所以要抬头望向那远在床子弩一里射程之外的峭崖，是因为心中又生出了那种被人窥伺的不安。

崖上的孟剑卿，心中念头飞转。面对道衍这种触感如此灵敏的人，要暗杀他似乎难度太高，而自己只有一次机会，绝不能浪费。

他的目光掠过孟剑臣以及与孟剑臣形影不离的公孙义，转向高千户，停了一停，又转向李漠，最后转向张范。选谁才不至于浪费这难得的机会呢？

道衍心中有如搬开了一块石头，忽然一轻。

他微微吐了一口气，也许是自己过于多疑了吧。

但是他马上就明白自己绝不是毫无原因地心生警觉。午后的秋阳中，一蓬乱箭遮天蔽日呼啸而来，箭只尖厉的破空声令得所有人都本能地有了反应。四名僧人飞快地将道衍扑下鞍来围在当中，与此同时四名王府侍卫张开盾牌护住了头顶。

孟剑臣一带马头，迎向乱箭，手中长枪抡起，使一个八方风云式，舞起的枪花将自己护得牢牢实实；公孙义一勒缰绳，很好命地停在他的正后方；紧跟在后的高千户则飞速滚下鞍来藏在了马背后。

不过他们很快发现，乱箭的目标是他们身后的队伍。

经过卫欢改良之后的床子弩，射出的箭无论是力量还是速度，都非同寻常。即使是对张范这样久经沙场的老将来说，应付起来也极是勉强。身边四位副将，两人躲了过去，一人右臂中箭，一人被箭只擦破了面颊，不过首当其冲的十几名士兵都应箭而倒。

最倒霉的是李漠，他的反应本来就有点儿慢，又是弩箭取中的标心，虽然身边两名亲兵拼死格挡，他仍是中了三箭。

张范在躲过弩箭的同时，吹响了号角。

离孟剑卿最近的那个燕军十人队，也在此时放出了信号火箭。

孟剑卿一刀斩断扳机，来不及拆毁床子弩，三人便沿着长绳迅速缒下，绕过峭崖时，堪堪迎上就近赶来截杀的那个十人队。一打照面，那个十人队见到对方穿的也是燕军服装，略略怔了一下，孟剑卿却扬手便是三柄小刀，十人队还来不及张弓搭箭，便有三人中刀落马。孟剑卿身后的两名卫士紧跟着他纵身冲上前去，手弩射程虽短，这样近距离内，却是箭无虚发。结果是一个照面之下，十人队只余下了两人，不过仍是被孟剑卿的第二次攻击劈落下马。

一刻之后，赶来增援的三个十人队目瞪口呆地看着十匹马各驮着一个燕军士兵四散奔逃，还看到峭崖下躺着三具尸体，呆了一呆，赶紧分头去追。

包围网按计划在慢慢收紧，只是一时间无法收缩到预期的紧密程度。而用缰绳草草绑在十匹马上的燕军士兵尸体，在穿越原野与树林的奔驰中一具具掉落。

原野上只能够看到六具尸体，燕军只能在马儿经过的树林中仔细搜索，一边派人将这边的情形飞报张范。

张范的原计划是，先用这张网困住孟剑卿，抓紧这个时间护送道衍大师到朱能的大营，回过头来再集中兵力解决此事。

但是很显然这个计划现在出了点儿问题。若非高千户及时拿出了四粒回春丹，让两名副将各服下一粒，李漠中毒最重服了两粒，暂时吊住他们的命，他这一回可真是亏大了。

只能按兵不动，看看情况再说。

未曾负伤的两名副将，已指挥队伍围成一个圆阵，将道衍等人护在当中。

道衍席地而坐，侧耳静听那边的动静，过了一会儿，向孟剑臣和公孙义两人招招手，说道：“你们去崖下看看。”

两人只一怔，便领着一队亲兵策马而去。

片刻之后，崖后升起信号火箭。

孟剑卿和他的人不是已经伪装成马背上的燕军士兵尸体四散逃走，很可能藏进哪个树林了吗？孟剑臣两人这又是报的什么警？

张范霍然明白，原来崖下的三具尸体才是孟剑卿三人假扮的，想必合围的燕军根本没有仔细检查就急忙去追那些马了。

道衍微笑道：“这边的动静这么大，只怕会惊动胡进勇吧。”

朱能的大军这些日子以来一直被南军主力牵制着，不能指望。他们一定得抢在胡进勇出现之前集中兵力，收网回营。

日落时分，张范营中远远传来号角声，南军的鼓声同时响起，胡进勇果然开始趁火打劫了。

不过他们这边也看见了成功围住孟剑卿的信号火箭。

张范命令吹响号角，四散在原野中的队伍迅速向他聚拢。

孟剑卿的两名卫士都已战死，他自己也负伤数处，不过虽然他独自立马于重围之中，燕军士兵仍然不敢靠近。孟剑卿环视着四面的弓箭，再看看对面的孟剑臣和公孙义，想了一想，说道：“走吧，带我去见张范和道衍。”

孟剑卿在路上撕下衣襟将伤口缚了起来，以免失血过多。孟剑臣不远不近地策马走在一边，挑着嘴角似笑非笑地道：“大哥倒真是沉得住气。”

孟剑卿不以为意地道：“燕王既然派你来，自然是别有用意，我又何必心急？”

孟剑臣上下打量着他：“你不让我们搜身，又要去见张将军和道衍大师，我很怀疑你是想趁这个机会再搞一次刺杀呢。”

孟剑卿笑一笑：“我还不想死。”

道衍示意众人不必太过紧张，含笑看着面前盘腿而坐的孟剑卿，说道：“好久不见了，孟大人。”

孟剑卿也微笑答道：“不敢当大师如此称呼。”

道衍轻叹道：“贫僧有些奇怪的是，方才的暗箭，为什么对准的不是贫僧而是李漠？”

他这话一出口，众人都诧异地看着孟剑卿。

孟剑卿不答反问：“在下也想请教大师，为什么第一次出营之后又要返回？”

道衍注视他良久，呵呵笑了起来：“原来如此。孟千户还是老习惯，绝不做没有把握的事情啊。孟千户如此良材，燕王渴慕已久，不知孟千户意下如何呢？”

孟剑卿一笑：“皇上让我训练并统率鱼肠军，总得留点儿后手吧，万一我弄错刺杀对象可怎么办？”

扣押人质，这可是最便捷最有效的后手。

靖难之役一起，南北交通不便，孟剑臣又镇守边塞，竟是一直不知家中消息。听得孟剑卿这话，孟剑臣一怔，张口欲问，孟剑卿看他一眼，说道：“我还未接手组建鱼肠军时，父亲就被调到水师去了，现在还不知在哪个地方漂着，一年才只有一封信回来。”

孟剑臣的母亲四年前便已去世，孟剑卿的母亲则早在孟剑卿与云燕娇成婚之后便远赴普陀山，落发为尼，奉祀观音大士。普陀乃观音道场，建文帝无论如何也不能公然将侍奉观音大士的女尼扣起来作人质。

这样说起来，孟知远竟是早有预谋似的脱身在海上了。

这只老狐狸。

孟剑臣暗自感慨，目光随即转了一转：“嫂子和侄儿如今是在宫里吗？”

孟剑卿淡淡答道：“我不知道。”

一阵沉默，沉默之中，远处的厮杀声分外刺耳。

道衍叹了口气：“这样说起来，孟千户岂不是只能效忠于控制你的人了？”

不能收为己用，就只有除掉，以免后患。

真可惜啊，燕王也好，他自己也好，都会觉得可惜。

但是孟剑卿这种人又怎么会束手就擒？难道他还有什么出奇制胜的后着不成？道衍从

他身上并未感受到杀机，未免更是觉得奇怪。

孟剑卿抬起眼来看着他："大师还有何训示？"

道衍注视着他的眼睛，片刻之后才道："鱼肠军能够训练出来，十分不易，你们那边绝不会就此放弃，接替你的人是谁？"

孟剑卿眯着眼微笑。

公孙义看着他那样子，心中忽地蹦出一个自己都觉得荒谬的念头："不会是嫂子吧？"

他向来跟着孟剑臣嫂子、嫂子地叫，此时自是脱口而出。

道衍等人神情都是一变。

孟剑卿哑然失笑："这你也猜得出来？看来你的好运气还是有几分道理的。"

他转向道衍："我知道大师心中有所疑惑，皇上身边那些理学大家，怎么会同意将鱼肠军交给一个女子，是吧？"

道衍此时已镇定如初，说道："那些理学大家，未必知道这支军队的存在。况且，除了孟夫人，也找不出第二个合适的人选了吧。"

的确是很难找出第二个人，既能够让孟剑卿信任，也能够让建文帝接受。或者换过来说，既能够让建文帝信任，也能够让孟剑卿接受。

他继续问道："只不知孟夫人的态度，是代表海上仙山，还是仅仅代表她自己？"

孟剑卿道："内子私下里曾经说过，海上仙山也好，她也好，对于皇上的家务事，都不想插手。但是夫妻一体，对于我的事，她总不能袖手旁观。"

又是一阵沉默。

云燕娇虽然表示她的态度并不代表海上仙山的态度，但是谁都有自己一心要保护的家人亲友，海上仙山那些看似不食人间烟火的高人也不例外。今天是云燕娇卷进来，明天就可能是她那位一心训练水师随时准备驶向南洋的哥哥，想想那支水师训练成功之后，不往南驶却往北行的后果与麻烦，道衍真是觉得头疼。那么后天又会是谁呢……

道衍脸上的神情有如暮天中的云彩一般变幻不定。

此时高千户在一旁不冷不热地说道："纵虎容易缚虎难哪，大师还需三思。"

道衍有些不悦地皱了一下眉。

孟剑卿笑一笑："高千户的顾虑的确有道理，就算大师高抬贵手放我回去，我也不能撤回鱼肠军，那得有皇上的命令才行。"

道衍的眼里亮了一下："只是不能撤军？"

孟剑卿直视着他："将在外，君命有所不受。况且军情瞬息万变，远在京城的皇上，自然不会直接指挥鱼肠军怎么作战。"

长在深宫之中的建文，只怕也没有能力指挥这些前线的将领如何作战吧，道衍暗自想。

他毫不迟疑地开始与孟剑卿讨价还价，就鱼肠军暂时不刺杀燕军将领的时间谈判起来。

第一次见到这位高僧真面目的张范的副将，难免有错乱之感。

最后谈定的时间是三个月。因为离道衍最初的要求有点儿差距，所以孟剑卿附送了一瓶箭头毒汁的解药，张范那两名副将的脸色立刻好看多了。

三个月，足以做很多事情了，道衍想。

除了刺杀之外，还可以做很多别的事情，孟剑卿想。

高千户有些悻悻地看着孟剑卿道："恭喜孟老弟又一次化险为夷。"

孟剑卿略一颔首："也恭喜高兄到底还是明白人，没有坚持'纵虎容易缚虎难'的意见，否则道衍大师难免要怀疑，高兄是有意借此机会将海上仙山拖进来为皇上效力了。"

他们对视一眼。

孟剑卿笑着策马而去。

道衍也在笑。

沉默了许久的孟剑臣此时懒洋洋地道："我记得归教习曾经叫我们背过一个唐太宗以一百骑退突厥十八万人马的战例。"

公孙义很配合地接了上来："我也记得。太宗皇帝只是单独与突利说了一会儿话，颉利就因为怀疑他们有密约而退兵了。"

孟剑臣的眼珠转来转去，嘴角的笑意忍也忍不住："现在我们和我老哥单独谈了这么久，放他回去后又要休战三个月，你们说南边会怎么看，怎么想？"

要是再放点儿别的话出去，孟剑卿只怕是怎么也洗不清自己了。事出有因，查无实据，杀既不便下手，用又不敢放心，建文帝和他的谋臣们恐怕要头疼万分了吧？

大家互相看看，都觉得很高兴，道衍也忍不住微笑。

燕王殿下识人用人的方式果然英明啊。

正传　战城南（三）

孟剑卿回到自己的营地时，已是半夜。

胡进勇见到他从重围中出来，便下令收兵，很默契地什么也没有问，只是互相拍拍肩，便各自回营。

接下来的半个月，燕军主动出击，首当其冲的胡进勇很倒霉地被烧了粮草又被劫了营，败退三十里后重新扎营，之后气冲冲地从孟剑卿这里拿了一份情报，一夜行军五十里，劫了燕军的一批饷银，顺带杀掉了押运官。然后燕军报复，偷袭南军，中了埋伏。不过打先锋的是韩笑天一手训练的辟易军，虽然韩笑天已被刺杀，那支军队刀尖虽钝，却仍是悍勇过人，居然硬生生撕开包围圈冲了出去，又配合援军来了一个反包围。

混乱不堪的局势中，休养了十天的孟剑卿一口气烧掉了朱能的三个粮草营，朱能不便骂道衍纵虎为患，只好大骂张范无能，将他打发去征粮。

经此一战，南军主帅李景隆自是对孟剑卿大加褒奖，南军各将领在李景隆的大帐中见到孟剑卿时，给他的脸色也比前些日子好多了。不过鱼肠军的存在，南军向来秘而不宣，燕军也不愿渲染其事，以免影响军心，是以褒奖归褒奖，出了大帐，鱼肠军仍是悄无声息。

孟剑卿回到营中时，两名卫士迎上来，神情很古怪，低声说道：“大人，河北广平府学政李克己李大人在帐中等你。”

孟剑卿不觉一怔。

李克己是云燕娇的师叔铁笛秋的弟子。铁笛秋位列海上仙山七大弟子之首，文韬武略，固然是独步一时，性情古怪，同样也天下闻名。不过他没有像其他弟子那样选择襄助洪武帝，而是与张士诚网罗的一班江东文人过从密切，吟啸风月。张士诚败亡之后，铁笛秋浪游各地，踪迹不定，始终是洪武帝的一块心病。是以李克己当年考中进士后，便被洪武帝远远打发到云贵蛮荒之地，历任各县教谕与各州学政，一直那么不上不下地挂着。建文帝继位后，又将他调往战事频仍的河北，升任河北广平府学政。

李克己这样的人，自然是锦衣卫的重点关注对象，即使锦衣卫衙门被撤销，孟剑卿也从没有忽视过他的动向。洪武帝和建文帝总是将李克己安排到兵凶战危的地方去做学政，倒也算是善加利用。这两年河北一带燕军与南军打来打去，广平府也已经两度易手，不过无论哪一方攻入广平，对李克己的学政衙门倒都是很有默契地客客气气，毕竟哪个将领也不想得罪铁笛秋这个魔王。虽说铁笛秋隐居已久，但人的名儿树的影儿，可都还在。

再说了，云贵民风彪悍，动辄拔刀相向，又不通中原事务，不知铁笛秋威名事迹，李克己能在那样的地方待上好几年，毫发无伤、安安稳稳地传道授业解惑，令得当地土人对他顶礼膜拜、视若神明，只怕李克己本人也绝不简单，还是小心为好。

鱼肠军中收罗的不是锦衣卫旧人就是江湖人物，对于李克己的大名耳熟能详，如今这等人物突然找上门来，哪有不紧张的。

至于李克己如何能找到这个地方——这样的人物，理所当然神通广大了，不奇怪，不奇怪。

孟剑卿却不这么想。李克己一直是文官，又历来不与江湖人物搅和，现在居然找到这个地方来，其中定大有蹊跷。只是他怎么也没想到李克己是从谁那儿知道鱼肠军的事情的。

帐中灯光昏暗，李克己身着便服，裹着一领暗青色斗篷，低头注视着案上的沙盘出神。

这沙盘出自卫欢之手，虽然不如李漠制作的精良，但在南军之中，已经是首屈一指了。

沙盘上插着各色小旗。

若是换一个人这样探究军事机密，孟剑卿早已变脸，但是正如守帐卫士毫无异议地将李克己放进大帐一样，对眼前的情形，孟剑卿也不觉得有何不妥。

谁都觉得李克己这样孤云野鹤一般的人物，无论如何也不会去做燕军的奸细。

听到身后的动静，李克己回过身来，拱手一揖："孟兄，打扰了。"

孟剑卿一笑："李兄客气了，请坐。"

他们已经好些年不曾见面，此时对面而坐，都有恍若隔世之感。

卫士奉上茶之后便悄然退出，临走时不免很好奇很敬畏地打量一下除去斗篷的李克己。

李克己低声说道："冒昧来访，还请孟兄见谅。"

孟剑卿答道不必客气，李兄有何事情还请指教。同时又想，李克己这个学政看来当得不轻松，神情之间颇有几分疲惫。

他不知道李克己眼中的自己也是这般模样。

李克己踌躇着看向沙盘："赤色小旗，是否代表孟兄所烧的燕军粮草营？"

若是如此，战果真是相当可观。

孟剑卿笑而不答。

李克己凝神看了一会儿，轻轻叹息一声："一将功成万骨枯。"

孟剑卿仍是微笑："李兄专程来访，不会只是为了感叹这一句话吧？"

李克己抬起头来，眼中熠熠闪亮："如果我希望孟兄能够放弃烧粮草营的做法，孟兄能否答应？"

孟剑卿一怔，心中蓦地腾起一股寒气。如果李克己决定要插手……他监视李克己好几年，很清楚李克己潜藏的实力以及对海上仙山其他弟子的影响力。靖难之役已持续三年，海上仙山实际上一直在袖手旁观，李克己这番话，是不是一个明确的干涉信号？

李克己慢慢说道："我原本觉得，这不过是朱家叔侄的家务事，与我无关。"

何况双方对他都还算客气。但是面对一些事情，他无法闭上眼睛。

李克己转过目光望着那点儿昏黄的灯焰："广平府今年已经被征了五次粮，燕军两次，南军三次，现在即便是富室，也已无过冬之粮。学宫生员，十之八九只能靠每日一粥勉强度日。离城稍远之地，路人不敢独行，否则就有可能沦为他人盘中之餐。我来此地的路上，已经见过二十几具被残割的尸体。这还只是乡民互相袭击，如果军队缺粮严重，掠人为食，那就更可怕了。你也知道，在史书上读到'人相食'这三个字，和亲眼看到这样的景象，是很不相同的。再这样下去，不需多少时间，就能看到曹孟德当年所赋的'白骨露于野，千里无鸡鸣'究竟是何等模样了。"

孟剑卿不语。他当然知道这一切，但是他没有看到，不同的是，李克己看到了。

李克己的声音在灯光摇曳的帐篷中有些飘忽不定，但是随着他的话语，帐中慢慢生出一种隐约的悲悯哀伤，有如深秋的寒意一般，缓缓渗入身体，渗入心脏……

孟剑卿霍然一惊。

好，又来这一套，动不动就想控制人心，不战而屈人之兵。果然是海上仙山的弟子，即使是李克己这样的人，也会身不由己地弄些手段。

他重新摄定心神，不怒反笑："李兄若想兼济天下，应该去同皇上和燕王说这番话才是。"

李克己叹口气："天下太大，天意难问，所以我只能尽力去救眼前看到的人。"

他这话又是什么意思？

孟剑卿不想去理会海上仙山那些人常爱神神秘秘捣弄的种种天意，径自说道："李兄，你现在毕竟还是朝廷任命的学政。"

他的这种行为大有通敌之嫌。

李克己苦笑："我知道。所以我还要去见另一个人，试试看能不能说服他，这样对孟兄才公平。"

另一个人，想必是燕军中某个人了，说不定便是朱能，甚至可能是地位更高的人。

孟剑卿有些啼笑皆非："李兄认为已经说服了我？"

他的左手已经被道衍捆住了，难道还能让李克己再把右手捆住？

李克己默然良久，说道："孟兄心志坚定，的确不是能够轻易被说服的人。而我只有一双手，能做的事情也非常有限。所以，到了这个时候，有一些明知道不喜欢的事情恐怕也不得不去做了。"

他站起身："三天之内，会有人取走孟兄的一件贴身之物。"

孟剑卿一笑："红线盗盒？李兄身边何时收服了此等人物了。"

李克己自己应该不会来做这等事情。他曾在云贵待过几年，深得当地土人敬畏，应该是他收服的某个甚至某些土人。那些土人生长于高山密林之中，其中不乏善于隐迹潜形、精通制毒放蛊之徒，若是听从李克己的召唤来做刺客或者是盗取某样东西，只怕绝不会亚于鱼肠军……但是此去云贵，千里迢迢，李克己如何能够未卜先知地将人带过来……

仿佛能看到孟剑卿心中飞转的种种念头，李克己轻叹一声："好叫孟兄得知，来取孟兄贴身之物的，会是在下的师弟石敢峰。"

原来是他。

这可比云贵土人更让孟剑卿头疼。石敢峰的一身轻功，在十年前就已惊世骇俗，当年他与沈光礼打赌，居然从锦衣卫的天罗地网之中盗走了沈光礼的大印。听说他出师之后还只在李克己手里栽过一次，或许就是这个原因才让他乖乖听从李克己的差遣吧。

如果是石敢峰出手……孟剑卿沉吟着，忽而笑了起来："好，那我们就一言为定，如果李兄三天之内能够取得孟某的一件贴身之物，鱼肠军三个月之内不会去烧燕军的粮草，也不会将相关情报提供给别的将领。"

道衍与他的约定也是三个月，虽说这是讨价还价的结果，但是很明显三个月之内形势必有变化，否则道衍说什么也要将时限定得更长。他就赌这三个月好了。

他主动加上后一个条件，倒让李克己略略吃了一惊，过一会儿才明白过来，暗自喟叹。无怪乎云燕然兄妹当初会选中孟剑卿。无论如何，与孟剑卿这样善于审时度势的人打交道，还算是一件比较轻松愉快的事情。

送李克己离开时，孟剑卿想起一事，随口问道："李兄如何知道要到这儿来找在下商谈此事？"

鱼肠军的存在，对李克己这样的文官来说，是无从得知的秘密，更不要说知道统军的将领是谁并找上门来。

李克己有些诧异地扬起了眉："云师妹还没有同孟兄说明？"

孟剑卿的心跳忽地停了一下。

竟然是云燕娇！

李克己不会说这种谎，那么的确是云燕娇告诉他的。

孟剑卿觉得自己的思绪僵滞了很长时间，才重新开始流动。

云燕娇这样做，一定有她的道理。

如果自己连她也不能信任了……

心思转过来，孟剑卿想起了另一个问题：听李克己的口气，似乎云燕娇早应该到了这儿，姑且不论建文帝为什么会放她来这里，关键是，早应该到此的云燕娇，为什么直到现在还没有消息？

李克己也已发觉情形不对，担忧地看着他："我是昨天中午在广平府东门外遇到云师妹的，她听我说起我原本的打算，便建议我到这儿来找孟兄。她的马快，我因为在路上督促地保收葬残尸耽搁了一阵，所以落在后面。原以为……"

孟剑卿定一定神："我尽快派人去找，李兄请自便，孟某不送了。"

雷钟率领的十人小队策马转过一个山坳时，探子回报，前方官道上有大队人马正往广平府方向行去，看旗号似是镖局在送货，但是敢在这兵荒马乱之地押送大笔货物的镖局，规模必定很大，名气也必定很大，然而这一队人马打的却是一个名不见经传的"威海镖局"的旗号，其中必有问题，需要特别注意。

雷钟赏识地打发那探子再探，下令全队戒备，同时想，这一批探子到底都是孟大人亲自训练了半年的，闻一知十，见微知著，用起来真叫得心应手。

半个时辰后探子再次回报，那一队镖师押运的货物应是粮食，估计可能有三千余石。

粮食！三千石粮食！从哪儿冒出来的？鱼肠军怎么没听到半点儿消息？

雷钟心中警铃大作，一挥刀，全队加快马速，在广平府的界碑前拦住了这一队镖师。

雷钟他们穿的是普通南军的盔甲，那队镖师停下来之后，其中一名管事满脸笑容地迎上来说道，已经向驻守广平三府的廖都督请得通关文令。雷钟则龇牙一笑道："可惜咱们不归廖都督管。"那管事听他口气不善，脸色略略一变，正待再说，后方大队中已有一骑飞驰而来，远远地便拱手笑道："雷校尉，久违了！"

却是楚碧天。

雷钟一怔之下，楚碧天已经拍马过来，管事识趣地退了下去。

楚碧天这几年一直在各地游学，号称是"读万卷书，行万里路"，几年下来，气质神情大有变化，不复当年的青涩，大有风流倜傥之风。

雷钟清楚他的真正身份，不敢怠慢，拱手还礼，说道：“楚公子客气了。”

楚碧天微微压低了声音道：“还请雷校尉回复孟大人，这三千石粮食和两百斤药材，是我托人就近从鲁南收购的，准备运到广平府，送给李师兄去赈济灾荒。”

雷钟“哦”了一声之后，目光在那些明显并非善类的镖师身上慢慢逡巡，一动不动地等着楚碧天的下文。

楚碧天瞧着他，忽地失笑，声音放得更低：“雷兄，你现在的神情，真的很像你们那位孟大人，只可惜你的样子实在太……”

雷钟知道自己的外表看起来很像张飞，与锦衣卫诸人所熟悉的谨慎个性太不吻合，所以老早就得了个“张飞绣花”的绰号。但似乎也用不着楚碧天这么当面提点吧？

楚碧天知道他要问的是什么，扬起下颌指一指那些镖师，很是得意地说道：“这些人一看就身手不错吧？我跑了十七个山寨，才找齐这些人手，可惜这一路上没人劫镖，没机会让他们一展身手。”

雷钟觉得自己的嘴角开始抽搐，楚碧天外表像个富家公子，谁想得到其实是个强盗头子？有了这些被他打得心惊胆寒、被逼着来做镖师的悍匪巨寇押送，还有哪路山贼胆敢来劫镖？

临走之时，雷钟提起云燕娇失去踪迹的事情，楚碧天立时变得神情古怪，期期艾艾，良久才道：“我知道云师姐可能干什么去了，不过我不能说。如果可以告诉孟大人，云师姐自然会通知他的。”

雷钟心念一动：“楚公子的意思是，夫人并不是遇到什么意外？”

楚碧天“哈”地一笑：“意外？云家的十八队家仆都赶来广平府了，就在我后面不到半天路程，现在只有他们给别人意外的，哪里还有什么人能让他们有意外？”

雷钟心中一跳，云家这一回居然摆出这么大的阵仗？是云家还是海上仙山要有大变了？

楚碧天领着镖队扬长而去，雷钟急忙率队回营复命。

当晚回营复命的五个小队都没有找到云燕娇的踪迹，但是探得的消息令孟剑卿大费踌躇。楚碧天就近在鲁南收购粮食与药材，鲁南一带粮价与药价飞涨；浙东巨商范福似乎有先见之明一般，早早便走海路运来大量粮食与药材，囤积在鲁东，正好接上鲁南的亏空；范福又应广平府江浙同业公会之邀，聘请一批因战争而失业的运河船夫，走水路将三千石粮食和两百斤药材运往广平府赈济灾荒，那队船夫途经微水湖时，顺便挑了拦路抢劫的水寇刘七，鉴于此前连驻守此地的两千水师都没能剿灭刘七，孟剑卿怀疑那队如此勇悍的船夫必有问题；兵部左侍郎奉命劳军，途遇乱兵，行李尽失，数名属下失踪，而那队乱兵也不知所终；近日来在广平府附近出现不少游方僧人，行迹颇为可疑……

孟剑卿本能地感到了风暴的酝酿。

第二天，他将手上的探子都撒了出去，当晚，终于得到了他想要的消息。

晨光熹微，孟剑卿在一个山坡上勒住马，举起千里镜搜索四面的原野与山林。镜头停在东北方连绵山谷入口处的一片枫林。

晨曦中的枫林，红叶鲜亮如洗，隐隐泛着霜白。

孟剑卿放下千里镜，没有按照惯例先派一名卫士去探看，而是直接率领手下策马奔了过去。

枫林中隐约有兵器碰撞声飘出，但是白雾浓重得异样，看不清半个人影，甚至连树影也极其模糊。

孟剑卿吹响铜哨，枫林中略略一静，也响起了铜哨声。片刻之后，便有一名云家老仆出来迎接，不过禀报说，小姐只能让姑爷一个人进去。

枫林中雾霭重重，孟剑卿令十二名手下就在林外等候，便随着那老仆踏入枫林。

一踏入枫林，景象立刻大变，枫林消失，只见到一片茫茫白雾。老仆示意孟剑卿紧跟在他身后，左弯右拐，前进后退，似乎走了许久，才见到独立在白雾之中的云燕娇。老仆躬身退下，消失在雾气中。

云燕娇神情肃穆，见到他时只轻轻一笑，便又转过头注视着前方的白雾，凝神谛听雾中的搏击声，但是她紧绷的肩头仍是如释重负般放松下来。

孟剑卿在她身后站定，也觉得心中突然间安定下来。

白雾中一个冰冷平滑的声音传了过来："阿娇，你怎么将外人扯进来了？"

那声音仿佛长蛇滑过草丛一般，令得孟剑卿露在雾气中的面颊与手背都感到丝丝寒意。

云燕娇的声音仍是一贯的低柔温婉："明师叔说笑了，这里几时有外人了？"

孟剑卿微笑道："在下也保证只看不动手，除非是为了自卫。"

那位明师叔"哼"了一声之后，再无下文，估计是知道说也无用，不如省点儿力气尽快冲出云燕娇布下的迷阵。

透过迷雾隐约可以看到越来越高的秋阳。陆续有人进入枫林，不过这一回云家老仆每引进一人都要大声宣告，巨门星君天璇、禄存星君天玑、文曲星君天权、廉贞星君玉衡，最后是贪狼星君天枢与武曲星君开阳，北斗七星已有其六。云燕娇似乎知道孟剑卿心中的疑问，轻声说道："破军星君摇光就是明远师叔。云家只负责七星长老会的安全并执行长老会的命令。"

她没有过多解释，许是顾虑到暗中诸人，不便多谈海上仙山的内情。

但是“明远”这个名字仍是让孟剑卿吃了一惊。茅山天师道的这一代传人，法号正是“明远”，只是这位道人向来神龙见首不见尾，即使他门下弟子，也少有人能够一识庐山真面目。锦衣卫的档案之中，有关他的资料极少。孟剑卿一直记得这个名字，还是因为沈光礼的告诫：不要去招惹茅山那个妖道。

不会再有第二个明远，能够让沈光礼如此忌惮。

在很多事情背后，都可以隐隐约约地看到明远的影子。但即使是锦衣卫，也查不到明远究竟做了些什么。

也许正因为善战者无赫赫之功，沈光礼才会那样郑重地告诫他们不要招惹明远？

首先对明远发难的是天璇，那个苍老的声音在枫林中震动，有如卷过大地的隆隆雷声：“明师弟，这么大的事体，尚未召开长老会做出决议，你就擅自行动，是不是太过分了？”

孟剑卿一听到这个声音就震动了一下，这是东海七十二岛的总盟主雷公辅，他随沈光礼与雷公辅谈判一件案子时，曾经见过这位外貌威武恍若天神的老人。雷公辅从东海远道而来，悄无声息地潜入此地，负有监视河北战场重任的鱼肠军，竟然未曾发现！

明远答道：“这仗打了三年，长老会也吵了三年，能做出什么决议来？再说了，长老会以前一直没有凑齐七星，就算做出了决议，也算不得数。”

那游蛇一般的声音听得孟剑卿不由得又皱起了眉，海上仙山怎么会有明远这样阴冷诡异的弟子？

雷公辅呵呵地笑起来：“好，今天总算是凑齐人数了，明师弟料来再无推托了吧。”

枫林中一阵沉默，过得片刻，云燕娇举起手，摇响一串银铃。

铃声静下来时，首先开口的七星之首天枢居然是李克己！不过想想铁笛秋的威名，也不奇怪。

李克己的声音仍是有些疲倦：“我没有别的想法，只希望这仗快点儿打完，还有，尽可能减少伤亡。”

这两年他一直待在河北，见多了鲜血与死亡，但仍是不能习惯。

太过敏感聪明的人，总要比世人承受更多的痛苦与失望。

雷公辅紧接着说道：“朱家叔侄打生打死，关我们鸟事？他爱打到几时就打到几时！至于说伤亡，李师侄，这世间生生死死，都有它的道理，救死未必是仁，杀生也未必是不仁。你且听说我一个故事。南洋有一种巨龟，每年产卵于一个海岛，小龟孵化、爬出沙堆之时，会引来大批海鸟的攻击，小龟必须在大量海鸟到来之前爬过那片沙滩进入海中。我曾经因为不忍目睹如此惨剧而连续十年都去赶走海鸟，将更多的小龟放入海中。接下来的三年，因为忙于别的事务，我未曾再去那个海岛。但是当我第四年赶到那儿时，发现小龟的数量比起我未曾插手之前竟然还少了许多！我觉得十分困惑，想了许久，才明白一个道理：我的插手，让越来越多的孱弱小龟得以生存下来，也让越来越多的小龟失去了对海鸟的防卫能力。所以一旦我不再插手，它们的处境只会比以前更悲惨，面对海鸟的攻击时更软弱无力。李师侄，人必自助而后天助之，天道运行，自有其生生不息的道理，我们自以为是地插手，只怕会适得其反。”

他这一套长篇大论说下来，在场诸人，耳中都难免隆隆作响。

李克己不语。这番道理于他而言并不陌生，然而，知易行难。他无法闭上自己的眼睛，更无法做到视而不见听而不闻。

天玑接下来的发言颇有和稀泥之嫌：“李师侄说得很有道理，早点儿打完仗好，最近的生意都不太好做了，好几条商路都已断绝，损失惨重啊……”仿佛看见雾中那人在摇头叹息，不过接下来的话又是另一番意思，“不过雷师兄的话也不错。天地不仁，以万物为刍狗，然而天地之大德又曰生，这仁与不仁，的确不太好界定。所以这个嘛……我还是弃权好了。”

孟剑卿记得这声音，是浙东巨商范福，他以前见过这位据称富可敌国的老头好几次，只是怎么也没想到这老头的真实身份。转头看看云燕娇，这样的墙头草也是海上仙山的弟子？

云燕娇抿着嘴笑。

无商不奸，老滑头若不做墙头草，那才奇怪呢。

孟剑卿至此已经明白，雷公辅为什么能够悄无声息地出现在广平府，范福聘请的那队船夫，为什么又能除掉微水湖的水寇刘七——遇上雷公辅这样一个纵横东海三十年的水战枭雄，刘七这种水寇哪里还有还手之力？

文曲星君天权是楚碧天，对此孟剑卿倒不感到奇怪。当年那个青涩少年，从南洋回到中土，在国子监一待就是五年，这几年又一直在各地拜师求学，好学不倦，文名日盛，倒也名副其实。

楚碧天的声音在迷雾中清朗如晨钟：“雷师伯的话虽有道理，但是人之为人，便在于他有恻隐之心仁善之性，不能忘情，不能无情。所以我以为，眼前的苦难若是不救，天地之大德也就无从谈起。我赞成李师兄的意见。”

孟剑卿微微一笑。正如他所料，自从见识过李克己那撼动人心的画作之后，楚碧天就成了李克己众多崇拜者中极其热情的一个，现在楚碧天坚决支持李克己速战速决、减少伤亡的意见，也毫不奇怪。

廉贞星君玉衡是一个说话慢条斯理的中年人，孟剑卿对他的声音毫无印象，他也主张介入，理由是，能力越大者责任越大，所以海上仙山对这样的大事绝不能袖手旁观。

随李克己进入枫林的武曲星君开阳，是石敢峰，他的态度可想而知，自是毫不犹豫地追随李克己。

最后是明远。他兼程赶往此地，为的就是插手此事，理由与玉衡大同小异，不过换了一个说法，叫作“天生我材必有用”，不能浪费他们的能力与才华，以免暴殄天物，有违天意。

孟剑卿不得不佩服这些人，能够将“天意”二字解释得面面俱到，谁都可以从中找到自己需要的东西。

五对二，海上仙山的介入已成定局。

孟剑卿不知怎的，暗自松了一口气，意识到这一点之后，他不由得一怔。

难道自己也同样希望海上仙山插手进来，好让这场战事快点儿结束？

既然决定介入，接下来的问题是怎样介入，或者说，站在哪一边？

首先表态的李克己，径自说他对朱家叔侄谁输谁赢都没有意见，只要尽快打完就行。联想到铁笛秋当年对群雄争霸的鄙视态度，孟剑卿暗自感叹，果然是一脉相承的师徒啊。

明远则道：“李师侄若真的希望这场战争尽快结束，就不可保持中立。眼前的局势，各位都看得很清楚，南军与燕师，各有长短，势均力敌，若任何一方无出奇制胜之术，无意料之外的援兵，必成久战。所以，李师侄，你最好还是要仔细考虑清楚，要选择哪一方。”

李克己默然不答，很显然是难以抉择。

孟剑卿的心中大是震动，李克己似乎根本没想到他还算是朝廷命官，如果要做出选择，本应该毫不犹豫地站在建文帝的这一边。

也许在他们这些人的心目中，所谓帝王，无非是遥远故乡的一幅画面，即使是生长在蜀中的李克己，对宝座上的人，也没有寻常士人那种发自内心的敬畏。在他们看来，这枫林之中，别无外人，是以他们平日里的面纱都已揭下，袒露出心中那浩瀚恣肆的一片汪洋。

他们在孟剑卿面前展现的，是一个如此奇特的世界。

出乎孟剑卿的意料，打破这一片沉寂的，是廉贞星君玉衡。

玉衡仍是那般慢条斯理地说道：“国家自有制度，燕王与今上孰优孰劣，无须反复权衡。但今日若让燕王成功，他日必会出现无数个燕王。因人而坏制，日后沿以为习，只怕国无宁日。”

这是枫林中诸人都明白的道理。

明远呵呵一笑："洪武帝定下的这个制度有无数漏洞，既拥有重兵又有靖难之权的藩王，就是其中最大的漏洞。有能力问鼎宝座的藩王，不可能抵挡得住那个位置的诱惑。既然这个制度本非善制，又何必抱残守缺？"

玉衡道："今上正在做的，不就是在弥补明师兄所说的这个最大的漏洞吗？"

明远反问："宁师弟以为，今上有这个弥补漏洞的能力吗？若今上真有这个从容削藩的能力，也不至于有靖难之役。"

原来玉衡姓宁。

孟剑卿已猜到他是谁。兵部左侍郎遇袭失踪的三名下属中，就有一名属官姓宁名衡，字守廉。宁衡是绍兴人，入仕已久，历任六部，升迁虽慢，至今不过正六品，却以熟知六部条律法令而闻名。各部堂官，虽然不会将独来独往、颇有清高之嫌的宁衡视为心腹，但是每有事关律令案例的疑难，总不忘问一问宁衡，是以宁衡之名在六部之中颇为传颂。也正因此，孟剑卿才会记住这么一个人。

大隐隐于朝，宁衡倒真是会找地方藏。

也难怪当日袭击宁衡一行的乱兵不知所踪，那根本就是宁衡玩的金蝉脱壳的障眼法。

宁衡道："所以今上才需要我们助他一臂之力。"

明远尚未驳斥宁衡的话，雷公辅已经不无鄙视地大笑起来："需要我们助他一臂之力！真是笑话！洪武帝已经给了他天下至大的权柄，还会弄成今天这种局面。就算我们再借他一柄无坚不摧的宝刀，一个根本不知道怎么用刀的黄毛小儿，拿着这柄刀又有什么用处？"

雷公辅长年征战海上，自然不大看得起建文帝这种在深宫里长大的君王，对镇守边塞能征善战的燕王倒颇有几分好感。

明远颇感兴趣地道："这么说雷师兄是要选燕王了？"

雷公辅却道："我看得起燕王，不等于要选他。老实说，我手下的儿郎们宁可跟建文玩官兵抓贼的把戏，可不希望对手是燕王。"

楚碧天笑了起来："雷师伯，看来小侄倒与你老人家所见略同。我不喜欢燕王，但是南洋华商同业公会的意思是，我们更需要的是燕王而非今上。"

立意要偃武修文的建文帝与他那些书生气甚重的肱股大臣们，只怕绝不会赞同那样一个耗资巨大、收益难期、有穷兵黩武之嫌的宏伟计划——组建一支规模空前的水师，远航南洋与西洋。

宁衡道："今上不会做的事情，燕王不一定就会去做。"

明远呵呵笑道："道衍和尚对燕王的评价是，内多欲而外施以仁义。道衍这贼和尚看人向来又准又狠，这句话可绝不是无中生有。各位想一想，这样一位君主，对那个能让他名利双收的计划会不动心？更何况楚师侄一定不会空手去见燕王的吧？南洋华商同业公会今日投之以桃，燕王将来无论如何也会报之以李。”

孟剑卿即使没有侧过头去看，也可以想象得到云燕娇此刻的神态与心情。

不管南军与燕师在北方的战事何等激烈，云燕然始终岿然不动地守在福建，专心训练那支预定要扬帆南下的水师。

云家是否也与楚碧天抱着同样的心思，将希望寄托在满怀雄心壮志的燕王身上？

明远转向另外两人：“范师兄，石师侄，你们两位的意见如何？”

范福长叹：“我的产业都在江南，明师弟你说我还能怎么选？无论如何，至少在礼节上，我还是得对应天府的那位效忠。”

范福如此明确地表态，倒令大家都有些诧异，及至他说出后一句话，个中乾坤才显露无遗，其中奥妙，大有推敲回旋的余地。

石敢峰相形之下就痛快得多：“我不喜欢应天府里的那一位。生于深宫，长于妇人之手，登基至今一直被一帮酸腐文臣包围，以为天下事都可以在纸面上解决，这样的君主，能有什么作为？所以我宁可选燕王。哪怕有朝一日成为对手，有这样一个强大的对手，也足以高歌痛饮一番。”

他话中锋芒，直指避强就弱的雷公辅。

雷公辅大笑：“石师侄你天马行空独来独往，哪里像我这样，要为手下几万儿郎讨生活？自然是不能有你这等痛快淋漓的决心了。李师侄，现在你的选择可是至关重要了，你想好了没有？”

宁衡道：“不但李师侄要想清楚，我看大家也都应该考虑清楚。在我看来，虽然还有不少漏洞，但是国家制度已经非常完备，一应事务皆有各级官员处理，只需要按部就班，不需要君王心血来潮、精力过人的非常之举；所以，上位者循规蹈矩是最重要的。一个勇武善战的君王，与一个文雅仁厚的君王，哪一个更合适？我想这自是不言而喻的。”

明远反唇相讥：“循规蹈矩？对六部来说，恐怕一个木偶摆在那个宝座上，才是你们最理想的选择吧？”

宁衡答道：“明师兄有些夸大了。很多时候，六部还是需要上位者来仲裁各种争议的。况且，六部官员若不能尊敬上位者，庶民又怎么会尊敬各级官吏？古人言，冠虽敝而必戴于顶，履虽新而必着于足，其道理便在于此。”

明远道：“宁师弟以为，建文比燕王更适合成为这样一个足够明智的仲裁者？建文仁则仁矣，只可惜流于妇人之仁，能赏不能罚，你确定你们需要这样一个仲裁者？”

宁衡道：“建文固然有种种弱点，但燕王若是逆取而得宝座，谁又能保证他会遵守国家制度？”

明远道：“玄武门之变，也并不妨碍太宗皇帝成为一代明君。或许正因为问心有愧，太宗皇帝才会在面对朝臣和天下时时时警惕，如履薄冰，务必要证明自己才是上天的真正选择。”

宁衡道：“这只是明师兄的推测罢了。何况，就算太宗皇帝会如此想、如此做，并不等于燕王将来也会如此想、如此做。我不以为有必要冒这个风险。”

明远与宁衡，针锋相对，你来我往，一时间争执不下。

范福在一旁低声提醒李克己快做选择，他若做出选择，明远与宁衡，自然是争无可争。

李克己仍是踌躇不决，良久方才说道：“我无法在他们之中选择任何一个。”

范福点头附和：“那倒也是。各有短长，鱼与熊掌不可兼得，选谁都会觉得遗憾。”

李克己却道：“我只是觉得，选择哪一个，会有区别吗？所谓窃钩者诛，窃国者为诸侯，世事无非如此罢了。”

枫林中诸人都是一怔。

铁笛秋对上位者的那种根深蒂固的警惕与反感，似乎已经深深浸入李克己的骨髓之中，以至于他虽然已入仕这么多年，仍是将这么一句话脱口而出。

范福苦笑道：“李师侄，不管怎么说，就算闭着眼睛选，你也总该选一个吧？咱们好不容易凑齐人数，再不做出决定，只怕拖到后来天都要变了。”

李克己踌躇之际，忽生一念，说道：“既然无可选择，那就不做选择，听凭天意。”

明远嗤笑：“李师侄不会是要掷铜钱定去向吧？”

李克己道：“如此大事，这么做未免近于儿戏。而且，我也没有权利去决定他人的命运。所以我要将选择的权利交给他们自己。”他的声音由沉寂转为清扬，仿佛因突然间厘清了自己混乱的思绪而带着几分欣喜与快慰，“现在广平府中有六千石粮食，而驻扎在这附近的两方军队，因为前段时间的互相偷袭，都已严重缺粮。广平府中的这六千石粮食，对他们来说，虽然不算多，却可以解这燃眉之急。所以，我的选择是，哪一方先来动这些粮食，哪一方便是我的敌人。”

平和的语气中却暗藏着不容置疑的决心。

明远显然也意识到了这种决心，沉默了一会儿才道：“这么说，饿兵与饥民，李师侄是选择只救饥民了？”

李克己冷然答道：“那些士卒，不过是不能吃饱罢了，广平府的饥民却已经无以为生。我既有这个能力，就不能眼看着他们去死。”

范福道：“那六千石粮食，能够穿越战场平安运进广平府，想来是因为李师侄事先警告过双方将领了。既然如此，谁又会再来打这些粮食的主意？李师侄这个法子，只怕行不通。”

宁衡却道："现在广平府并不在燕王手中，如果由河北巡抚下文调粮，广平府没有权力拒绝。有如此光明正大的方法得到粮食，廖都督和他手下的将领是抵挡不住这样的诱惑的。"

廖都督给运粮队发出路引时，是否已经想到这一点？

这么说来，李克己的这个办法看似公平，实则已经判定了输方。

寂静之中，孟剑卿忽然略略提高了声音说道："有一件事情，各位可能还不知道。燕军昨日换防，新调来的凌峰，于讲武堂第一期第二名毕业，因为性情暴烈，所以绰号'凌疯子'，他的副手是前前后后与他搭档了七年的同窗肖让，这两人当年在云南沐王爷帐下时，曾经在三个月内连拔十七处城寨。肖让必定会看出这六千石粮食变为军粮的可能，凌峰不可能坐视不理。虽然他不能违约烧毁这些粮食，但是很可能会先下手为强，即使不攻下广平府，至少也不会让粮食落到敌军手中。"

七人之中，除了行踪飘忽的明远，其他几人其实都见过孟剑卿，甚至跟他打过不少交道。对于孟剑卿，明远算是久闻其名了，一直以为，这样一个年少得志、青云直上的新贵，大有暴发户之嫌，云燕娇得婿如此，连他的颜面都要丢尽了。及至孟剑卿这番话说出来，明远对他的观感才略有改善，心想锦衣卫出身的人，搜罗各种消息，分析得头头是道，的确还是有他一套。道衍和尚也曾经说过自己明见大局而昧于细节，看来的确如此，自己还真就忽视了燕军换防这样一些小问题。

只是如此说来，岂不是又成僵持之局？

雷公辅和沈光礼做了多年对手，连带着也对孟剑卿另眼相看，当下说道："沈和尚一手调教出来的人，眼光见地自然差不到哪儿去。孟千户，你且说说，李师侄该如何选择？"

孟剑卿一怔。

以他的身份，怎能给这样的建议？

不想明远竟然率先赞成："也好。咱们都是身在局中，是该听听局外人的意见。"

云燕娇侧过头来，目光闪闪，用探询的眼神看着孟剑卿。

孟剑卿陡然间感到了巨大的压力。

但是这巨大的压力也让他的精神陡然间紧张而振奋，他脱口答道："当然应该选择更有可能取胜的一方。"

话音甫落，他已意识到自己竟然脱口说出了潜藏在心底深处的那个隐隐约约的念头。

原来在心底深处，他和李克己这些人一样，不以为朱家叔侄打生打死的家务事，与他们这些外人有何相干。既然如此，选谁又有什么区别？

所以他才会那样痛快地答应道衍的条件，答应李克己的要求。

这句话若是让别的什么人听到，自是会生出无穷的麻烦，但是在这恍若迷离梦境的枫林之中，孟剑卿心中飞快闪过的一丝悔意，转眼间便消失在浓雾之中了，他吐了一口气之后，反而觉得如释重负般轻松。

他很久没有这样坦然地说出心中隐藏的、连他自己也不愿去正视的想法了。

明远略略一怔，便仰头大笑起来：“好，好，果然是旁观者清！”

对李克己来说，选择更有可能取胜的一方，锦上添花，才能尽快结束这场战争。

宁衡淡然说道：“问题是，现在燕师与南军势均力敌，怎能判定谁胜谁负？再说了，若是能够在短时间内分出胜负，又何必要我们插手？”

明远道：“谁说势均力敌？现在燕王与建文相持不下，不过是因为燕王向来习惯与蒙古作战，将那一套也搬来对付建文罢了。若是让他看清楚这二者的不同，天下大势自是一清二楚，胜负分明！”

不待众人质疑，明远已继续说道：“和蒙古作战，草原上到处是敌人，所以要步步为营、稳扎稳打。燕王如今的战略正是如此，先取山东、河北，断其两翼，巩固后方，再挥师南下，步步推进。但是燕王兴师，是奉洪武帝遗诏‘清君侧之恶’为名，即使是建文，也不能凭借自己的正统地位指责燕王谋逆，济南之战，更因为不敢负弑叔之名而纵虎归山。建文尚且如此态度，那么，燕王面对的南军，究竟有多少是真正的敌人，又有多少是旁观者？”

孟剑卿就是一个现成的例子。

本应坚定不移地效忠于建文帝的孟剑卿，竟然将那样一句话脱口而出。

明远又道：“只要让燕王认清这一点，全盘战略不难改变，胜负成败不难预期。”

他没有做更详细的说明，但是枫林中诸人，都已明白他所说的天下大势。

看似强大的南军，其实有着致命的弱点。

明远紧接着又加了一段：“更何况，千军易得，一将难求。洪武年间，南军之中的老成宿将被诛杀殆尽，被视为嫡系的讲武堂将领又太过年轻，威望不足，以至于建文居然只能派出李景隆这样一个纨绔子弟、绣花枕头来做统帅，南军再怎么兵众粮足，又有何用？”

这一番话，终于令得李克己轻叹了一声：“既然如此，我就选燕王吧。”

大局已定。枫林中的气氛刹那间似乎变得更沉重，又或是更轻松。

范福皱起了眉头：“不过，我的家当可都在江南，无论如何也不能公开支持燕王。”

明远显然是心情大好，湿冷的笑声中也似多了几分温暖：“燕王自然明白范师兄的难处，只要范师兄将来诚心归附，又何必计较眼前这一点儿小问题？那么雷师兄与宁师弟又有什么要说的？”

雷公辅道：“燕王雄才大略，自然明白，水至清则无鱼，人至察则无徒。六月烈日，尚且不能照耀每一个角落；龙为四灵之首，却管不到飞禽走兽；三皇五帝，也有他们不能降服的化外之民、凶顽之徒。所以，燕王将来得偿所愿时，还需明白，不是所有人事都会在他的掌握之中。留一分余地与他人，也是留一分余地与自己。”

明远一笑：“雷师兄的意思，我倒是有些明白了。最圣明的君主也不能让天下一清如水。在黑暗之中，又或者在黑白之间，始终都有不可告人的事情在不断发生，有无数人群以此为生。那是清水之下的淤泥，腐臭却不可或缺。雷师兄是希望燕王不要轻易去搅动这水下的淤泥，以免坏了这一池清水吧？不过我想雷师兄大可放心，燕王又不是建文那种书呆子，自然清楚什么时候该明白，什么时候又该糊涂。”

雷公辅号令东海数十年，长江水道上的各帮各派也都要敬他七分。这样一位举足轻重的水道盟主，如果愿意臣服，燕王又何必多事去搅浑那还算平静的水面？

宁衡则平静而冷淡地说道：“我还是认为，太过强硬刚烈的君主，除非是太宗皇帝，否则对国家总是有害无益。我不会阻拦各位选择燕王，若是燕王成功，我也不会不识时务。不过，我希望能够留下建文来约束燕王。只有让燕王知道建文尚在人世，他才会有所忌惮、有所收敛，以免给建文东山再起的借口。”

没有人对此提出异议。即使是明远，对燕王的强悍，也还是深具戒心的。

宁衡说到此处，话锋忽地一转：“现在还有一个问题，孟千户适逢此会，又作何打算？”

对燕王来说，孟剑卿和他那支鱼肠军，是绝不能忽视的对手。

孟剑卿答道：“我与道衍大师以及李兄均有三月之约，三个月内，鱼肠军不会行刺燕军将领，也不会去动燕军的粮草。至于三个月以后的事情，明远道长一入北平，局势必有大变，我们就三个月之后再说，如何？”

云燕娇补充道：“保儿尚在宫中做人质，所以鱼肠军只能做到这一步。”

明远道：“云师侄不必拐弯抹角，是不是救出令郎，孟千户就会保持中立？”

鱼肠军各级将士的家眷都在南方，所以无论如何，孟剑卿也不可能公开站在燕王这一边。明远知道自己能要求的，也只能是孟剑卿和鱼肠军的中立。

孟剑卿与云燕娇对视一眼，孟剑卿道：“这是自然。”

明远笑了起来：“孟千户果然是敢作敢为、名不虚传。好，咱们就一言为定！”

正传 战城南（四）

离开枫林时，已是午后。

回望那慢慢消散的浓雾和正在西斜的冬阳，孟剑卿深吸了一口气，努力让高度紧张后陡然放松、似乎有些失去平衡的心情重新镇静下来。

然而那种登临绝顶、俯瞰众山的奇特感受，令他直到此刻，心情仍然久久难以平静。

天下大势……大势一成，即便贵为帝王，也无力回天。而海上仙山这样的弄潮儿，也必得要追随着这大势才能推波助澜，建功立业。

云燕娇在一旁策马缓缓而行，孟剑卿的手下与云家家仆都远远地跟在后面。

孟剑卿此时定下心来，自然想到另一个问题。云燕娇不待他问，已开口解释道："皇上知道你和道衍的三月之约后，担心其他将领有所不满，这边会出问题，就将我派出来稳定军心。"

他们互相看看，只觉得啼笑皆非。他们这位皇上，说他心慈手软吧，还知道扣住保儿作人质；说他精明能干吧，又糊里糊涂地将云燕娇给放了出来。飞鸟投林，岂能再入罗网？

但是这样一来，孟剑卿心中不免生出一种异样的感受。

他知道远在普陀山的母亲也没有受到打扰。换了燕王，即使不能公开扣押奉祀观音的普陀山女尼，也会想方设法控制住这样一个重要的人质。

也许建文帝放出云燕娇，不去打扰他的母亲，只是简单地希望，自己如此厚待臣下，臣下也当知恩图报。

孟剑卿认为，自己在枫林中的选择，并没有错。

说到底，朱家叔侄都打着洪武帝的旗号，谁输谁赢，又关他们什么事呢？

但是心中难免会隐约觉得愧疚。

云燕娇显然也觉得心中不安，转过话题说道："我在广平城外遇到李师兄，他说要来阻止南军烧粮，我便告诉了他……"

孟剑卿截住她的话："我明白。"

与其让李克己不明就里地派出石敢峰或者云贵土人来刺杀主持烧粮的将领，不如告诉他真相，先谈判比较好。

云燕娇定睛看着他，直到确认他的意思，才继续说道："我本来可以先一步到你营中的，路上却接到大哥的传信，说明师叔应道衍之邀北上，要我截住明师叔，准备召开长老会。事态紧急，我手下的人都派了出去，所以来不及通知你了。"

其实也不方便通知孟剑卿。就像明远说的，在他们眼中，孟剑卿毕竟还是外人。

但当孟剑卿找到枫林之外时，云燕娇却毫不犹豫地将他引了进去。

孟剑卿"哦"了一声，笑一笑，没有说话。

云燕娇也微微一笑："不过我后来也想到，夫妻本为一体，你我所做的事情，很难分清界线的，就譬如这鱼肠军，不论在圣上眼中还是在你的部属眼中，我都是可以接替你发号施令的人。所以呢，海上仙山这一头，你也是不可能置身事外的。"

孟剑卿又是一笑，过一会儿说道："你现在要去哪儿？"

云燕娇道："我不便住在军营中，不过会留在广平府。那六千石粮食，李师兄一个人可能照管不过来。既然要救人，就救彻底。而且，我留在这儿也能让应天那边安心一些。"

孟剑卿回头看看远处的李克己。李克己的骑术并不好，马也普通，因此落在后面。

他转过头来说道："胡进勇的营中也快断粮了，我想向李克己借个三百石粮食，帮胡进勇渡过眼前这一关，你以为如何？"

云燕娇想一想，说道："李师兄应该不会拒绝。只是，广平府周围有三支南军，你只帮胡进勇，其他人会怎么想？"

孟剑卿似笑非笑地道："就像李克己说的，他只能救眼前看得见的人。三支军队？我眼里可只看见这一支。"

就像他被燕军围困之际，也只有胡进勇看见他一样。

云燕娇默然不语。

在这兵荒马乱之中，他们能救的，也只有眼前看得见的人了。

除了继续搜集情报，鱼肠军将近两个月没有其他实质性的动作，出人意料地沉寂下来，而不仅仅是停止了对燕军将领的刺杀，由此招来一连串的抱怨与责问。

卫欢将沙盘上的小旗一面面取下来，望着空空如也的沙盘，用探询的目光看着对面的孟剑卿："大人。"

孟剑卿只看了他一眼，没有回答。

于是卫欢不再说什么，满心以为鱼肠军暂时停战休整必是皇上另有密旨，否则夫人怎么会离开应天来到广平府。天机不可泄漏，他们只需要听从孟剑卿的指挥便可。

帐外卫士禀报道京中有信使来，孟剑卿略一沉吟，示意卫欢带着另两名卫士悄然退下。

孟剑卿望着大步走入帐中的两名信使。两名信使都很年轻，穿的是普通军士的衣服，气质却都十分沉稳，一人呈上腰牌，一人呈上火漆封口的薄薄锦盒。

孟剑卿没有伸手接，示意两人放到面前的几案上，不忙着拆看锦盒，先打量着两名信使，直看得他们垂下目光避开他的视线，这才说道："皇上与我曾共同选定十二名信使，约定只有这十二名信使所携带的信件才能相信。你们究竟是哪一方面派来的，为什么会有皇上给的腰牌？"

两人抬起头，怔了一怔，互相看看，年长一点儿的那名信使说道："属下不知孟大人与皇上的这个约定，只是奉皇上之命前来送信，也许皇上在信中对此会有说明。"

孟剑卿注视着他们，过一会儿，慢慢伸手取过锦盒，端详一会儿，又将信件放到了几案上，眼角余光扫过两名信使，略停一停，右手微垂，袖中小刀滑出，轻轻剔去锦盒上的火漆。

帐中安静至极，似乎连呼吸声也静止了。

锦盒终于要打开之际，孟剑卿忽地一翻右腕，小刀反转，将锦盒拍了出去。

两名信使同时后翻，跃到帐中，本能地拔刀，记起这是何处，又略一犹豫。这一犹豫之间，落在地上的锦盒已被孟剑卿刀上的暗力拍得散了架，一股浓烟夹杂着无数细针激射出来，"哧哧"之声不绝。

孟剑卿屏住呼吸的同时提起长案挡在了身前，数十枚细针射在几案上，犹自橐橐作响；两名信使却没有这样幸运，只不过犹豫一瞬，已被细针射中。

孟剑卿反手抓起身后的虎皮坐垫掷了出去，将地上的锦盒盖住，以免还有什么机关。门外卫士听到了信使跌倒的声音，但是没有孟剑卿的命令，仍是守在帐外，不敢贸然进来。

孟剑卿将用茶水打湿的布巾蒙住半张脸，等待浓烟慢慢消散。

两名信使倒在地上，不敢置信地望着孟剑卿，只苦于针上剧毒见血即入，迅速向全身蔓延，已经说不出话来。

孟剑卿微微冷笑："在我面前耍这些手段！教你们的人是卞白河吧。卞白河只怕也不知道，这种杀人锦盒，还是我叫卫欢做出来的。卞白河非要自作主张加什么毒烟进去，鼻子灵一点儿的，早就闻出了气味。卫欢若知道有人这样改他的设计，还不得气个半死。"

两名信使的身体开始僵硬，意识却无比清明，似乎很快就要变成一个活死人。这种可怕的感觉令得他们心中慷慨赴死的血气一冷，望向孟剑卿的眼神里，身不由己地带上了祈求的色彩。

孟剑卿叹口气："杀我的任务也敢接，当真是后生可畏啊。也不想想，不管你们成不成功，皇上不杀你们，卞白河也得杀了你们，免得传出去折损了皇上的威望。我只奇怪，为什么他不派那些约定的信使来行刺，至少不会让我一见是你们来送信就觉得不对头。"

他后来才知道，卞白河的确曾经下令叫那些信使来行刺，但是在两名信使因为不敢领命而被处死之后，其他十人都闻风而逃。

孟剑卿不再看这两人的临死情状，召来卫士，宣称这两名假冒的信使是刺客，拖下去立刻处斩，锦盒与腰牌烧毁深埋。

他在受命组建鱼肠军的时候，便与建文帝有过约定：将在外，君命有所不受。

现在他不过是暂时停战休整而已，建文帝就这样忍耐不住了？还是别人忍耐不住了，一定要将这支他花了一年时间精心训练的军队拿到手，成就自己的功业？

要接管鱼肠军，只杀了他还不行，还得杀了云燕娇。

云燕娇现在住在广平府李克己的学政衙门，帮着李克己的夫人用范福运来的粮食施粥赈灾。

如果云燕娇也遇刺，只能说明一个问题：保儿已经被石敢峰救出，建文帝感到控制不住他们两人了，才会做出阵前换将的决定。

鱼肠军是对外的利剑，卞白河是对内的利剑，只可惜他还不是自己的对手。

真想不到，无论什么样的帝王，到头来用人时都少不了锦衣卫，即使不叫锦衣卫这个名字。

孟剑卿忽地一怔。

还有一种可能会让建文帝想要收回鱼肠军：石敢峰营救保儿失败，保儿现在已经死了，建文帝手中没有了人质。

他霍地站了起来，在帐中来回踱了几步，深吸一口气，重新镇定下来。

石敢峰的消息会首先送到云燕娇那儿，他还是在这儿等候为好，以免在路上错过。

他对石敢峰应该有这个信心的，毕竟也打了十几年的交道了。

云燕娇在掌灯时分悄然来到，孟剑卿正在巡视军营，通报的卫士将云燕娇领过来之后便躬身退下。

四下无人，他们站在后营的一片小土坡上，云燕娇轻声说道："保儿这会儿已经送到我哥哥那里了。"

他们对视一眼，现在孟剑卿可以毫无牵挂地执掌这支鱼肠军了。

仰望夜空，月寒风冷，斗转星移，明白无误地宣告又一个冬季到来。

与道衍的三月之约将到之时，局势突然大变。

建文四年正月，燕军进入山东，绕过守卫严密的济南，破东阿、汶上、邹县，直至沛县、徐州，向南直进。而燕军已过徐州，山东之军才反应过来，南下追截。

很显然，燕王是要放弃在山东、河北一带的争城逐地，孤军深入，直取应天。

初听到这个消息时，孟剑卿觉得很不可理解。

燕王置山东于不顾，孤军南下，建文帝只需坚守金陵，坐待四方勤王之师会合，山东方面则截断燕军的补给线和退路，那样的话，燕王必定腹背受敌，处境极其危险。

以燕王的能征善战，怎么会犯这种错误？

孟剑臣和公孙义本来已经被调回塞北镇守，此时又随燕王南下，经过广平府时两人笑嘻嘻地跑去给云燕娇拜年，还将与他们已经混熟的李漠也带了去，似乎一点儿也不担心后路被切断。广平知府明明知道这三个人是燕王爱将，也只能睁一只眼闭一只眼，由着他们来来去去。也是，谁还没有个三亲六戚？他自己的两个兄弟，一个在南军，另一个就在燕军，私下里也不是不往来的。

孟剑卿握着送上来的这份情报，望着夜空出神。

孟剑臣将李漠带去见云燕娇，想必是别有用意吧。李漠跟着孟剑臣嫂子、嫂子地叫，孟剑卿再想对付他的时候，心里多少会犹豫一下。朱家叔侄这一仗迟早会打完，亲友之间，总得留点儿情面，日后才好相见。

究竟有多少人也抱着这样的心思，觉得这是朱家叔侄的家务事，与自己无关？建文帝发出的勤王诏书，又有多少将领是真心奉诏、全力迎战？

说到底，谁来坐那个位置，与他们有什么关系呢？他自己不也慢慢生出了这样的想法吗？燕王孤军南下，赌的不就是这一份人心？

一旦燕王兵临城下，究竟会有多少人倒戈相向？

他想起枫林浓雾中明远那蛇一般阴冷诡异的声音。是那个人所制定的方略吗？道衍与他订下三月之约，是因为对明远的运筹帷幄深具信心吗？

他们都是身在局中的人，也许唯有明远那样冷眼看世道的人，才会清醒地看到这一盘争霸天下的棋局的关键在哪一处。

那深远不可测的夜空，深远不可测的天意，一度离他似乎只隔着一层浓雾，伸手可及。

然而至此，孟剑卿才清楚地知道，天意高难问。

功业与荣耀，才智与运道，总输它，翻云覆雨手。

但是他也清楚地知道，无论它如何翻云覆雨，他总要牢牢握住手中的刀，握住这柄鱼肠剑，才能在这种种风云变幻中，握住自己的命运。

六月初三，燕军自瓜洲渡江，镇江守将降城，燕王率军直趋金陵，发诏称“愿与天下共治之”，六部官员闻之默然。十三日燕师进抵金陵金川门，守卫金川门的李景隆和谷王为朱棣开门迎降。燕王进入京城，文武百官纷纷跪迎道旁，燕王在群臣的拥戴下即皇帝位，是为明成祖，年号永乐。而燕师入京之际，宫中起火，据传建文帝在大火中不知去向，但对外只能坚称建文帝葬身于火中。

建文帝这样的结局，难免让孟剑卿对宁衡生出种种怀疑。

永乐帝担心建文旧臣心怀叵测，重立锦衣卫以侦查镇抚，任命燕王府旧属纪纲为指挥使，前任锦衣卫千户高平与孟剑卿为同知。

高平早在靖难之役初起之时便已效忠于燕王，功劳卓著，对他的任命，燕王旧臣并无异议，然而孟剑卿坐观成败之后又坐收渔利，难免让燕王旧臣与建文遗民都极其不满。

印信是由永乐帝亲自交给他们三人的，纪纲与高平退出去之后，孟剑卿被单独留了下来。

永乐帝打量着垂手肃立在面前的孟剑卿：“沈光礼原来交给你负责的是哪些事情？”

孟剑卿答道：“卑职原来所办的案子，主要与各地魔教余孽和地方叛逆有关。沈大人后来又将讲武堂与海上仙山的事情交代给了卑职的，除了这三件事情之外，并无专管。此后因为锦衣卫衙门裁撤，卑职无处交割，所以相关档案都还收在卑职前几年所管的库房中，暂时封存。”

他交割库房时，给那批档案加了封条，接管库房的古百户还一直没敢去碰这些档案。

永乐帝沉吟着，过了片刻才说道：“这三件事，你还是接着管下去。”

沈光礼的安排必有道理，还是不要轻易变动为好，而且，在他看来，孟剑卿也不是那种公私不分的人。

追查建文帝真正下落的事情，并没有交给他。孟剑卿的心中，不由觉得略略一松。

永乐帝又道：“另外还有一件事情也交给你办。”

他招一招手，一直低头守在阴暗处的两名小内监快步走了上来。

永乐帝道：“这两个小内监，人还算机灵，就交给你调教。”

孟剑卿转眼看那两名内监，约略猜到，这两人只怕正是当初从建文帝身边逃往北平，告知燕王应天城中虚实的那两名内监。

洪武帝鉴于前代宦官专权之祸，曾在宫中立下铁牌，不许内监识字参政，建文帝禀承祖训，对宫中内监也极是苛刻。不过这两名从未读书识字的外貌柔弱的小内监居然有胆色出逃北平，并用应天城防虚实作为投靠燕王的晋身之阶，倒真让孟剑卿暗自吃惊，当真是人不可貌相，在这样一个世人鄙视的阴暗角落里，竟然也会生长出如此强悍的心灵。

永乐帝登基以来，论功行赏，连这两个胆色过人的小内监都没有落空。

但是孟剑卿心中忽地一怔。

永乐帝要奖赏这两名小内监，本是情理中事，但为什么偏偏要选择这样一种方式？要知道，孟剑卿所走的道路，并非一条康庄大道，很多时候都有性命之险。

他略略侧过头看一看永乐帝，永乐帝在微笑，看不出特别的表情。

然而那微笑是对着那两名小内监的。

于永乐帝而言，相对于带着太多洪武朝的印迹、不能自由出入禁宫的锦衣卫，这些效忠于他的聪明能干的小内监是他更熟悉、更亲近、也更值得信任和重用的人。

孟剑卿已经嗅到了权力更替之际的微妙气息。

他本应患得患失、忧虑不安。

然而当他从那个浓雾弥漫的枫林中出来之际，在心底深处，已经有一些东西缓慢而不可挽回地片片剥落下去，也有一些东西隐秘而坚决地生长起来。

孟剑卿微一低头："卑职领命。"

永乐帝注视着他："你当如何调教？"

孟剑卿答道："最首要的一件事，当然是读书识字。"

永乐帝自然明白这件事的重要，这也是他心中早已拿定的主意。但是孟剑卿如此自然而然地将违背洪武帝训令的这句话说了出来，倒让他有些诧异。若要处置孟剑卿，这可是一个最好的理由。然而若是以这个理由处置了孟剑卿，又有谁敢再提起他心中的这件大事呢？

永乐帝注视他良久，忽而微微笑了起来："好，给你三年时间，希望你不会让朕失望。"

孟剑卿能够用一年时间训练出鱼肠军，现在给他三年时间，应当是绰绰有余了吧。

孟剑卿躬身答道："卑职当尽力教导。"

但是永乐帝是否知道，像他们这样走在刀尖上的人，三年下来，十不存一，十年之后，百不存一？

永乐帝看着他，仿佛能看到他心中隐藏的迟疑，了然一笑："这两个人是朕选的，你再在宫中选二十个十五岁以下的内监，三年之内，这些人都是你的属下。"

如他所料，孟剑卿的目光闪亮了一下。

两名小内监的脸色则隐隐变得苍白，锦衣卫训练方式的残酷，即使是深宫之中，也早有传闻。

但这是他们自己选择的道路。

孟剑卿接手训练内监，让近来与他打交道比较多的已经升任大理寺卿的宁衡很不满意，他借了个查询档案的机会，与正在库房中监督手下整理旧档的孟剑卿偶遇了一次。

宁衡打量着孟剑卿手下那些小内监，内监很清楚六部官员对他们这些人的鄙夷与轻视，又在孟剑卿眼底下干事，竟是大气也不敢喘，低着头，小步紧走，悄无声息地穿行在两人高的书架之间。

宁衡翻着手上的一份旧档，低声说道："这种人你也用？"

孟剑卿坐在一旁，似是在监视他读档，也同样低声答道："没有人是圣贤，肯守规矩、能办事就行。"

内监固然有自私无知、贪婪阴狠之名，但是，即便是海上仙山子弟，也不是清白无瑕、无欲无求的圣贤。说到底得看如何用这些人。

宁衡自是明白这个道理，轻轻"哼"了一声："这些人会一直守规矩？养虎为患！"

孟剑卿不以为意："既然皇爷心意已定，这头猛虎，与其由他人来养，还不如由我来养。"

永乐帝在下"愿与天下共治之"之诏，隐晦地表明愿将洪武帝当年收走的相权交还给六部官员之时，势必已经想好了用内廷来约束外朝这样的制衡之策。就如当初的沈光礼和现在的永乐帝一定会同时重用孟剑卿和高平这两个对手一样。

既然大势已成，无可挽回，那么就让他来引领这大势吧。

宁衡微微冷笑："这些内监现在还是很敬畏你的，只是不知这种不牢靠的敬畏还能够维持多长时间？"

人心易变，所以宁衡向来不信任人心，而宁可选择那些冷冰冰的律令条文。

孟剑卿也报以微笑："真到了长江后浪推前浪的时候，我自然会识时务。更何况，江山代有才人出，在我之后，未必就没有能够约束他们的人。"

虽然连他自己也不能肯定，现在自己说的这番话是真心还是假意，但是他想他可以体会到沈光礼当初撒手而去的心情了。

宁衡默然良久，似笑非笑地说道："现在我真后悔让你和我们搅到一起，这两年你可是变得更难对付了呢。不知道皇爷如今看到你的时候会不会觉得更头痛，很想找个理由将你拖下去痛打一顿。"

他"啪"的一声合起文档，站了起来，丢下一句"好自为之"，便飘然离去。

孟剑卿背着手站在幽暗的库房中，含笑目送他远去。

后记

一、《战城南》之名，取自汉乐府："战城南，死郭北，野死不葬乌可食。为我谓乌：且为客豪！野死谅不葬，腐肉安能去子逃？水深激激，蒲苇冥冥；枭骑战斗死，驽马徘徊鸣。梁筑室，何以南？何以北？禾黍不获君何食？愿为忠臣安可得？思子良臣，良臣诚可思：朝行出攻，暮不夜归！”

靖难之役，南军与燕军都损失惨重，史称“淮以北鞠为茂草”，故本篇以此为名。

二、历代君权与相权，向来有此消彼长的复杂关系。洪武帝废宰相而亲自处理日常政务，代行相权，以免大权旁落，但后世子孙难以坚持如此高难度的工作，于是实际上的宰相——大学士应运而生。燕王那个暗示要向文官们交还相权的“愿与天下共治之”的诏书，是从纪录片《故宫》的解说词中看来的，特此声明一下。附带说一句，明代的文官们相对于清代的而言还是很彪悍的，所以设置宁衡这样一个人物作为代表。

三、海上仙山长老会的运转程序，颇有几分现代议会的风格，在那个年代，属于超前甚至空想了。不过鉴于后世的兰芳共和国的存在，那个时代的南洋华人于百年漂泊之中产生一个类似的组织，不是不可能的。

兰芳共和国，亦有说是南方共和国，于 1777 年由广东梅县客家人罗芳伯在东南亚西婆罗洲（今加里曼丹西部）建立，参照西方国家的一些法制，设置了一套完整的行政、立法、司法机构，国家元首称“大总制”，以类似于民主选举和禅让的形式传承，最强盛时曾占据整个加里曼丹。1885 年为荷兰所灭，存续时间长达 108 年。